U0932906

Tender is the Night

夜色温柔

[美] 弗・司各特・菲茨杰拉德◎著　麦芒◎译

天津出版传媒集团
天津人民出版社

图书在版编目（CIP）数据

夜色温柔 / (美) 弗・司各特・菲茨杰拉德著；麦芒译. -- 天津：天津人民出版社, 2016.9(2018.4重印)
ISBN 978-7-201-10957-2

Ⅰ. ①夜… Ⅱ. ①弗… ②麦… Ⅲ. ①长篇小说—美国—现代 Ⅳ. ①I712.45

中国版本图书馆CIP数据核字(2016)第236797号

夜色温柔
YE SE WEN ROU

出　　版　天津人民出版社
出 版 人　黄　沛
地　　址　天津市和平区西康路35号康岳大厦
邮政编码　300051
邮购电话　（022）23332469
网　　址　http: //www.tjrmcbs.com
电子信箱　tjrmcbs@126.com
责任编辑　刘子伯
印　　刷　北京欣睿虹彩印刷有限公司
经　　销　新华书店
开　　本　880×1230毫米　1/32
印　　张　12
插　　页　8
字　　数　384千字
版次印次　2016年9月第1版　2018年4月第2次印刷
定　　价　36.80元

Rosemarie came to the beach, a twelve-or-thirteen-year-old boy ran by her, and rushed into the sea shouting excitedly. (P4)

Mr and Mrs Dave looked ebullient and radiant suddenly, lighting up with pleasure, seeming to please their guests. (P37)

I am not disgraced in the peak period of the career, I just stopped the practice of medicine, but it's hard to say, I might go back one day. (P73)

Nichol knelt beside the bathtub, wagging from side to side. "It's you!" "You violated my only privacy in this world..." (P130)

I have only one plan, that is to be a good psychologist—perhaps the greatest so far. (P155)

Nicole got close to Dick, and nestled in his arms powerful increasingly, feeling so complacent, and Dick felt he was not living in vain.

(P155)

When the wheel turn back, people noticed Nicole's hysterical appearance. (P225)

As night fell, Dick went for a walk in the garden, leaving her here was for his soul, he had lost himself. (P240)

前言

小说描写的是一个出身卑微但才华出众的青年对富有梦幻色彩的理想的追求以及最终如何遭到失败、变得颓废消沉的故事。

迪克·戴弗是一个来自美国中西部的年轻有为的精神医生，在瑞士的苏黎世进行精神病的病理研究。他参与了对富家女尼科尔·沃伦的治疗，并与尼科尔结了婚。婚后，他一心照顾妻子，事业则逐渐荒疏。随着妻子的慢慢康复，迪克逐渐身心疲惫、日趋消沉下去。后来，迪克与一个叫罗斯玛丽的女孩产生了爱情纠葛，而尼科尔则同汤米寻欢作乐。最后，两人婚姻破裂，迪克回到了家乡小镇以行医了结余生。

这是一本描写关于爱情如何幻灭的复杂有趣的书。它描写了对于富有梦幻色彩的理想追求直至破灭的过程的故事。这部以梦幻破灭、人生颓败为主题的爱情小说，是美国“迷惘的一代”作家菲茨杰拉德的一部带有自我体验的文学作品，情节曲折，寓意深刻，隐含忽明忽暗的抒情忧伤，是“一战”后美国“中产阶级”精神生活的真实写照。

目 Contents

第一部

※ 第一章……2

※ 第二章……8

※ 第三章……13

※ 第四章……18

※ 第五章……25

※ 第六章……28

※ 第七章……35

※ 第八章……40

※ 第九章……43

※ 第十章……48

※ 第十一章……53

※ 第十二章……58

※ 第十三章……64

※ 第十四章……69

※ 第十五章……………………………………………73

※ 第十六章……………………………………………77

※ 第十七章……………………………………………83

※ 第十八章……………………………………………89

※ 第十九章……………………………………………93

※ 第二十章……………………………………………100

※ 第二十一章…………………………………………107

※ 第二十二章…………………………………………112

※ 第二十三章…………………………………………118

※ 第二十四章…………………………………………121

※ 第二十五章…………………………………………127

第二部

※ 第一章………………………………………………134

※ 第二章………………………………………………139

※ 第三章………………………………………………148

※ 第四章………………………………………………153

※ 第五章………………………………………………158

※ 第六章………………………………………………163

※ 第七章…………………………………………………… 168

※ 第八章…………………………………………………… 173

※ 第九章…………………………………………………… 179

※ 第十章…………………………………………………… 187

※ 第十一章 ………………………………………………… 193

※ 第十二章 ………………………………………………… 200

※ 第十三章 ………………………………………………… 203

※ 第十四章 ………………………………………………… 213

※ 第十五章 ………………………………………………… 221

※ 第十六章 ………………………………………………… 230

※ 第十七章 ………………………………………………… 233

※ 第十八章 ………………………………………………… 239

※ 第十九章 ………………………………………………… 244

※ 第二十章 ………………………………………………… 250

※ 第二十一章 ……………………………………………… 256

※ 第二十二章 ……………………………………………… 263

※ 第二十三章 ……………………………………………… 271

第三部

※第一章 …………………………………………… 282

※ 第二章…………………………………………… 286

※ 第三章…………………………………………… 297

※ 第四章…………………………………………… 302

※ 第五章…………………………………………… 311

※ 第六章…………………………………………… 322

※ 第七章…………………………………………… 327

※ 第八章…………………………………………… 339

※ 第九章…………………………………………… 348

※ 第十章…………………………………………… 352

※ 第十一章 ………………………………………… 358

※ 第十二章 ………………………………………… 363

※ 第十三章 ………………………………………… 367

第一部

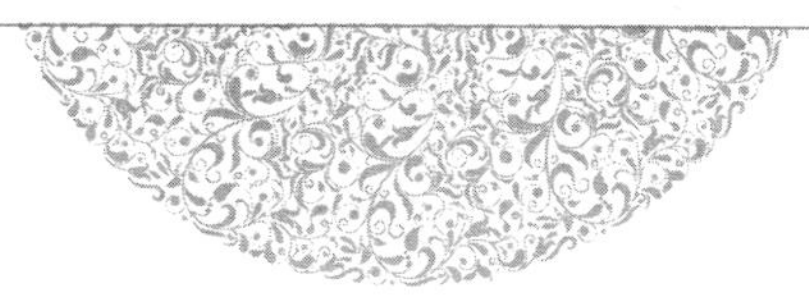

献 给

杰拉尔德、萨拉
和不胜枚举的欢宴

第一章

在法国里维埃拉[①]宜人的海滨地区，马赛[②]和法意边界之间，矗立着一座玫瑰色的酒店，高大气派，富丽堂皇。门前的棕榈树恭敬地伸展着枝叶，将泛红的正门掩映在阴凉下，前面延伸着一小段沙滩，反射着耀眼的光芒。十年前，英国房客们四月间回北方后，酒店就几乎了无人迹了。最近，这里成了时髦显贵们的夏季度假胜地，周围簇拥着许多单层别墅。不过本书的故事开始的时候，这座高斯外宾酒店附近仅有十几幢老式别墅，圆屋顶凋敝衰败，就像周边大片的松木林中的睡莲。这些松林绵延几英里，直至戛纳[③]。

明亮的褐黄色沙滩好似一块跪毯和酒店浑然一体。清晨，浅滩清澈，远处隐约可见的戛纳市、周围粉红与浅黄相间的古老要塞、横卧于意大利边界的紫霭缭绕的阿尔卑斯山倒映在水面上，随着海生植物送上的阵阵波纹轻轻颤动着。不到八点，一个穿蓝色浴袍的

① 位于阿尔卑斯山脉与地中海之间狭窄的沿海地区，从法国东南部一直延伸到意大利西北部，是一个旅游胜地。

② 法国东南部一城市，是法国最古老的城市。现为工业中心和主要港口。

③ 法国东南部一城市，位于地中海沿岸，著名的度假胜地，也是举行一年一度国际电影节的地方。

男子来到海滩，一边把冰冷的海水泼到身上，一边咕哝着，使劲儿呼吸，接着在海水中扑腾了一阵。他走后的个把小时，沙滩和海湾又重归平静。远处，商船缓缓西行；酒店的院子里，餐厅的伙计吵吵嚷嚷；松树上的露水也渐渐干了。又过了一个小时，莫尔山脉[①]低矮处蜿蜒的公路上开始传来汽车的喇叭声。越过这条山脉，才是真正的晋罗旺斯[②]地区。

离海一英里开外，有一座孤零零的火车站。这里松林渐渐稀疏，遍布的是落满灰尘的白杨。1925年6月的一个早上，一辆顶篷可折叠的旅游汽车把一对母女从火车站送到了高斯酒店。母亲美貌犹存，但脸上细碎的纹路很快就会留下它们的烙印；她神态亲切，安详又明察一切。可人们的视线很快就会转移到女儿身上。她的手掌粉嫩迷人，似乎有一种魔力；双颊红润，像儿童晚间洗过冷水浴后红扑扑的小脸一样动人。额头很美，向上缓缓倾斜，浅黄和金色的卷发如同波浪一般，沿额际形成徽章上的盾形。一双水润的大眼睛，明亮清澈。脸颊上透出的红晕自然天成，来自于她年轻心脏的有力跳动。她的体态微妙地徘徊在孩童时期的最边缘——她快要满十八岁了，但少女时代的痕迹仍然如清晨的露珠般在她身上隐现。

海天交接成一条淡淡的细线，弥漫着热气，呈现在她们面前。母亲这时说："我总觉得我们不会喜欢这个地方的。"

"不管怎样，我想回家，"女儿回答说。

两人高高兴兴地说着话，可明显漫无目的，这让她们觉得厌烦。其实，无论说什么两人都很难打起精神。她们需要的是极度的兴奋，并不是要刺激疲倦的神经，而是像那些得了奖、应当享用假期的学童一样，热切地希望好好高兴一下。

"我们在这儿待三天就回家。我这就拍电报定船票。"

进了酒店，女孩儿定了房间，法语讲得很地道，可听起来有些平板，像是背出来的。母女俩在一楼的房间安顿下来，落地长窗反

① 法国地中海沿岸一山脉，在戛纳西南。

② 法国东南部一个地区，临近地中海，中世纪时以诗歌和武侠传奇著称。

射着强光。女孩儿走进这片光芒，几步来到环绕酒店的石砌游廊。她走路的姿势像芭蕾舞演员，瘦小的背笔直地挺着，臀部紧紧绷起。外面游廊上，炽热的阳光紧紧包围住她投下的身影，刺目的光线又让她退了回来。不远处，地中海在毒日的照射下一层层褪去颜色；游廊的栏杆下，一辆旧别克车停在酒店的车道上，任凭太阳炙烤着。

确实，整个这片地方只有海滩上有些动静。三个英国保姆坐在那儿织毛衣毛袜，一针一针地织着费工夫的维多利亚时代[①]的花样，这式样在19世纪40年代、60年代和80年代流行过，多少年来一成不变，她们一边织一边说长道短，听起来像是念咒儿。紧靠海边，十几个人分别躲在自家的条纹遮阳伞下，旁边是他们的孩子们，也有十几个，他们要么在浅滩上捕捉那些不怕人的鱼儿，要么光着身子躺着，涂满全身的椰子油在阳光照射下闪闪发光。

罗斯玛丽来到海滩上，一个十二三岁的男孩儿从她身边跑过去，兴奋地大叫着冲进海里。她察觉到周围的陌生人纷纷将目光投向她，仔细打量她，便脱掉浴袍，跟着那男孩儿投入水中。她脸朝下游了几码远，发觉水很浅，就摇晃着站了起来，吃力地往前走，纤细的双腿在水的阻力下像是拖着重物。走到水齐胸深的时候，她回头朝岸上瞥了一眼，看见一个秃头男人正一门心思地盯着自己。他戴着单片眼镜，穿紧身裤，汗毛丛生的前胸向外挺着，丑陋的肚脐眼则朝里凹进去。看到罗斯玛丽回视他，就去掉了眼镜，藏在胸前那丛可笑的汗毛里，又从手中的瓶子里给自己倒了一杯什么喝的。

罗斯玛丽脸贴着海水，匍匐着向浮排那边游过去，四肢不连贯地拍打着。海水朝她涌上来，将她从炎热中温柔地拉入自己的怀抱，渗入她的头发，涌入她身体的每一个角落。她沉浸在海水中，拥抱着它，尽情地翻转嬉戏着，游到浮排时已经累得气喘吁吁了。这时，一个牙齿雪白、皮肤晒成古铜色的女人朝下看着罗斯玛丽，她这才突然意识到自己未晒过的身体的雪白，于是转身仰卧在水

① 时间从1837—1901。

上，朝岸边游去。一上岸，那个手里攥着酒瓶、胸口毛茸茸的男人就开口跟她搭话。

“我说，浮排后面有鲨鱼呢。”他看不出是哪国人，不过讲的英语拖着慢吞吞的牛津[①]音。“昨天胡安湾[②]的两个英国舰队水手让鲨鱼给吞了。”

“天哪！”罗斯玛丽惊叫道。

“是舰队丢的垃圾招来的。”

他眯了眯眼，表明跟她说话不过是要提醒她，然后退后了两小步，又给自己倒了一杯喝的。

说话的时候，罗斯玛丽觉得人们的注意力又有些转移到自己身上，不过她也并不怎么讨厌，只是想找个地方坐下来。四处张望了一下，她看到，几个家庭都将自家遮阳伞前的那一小片沙滩据为己有，互相聊着天，来来往往，有种小团体的气氛，让人觉得不能冒昧地闯进去。再往上是布满鹅卵石和枯死的海草的沙滩，坐在那儿的人和她的皮肤一样还没被晒黑。他们躺在小巧的便携式阳伞下，而不是沙滩遮阳伞，很明显不像前面那些人，以这里的主人自居。在这皮肤深浅的两群人间，罗斯玛丽找了个地方，把自己的浴衣铺在沙子上。

躺下后，罗斯玛丽听到人们的谈话声，感觉到他们的脚从身边绕过去，阳光投下的身影随之从身上掠过。一条狗好奇地在她脖子上嗅着，紧张地呼着热气，让她觉得痒痒的。她感到皮肤在热浪下微微发烫，听到消退的海浪低低的、疲惫的哗哗声。没多久，她的耳朵就分辨出了不同的说话声，听到一个被轻蔑地称作“北方佬儿”的家伙昨晚绑架了一个从戛纳来的咖啡馆侍者，扬言要把他锯成两半。说话的是一个白发女人，身着晚会盛装，看得出是昨天夜里穿的，今天早上还没来得及换，一枚王冠一样的头饰还戴在头上，肩膀上还耷拉着一朵枯萎的兰花。罗斯玛丽背过身去，隐约地

---

① 英格兰中南部的一个区，伦敦西北偏西，是著名的牛津大学所在地。

② 法国戛纳东部一海湾。

感到不大喜欢这个女人和她的同伴。

另一侧，最靠近她的是一个年轻女子，躺在遮阳伞下，面前的沙地上摊开着一本书，正从里面列一张什么单子。游泳衣从她的肩膀和脊背上滑落下来，露出红润的褐色皮肤，映衬着一串奶白色的珍珠项链，在阳光下熠熠闪耀。她表情淡漠，楚楚动人。她的目光与罗斯玛丽的相遇，不过并没有看到她。这年轻女子旁边是一个英俊的男子，头戴一顶骑师帽，身穿红条纹的紧身裤。再旁边是那个浮排上的女人，她朝罗斯玛丽看过来，认出了她。再过去是一个长脸男子，长着一头狮子般的金发，穿着蓝色紧身裤，没戴帽子，正和一个穿黑色紧身裤的小伙子认真地讨论着什么。那小伙子无疑是拉丁裔，两人一边谈话一边拨弄着沙滩上细小的海草。罗斯玛丽想他们十有八九是美国人，不过有些地方又让她觉得不像最近认识的那些美国人。

过了一会儿，罗斯玛丽意识到，那个戴骑师帽的男子正在给这群人表演一个小节目。他默不作声，煞有介事地摆弄着一把耙子，像是在清除鹅卵石；脸上一本正经，制造出几分神秘的滑稽。他一举手一投足都让人忍俊不禁，到后来，每一句话都引起哄堂大笑。即使罗斯玛丽这样离得远的人，其实听不到什么，也伸长了耳朵。这时沙滩上唯一不为所动的就只有那个戴项链的年轻女子了。她仍在低头看自己的单子，也许出于矜持自重，每传来一阵欢闹声，就把头埋得更低。

这时，那个戴单片眼镜、手上拿瓶子的男人突然冒了出来，冷不丁地对罗斯玛丽说，

“您游得棒极了。”

罗斯玛丽不以为然。

“真是好。我叫坎皮恩。这儿有位夫人说上个礼拜在索伦托[①]见过您，她知道您是谁，很想跟您认识认识。”

罗斯玛丽掩饰住心中的不快，向四周望了望，看到那群还没被

① 意大利南部的一个城镇，是一个深受欢迎的旅游中心和避暑胜地。

晒黑的人正在等着她，只好不情愿地站起身，朝他们走过去。

“这位是艾布拉姆斯太太，这是麦基斯科太太和麦基斯科先生，这是达姆夫瑞先生——”

“我们知道您是谁，”那个穿晚礼服的女人说。“您是罗斯玛丽·霍伊特，我在索伦托就认出您了，还问了酒店招待。我们都觉得您演得好极了，真想知道您为什么不回美国，再去拍一部好电影。”

他们装腔作势地忙着给她让地方。那个认出罗斯玛丽的女人并不是犹太人，尽管名字听起来挺像。她是那种性格活泼、爱交际的人，年龄不随阅历长，总能跟年轻人打成一片。

“我们想提醒您，别第一天就晒坏了皮肤，”她兴致勃勃地接着说，“因为您的皮肤可不一般。不过这地方有那么多该死的礼节，不知道我们这样做您是否介意。”

第二章

“我们在想，也许您会出现在故事情节中。”麦基斯科夫人说。这是个漂亮女人，眼神中流露着刻薄，而且紧张兮兮，叫人丧气。“我们不知道谁会出现在故事情节中；曾经有个人，我丈夫对他特别好，结果他成了小说中的主要人物，几乎是第二号。”

“故事情节？”罗斯玛丽不大明白地问，“有什么故事吗？”

“亲爱的，我们不知道，”艾布拉姆斯夫人说，咯咯笑着，浑身的肉都随着颤抖。“我们不在情节里面，我们是观众。”

“艾布拉姆斯妈妈本身就是故事。”说话者是达姆夫瑞先生，一位浅黄头发的年轻人，女里女气。坎皮恩朝他晃了晃自己的单片眼镜说，“嗨，罗亚尔，说话别太让人不舒服了”。罗斯玛丽不自在地看着他们，心里盘算着要是母亲能跟她一块儿来就好了。她不喜欢这些人，特别是眼下与海滩另外一头那些更吸引她的人相比之后，更是如此。母亲谦逊而简洁有效的社交天赋总能使她们很快摆脱尴尬的境地。罗斯玛丽出名才六个月，早年在法国养成的行为方式，有时会和后来学到的美国式民主作风交织在一起，经常会使她遭遇这种情况。麦基斯科先生三十岁左右，骨瘦如柴，红脸膛，长着雀斑。他并不觉得这个关于“故事情节”的话题有趣，一直在望

着大海。他很快瞟了一眼妻子，转过来对着罗斯玛丽，盛气凌人地问，

“到这儿很久了吗？”

“只一天。”

“哦。”

很明显，他感到话题已经完全改变了，就逐个看着其他人。

“准备在这儿待一个夏天吗？”麦基斯科夫人天真地说，“如果您留在这儿，也许会看到整个故事发展的。”

“天啊！维奥莱特，别说了！”她的丈夫叫道，“换个玩笑，看在上帝的份儿上！”

麦基斯科夫人转向艾布拉姆斯夫人，气呼呼地说，“他又紧张了。”

“我不紧张，”麦基斯科回答，“恰恰相反，我不紧张。”

他显然生气了，血涌上来，脸色发灰，所有的表情都失去了作用。突然间他隐约意识到自己的处境，就站起来朝水边走去，他的妻子跟着他。罗斯玛丽抓住这个机会，也跟着走过去。

麦基斯科先生深深地吸了一口气，一头扎入浅水中，僵硬的双臂拍击着地中海，显然是想要来个自由泳，等他一口气用尽，从水中抬起头来回头看，脸上现出惊讶的表情，发现自己居然离海岸没多远。

“我还没学会在水中呼吸，真不知道他们是怎么呼吸的。”他询问地看着罗斯玛丽。

“我想你应该在水下呼气，”她解释说，“每划四下抬头到水面吸气”。

“对我来说呼吸是最难的。我们去浮排那边好吗？”

那个金发男子四肢伸展着躺在浮排上，浮排随着水的节奏前后摇晃着。等麦基斯科夫人到浮排时，一个猛烈的倾斜恰好击中了她的胳膊。金发男子急忙站起来，把她拉了上来。

“恐怕刚才打着您了。”他的声音缓慢、羞怯。这是罗斯玛丽见过的最不敢恭维的一张脸，颧骨像印第安人，上唇很长，一双发暗的金色眼睛深陷着。他像是在从嘴角的缝隙说话，好像希望他的

话能够不受阻碍地迂回传达给麦基斯科夫人。接着，他一头扎入水中，长身子一动不动地向岸边漂去。

罗斯玛丽和麦基斯科夫人看着他。换气时他猛地把身体蜷缩起来，瘦瘦的大腿露出水面，接着就完全消失了，身后几乎连一片水花都没有留下。

“他游得实在太棒了。”罗斯玛丽说。

可麦基斯科夫人的回答异常粗鲁，令人吃惊。

“哼，他是个糟透了的音乐家。”她转向自己的丈夫，只见麦基斯科先生连试三次，好不容易才爬上浮排，站稳后又想做个花哨的动作弥补刚才的窘相，结果事与愿违，又趔趄了一下。“我在说亚伯·诺斯也许是个一流的游泳选手，可他是个糟透了的音乐家。”

“是的。”麦基斯科勉强同意。很明显，他给妻子开辟了一片生活的天地，让她在其中享有一点自由。

“我喜欢的是安西尔[①]”麦基斯科夫人对罗斯玛丽说，像是在挑战，“我喜欢安西尔和乔伊斯[②]。我想你在好莱坞可能不大知道这些人，我丈夫是美国第一个发表《尤利西斯》评论文章的人。”

“有根烟抽就好了，”麦基斯科平静地说，“眼下这对我更重要。”

“他很有内涵——你不这么认为吗，阿尔伯特？”

麦基斯科夫人的声音突然消失了。那个戴项链的女子也来到了水里，和她的两个孩子在一起，这时，亚伯·诺斯从他们下面突然像火山岛一样冒了出来，肩膀上扛起一个孩子，那孩子害怕又兴奋地大叫着，母亲安静地看着，充满爱意，不过并没有笑。

“他妻子？”罗斯玛丽问。

“不，那是戴弗太太。他们不住在酒店。”麦基斯科夫人的眼睛像照相机一样，盯着那个女人的脸。突然她猛地转向罗斯玛丽。

---

① 乔治·安西尔（1900—1959），美国钢琴家及作曲家。

② 詹姆斯·乔伊斯（1882—1941），爱尔兰作家，他创新的文学手法对现代小说有着深远影响。代表作为《尤利西斯》（1922），描述了三个都柏林人一天二十四小时的生活。

“你以前到过国外吗？”

“是的——我在巴黎读过书。”

“哦！那么也许你知道，如果想要在这儿过得开心，就要认识几个真正的法国家庭。可这些人在这儿能得到什么？”她耸耸左肩，指向沙滩上的那些人。“他们相互粘在一起，结成小集团。不过我们有介绍信，可以跟巴黎所有的艺术家和作家见面。这很好。”

“我想应该不错。”

“你看，我丈夫就要完成他的第一部小说了，”

“哦，是吗？”罗斯玛丽说。她没什么特别的想法，只是在想这样炎热的天气．母亲是否已经睡着了。

“是受了《尤利西斯》的启发。不过不是二十四小时，而是一百年。他写的是一个腐朽的法国贵族，把他放在机械时代——”

“看在上帝的份儿上，维奥莱特，别到处讲我的小说构思，”麦基斯科不满地说，“我不想在出版前就全世界都知道了。”

罗斯玛丽游回岸，披上睡衣，遮住已经发疼的肩膀，又躺在阳光普照的沙滩上。那个戴骑师帽的男子手里拿着酒瓶和小酒杯，从一顶遮阳伞前走到另一顶。很快，这些人就变得兴高采烈，把几个遮阳伞聚集在一起，凑在下面。罗斯玛丽猜想某个人可能要离开，最后在沙滩上喝一杯。甚至孩子们也知道这里正在发生不同寻常的事情，都跑了过来。在罗斯玛丽看来，所有这些都是因为那个戴骑师帽的人。

正午时分，大海和天空一样炽热。就连五英里外戛纳的白色轮廓也逐渐模糊，仿佛海市蜃楼，清新而凉爽。一艘船头像知更鸟一样的帆船驶来，身后拖着从深海来的一道白浪。整片海滩似乎悄无声息，只有那些过滤着阳光的遮阳伞下，生动的色彩和低低的声音延续着。

坎皮恩走向罗斯玛丽，站在几尺远的地方。罗斯玛丽闭上眼睛，装着睡着了。一会儿，她半睁开眼，看见两条腿，模模糊糊地像柱子一样。那男子想要进入那片沙黄色的云彩中，可那云彩却飘入到炎热浩瀚的天空中去了。罗斯玛丽真的要睡着了。

醒来时，罗斯玛丽浑身汗津津的，沙滩上几乎空无一人，只有那个戴骑师帽的人，他正在收起最后一把遮阳伞。罗斯玛丽睡眼惺忪地躺着，他走了过来。

“我走之前正要叫醒你呢。一下子晒过头了可不好。”

“谢谢。”罗斯玛丽说，低头一看，双腿已经变成橘红色。

“我的天哪！”

她笑起来，兴致很高，想跟他聊两句。可迪克·戴弗已经拖着一顶帐篷和一顶沙滩阳伞走向一辆等着的轿车。罗斯玛丽只好走进海水中，冲洗掉身上的汗水。这时，迪克走了回来，收拾起耙子、铁锹和筛子，把它们塞进岩石的缝隙中；又四处望望，看还丢下什么没有。

“您知道现在是什么时候吗？”罗斯玛丽问。

“大概一点半。”

这一刻，他们都面朝着大海。

“时候不坏。”迪克·戴弗说，“这不是一天中最坏的时候。”

他望着她，罗斯玛丽看着那双明亮的蓝眼睛，一时间仿佛置身于那片蔚蓝的世界当中，欣喜而自信。他扛起最后一件家什，走向自己的汽车；罗斯玛丽也从水中出来，抖抖浴衣，朝酒店走去。

第三章

罗斯玛丽母女走进餐厅时，已经快两点了。寂静的餐桌上，一大片光影随着窗外松树叶的拂动前后移动着。两个操着意大利语的侍者，大声聊着天，一边摞着盘子。看到她们走进来，就停了下来，拿给她们一份破旧的午餐菜单。

“我在沙滩上恋爱了。”罗斯玛丽说。

“跟谁？”

“刚开始跟一群看起来很好的人，接着是一个男子。”

“跟他说话了吗？”

“一点点。他真帅。红头发。”罗斯玛丽大口地吃着，“不过已经结婚了——总是这样。”

母亲是罗斯玛丽最好的朋友，把自己人生所有的未来都寄托在引导女儿上。这在演艺圈里并不稀奇，可埃尔希·斯皮尔司夫人这样做并不是为了补偿自己失败的人生，这倒很特殊。她并不怨恨人生的苦难——两次婚姻都让她满意，却两次都成了寡妇，每次都加深了她乐对人生、恬淡寡欲的人生哲学。两任丈夫一个是骑兵军官，一个是军医，都给她留下一些财产，她要原封不动地留给罗斯玛丽。她并不宠惯女儿，这塑造了她坚强的性格——对罗斯玛丽的教导却是全身心的，不遗余力，培养了她理想主义的人生观。现在，罗斯玛丽的理想主义全部倾注在母亲身上，总是通过她的眼睛观察世界。因此，罗斯玛丽还是个“天真”的孩子时，受到了母亲和自己的双重盔甲的保护——同时，她又有成熟的一面，不信任任何卑微、肤浅、庸俗的事物。然而随着罗斯玛丽在电影界的一举成名，斯皮尔司夫人觉得应该给她在精神上断奶了。假如罗斯玛丽这种活跃的、迫切的、让人喘不过气的理想主义能够转移到她以外的什么事情上，这只会让她高兴而不是受伤。

“这么说你喜欢这儿？”斯皮尔司夫人问。

“要是能认识那些人会很有趣的。还有其他一些人，不过不怎么好。他们认出我了——不管我们走到哪儿，人人都看过《爸爸的小女儿》。”

斯皮尔司夫人等女儿的自鸣得意消退掉，若无其事地问：

“我想起来了，你打算什么时候拜访厄尔·布莱蒂？”

“我想我们可以今天下午去——如果你休息好了。”

“你去——我不打算去。”

“那我们明天去。”

“我想让你独自去。路并不远——你也不是不懂法语。”

“妈妈——就没有什么我不必做的事情吗？”

“哦，那好吧，就以后再去吧——不过要在我们离开之前。”

“好的，妈妈。”

午饭后，两人都突然感到百无聊赖；美国旅游者在安静的异国他乡，往往会产生这种感觉。没有什么刺激她们的东西，没有谁从外面高声喊叫她们，没有片断的思绪突然从别人的思想降临。想起美利坚帝国的喧闹，她们觉得这里的生活似乎停止了。

“我们只在这儿待三天，妈妈，”回到房间，罗斯玛丽说。窗外，轻风吹拂，炎热的空气在树木间回荡，阵阵不易察觉的热气从百叶窗透进来。

“你在海滩上爱上的那个人怎么办？”

“除了你，我不爱任何人。亲爱的妈妈。”

罗斯玛丽在门厅停住脚步，向高斯老板询问火车的车次。穿着浅棕色卡其制服的接待员，懒洋洋地靠在服务台后面，面无表情地盯着罗斯玛丽，突然又记起了自己的职业礼仪。罗斯玛丽登上开往火车站的公共汽车，车上有两个一脸讨好的侍者。他们毕恭毕敬，一语不发，这反而让罗斯玛丽困窘，真想跟他们说，“接着聊啊，高兴地聊吧，这并不妨碍我。”

头等车厢里很沉闷，铁路公司的广告卡片——阿尔勒[①]的加德大桥，奥伦奇[②]的圆形剧场，加穆尼克斯镇[③]的冬季运动——比起车窗外漫长而静止的海岸新鲜许多。美国的火车往往一门心思只关注自己紧张的命定的旅程，对另一个不那么快速、不那么匆忙的世界中的人们不屑一顾，而这列火车却与它行驶其间的乡村融为一体。火车喷出的气体震动了棕榈树叶上的灰尘，喷出的煤灰与花园中干燥的粪肥混在一起。罗斯玛丽相信，倚在车窗上，只要一伸手，就能摘下窗外的花。

戛纳火车站外停着几辆出租车，司机在里面打盹。广场上的夜总会、时髦的商店和大酒店仿佛戴着空洞冷漠的面具，面朝着夏日的大海。很难相信这里会有什么社交季节。罗斯玛丽，大半受了时尚的影响，不觉有点难为情，好像她对垂死的东西有不良嗜好；好像人们都在好奇地猜想，她为什么在两个欢闹的冬季社交季之间的平淡期来到这里，而在北边，却是轰轰烈烈的真正世界。

罗斯玛丽拿着一瓶可可油从一家杂货店出来，看到一位女子抱着满怀的沙发垫，穿过街道，向停在街道那头的汽车走过去。她认出来，这女子正是戴弗夫人。一条矮小、狭长的黑狗朝她叫着，司机也猛然惊醒了。戴弗夫人上了车，美丽的脸沉着，克制着表情，无所畏惧的双眼空洞地直视着前方。她穿着亮红色的衣服，光着褐色的双腿。金黄色的头发浓密黑暗，好像中国狮犬。

---

① 法国南部城市，属于普罗旺斯地区。

② 法国南部城市，在隆河平原上。

③ 法国东部一城镇，是阿尔卑斯山著名的冬季和夏季旅度假胜地。

火车还要半个小时才到，罗斯玛丽坐在克罗伊赛特大街[①]上的阿莱咖啡馆等车。里面树影婆娑，桌面上映射着绿幽幽的微光，乐队为想象中的各国游客演奏着《尼斯[②]狂欢曲》和去年美国的流行曲调。罗斯玛丽为母亲买了《时代》杂志和《星期六晚间邮报》，一边喝着柠檬汁，一边翻开《星期六晚间邮报》，读起一篇俄罗斯公主的回忆录，觉得19世纪90年代一些过时的习俗比起法国报纸的头条更真实，更贴近现在。同样的感觉使她在酒店时觉得压抑——她习惯于看到美国大陆那些赤裸裸的荒诞不经的故事，浓抹重彩为喜剧或悲剧，却没能得到锻炼，认识到本质的东西，因而开始觉得法国生活空虚而沉闷。乐队伤感的曲调更让她心中充满这种感觉，让她想起歌舞杂耍表演中为杂技演员奏的忧伤的乐曲。她很高兴能够回到高斯酒店。

第二天，罗斯玛丽的肩膀疼得不能游泳，就和母亲租了一辆出租车——经过一番讨价还价后，罗斯玛丽在法国懂得了金钱的价值——在里维埃拉这一河口三角地带观光。司机是俄国人，颇像恐怖的伊凡[③]时代大权独揽的人物，自命为罗斯玛丽她们的向导。于是，那些光辉灿烂的名字——戛纳、尼斯、蒙特卡洛[④]，开始从它们蛰伏的伪装中苏醒过来，轻轻讲述着这里的故事。古老的国王在这里欢宴或死亡，印度王公把佛陀的眼神抛向英国芭蕾舞女，俄罗斯王子将这里的日日夜夜变成波罗的海的黎明与黄昏，而那豪奢的鱼子酱时代已一去不复返。海岸上充斥着俄罗斯的色彩——他们关闭了的书店和杂货店。十年前，四月间度假季节结束，东正教堂的大门也随即关门，俄罗斯人喜欢的甜香槟也束之高阁，等待着他们来年的光顾。他们说，“明年我们再来。”可这话说得太早了，他们再也回不来了。

---

① 戛纳市的一条著名步行大街，沿街为豪华酒店和商铺。

② 法国东南部城市，在戛纳东北的地中海沿岸。

③ 指伊凡四世，因为采用残酷手段惩罚谋反者，或者那些他怀疑谋反的人，经常被称作“恐怖的伊凡”。

④ 摩纳哥公国一个城镇，位于地中海沿岸，以其赌场和豪华酒店而闻名。

黄昏时分返回酒店的旅程是那么美妙，大海的上方泛着神秘的色彩，如同童年时代的玛瑙和红玉髓，新鲜得像鲜牛奶，蔚蓝如洗涤的清水，幽暗似葡萄酒。他们愉快地驶过在自家门外用餐的人们，听着葡萄藤后乡间酒吧猛烈生硬的钢琴声。汽车驶离金崖大道，开上去高斯酒店的路，夹道的树木一棵棵向后延伸，深浅不同的绿色在黄昏中暗淡下去。这时，月亮已经悬挂在废弃的水渠上空了……

酒店后面的小山坡上正举办一场舞会，罗斯玛丽躺在床上，幽灵般的月光透过蚊帐，送来舞会的音乐声。原来这里也有热闹的时候，她想，又记起了海滩上那些有趣的人们，心想，也许明天早上能见到他们。可他们已然组成了一个独立的小圈子，一旦他们的遮阳伞、竹毯、狗和孩子们在沙滩上各就各位，无形中就树起了隔离栅栏。罗斯玛丽决定今后两天的上午，一定要想办法跟这些人认识一下，绝不跟其他人在一起了。

第四章

她的问题很容易就解决了。第二天罗斯玛丽到海滩时，麦基斯科夫妇还没到，她刚铺好浴衣，那个戴骑师帽的男子和那个金发高个的年轻人——据传就是那位要把咖啡馆侍者一锯两段的——就离开他们那群人，朝她走过来。

“早上好。”迪克·戴弗打了声招呼，他顿了顿，接着说，“瞧，不管有没有晒伤，昨天你为什么跑开了。我们很担心你呢。”

她坐起来，轻轻笑了笑，愉快地接受了他们的侵扰。

“我们昨天想，”迪克·戴弗说，“不知道你今天上午会不会来。我们一起带了吃的，还有酒，瞧，这可是实实在在的邀请。”

迪克看起来和蔼可亲，很有魅力——他的声音似乎在向罗斯玛丽保证，不久，就会为她开启一个个全新的世界，展示一连串瑰丽多姿的未来。迪克巧妙地为罗斯玛丽做了介绍，没有提她的名字，并让她很快就明白，大家都知道她是谁，但都尊重她私生活的完整性。自从成名后，除了某些极富教养的人，罗斯玛丽还没有见识过这样的礼貌周到。

尼科尔·戴弗正在一本烹饪书里查找马里兰鸡的做法，褐色的背部好像从颈间的珍珠项链上悬挂下来。罗斯玛丽猜想她大概二十四岁——她是那种传统的美貌，但给人的感觉是，五官的构造与特征首先是按照英武刚劲的模式来塑造的，就好像所有与气质、性格相关的东西，包括容貌、独特生动的表情，都用罗丹式[①]的意图重塑过，然后又以美的标准精雕细刻，以至于稍有不慎，都会不可挽回地损害它的效果和特质。雕塑家在那张嘴上更是拼尽了全力——它就像杂志封面上丘比特[②]手拿的弓箭，却同其他五官一样棱角分明。

“你会待一段时间吗？”尼科尔问，声音很低，几乎有些沙哑。

突然间，罗斯玛丽脑子里闪出一个念头，也许她们可以再住个把星期。

“哦，不会很长，”罗斯玛丽含糊地回答。“我们在国外已经好长一段时间了。三月在西西里[③]上岸，慢慢往北走，去年一月份我拍片子时得了肺炎，一直在恢复。”

“天哪！怎么回事？”

“嗯，是游泳引发的，”罗斯玛丽很不情愿讲自己的事。“有一天，我得了流感，可并不知道。那天剧组要拍一个镜头，我得跳入威尼斯的一条运河中；那套装备很昂贵，所以一个上午我都在不停地跳。我妈妈带了一个医生在旁边，不过没有用——我还是得了肺炎。”在他们回答之前，罗斯玛丽就断然改变了话题，“你们喜欢这儿吗——这个地方？”

“他们不得不喜欢，”亚伯·诺斯慢悠悠地说，“这个地方是他们创造的。”他把高贵的头转向戴弗夫妇，眼睛温柔亲切地落在他们身上。

“哦，是吗？”

“这只是酒店第二次在夏天开放，”尼科尔解释说，“我们劝

① 弗朗索瓦·奥古斯特·兰诺·罗丹（1840—1917），法国雕塑家，代表作品有《青铜时代》《思想者》。

② 罗马神话中爱之神，通常有双翼并手持弓箭，是爱的象征。

③ 意大利南部一岛屿，位于意大利半岛南端以西的地中海。

说高斯留一个厨师，一个伙计，一个男仆——去年收支相抵，今年会更好。”

“可你们并不住在酒店。”

“我们建了一所房子，在塔姆斯。”

“原因是，”迪克说，一边挪动遮阳伞，挡住落在罗斯玛丽肩头的阳光，“所有靠北的地方，像多维耶[1]，都让不怕冷的俄国人和英国人占去了。可我们美国人，有一半来自炎热地区——所以开始到这里来。”

那个长得有点拉丁味道的年轻人翻着手里的《纽约先驱报》突然问道，“这些人是哪个国家的？”他略带法国腔读道，“‘下榻沃维[2]王宫酒店的有潘德里·弗莱斯科先生，波纳丝夫人，’——我没有夸张——‘科琳娜·麦当卡，帕斯克夫人，撒拉菲姆·图里奥，玛利亚·阿玛利亚·罗托·麦斯，莫伊西斯·土伯，帕拉哥里斯夫人，阿帕叟·亚历山大，尤兰达·约斯弗格鲁，还有吉恩弗瓦·德·莫摩斯！’最吸引我的是吉恩弗瓦·德·莫摩斯，真得值得到沃维去看她一眼。”

他突然烦躁地站了起来，猛地伸了伸身体。他比迪克和诺斯年轻几岁，个子很高，身体结实，不过过于消瘦，只有上臂和双肩肌肉隆起，透着力量。初看过去，他是那种传统的英俊——棕色的眼睛，目光凌厉，可脸上总带着淡淡的厌烦，致使光泽顿失。之后，人们会忘了他那无法忍受烦闷的嘴巴，忘了他那年轻的额头上焦躁而徒劳的痛苦留下的沟纹，却会记得他棕色的眼睛。

“我们在上个星期美国人的新闻中发现几个不错的人，”尼科尔说，“依芙琳·奥斯忒夫人和——还有什么人？”

“S·弗莱煦先生。”迪克说，一边也站了起来，拿起耙子，开始一本正经地清理沙子里的小石头。

---

① 法国西北部一城市，临英吉利海峡，是游客如织的旅游胜地，有一个闻名的赛马场。

② 瑞士日内瓦湖边著名的度假胜地。

“哦，是的，S·弗莱煦先生，他是不是让你讨厌？”

独自和尼科尔在一起，罗斯玛丽觉得很安静，甚至比和她母亲在一起还安静。亚伯·诺斯和那个法国人巴尔邦在谈论摩洛哥，尼科尔抄完菜谱，又做起了针线活儿。罗斯玛丽看了看他们的装备——四顶遮阳伞遮出一片阴凉，一间移动浴室用来换衣服，一匹充气的橡皮马，都是罗斯玛丽从没见过的新玩意儿，战后制造的第一批奢侈品，现在也许是在第一批购买者的手上。她已经猜到，他们是些时尚人士。母亲教导她要警惕这些寄生虫，可罗斯玛丽现在的感觉却并非如此。即使他们完全无所事事，像清晨一样安静，罗斯玛丽也感觉到他们有目的、有方向，致力于一种她前所未见的创造行为。她不成熟的思想并没有思索这些人彼此的真实关系，只在意他们怎么看自己——不过她觉察到了一个愉快的关系网，觉得他们似乎过得很愉快。

罗斯玛丽逐个观察着这三个男子，私底下暂时把他们据为己有。他们各具魅力，都有一种与众不同的温文尔稚，让罗斯玛丽感觉，这是他们生活中的一部分，无论过去还是将来，是他们与生俱来的，并非环境所致，跟剧组那些男演员们的举止截然不同。而且，他们优雅细腻，深远动人，同导演之间随便粗俗的交情也不一样，而在她的生活中，导演就算是知识分子了。她所知道的男性，除了演员就是导演，还有那些她去年秋天在耶鲁大学的舞会上见到的大学生们，身份混杂，毫无个性，只对一见钟情感兴趣。

这三个人却不一样。巴尔邦风雅不足，多疑玩世，举止刻板，甚至有些敷衍。亚伯·诺斯虽然害羞，却极其幽默，让罗斯玛丽很开心也很困惑。她本性严肃，相信不可能给他留下什么深刻印象。

迪克·戴弗却无可挑剔。罗斯玛丽暗暗地喜欢他。他的皮肤被太阳晒得发红，短短的汗毛也被太阳晒红了——淡淡的一层从胳膊延伸到手背。蓝色的眼睛明亮有神，鼻子尖尖的，从来不需要怀疑他在看谁、在对谁说话——这种关注简直会让人受宠若惊——因为，有谁会关注我们呢？朝我们瞥过来的眼神，无非是好奇的或者是漠不关心的，仅此而已。他略带爱尔兰音调的嗓音令整个世界着迷，但罗斯玛丽也感觉到了一层坚硬的东西，是自我控制、自我约束，这也是她的优点。哦，她选择了他，而尼科尔，抬起头，看到她选择了他，听到一声轻轻的叹息，他已经是别人的了。

将近中午，麦基斯科夫妇、艾布拉姆斯太太、达姆夫瑞先生和坎皮恩先生这伙人来到了海滩上。他们带来一顶新的遮阳伞，一边支起来，一边瞟着戴弗夫妇，然后带着满足的表情钻到伞下——只有麦基斯科留在外面，一脸嘲弄。迪克清理着沙滩上的石子，从这伙人旁边过去，又回到了自己的伞下。

“那两个年轻人在一块儿看《礼仪手册》[①]，”迪克低声说。

“想结交贵人雅士呢。”亚伯说。

玛丽·诺斯游完泳上岸来。她就是罗斯玛丽第一天在浮排上看见的那个肤色黝黑的年轻女子。她俏皮地笑了笑，说，

“这么说从不颤抖先生和太太已经到了。”

“他们可是这位的朋友。”尼科尔提醒她，指的是亚伯。“他为什么不过去跟他们说话？你不觉得他们有趣吗？”

“我认为他们很有趣，”亚伯说，“我认为他们不仅仅是有趣，就是这样。”

“嗯，我总觉得今年夏天的海滩上的人实在太多了，”尼科尔同意地说，“我们的海滩是迪克从鹅卵石堆里清理出来的。”她想了想，然后压低声音，不让坐在后面一顶阳伞下的三个英国保姆听见，“不过他们还是比去年夏天那些英国人好些。他们不停地大声喊：‘海水不是很蓝吗？天空不是很白吗？小奈利的鼻子不是很红吗？”’

罗斯玛丽想自己可不愿意有尼科尔这样一个敌人。

“不过你没看到那场打架，”尼科尔接着说，“你来的前一天，那个结了婚的男人，名字听起来像是什么汽油或黄油的替代品——”

“麦基斯科？”

① 指美国专栏作家艾米丽·波斯特夫人（1872—1960）所著的《礼仪手册》。

“是的——他们吵起来了。她朝他脸上扔了把沙子，他就坐在她身上，把她的脸往沙子里揉。我们都惊呆了。我想让迪克去劝一劝。”

“我想，”迪克说，心不在焉地凝视着草垫，“过去请他们吃饭。”

“哦，不要。”尼科尔马上说。

“我想这很好。他们在这里——我们应该适应他们。”

“我们已经适应得很好了，”她坚持说，笑了起来，“我可不想让我的鼻子在沙子里揉。我是个小气刻薄的女人。”她对罗斯玛丽解释说，然后提高声音，“孩子们，穿上你们的泳衣！”

罗斯玛丽感到，这次游泳将成为她一生中最有代表性的一次，以后但凡说起游泳，就会从她脑子里冒出来。他们朝大海走去，因为长时间不能活动，早已准备好了。从炎热中走进凉爽，就好像就着冰凉的白葡萄酒享用着麻麻的咖喱粉。戴弗夫妇的生活节奏好像那些早期的文明方式，把手边所有的材料消耗殆尽，充分实现它们所转化的价值。不过她不知道，马上会有另一种转化，从全力的游泳到普罗旺斯午餐桌上的喋喋不休。罗斯玛丽又一次感到迪克在照顾自己。她很高兴地响应这最后的活动，好像这是命令。

尼科尔把一直在手里缝补的那件奇特的袍子递给丈夫。他走进换衣服的帐篷，出来时穿着一件黑色网眼的透明短裤，引起一阵骚动，仔细一看，原来是肉色的衬里。

“哼！如果那不是同性恋的把戏！”麦基斯科轻蔑地说——然后很快转向达姆夫瑞和坎皮恩先生，“哦，很抱歉。”

罗斯玛丽被迪克的泳裤逗乐了。她天真地全心赞赏戴弗夫妇昂贵的简朴，没有意识到这简朴背后那绝非天真的复杂；没有意识到是在全世界的集市上，对最新时尚商品的质量而非数量的精挑细选，才造就了这简朴；没有意识到，戴弗夫妇朴素的举止，如婴儿般的安详和善良，对简单的美德的推崇，是经过了她永远也无法猜到的拼死争斗，才同神灵们达成的契约的一部分。在那一刻，戴弗夫妇表面上，代表了一个阶级能够达到的最完美状态，大多数人在他们旁边都会相形见绌——事实上，一种质的变化已经开始，而罗斯玛丽却丝毫没有察觉。

罗斯玛丽和他们站在一起，喝雪利酒，吃着薄脆饼干。迪克·戴弗碧蓝的眼睛看着她，目光冰冷，嘴巴温和而坚毅，思索着说：

“很久以来，你是我见过的唯一如花朵般盛开的女孩儿。”

后来，罗斯玛丽伏在母亲的膝盖上哭了又哭。

“我爱他，妈妈。我深深爱上了他——我从来不知道会对一个人产生这样的情感。他已经结婚了，我也喜欢她——没有希望。噢，我这么爱他！”

“我很想见见他。”

“她邀请我们周五吃晚饭。”

“如果你恋爱了，应该高兴才对，你应该笑啊。”

罗斯玛丽抬起头，美丽的脸庞微微颤抖了一下，然后笑了起来。母亲总是对她有很大影响力。

第五章

罗斯玛丽去了蒙特卡洛，情绪不能再糟了。汽车爬上一段崎岖的山坡来到拉特比，停在高蒙电影制片厂一间正在重建的老摄影棚前。罗斯玛丽站在门口的栅栏边，递上名片等待回音，感觉好像是在好莱坞。眼前是最近一部片子遗留的拍摄现场，看起来光怪陆离，衰败的印度街道场景，一条纸板做的大鲸鱼，一棵巨大的樱桃树，繁盛地结着篮球一样大的樱桃，奇异地分布在树上，像苍白的不凋花、含羞草、栓皮栎树和矮松树一样，充满地方色彩。这里有一间快餐屋，两间车库一样的摄影棚，到处都是等待的人群，上了妆的脸充满希望。

十分钟后，一个淡黄头发的年轻人匆匆来到门口。

“请进，霍伊特小姐。布莱蒂先生正在现场，但他很想见您。很抱歉让您久等了，不过您知道，这些法国姑娘们真是糟糕，一个劲儿想挤进来。”

摄影棚没有窗户，制片厂经理打开墙上的一扇小门，罗斯玛丽跟随他走进阴暗中，突然感到很亲切。幽暗的光线中人影憧憧，扬起死灰一样的脸看着她，像是炼狱中的幽灵望着一个凡人走过。罗斯玛丽听到低低的耳语和悦耳的嗓音，远处分明传来小型风琴柔和的颤音。转过一堆背景屏，他们来到一个表演区，白炽的灯光噼啪响着，一个法国男演员——衬衫的前襟、领口和袖口都滚着粉红的边——和一个美国女演员面对面站着，一动不动。两人顽强地对视着，好像维持这个姿势已经几个小时了；又过了很长时间，还是如此，谁也没动。一排灯关掉了，响起猛烈的嘶嘶声，接着又亮了起来，远处传来铁锤悲凉的敲击声，仿佛企求进入远处不知什么地方。头顶上炫目的灯光中出现一张蓝色的脸，向上面黑暗的地方喊了一声。在罗斯玛丽前面，一个声音打破了静默。

“宝贝儿，你没有脱掉你的丝袜，你还能糟蹋十双，这套衣服值15英镑。”说话的人向后退了几步，正撞上罗斯玛丽。这时，制片场经理说，

“嗨，厄尔——霍伊特小姐。”

这是他们第一次见面。布莱蒂是个敏捷、热烈的人。握手时罗斯玛丽看到他从头到脚打量了一番自己，她明白这姿势的含义，这让她觉得很自在，不管是谁这样做，总是给她一种微微的优越感。如果身体是她的财产，作为它的主人，她就有权尽量发挥它的优势

“我想你这两天就会到的，”布莱蒂说，对于私人谈话来说，语调有些强硬，还拖着轻微傲慢的伦敦腔。“旅途顺利吗？”

“是的，不过我们很高兴要回家了。”

“不——”他连声反对，“请再待一段——我想跟你谈谈。让我告诉你，是你拍的片子——《父亲的小女儿》。我在巴黎看了，然后立刻拍电报到美国，看你是否已经签约了。”

“我刚刚签了，很抱歉。”

“天哪！多棒的电影。”

罗斯玛丽不想跟着傻乎乎地笑，就皱了皱眉。

“没人希望观众一想起自己，永远就只有一部片子。”她说。

“当然了——这很对。您有什么计划？”

“我母亲认为我需要休息。回去后我们也许会和国立第一制片厂签约，或者继续和费默斯制片厂合作。”

“‘我们’是谁？”

“我母亲。她处理我所有的事物。我不能没有她。”

布莱蒂又上上下下打量了她一番，让罗丝玛丽心中一阵荡漾。这并非喜爱之情，完全不是今天早上对海滩上的那个男人产生的自然而然的爱慕，而是一拍即合。他渴慕她，而她的处女情怀也平静地准备投降。不过她知道，只要离开他半个小时，她就会忘掉他，就像忘掉在电影中和她接吻的男演员一样。

“你住在哪儿？”布莱蒂问，“哦，对了，住在高斯酒店。我今年的计划也定了，不过我写给你的信仍然有效。自从康尼·塔尔玛吉长大后，你是我最想合作的女孩子。”

“我也是。你为什么不回好莱坞？”

“我受不了那个鬼地方。我在这儿挺好。等拍完这个镜头，我带你到处看一看。”

他走上台，和那个法国男演员说着什么，声音低沉而安静。

五分钟过去了——布莱蒂还在讲，那个男演员不时点着头，移动着双脚。突然，布莱蒂停了下来，向灯光喊了一声，随即射来一阵炫目的强光，嗡嗡作响，把他们吓了一跳。此刻，罗斯玛丽仿佛又回到了喧闹的洛杉矶，又一次穿行在这城市的狭小街区。她并不胆怯，还想回到那里。她不想再看到布莱蒂，知道结束后他会是什么样的情绪，就离开了制片厂，却好像还处于它的魔力中。现在，知道制片厂在这儿，地中海显得不再那么安静了。她喜欢街上的人，上火车之前买了一双帆布鞋。

母亲很高兴，女儿完全按照她的吩咐去做。不过她仍想放手，让罗斯玛丽自己去闯。斯皮尔司夫人看起来很精神，其实很累。守在将死之人的病榻前确实使人疲惫，而斯皮尔司夫人刚刚守护在一对夫妇身边。

第六章

尼科尔·戴弗午餐时喝了些红葡萄酒，无比惬意。她双臂交叉，高高耸起，脸颊几乎碰到了肩膀上的假山茶花，走进没有杂草的可爱的花园中。花园的一边是房子，从那里蔓延出去，又直抵回去；两边是古老的村庄，另一边是悬崖峭壁，层层断崖渐次没入大海。

沿着村庄的围墙，一切都灰蒙蒙的，蜿蜒的藤蔓，柠檬树和桉树，随意放置的独轮手推车，刚刚丢在那儿，就已经陷入小路，显得萎缩，又有些朽坏。朝另一个方向，经过一个芍药花坛，就进入一个青翠凉爽的地方，树叶和花瓣湿漉漉的，柔润地卷曲着。每当如此，尼科尔都会稍稍吃惊。

尼科尔脖子上系了一条淡紫色的围巾，即使在白亮亮的阳光下，也在她的脸上和移动的双脚旁投下了淡紫色的影子。尼科尔面容严峻，若不是绿色眼睛中哀怨、疑惑的眼神透露出来的柔和的目光的话，几乎有些苛刻了。她原本亮丽的头发已经变得暗淡，不过如今二十四岁的她，比起十八岁时更加可爱，那时她的头发比本人还要光艳。

沿着白色界石是一条小路，朦胧的雾气中鲜花烂漫。尼科尔顺着这条小路，走到一块俯瞰大海的空地。这里，无花果树上吊着熄灭的灯笼，一张大桌子、几把柳条椅、一顶锡耶纳[1]买来的太阳伞，都聚集在一棵大松树下。这是花园中最大的一棵树。尼科尔在这儿稍作停留，心不在焉地看着树下一丛纠缠在一起的旱金莲花和鸢尾草，它们好像是从随意丢下的一把种子里长出来的。这时，她听见育婴房里传来啼哭和呵斥的声音。等这声音在夏日的空中消失，尼科尔继续往前走，穿过粉云般簇拥在一起的五颜六色的芍药花，穿过黑色和棕色的郁金香，又穿过有着柔嫩的紫红色茎秆的玫瑰，它们就像糖果店橱窗里玲珑剔透的糖果花，最后走下一段潮湿的台阶，向下延伸到五英尺的地方——就像色彩已经喧闹得无以复加，然后在半空中戛然而止。

这里有一口井，木板铺就的井台潮湿滑溜，即使天气明媚时也不例外。尼科尔走上另一边的台阶，来到菜园。活泼好动的她走得很快，不过有时候她会给人一种娴静的感觉，安谧而又可人。这是因为她不善于言辞，也不信任谁，只偶尔文雅地幽默一两次，次数屈指可数。可有时候，当陌生人因为她的少言寡语感到不自在时，她会抓住一个话题，滔滔不绝，自己也兴奋地吃惊——然后收住话题，几乎战战兢兢地突然停下来，好像一只驯顺的猎犬，叼回了猎物，表现得中规中矩。

尼科尔站在绿色朦胧的菜园中，这时，迪克正经过她前方的小路去工作间。尼科尔静待他走过，然后继续往前走，穿过一行行蔬菜，来到一个小型动物园。那儿的鸽子、兔子，还有一只鹦鹉对着她傲慢地喋喋不休。尼科尔下到另一处石台，来到一段低矮、起伏的围墙，下方七百英尺处便是地中海。

此刻，尼科尔正站在塔姆斯古老的山村里。别墅及其庭院是由一排依悬崖而建的农舍改造而成——住宅部分由五栋小房子连接起来翻建而成，另外四座推倒作为花园。外墙保持原样，这样一来从下面的道路远远地望去，别墅同灰紫色的城镇并无二致。

① 意大利中部城市，在托斯卡纳地区，保留有中世纪时期建筑，是一个旅游胜地。

尼科尔站在那儿，俯瞰了一会儿下面的地中海，觉得百无聊赖；一双不知疲倦的手也无所事事。这时，迪克从他那座只有一间房的工作室中出来，手里拿着望远镜，望着东面的戛纳。很快，尼科尔悄然进入了他的视野，于是他回到屋里，出来时拿着一个喇叭筒。迪克有很多轻便的好玩意儿。

“尼科尔，”他喊道，“我忘了告诉你，最后出于道义，我邀请了艾布拉姆斯夫人，就是那个白头发的女人。”

“我不赞成，这让人生气。”

迪克毫不费力就听到了尼科尔的回答，这似乎是在藐视迪克的喇叭筒的作用；于是尼科尔提高了嗓门，叫道，“你听见了吗？”

“是的。”他放下了麦克风，然后又固执地举起来，“我还准备邀请更多的人，包括那两个年轻人。”

“好的。”她平静地回答。

“我想举办一次真正‘糟糕’的晚会。我说到做到。我希望看到晚会上有争吵、引诱，人们带着受伤的心回家，女人们昏倒在梳妆间里。你等着瞧吧。”

迪克回到自己的房间里。尼科尔知道迪克正处于自己特有的情绪中——它使所有的人都兴奋起来，可接踵而来的却是他自己不可避免的忧伤。迪克从未表现过这种忧伤，可她能感觉到。高涨的情绪往往与事情本身的重要性不成比例，使人们产生一种真正异乎寻常的热爱。除去少数意志坚定、疑心很重的人，迪克总能让人无条件地痴爱上他。然而，当他意识到了其中的耗费和奢靡，就会有这样的反应。有时候，回顾自己引发的情感狂欢，迪克会充满惊骇，就好像一位将军凝视着他为了满足非人的血腥欲望而下令的大屠杀。

然而，能够走进迪克·戴弗的世界，哪怕只有一会儿，也是一次奇妙的经历：每个人都相信他会对自己另眼相看，理解他们命运中埋藏在多少年的妥协背后的骄傲、独特之处。迪克细腻体贴、礼貌周全，而且他的礼貌是发自于心，表现迅速，只有通过它的效果才能观察到，所以他很快就赢得了人们的好感。然后，仿佛害怕这种友好的关系最初的盛开会凋谢，他会无所顾忌地打开自己的欢乐世界之门。只要人们完全接受它，他们的幸福就是迪克的心头大事。不过，但凡人们对它的包罗万象有丝毫的怀疑，迪克就会在人们眼前蒸发；他说的话、做的事，几乎留不下什么值得一提的记忆。

那天晚上八点半，迪克出来迎接第一批客人。他手中拿着自己的外套，郑重其事、从容信心，好像西班牙斗牛士拿着斗篷。他问候了罗斯玛丽和她的母亲，然后像往常一样，等她们先开口说话，好像让她们在新的环境中对自己的声音放心。

在罗斯玛丽那边，母女二人登上了塔姆斯，呼吸着新鲜空气，对周围的一切赞赏有加。如同一些超凡脱俗之人，他们的个人品质可能会因为一个反常的表情而更为彰显，戴安娜别墅精心营造的完美，也会因为一些细小的过失而得以清楚得展现，例如一个女仆在后面突然闪现，或一个不听使唤的软木塞。夜晚的喧嚣随第一批客人而至，而凉台上戴弗家的孩子们和家庭女教师还在用晚餐，象征着白日里的家庭事务在悄悄消逝。

“好漂亮的花园啊！”斯皮尔司夫人赞叹道。

“是尼科尔的花园，”迪克说，“她总是放不下它——不让这园子消停，担心有虫害。现在她每天回来，我估摸，身上都带着白粉菌、苍蝇斑或晚期枯萎病什么的。”迪克用食指明确地指着罗斯玛丽，仿佛是要掩盖父亲般的关怀，用轻松的口吻说，“我以后再听你的理由吧——我要给你一顶帽子，在海滩上戴。”

他把她们从花园带到凉台上，倒了一杯鸡尾酒。这时厄尔·布莱蒂也到了，吃惊地发现罗斯玛丽也在这儿。他的举止比在摄影棚里柔和了一些，好像这一不同的态度是在大门口改换的。罗斯玛丽当即把布莱蒂和迪克·戴弗比较了一番，结果明显倾向于后者。相比之下布莱蒂似乎稍显粗糙，教养稍逊；但是，罗斯玛丽又一次对他的身体产生了触电般的感觉。

在室外用完晚饭的孩子们这时站了起来，布莱蒂很亲切地跟他们打招呼。

“你好，拉尼尔，唱支歌怎么样？你和托普茜给我唱支歌好吗？”

“我们唱什么呢？”小男孩儿答应了，带着在法国长大的美国

孩子特有的婉转的口音。

“就唱那首《我的朋友皮耶罗》。”

兄妹俩肩并肩站着，并不害羞，甜美而嘹亮的歌声在夜空中飞翔。

“明月朗朗当空照
试问好友皮耶罗
可否准备羽毛笔
让我用它写个字
蜡烛燃尽已成灰
光明哪里去寻找
为我打开你的门
上帝仁慈驻人间。”

歌声终了，孩子们安静地站着，为自己的成功微笑着，小脸蛋儿映着夕阳，显得很兴奋。罗斯玛丽觉得戴安娜别墅就是世界的中心，在这样一个舞台上总会发生难以忘怀的事。随着一阵门铃声，大门打开了，罗斯玛丽的心情更加兴奋。其余的客人一起到了——麦基斯科夫妇、艾布拉姆斯夫人、达姆夫瑞先生和坎皮恩先生来到了露台。

罗斯玛丽很是失望——她瞥了一眼迪克，好像要他解释这不伦不类的聚会。可迪克面无异色，自豪地接待着新到的客人们，让人觉得，无论客人们会做出什么样的行为举止，有多么闻所未闻，他都会悉听尊便。罗斯玛丽完全信任迪克，立刻就接受了麦基斯科们的出现，就好像她一直都盼着同他们见面。

“我在巴黎见过你们，”麦基斯科对接踵而来的亚伯·诺斯夫妇说，“事实上我见过你们两次。”

“是的，我记得，”亚伯说。

“那，是在哪儿？”麦基斯科问，不想丢下这个话题。

“噢，我想——”亚伯却已经厌倦了这个游戏，“我想不起来了。”

这几句交谈填充了一段空白，罗斯玛丽的本能地感觉，应该有人机智地说点什么，可迪克却不打算拆散这些新到客人组成的圈子，甚至都没有想着去打击一下麦基斯科夫人脸上表现出来的扬扬得意。迪克没去解决这个社交问题，因为他清楚这在此刻并不重要，会自己解决的。他要把奇思妙想留给更大的场合，等待更重要的时刻，让客人们感到今晚不虚此行。

罗斯玛丽站在汤米·巴尔邦旁边。巴尔邦一副不屑的神情，好像受到了某种特殊的刺激。他第二天早上就要离开了。

“回家？”

“家？我没有家。我要去参战。”

“什么战争？”

“什么战争？任何战争。我最近没有看报纸，不过我想会有战争——战争总会有的。”

“你不在意为什么而战吗？”

“一点儿都不——只要对我好就行。要是烦了，我就来看戴弗他们，因为那样，我就会知道，几周后我就又想去战场了。”

罗斯玛丽僵住了

“你喜欢戴弗夫妇，”她提醒他。

“当然——特别是她——不过他们让我想参战。”

罗斯玛丽想了想，不过无济于事。戴弗夫妇让她永远想跟他们在一起。

“你是半个美国人，”她说，好像这样就可以解决这个问题了。

“我也是半个法国人，还在英国上过学，十八岁后我已经穿过八个国家的军装了。不过我不希望让你觉得我不喜欢戴弗一家人——我很喜欢，特别是尼科尔。”

“谁能不喜欢她呢？”她简单地说。

罗斯玛丽觉得和巴尔邦很不投机。他的弦外之音让她不舒服，她收回了自己对戴弗夫妇的爱慕，以免被他略带讥讽的语气亵渎。罗斯玛丽很称心吃饭的时候没有和巴尔邦坐在一起。大家朝花园里的桌子走去的时候，罗斯玛丽依旧在回味巴尔邦那句“特别是尼科尔”。

大家走在小路上，罗斯玛丽和迪克·戴弗并肩走了一会儿。迪克遇事果敢、反应敏锐，周围的一切似乎都消退为一个肯定的证明，他无所不知。有这么一年对罗斯玛丽来说似乎是永远不会忘怀的，她有了钱、有了名，见识了一些显赫的人，可这些人，比起军医的寡妇和她的女儿以前所认识的那些住在小旅馆或小公寓的巴黎人来说，不过更加有权利而已。罗斯玛丽是个浪漫的人，她的职业却没有在这方面提供多少让她满意的机会。她的母亲希望罗斯玛丽事业有成，不能容忍随处可见的诱惑成为真正的人生虚假的替代品。其实，罗斯玛丽已经超越这个层次了——她只是拍电影，根本没当真。所以，看到母亲脸上对迪克·戴弗赞许的表情，她就明白这意味着迪克是个"货真价实的家伙"，她可以想走多远就走多远。

"我一直在看你，"他说，她知道这是真话，"我们越来越喜欢你。"

"第一次见到你我就爱上了你，"她安静地说。他佯装没听见，好像她的赞美纯粹是形式的。

"新朋友在一起，"他说，似乎这一点很重要，"经常会比老朋友更快乐。"

罗斯玛丽并不太理解这句话的确切含义，她发现自己已经到了餐桌旁。灯光渐渐从昏黑的暮色中浮现，把餐桌点亮。罗斯玛丽看到迪克的右手挽住了自己的母亲，心中不禁拨响了快乐的琴弦。她自己站在路易斯·坎皮恩和布莱蒂之间。

罗斯玛丽满怀激情，转向布莱蒂，想向他倾诉；不过一提到迪克的名字，他的眼中闪过一丝无情的眼神，让罗斯玛丽明白他拒绝向她提供父亲般的指导。因此，当布莱蒂试图独享她时，她也很坚定。于是他们就谈工作，或者她听他谈工作。她的眼睛一直礼貌地看着布莱蒂，可思想却完全在别处，罗斯玛丽甚至都觉得他已经猜到了。不时地，罗斯玛丽也能抓住他句子的大概，下意识地补充几句，就好像一个人听到敲了一半的钟声，虽然最初的几下钟响没有数，只凭着萦绕在记忆中的节奏，也能大概估摸出钟响了几下。

第七章

趁着谈话的间歇，罗斯玛丽转过头去，朝餐桌一端看去，尼科尔坐在汤米·巴尔邦和亚伯·诺斯中间，棕红色的头发在烛光下闪耀。他们谈话不多，可尼科尔圆润、清晰的嗓音立刻吸引了倾听着的罗斯玛丽。

“可怜的家伙，”尼科尔叫道，“你为什么要把他锯成两半儿？”

“当然是想知道一个侍者肚子里面有什么花花肠子。你就不想知道？”

“里面有旧菜单，”尼科尔笑了两声，说道，“碎瓷片，小费，还有铅笔头。”

“没错——不过问题是需要科学地证实。而且，毫无疑问用锯琴可以清理掉所有的污秽。”

“做手术时你也打算演奏锯琴吗？”汤米问。

“还不至于。他的叫声把我们吓坏了。我们想他会弄断什么东西。”

“听起来真是奇怪，”尼科尔说，“居然有音乐家用另一个音乐家的锯来——”

晚宴已经持续了半个小时，人们中间发生了明显的变化——每个人都把各自的成见、忧虑、怀疑放在一边，现在都只是戴弗夫妇的客人，把自己最好的一面呈现了出来。有谁不那么友好，或兴趣索然，就好像是在责备戴弗夫妇，于是大家都努力做好。罗斯玛丽察觉到了这一点，她喜欢所有的人——只有麦基斯科除外。他装模作样，在晚宴上显得格格不入。他倒并不是恶意，更多的是想用葡萄酒维持他刚到时的愉悦心情。他靠在椅子上，坐在厄尔·布莱蒂和艾布拉姆斯夫人中间，跟布莱蒂干巴巴地聊了几句电影，跟后者则一句话也没说。他盯着迪克，脸上满是嘲讽，不过不时地把这嘲讽的表情收回来，因为想跟迪克斜对着桌子聊两句。

“你跟范·布仁·丹比不是朋友吗？”他煞有介事地问。

“我想我不认识他。”

“我以为你是他的朋友，”他有些恼火地坚持说。

丹比先生的话题没有达到预期的效果，于是麦基斯科又尝试了一些其他同样风马牛不相及的话题，可每次迪克所表现出来的关注似乎都让他无所适从。一段尴尬的停顿后，他所打断的谈话又会继续下去，他被晾在了一边。他又试图掺和进别人的谈话，可每次他都像在和一只手套握手，里面的手已经抽回去了。所以，最后他放弃了，好像是无法和一群孩子谈话，把注意力完全集中在了眼前的香槟酒上。

罗斯玛丽不时地环顾一下餐桌边的人们，热切地希望大家都快乐，好像他们是她将来的继子继女。桌子上的一只碗里盛着芬芳馥郁的石竹花，散发出雅致的光，打在达姆夫瑞夫人的脸上；她的脸庞在纽弗克利科牌香槟酒的作用下，显得精神焕发，宽宏大量，像一位少女那样充满善意；旁边的罗伊尔·达姆夫瑞先生像女孩子一样秀美，可在当晚的欢乐世界中也并不那么让人吃惊。然后是维奥莱特·麦基斯科，容光焕发，也就不再努力挣扎着要确实自己那个虚幻的位置了——一个一心要发迹，却还没有发迹的人的妻子。

再过去是迪克，在其他人的感染下双臂放松，尽享晚会的快乐。

接着是罗斯玛丽的母亲，永远都那么完美。

这时巴尔邦正彬彬有礼、滔滔不绝地和罗斯玛丽的母亲谈话，这让罗斯玛丽又开始喜欢他了。尼科尔坐在旁边，罗斯玛丽突然对她有了新的认识，发现她是自己见过的绝代佳人之一，圣徒般的脸仿佛是北欧人的圣母玛利亚。葡萄酒颜色的灯笼悬挂在松树上，雪粒一样的微尘划过烛光，也被染成了红色，在它们衬托下尼科尔容光焕发，神态安详。

亚伯·诺斯正在跟她谈论道德原则：“我当然有，”他强调，“人不可能没有道德原则。我的原则就是，我反对烧死女巫。每烧死一个女巫，我就会怒不可遏。”罗斯玛丽从布莱蒂那儿知道亚伯·诺斯是个音乐家，少年得志，早期有过辉煌的开始，之后七年却没有任何作品问世。

诺斯的旁边是坎皮恩，努力控制着自己身上的女人气，唯恐显得过分娇弱，甚至对旁边的人都施与无私的慈爱。靠坎皮恩坐的是玛丽·诺斯，一脸的快活，牙齿像镜子一样白亮亮的，张开的双唇周围凹成一个可爱的小圈，盛满了欢乐，让人无法不对她也报以微笑。

最后是布莱蒂，热情、豪爽，越来越乐意同大家交流，而不是在那里简单地一再声称自己精神健康，原因是远离了他人性格的弱点。

罗斯玛丽像一位刚从伯内特夫人[①]笔下邪恶的世界中走出的儿童，抱着纯洁的信念，坚信自己回家了，已经从边疆那可笑、猥亵的虚构世界中回到了家。萤火虫在夜色中飞舞，远处崖底的礁石上，传来一条狗的吠声。餐桌好像一个机械舞台，向夜空缓缓升起，让围坐的人们感觉在漆黑的宇宙中，他们孤独地守在一起，享用着这宇宙间唯一的食物，唯一的光亮和温暖。麦基斯科夫人克制地发出一声奇怪的笑声，好像标志着他们已经同尘世脱离。戴弗夫妇突然显得热情洋溢、容光焕发、喜笑颜开，似乎是要讨好他们的客人，因为尽管这些客人深受礼遇，倍感尊重，对于别离的故土也许还有一些眷念。在那一刻，戴弗夫妇好像在同餐桌上的每一个客人单独谈话，又好像是和所有人在讲话，让他们相信自己的友善和关爱。一时间，一张张脸转向他们，就像是圣诞树下可怜的儿童。突然，正当欢乐的宴会马上要被带到一种难得的感伤气氛中时，人们从餐桌边散开了；在可能亵渎这伤感之前，甚至在人们还没有充分意识到这忧伤时，晚宴结束了。

---

① 弗朗西斯·伊丽莎·霍奇森·伯内特（1849—1924），英裔美国作家，以流行儿童文学作品而出名，特别是《方特勒罗伊小爵爷》（1886）。

然而，南方的温暖甜润已经渗透到人们内心，它的魔力游离了悄悄到来的黑夜和远处悬崖下地中海神秘的波涛声，融化到戴弗夫妇身上，成了他们的一部分。罗斯玛丽看到尼科尔硬要送给母亲一只黄色的晚宴用手提包，罗斯玛丽曾见过这包，而且很喜欢。尼科尔对母亲说，“我想好东西应该属于喜欢它们的人”——接着把她能找到的所有黄色的东西部塞进包里：一支铅笔、一管唇膏、一个小笔记本。“它们都是一套的。”她说。

这时，尼科尔消失了；同时，罗斯玛丽注意到迪克也不见了。客人们或者徜徉在花园里，或者信步朝露台走去。

“你想去盥洗室吗？”维奥莱特·麦基斯科问罗斯玛丽。

这会儿罗斯玛丽可不想去。

“我想去。”麦基斯科夫人依然说。她是一个直率的人，有什么说什么，罗斯玛丽不悦地看着她揣着秘密朝戴弗家的房子走过去。厄尔·布莱蒂邀请罗斯玛丽到下面的海堤去，罗斯玛丽觉得迪克再出现的话，就可以和迪克在一起了，所以就在那儿磨磨蹭蹭，听麦基斯科和巴尔邦争论。

“你为什么要和苏联作战？”麦基斯科说。“这是人类最伟大的尝试。还有，你为什么反对里夫人[①]？我看为正义而战更为英勇。”

“你怎么知道谁是正义的？”巴尔邦冷冷地问。

“哎，通常任何有理智的人都知道。”

“你是共产主义者吗？”

“我是一个社会主义者，”麦基斯科说，“我同情俄罗斯。”

“那我是一个战士，”巴尔邦轻松地说，“我的任务是杀人。我跟里夫人作战是因为我是一个欧洲人；我反对共产主义者是因为他们要抢走我的财产。”

“全是些狭隘的借口，”麦基斯科环顾四周，想找个合作者，嘲笑巴尔邦，可没有人应和。他不明白自己要攻击巴尔邦哪一方面，既不是对方简单的思想体系，也不是所受的复杂的训练。麦基斯科懂

---

① 居住在俄里夫的柏柏尔族成员。

得什么是思想，而且随着心智的成熟，也能够分辨出越来越多的思想。可现在，面对一个自己认为是“愚蠢”的人，麦基斯科在对方身上找不到任何自己所了解的思想，跟他比起来又感觉不到任何优势，于是就轻率地断定，巴尔邦是陈腐世界的最终产物，毫无价值可言。与美国达官贵族们的接触让麦基斯科明白，他们都是些势利眼，反复无常、笨手笨脚，以无知为乐，以粗鲁为傲。所有这些都抄袭自英国人——却忽视了让英国人的庸俗和无礼更加有意义的因素——然后移植到美国，而这里，一点点知识和教养所能得到的，比任何其他地方都要多。这种态度在1900年左右达到了极致，其代表是“哈佛风度”。麦基斯科认为巴尔邦也是这一路货色；但因为自己多贪了几杯，就糊里糊涂地忘掉了自己对巴尔邦还是有所忌惮的——结果就导致了目前的困境。

罗斯玛丽隐隐地为麦基斯科感到难为情。她不动声色地等着迪克·戴弗回来，心中却火烧火燎的。餐桌边的人已经所剩无几，只有巴尔邦、麦基斯科和亚伯。罗斯玛丽坐在椅子上，眼前是一条小径，通向石砌的露台，两边是影影绰绰的桃金娘和蕨类植物。她顺着这路望过去，看见母亲的侧影映在一扇被照亮的门上。罗斯玛丽觉得这侧影美极了，就起身打算去母亲那里。这时，麦基斯科夫人慌慌张张地从房里跑了出来。

她看起来很紧张，一言不发地拉过一把椅子，坐了下来，眼睛直瞪着，嘴唇颤抖着。大家看到她一定有一肚子的新闻，所有的眼睛都转向她。麦基斯科不由地问，“怎么了，维？”

“天哪——”她含糊地说了一句；然后对罗斯玛丽说，“亲爱的——什么也没有。我真的什么也不能说。”

“大家都是朋友。”亚伯说。

“在楼上我看见，天哪——”

她神秘地摇摇头，就此打住了，因为这时汤米站了起来，彬彬有礼却又严厉地对她说，

“评论这房子里发生的事情恐怕不合时宜。”

第八章

维奥莱特重重地喘了口气，努力换上另一副表情。

迪克终于出现了，凭直觉立刻明白发生了什么事，及时把巴尔邦和麦基斯科夫妇分开，然后开始同麦基斯科讨论文学，显得对文学极其无知又感兴趣，这使后者得到了他想要的优越感。其他的人帮迪克提着灯笼——谁不愿意帮人拎着灯笼走过黑暗呢？罗斯玛丽也帮着迪克，同时耐心地应付着罗伊尔·达姆夫瑞对好莱坞无休止的提问。

此时此刻——罗斯玛丽在想——我终于可以单独跟他在一起了，这一点他一定清楚，因为他的原则跟母亲教给我的一样。

罗斯玛丽判断正确——不久，迪克就把她从露台上的人群里带开，他们两人单独在一起了。他们离开房子，朝海堤走去。脚下的台阶间距忽长忽短，罗斯玛丽时而举步维艰，时而步履轻松。

他们眺望着地中海。最后一班从雷林群岛[①]返回的游船划过海湾，仿佛7月4号[②]飘浮在空中的气球。它在黑色的岛屿间漂浮，悄无声息地劈开夜幕下的海水。

① 法国戛纳近海一群岛名。

② 美国国庆日。

“我明白了，你为什么总是那样提起你的母亲，”迪克说，“我想她对你的教育很好。她有在美国很少见的智慧。”

“我母亲完美无缺。”她虔诚地说。

“我刚才在跟她说到我的一个计划——她告诉我你们在法国行程依你而定。”

是你，罗斯玛丽差点儿就大声说出来了。

“眼下，这儿的事情都要结束了——”

“结束了？”她问。

“对，结束了——至少夏季的这一段结束了。上个礼拜尼科尔的姐姐离开了，明天汤米·巴尔邦走，星期一亚伯和玛丽·诺斯也会离开。也许今年夏天我们会有更多有趣的事，不过眼下的快乐已经结束了。我希望它戛然而终，而不是苟延残喘，那太令人伤感了——所以我举办了这个晚会。我想说的是——尼科尔和我准备去巴黎，送亚伯·诺斯回美国——不知道你是否愿意跟我们一起去。”

“我妈妈怎么说？”

“她好像觉得这样很好。她自己并不想去，想让你单独去。”

“我长大后还没有见过巴黎呢，”罗斯玛丽说，“我很愿意跟你们一起去看看巴黎。”

“那真是太好了。”突然间他的嗓音变得刺耳，难道这是她的幻觉？“你出现在海滩上的那一刻我们都很兴奋。你那么朝气蓬勃，在任何人或任何一群人身上都会用之不尽，我们相信那一定是出于职业习惯——尼科尔尤其这样想。”

罗斯玛丽本能地感觉到，迪克在逐渐将谈话内容从她这里转向尼科尔那儿，于是她不再心猿意马，同样克制地说：

“我想认识你们所有的人——尤其是你。我跟你说过，第一次见到你我就爱上了你。”

罗斯玛丽这样做是对的；可此时，天海苍茫，让迪克清醒了很多，带罗斯玛丽到这里来的冲动也已烟消云散，并意识到这个请求实在露骨，仿佛要拼尽全力上演一幕未经排练的剧情，或使用尚不熟悉的语言。

迪克希望罗斯玛丽能愿意回到房子那里，可这不太容易，因为迪克自己也不情愿失去她。他跟罗斯玛丽和善地开着玩笑，而罗斯玛丽只感觉到吹来的阵阵海风。

“你不知道自己想要什么。你应该去问问你母亲。”

罗斯玛丽怔住了。她碰了碰他，触摸到迪克十字褡[①]般光滑的深色外衣。她好像要双膝跪下——就这样，她做了最后的尝试。

“除了我母亲，你是我见过的最优秀的人。”

“你对生活的看法太浪漫了。”

迪克的笑声一路陪着他们走上露台，在那里他把罗斯玛丽交给了尼科尔……

很快要离开了，戴弗夫妇帮助他们尽快回去。戴弗家宽大的伊索塔轿车里坐着汤米·巴尔邦和他的行李——他要在酒店过夜赶早班车；此外还有艾布拉姆斯夫人，麦基斯科夫妇和坎皮恩。厄尔·布莱蒂去蒙特卡洛的路上会顺道送罗斯玛丽母女回去，罗伊尔·达姆夫瑞和他们一起，因为戴弗家的轿车已经坐满了。花园里，灯笼仍然照亮着他们用餐的桌子。戴弗夫妇并肩站在大门口，尼科尔如鲜花般在夜色中优雅地绽放，迪克叫着每个人的名字，跟大家道别。罗斯玛丽跟着大家乘车离去，想到把他们两个留在那里，不禁一阵心酸。她又想起不知道麦基斯科夫人在浴室里看见了什么。

---

① 神父行圣礼时穿在白袍之外的一种无袖长袍。

第九章

这是一个宁静的夜晚，漆黑一团，就像装在一个篮子里，从一颗模糊不清的星辰上吊下来似的。空气凝重，前而那辆车的喇叭声也因而显得减弱了许多。布莱蒂的司机开得很慢，转弯的时候，另一辆车的尾灯时隐时现——随后就踪迹皆无了；十分钟后，这辆车又出现在眼前，停在了路边。布莱蒂的司机在后面减慢了车速，可戴弗家的豪华轿车随即又开始慢慢往前滑动。罗斯玛丽他们超了过去。超车的那一刹那，他们听到轿车后的寂静中一阵嘈杂的声音，看见戴弗家的司机咧着嘴在笑。他们继续行驶，快速穿过或浓或淡的夜色，最后，像坐过山车一样急速转了几个弯，终于停在高斯酒店的大厦前。

罗斯玛丽昏昏沉沉地睡了三个小时，就再也睡不着了。她沐浴在月光中，黑夜像情人一样拥抱着她。罗斯玛丽遐想着未来，很快就看到最终会发生的事，那会是一个吻，可是却如同电影中的吻那样不真实。她有意翻了个身，这是她第一次有失眠的征兆。她试图用母亲的思维方式考虑这个问题。这种时候罗斯玛丽通常才思敏捷，超出了她自己的经验范围；过去的谈话又回忆了起来，而当时只不过似懂非懂罢了。

罗斯玛丽从小所受的教导是工作最重要。斯皮尔司夫人把两任丈夫留给她的微薄遗产都用在了女儿的教育上。待女儿长到十六岁，国色天香，秀发如云，她就匆忙把罗斯玛丽带到了爱克莱斯本斯[①]贸然敲开了一位正在那里休养的美国制片商的套房。这个制片商去纽约时，她们也跟着去。这样，罗斯玛丽通过了入门考试。随之而来的是成功，罗斯玛丽的未来也相对稳定，因此，斯皮尔司夫人觉得今晚可以不必顾忌太多，就不动声色地作了如下暗示：

“我把你抚养成人是希望你事业有成——而不只是为了结婚。现在你碰到了第一个叫你动心的人，而且还相当出色——那就去爱吧，不过要把一切都只当作一次经历。受伤的或者是你，或者是他——不管发生什么都不会对你有所损害，因为从经济上讲，你更像个男孩子，而不是女孩子。”

罗斯玛丽一向不做什么思考，只思忖过为何母亲那么十全十美；所以母亲这段不啻割断脐带的话，让她心神不宁，难以入眠。透过高大的落地窗，麻麻亮的天色隐约可见。罗斯玛丽从床上起来，光着脚走到露台上，感觉上面暖暖的。夜空中传来各种神秘的声音，网球场上方的树上，一只固执的鸟和着不变的节拍，鸣啼不断，像是阴谋终于得逞。一辆汽车转了个弯，停在酒店后院，接着传来脚步声，踩在土路上，然后是碎石路，水泥台阶，又折回去。墨蓝的大海那边，依稀望得见一座小山高耸的暗影，那里住着戴弗一家人。罗斯玛丽想到了他们两个，似乎听到了他们赞美诗般缥缈的歌声，青烟一样缭绕，仿佛是在遥远的过去，从很远的地方传来。他们的孩子们还沉浸在睡梦中，夜晚关上的大门还紧闭着。

罗斯玛丽回到屋里，穿上一件薄薄的睡袍和一双帆布登山鞋，又从窗户出去，沿着长长的露台向前门走去。罗斯玛丽走得很快，因为她发现其他房间也与露台相通，仍沉浸在睡眠中。看见有人坐在正门入口处宽大的白色楼梯上，她停住了脚步，发现那人竟是路易斯·坎皮恩，而且还在哭。

---

① 法国东部城市，在萨瓦省，是一个度假胜地和矿泉疗养地。

坎皮恩悄无声息地痛哭着，像女人哭泣时一样颤抖着。罗斯玛丽突然想起去年一部戏里的一个镜头，就禁不住走了过去，碰了碰他的肩膀。坎皮恩低声叫了一声，这才认出了罗斯玛丽。

“怎么啦？”罗斯玛丽目光平静、亲切，不是好奇地斜视过来。“我能帮忙吗？”

“谁也帮不了我。我知道。这只能怪我自己。什么时候都是这样。”

“是什么——你愿意告诉我吗？”

他看着罗斯玛丽，思索片刻。

“不，”坎皮恩决定不说出来，“等你长大一点，就会懂得为爱情受苦的人。很痛苦。宁愿年轻一点，冷酷一点，也不要爱上一个人。以前也曾经爱过，可从来没像这样——这样突如其来——本来一切都好好的。”

在越来越亮的晨光中，坎皮恩的脸显得很可憎。罗斯玛丽突然觉得坎皮恩的故事俗不可耐，无论什么内容。尽管她脸上不动声色，身体毫无反应，没有流露出哪怕丝毫的不悦，坎皮恩还是敏感地察觉到了，迅即换了话题。

“亚伯·诺斯也在这儿。”

“为什么，他不是住在戴弗家吗？”

“是的，不过他已经来了——你不知道发生了什么事吗？”

二楼一个房间的百叶窗突然打开了，一个英国口音厉声叫道：

“帮帮忙，你们能不能闭上腿[①]！”

罗斯玛丽和路易斯·坎皮恩灰溜溜地走下台阶，来到通向海滩的路边，坐到一张长椅上。

“这么说你不知道昨天发生的事？我的天，真是不得了——”坎皮恩现在缓过神儿来，下定决心要把自己知道的东西抖搂干净。我从来没见过这么突如其来的事——我一向避开那些性格狂暴的人——他们让我心烦意乱，有时候我不得不一连好几天都与床为伴。”

① 此人英语发音不准，将kindly（帮帮忙）误说成kaindlay，stop talking（闭上嘴）说成stup tucking。

他得意地看着罗斯玛丽，而她却不知道对方在滔滔不绝什么。

“亲爱的，”他突然说，手碰了碰罗斯玛丽的大腿，同时整个身子倾过去，说明这不只是无意识的接触。他显得很自信，说：“马上要决斗了。”

“什——么？”

“决斗——我们也不知道什么决斗。”

“谁要决斗？”

“让我从头告诉你。”开口之前，他深深吸了口气，好像这于罗斯玛丽的名声无益，不过自己不想瞒她。“当然了，那时你是在另一辆车上。不过，从某一点上看也算你幸运——我最起码减寿两年，太突然了。”

“什么太突然了？”她问。

“我不清楚怎么开始的。最初她开始说——”

“谁？”

“维奥莱特·麦基斯科。”他压低了声音，好像长椅下有人偷听，“别提戴弗两人，他威胁说谁要提那件事儿就跟谁没完。”

“谁威胁？”

“汤米·巴尔邦，所以你千万别说我提到他们了。我们最后也不知道维奥莱特要说什么，巴尔邦一直打岔，她丈夫就卷进来了，然后，亲爱的，就有了这场决斗，就在今天早上——五点钟——也就是一个小时之后。”他叹了口气，忽然自己的伤心事又涌上心头。“我都希望要决斗的是我。我宁愿去死，活着已经没什么意义了。”他突然打住了，痛苦地剧烈颤抖着。

楼上那扇铁制的百叶窗又打开了，那个英国人的嗓门再次响起：

“拜我了，你们怪边吵吵了[①]。”

这时，亚伯·诺斯从酒店出来了，看起来神情恍惚。借着大海上方那片鱼肚白，他认出了罗斯玛丽和坎皮恩。罗斯玛丽摇摇头，

① 这里他又把really（拜托了）说成了rilly，stop（停止）说成了stup，immediately（快）说成了immejetely。

让他别出声，三人走向离酒店更远的长椅。罗斯玛丽看到亚伯有点紧张。

“你怎么起来了？”亚伯·诺斯问。

“我就是起来了。”她想笑，可想起了楼上的声音，就忍住了。

“是那只夜莺折磨的吧，”亚伯话里有话，又重复说，“肯定是那只夜莺。这个长舌妇都告诉你了？”

坎皮恩正色道，

“我只知道亲耳听到的事。”

他站了起来，快步走开了。亚伯坐在罗斯玛丽的旁边。

“你对他怎么这么刻薄？”

“是吗？”他惊讶地问，“他一个早上都在这儿哭。”

“也许他有什么伤心的。”

“也许是。”

“决斗是怎么回事？谁要决斗？那辆车里发生了一些奇怪的事儿，是吗？”

“很疯狂，不过是真的。”

第十章

那天晚上，厄尔·布莱蒂的车超过了在路边停下的戴弗家的轿车，麻烦就是这时开始的——亚伯平静地讲起了那个聚会的夜晚——维奥莱特·麦基斯科正要告诉艾布拉姆斯夫人自己发现的关于戴弗夫妻的事——她上了楼，撞见了一些让她大吃一惊的事。可汤米是戴弗家的看门狗。维奥莱特当时的确显得又兴奋又可怕——不过事情是相互的，戴弗夫妇作为一个整体，对他们的朋友们来说比这些人意识到的要重要。当然，这也需要一些牺牲——有时他们就像芭蕾舞剧中的王子公主一样迷人，值得你像欣赏芭蕾舞一样关注他们，可事情不止于此——你得知道他们的故事。不管怎样，汤米是迪克引见给尼科尔的男士中的一个，麦基斯科夫人不断地想说她看到的事，汤米就提醒他们要注意这一点。他说：

“麦基斯科夫人，请不要再谈论戴弗夫人了。”

“我没跟你说话。”她反驳说。

“我想最好不要再说他们了。”

“难道他们这么神圣吗？”

“别说了，说点别的。”

当时他坐在坎皮恩旁边的一张小位子上，坎皮恩都告诉我了。

“哎哟，你也太霸道了。”维奥莱特不甘示弱道。

你知道深更半夜汽车里的谈话是怎么样的，一些人咕咕哝哝，一些人不闻不问。晚会后，大家太累了，或者无聊或者昏昏欲睡。谁都不知道发生了什么事，直到汽车突然停了下来，巴尔邦大声叫了起来，把每个人都震住了，那英勇劲儿绝不亚于一名骑兵。

“你想出去吗——我们现在离酒店只有一英里，你可以走回去，或者我把你拖回去。你必须闭嘴，也让你老婆闭嘴！”

“你这个欺软怕硬的家伙，”麦基斯科说，“我知道你比我强壮，不过我并不怕你——他们应该有决斗的规则——”

他错就错在这儿，因为汤米是法国人，他俯过身来，跟麦基斯科击了掌，然后司机又把车开动了。这就是你们的车超过他们的时候，然后那些女人又开始窃窃私语，直到酒店门口，车里都是这样。

汤米打电活给戛纳的一个人做他的助手，麦基斯科说他不想让坎皮恩做自己的助手，坎皮恩也不怎么热心。于是，麦基斯科就打电话给我，让我什么也不要说，直接过来。维奥莱特·麦基斯科撑不住了，艾布拉姆斯夫人把她送到自己屋里，给她服了一片镇静药，然后她就躺在床上，舒舒服服地睡着了。我到了以后，就劝汤米，可他除了麦基斯科的道歉，什么也不接受，而麦基斯科也胆气十足，就是不道歉。

亚伯说完，罗斯玛丽若有所思地问：

“戴弗一家人知道这与他们有关吗？”

“不知道——他们永远也不会知道自己跟这有任何关系。那个该死的坎皮恩，他不应该告诉你，不过既然他已经说了——我告诉那个司机，他胆敢泄露只言半语，我就把那把老锯琴拿出来。这是两个男人之间的战争——汤米只需要一场痛快淋漓的战争。

“希望戴弗一家人不要知道这件事，”罗斯玛丽说。

亚伯看了看表。

“我得上去看看麦基斯科——你想去吗？——他觉得很无助——我敢说他一夜没合眼。”

罗斯玛丽眼前浮现起这个形容憔悴、情绪紧张的男人彻夜未眠的情景。在同情和厌恶之间权衡了片刻之后，她最终同意了，带着清晨的活力，一蹦一跳地跟亚伯上了楼。

麦基斯科坐在床上，手里拿着一杯香槟，可酒后咄咄逼人的斗志已经荡然无存，看起来脆弱、暴躁、苍白，很明显整夜都在喝酒、写作。他神情茫然地盯着亚伯和罗斯玛丽问道：

“到时间了？”

“没到，还有半个小时。”

桌上散乱地摊着一些纸，麦基斯科费力地把它们整理好。这是一封长信，最后几页上的字很大，潦草得难以辨认。借着渐渐暗下的电灯微弱的光线，他在下面潦草地写下了自己的名字，然后把信塞进一个信封，递给亚伯。“给我太太。”

“你最好用冷水冲冲头，”亚伯说。

“你觉得那样会好一点吗？”麦基斯科满腹狐疑地问。“我不想太清醒。”

“你看起来糟透了。”

麦基斯科听话地走进浴室。

“我把一切都弄糟了，”他大声说，“我不知道维奥莱特怎么回美国。我什么保险都没买，从来没想过买保险。”

“别胡说。一个小时后你就会坐在这里安享你的早餐了。”

“当然，我知道。”他头发湿淋淋地回到房间里，看着罗斯玛丽，好像第一次见到她似的。突然间他眼里泪光闪烁。“我的小说完不成了，这是最痛苦的。你不喜欢我，”他对罗斯玛丽说，“可这没办法。我最主要的还是个作家。”他气馁地说，无可奈何地摇摇头。“我一生中犯过很多错误——很多。可我曾经是最优秀的一个——在某些方面。”

他没说完就停了下来，对着一颗熄灭的烟头吸了几口。

“我很喜欢你，”罗斯玛丽说，“可你不该决斗。”

“是的，我应该揍他一顿，不过已经晚了。我自己卷进了我根本没有权利做的事情。我脾气很暴躁——”他紧紧盯着亚伯，好像希望他反对，然后大笑了起来，笑声很恐怖，又把冷却的香烟头放到嘴上。他的呼吸也急促起来。

“麻烦在于，是我提出决斗的——要是维奥莱特闭上嘴，我就会把问题处理好的。当然现在我也可以溜掉，或者对这件事一笑了之——可维奥莱特就不会再尊敬我了。”

“不，她会的，”罗斯玛丽说“她会更加尊敬你的。”

“不——你不知道。她一旦占了上风，就会不依不饶。我们结婚已经十二年了，有个七岁的小女儿，她死了，然后，你知道会是个什么情形。我们都有些出轨，尽管不十分严重，还是变得貌合神离了——今天晚上她在外面就叫我胆小鬼。”

罗斯玛丽没有作声，心里很困惑。

“我们要把可能的伤害降到最低，”亚伯说。他打开皮箱，“这些是巴尔邦决斗的手枪——我把它们借了过来，好让你熟悉熟悉。他把它们装在皮箱里，带在身边。”他拿起这些古老的武器中的一个，在手里掂量了掂量。罗斯玛丽紧张地叫了一声，麦基斯科不安地看着这些手枪。

“天——难道我们要对面站着，用四五式手枪乱射一通吗？”他说。

“我不知道，”亚伯冷冷地说，“关键是用长枪管可以瞄得更准。”

“那距离呢？”麦基斯科问。

“我已经问过了。如果必须置一方于死地的话，是八步，如果双方只是生气动怒，是二十步，如果仅仅是为了维护自己的名誉，是四十步。巴尔邦的副手和我商定是四十步。”

“很好。”

“普希金的小说里有一场精彩的决斗，”亚伯回忆说，“两个人站在悬崖边上，一旦被击中，就必死无疑。”

这对麦基斯科似乎很遥远，也很有学术味儿，他凝视着亚伯，问，“什么？”

“你想到海里泡一下，清醒清醒吗？”

“不——不，我不会游泳。”他叹了口气，无助地说：“我不知道这到底是怎么回事，我为什么要决斗。”

这是他一生中做的第一件大事。实际上，对像他这样的人来说，感官世界是不存在的。突然之间要面对着铁一样的事实，他会惊悚万分。

“我们该走了，”亚伯说，看见麦基斯科好像有些气馁。

“好的。”他喝了一大口白兰地，把酒瓶装进口袋，几乎疯狂地说：“如果我杀了他——会抓我进监狱吗？”

“我会帮你逃到意大利边界。”

他看了一眼罗斯玛丽，然后很抱歉地对亚伯说，

“开始之前，有件事我想单独跟你说。”

“我希望你们两个谁都不要出事，”罗斯玛丽说，“这很傻，你们应当尽力阻止这件事。”

第十一章

罗斯玛丽在楼下空荡荡的大厅中发现了坎皮恩。

“我看见你们上楼了，”他兴奋地说，“他还好吗？什么时候开始决斗？”

“我不知道。”罗斯玛丽很反感坎皮恩的态度，像看马戏一样，麦基斯科则是其中的悲剧丑角。

“你想跟我去吗？”他问，好像他已经搞到了马戏表演的入场券，“我雇了酒店的汽车。”

“我不想去。”

“为什么不去？这场决斗会让我少活好几年，可说什么也不能错过它。我们可以远远地看。”

“为什么不让达姆夫瑞跟你一起去？”

他的单片眼镜掉了下来，这回没有胸毛能藏住它了——他站直了身子。

“我再也不想见他了。”

“恐怕我不能去。我妈妈不会喜欢的。”

罗斯玛丽走进房间，斯皮尔司夫人动了动，睡眼惺忪地问：

“你去哪儿啦？”

“我睡不着。你接着睡吧，妈妈。”

“到我房间里来。”罗斯玛丽听到母亲在床上坐起来的声音，就进去告诉了她发生的事。

“为什么不去看？”斯皮尔刮夫人建议说。“你不用走得很近，不过事后你也许能帮上忙。”

罗斯玛丽不喜欢自己在旁边看热闹的样子，就有些犹豫；不过斯皮尔司夫人尚未从睡眠中清醒过来，依稀想起了自己还是医生的妻子时，家有亡故或灾祸的人，夜晚打来电话叫她丈夫出诊。“我希望你不要老跟我在一起，主动去一些地方，做一些事——你为雷尼的广告特技表演做的事情要比眼下这事难多了。”

罗斯玛丽还是不明白为什么一定要去，不过还是听从了这个清晰、稳重的声音。这个声音在她十二岁时伴着她进入巴黎奥德翁剧场[①]的舞台，又在她出来时迎接她。

在酒店的台阶上，罗斯玛丽看到亚伯和麦基斯科的车开走了，不禁感到如释重负——可不过一会儿，酒店的轿车从拐弯处驶了出来。路易斯·坎皮恩兴高采烈，大声嚷嚷着把罗斯玛丽拉进车内，坐在自己身旁。

“我藏在那里，是恐怕他们不让我们去。我还带了摄影机，不信你看。”

罗斯玛丽无可奈何地笑了笑。他太可怕了，而且都已经不能再用可怕一词来形容，简直连人性都没有了。

“真不知道麦基斯科夫人为什么不喜欢戴弗夫妇，”罗斯玛丽说，“他们待她很好。”

“啊，不是这样的，是因为她看到的事情。因为巴尔邦打岔，我们最终也不知道是什么。”

“这么说，这不是你伤心的原因了？”

“哦，不是的，”他说，声音哽住了，“那是回到酒店时发生一些事情。不过现在我已经无所谓了——彻底撒开手了。”

① 建于1789年，位于塞纳河左岸，是法国第二大剧院，现在叫作卢森堡剧院。

他们跟着前面那辆车，沿着海岸向东行驶，经过胡安勒斯宾斯[①]时，看见一座新的娱乐场的框架已经竖了起来。这时已经四点多了，蓝灰色的天空下，第一批渔船已经吱吱嘎嘎地摇向绿灰色的大海。接着，他们驶离大道，开进偏僻的乡村。

“他们是去高尔夫球场，”坎皮恩叫道，“决斗肯定是在那里进行。”

他说对了。亚伯的车在前面停了下来。东方的天边仿佛用蜡笔涂抹了一片片红黄的色彩，预示着闷热的一天。罗斯玛丽和坎皮恩吩咐把车开进一片松树林，然后藏在树荫下，躲开那片发白的球道。球道上，亚伯和麦基斯科来回踱着步，麦基斯科还不时地抬起头张望，像警觉的兔子。不一会儿，稍远处的球座那边，出现了两个身影。罗斯玛丽和坎皮恩认出来是巴尔邦和他的法国助手——助手胳膊下夹着手枪盒子。

麦基斯科有些胆怯，溜到亚伯身后，喝了一大口白兰地，几乎呛住了，然后就打算直接朝对方走去；可亚伯拦住了他，过去跟那个法国人交谈起来。此刻，太阳已经跃出地平线。

坎皮恩抓住罗斯玛丽的胳膊。

“我受不了了，”他尖叫起来，声音几乎嘶哑了。“这太过分了。这会让我少活——”

“放手！”罗斯玛丽断然说，然后急忙用法语祈祷了一番。

两个当事人面对面站着，巴尔邦的袖子捋得老高，眼睛在阳光下不安地闪烁着，动作却显得胸有成竹，在裤缝上揩了揩手掌。麦基斯科在白兰地的作用下无所畏惧，噘起嘴唇吹着口哨，鼻子翘着，不以为然地四处张望。这时亚伯手里拿着一块手帕，向前走了两步。巴尔邦的法国助手站在那里，脸转向一边。罗斯玛丽屏着呼吸，一方面深深同情麦基斯科，一方面痛恨巴尔邦，牙齿咬得咯咯响。

“一——二——三！”亚伯扯着嗓子喊。

他们同时开枪了。麦基斯科摇晃了一下，又稳住了。两人都没

① 法国东南部地中海沿岸一旅游胜地，紧邻安提比斯。

有击中。

“好了，够了！”亚伯叫道。

两个决斗手走上前来，大家都满怀疑问地看着巴尔邦。

“我宣布我并不满意。”

“什么？你当然已经满意了，”亚伯不耐烦地说，“你只是不知道而已。”

“您的委托人拒绝再比一枪吗？”

“你说对了。你坚持要决斗，我的当事人也奉陪到底了。”

汤米轻蔑地笑了起来。

“这距离简直太荒唐了，”他说。“我不习惯这样的闹剧——你的当事人得长点儿记性，他现在不是在美国。”

“没有必要拿美国做文章，”亚伯尖锐地回敬道，接着又换了调和的口气，“这已经够了，汤米。”两人激烈地商讨了一会儿——最后巴尔邦点了点头，朝他的前敌手冷冷地鞠了一躬。

“不握手吗？”法国医生问。

“他们认识。”亚伯说。

他转向麦基斯科。

“走吧。咱们出去吧。”

两人大步走开了，麦基斯科兴奋地抓着亚伯的手臂。

“等等！”亚伯说，“汤米想要回他的手枪。也许以后还用得着。”

麦基斯科递给了他。

“让他见鬼去，”他恶狠狠地说。“告诉他，他可以——”

“要我告诉他你想再来一枪吗？”

“嘿，我做到了，”麦基斯科边走边叫着。“我打得不错，不是吗？我并不是胆小如鼠。”

“你刚才是喝醉了，”亚伯不客气地说。

“不，我没醉。”

“那好，你没醉。”

“就算我喝了两口，那有什么不同吗？”

麦基斯科信心爆棚，不满地看着亚伯。

“有什么不同吗？”他又问了一遍。

“你不明白的话，再说也于事无补。”

“你不知道战场上每个人都是大醉不醒的吗？”

“算了，我们到此为止吧。”

不过这段故事并没完，身后的石楠丛里传来了急促的脚步声，法国医生赶了上来。

“对不起，先生们，”他喘着气说。“你们能否支付我酬金？自然这只是医疗护理的费用。巴尔邦先生只有一张一千元的钞票，没办法付我，另一位先生又把钱包忘在家里了。”

亚伯说，然后问那医生，“一共多少？“

“你该想到法国人会考虑这种事的。”

“我来付吧，”麦基斯科说。

“不用，我有。我们刚才都处在同样的危险中。”

亚伯把钱付给医生，麦基斯科突然钻进灌木丛中，呕吐起来。出来时，脸色更苍白了，在玫瑰色的晨曦中和亚伯昂首阔步地走向汽车。

坎皮恩仰面倒在灌木丛里，大声喘着气。他是这场决斗唯一的受害者。罗斯玛丽突然歇斯底里地大笑起来，穿着帆布便鞋的脚不停地踢他，直到他清醒过来——现在对她唯一重要的事，是几个小时后，就可以见到她仍然称作海滩七的“戴弗夫妇”的人了。

第十二章

他们在渥伊森饭店等待尼科尔，共六个人：罗斯玛丽、诺斯夫妇、迪克·戴弗和两个年轻的法国音乐家。他们正在观察饭店的其他顾客，看他们是否从容自若——迪克说自己是唯一能泰然自若的美国人，其他人不相信，要找个人来反驳他。不过看来他们前景不妙——所有的人，进饭店不到十分钟，无一例外就开始抓耳挠腮。

“我们永远都不应该刮掉自己的美髯，”亚伯说，“不过，迪克并不是唯一镇定自若的人——”

“哦，不，我是的。”

“不过他可能是清醒的人当中唯一镇定的。”

一个穿着考究的美国男子和两位女士进了饭店，围着一张桌子坐下来，慌里慌张、打打闹闹的，显得很自然。突然，那个男子发觉有人正在观察自己——于是，他的手开始不断地举起来，不停地整理着领带，好像它有什么不平整。另外一伙尚未入席的人中，一位男子不停地用手掌拍打刮得干干净净的脸颊，他的同伴则机械地举起又放下一个熄灭了的烟蒂。有的人要么拨弄眼镜，要么拨弄胡须。这些还算幸运的，那些没有眼镜、没有胡须的就抚摸着木然的嘴唇，有的甚至还无助地拉扯着自己的耳垂。

一位声名显赫的将军走了进来，亚伯寄希望于这位将军在西点军校[①]第一年的历练，在他身上和迪克赌了五美元。要知道，西点军校第一年不许退学，而且没有人能从中完全恢复。

将军等待着侍者领他入座，双手自然地垂着。突然，他的胳膊向后一甩，好像要跳起来一样，迪克立即叫道，“啊！”觉得这位将军已经失去了控制，可将军很快就镇定了下来，他们松了一口气——尴尬差不多要结束了，侍者正要为他拉开椅子……

突然，这位征服者勃然大怒，猛地举起手，挠着梳理整齐的满头白发。

“看见了吧，”迪克得意扬扬地说，“我是唯一的一个。”

对此，罗斯玛丽深信不疑。迪克意识到这是他最好的听众，就逗得大家伙儿兴高采烈，以至于罗斯玛丽觉得所有不在他们一桌的人，都俗不可耐、不足挂齿。他们到巴黎已经两天，可好像还在海滩的阳伞下。比如，头天晚上参加青年侍卫军舞会时，当时的场合让罗斯玛丽有些害怕，因为在好莱坞她并没有参加过上流社会的晚会。迪克很快就能把场面控制住，有选择地只和少数人打招呼——戴弗家似乎交游广阔，不过都好像很久没见了，一见面全部大吃一惊，“呜，你们藏到那里去了？”——然后重新组织自己的圈子，不露痕迹但却一劳永逸地将一些不合时宜者排除掉，而且总是风度优雅。立刻，罗斯玛丽自己也觉得，好像是在某段不幸的过去结识过他们，继而识破了他们，接着否决他们，最后弃之不理。

他们这个圈子有时候完全是美国化的，可有时候又几乎没一点美国味道。迪克让他们恢复了本来的身份，这在多年的妥协中已经变得模糊不清了。

饭店里光线昏暗，烟雾缭绕，充斥着餐柜上生食的味道。这

① 又名美国军事学院，美国陆军军官接受大学教育及培训的高等院校。

时，尼科尔悄然而入，天蓝色的衣裙犹如外面一片漂移不定的碧空。她从人们的眼睛里看到自己的美丽，灿烂地微笑着表示谢意。一时间，他们人人都谦恭有礼、无可挑剔。可不久他们就厌烦了，变得可笑、愤懑，最后制定出一大堆计划。他们大笑着，可之后就会忘掉笑的是什么——大笑不止中，男人们会一口气喝掉三瓶酒。同桌的三位女士代表了美国巨大的时代变迁。尼科尔的祖父是白手起家的美国资本家，她也是利佩·维森菲尔德家族一位伯爵的孙女。玛丽·诺斯的父亲是位技艺纯熟的裱糊工，是泰勒[①]总统的后代。罗斯玛丽出身于中产阶级的中产阶级，靠了母亲在好莱坞一炮走红。她们的共同之处，以及同其他众多美国女性不同的地方，在于她们都乐于生活在一个男性的世界——他们通过男性，而不是靠和男性对立，保持着自己的个性。她们要么会是风情万种的情妇，要么是贤惠的妻子，这并不取决于她们的天性，而在于能否碰巧找到属于自己的男人。

这个午餐聚会让罗斯玛丽很高兴，而且只有七个人，这个人数差不多是成功聚会的最多限制。也许还因为她是新加入的，就成了催化剂，让他们畅所欲言，把彼此多年不能释怀的东西都说了出来。午餐后，侍者把罗斯玛丽带到了所有法国餐馆都有的内堂，在昏暗的橘黄色灯泡下，她找出一个电话号码，给法美电影公司去了个电话。回答是肯定的，他们有《爸爸的小女儿》的拷贝——不过目前租出去了，他们会在本周内晚些时候为她放映，在圣·阿格尼斯大道341号——详情请洽克劳德先生。

小电话间连着衣帽间，罗斯玛丽挂上电话听筒时，从一排大衣的另一头，大概五英尺远的地方，传来两个人的说话声。

“这么说你爱我？”

“哦，当然！”

① 约翰·泰勒（1790—1862），美国第十任总统（1841—1845）。

这是尼科尔的声音——罗斯玛丽在电话间的门口犹豫了一下——接着听到迪克说：

“我很想要你——咱们现在去酒店吧。”尼科尔稍微有些气喘，叹了一声。下面的话罗斯玛丽就听不清了，可起伏的声调却传到她耳朵里。闻所未闻的私密性让罗斯玛丽大为震动。

“我要你。”

“我四点钟会到酒店。”

尼科尔和迪克的声音消失了，罗斯玛丽站在那儿，气息皆无，一开始甚至感到震惊——她曾经认为他们两人的关系比较冷淡，不会对对方有迫切的需求。可现在，一股强烈的情感传遍了她的全身，是那样深刻，又难以言表。她不知道自己是喜欢还是厌恶，但至少被深深触动了。回到饭店时她感觉很孤独，不过看到这一切是令人感动的，尼科尔那充满激情和感激的回答“哦，当然！”还萦绕在她的耳边。她目睹的那一幕有种特别的情调，展现在自己面前；但不管这一切离她有多遥远，理智告诉她这很好——没有像她在出演某些情爱场面中那样，感到任何厌恶。

尽管与己无关，罗斯玛丽已不可救药地与这件事有了瓜葛。和尼科尔一块儿购物时，她比尼科尔更操心约会的时间。她开始重新审视尼科尔，分析她的动人之处。当然，尼科尔是罗斯玛丽见过的最具魅力的女人之一——她冷峻，对爱情投入、忠诚，而且难以捉摸。罗斯玛丽用母亲中产阶级的方式思考，把这一切同她对待金钱的态度联系了起来。罗斯玛丽花的是自己挣的钱——她之所以现在欧洲，是因为在一月的一天，她连续六次跳进泳池，体温从清早的华氏99°升到103°，直到母亲叫停。

在尼科尔的帮助下，罗斯玛丽用自己的钱买了两件衣服、两顶帽子和四双鞋子。尼科尔则按照长达两页的购物单买东西，还购买了几件旁边橱窗里的商品。那些她喜欢可又不大可能派上用场的东西，就一股脑买来做礼物送给朋友。她买了彩珠、折叠沙滩垫、假花、蜂蜜、一张客床、几个书包、围巾、相思鸟、玩偶小房子、三码明虾色彩的新布料。在赫耳墨斯[1]店她买了一打游泳衣、一个橡皮鳄鱼、一副镶黄金和象牙的旅行用国际象棋、几块给亚伯的大亚麻布手绢、两件麂皮夹克，一件翠蓝色，一件红棕色。尼科尔买这些东西，一点都不像高级妓女那样购买内衣和珠宝，这些东西是她们的职业必需品和财产保险——她是从一种完全不同的角度出发的。尼科尔是人类的巧思妙想和辛勤劳作的产物。为了她，一列列火车横越美国腹地在芝加哥和加利福尼亚之间穿梭，一座座橡胶厂浓烟滚滚，工厂的传送带越接越长，男人们在大桶里搅拌着牙膏，从铜桶里提取漱口液，女工们在八月份手脚麻利地制作西红柿罐头，圣诞节前夜在廉价品小商店没好气地卖东西，印第安混血儿在巴西的咖啡种植园里挥汗如雨，空想家们失去了新型拖拉机的专利权——这些都是为尼科尔纳税的人。随着整个体系雷霆万钧般地向前推进，它使得尼科尔的大批量采购也在逐渐走向高潮，其情形不下于在蔓延的大火前坚守岗位的消防员映红的脸。她体现出的原则很简单，那是她的宿命，但尼科尔精确地表现了她的原则，整个过程因而有一种美感；现在，罗斯玛丽甚至也要加以仿效。

就要四点了。尼科尔站在一家商店里，肩上落着一只相思鸟，少有地说了一大堆话。

“哎，要是那天你没有跳进游泳池——有时候我会这么想。战前[1]我们在柏林——那时候我十三岁，就在我母亲去世之前。我姐姐要去参加宫廷舞会，她的跳舞单上有三个皇子的名字——都是一位宫廷内务大臣安排的，一切都是。就在动身前半个小时，她突然感到身体一侧疼痛，发高烧。医生说是阑尾炎，必须动手术。可妈妈

① 赫尔墨斯，希腊神话中商业、发明、灵巧之神，盗贼的保护神，也是众神的信使。

① 这里指第一次世界大战。

已经安排好了，在她的晚礼服下捆了一个冰袋，让她去了舞会，直到深夜两点才回来，早上七点就做了手术。”

所以，坚强是一种优良的品质，所有优秀的人都很坚强。可现在已经四点了，罗斯玛丽满脑子都在想，迪克正在酒店里等待着尼科尔。尼科尔必须去了，她不该让迪克等自己。罗斯玛丽想，“你为什么还不去？”突然，她冒出一个念头，“如果你不想去，让我去吧。”可尼科尔又去了一个地方，给自己和罗斯玛丽买胸衣，又买了一件送给玛丽·诺斯。直到这时她似乎才记起来，突然显得心不在焉起来，招手叫了一辆出租车。

“再见，”尼科尔说，“我们玩得很高兴，你说呢？”

“高兴极了。”罗斯玛丽说。这话说起来比想起来要艰难。望着尼科尔的车扬长而去，罗斯玛丽浑身都在抗议。

第十三章

迪克在战壕的横墙拐角那儿转过身来，踩着铺道板继续在战壕里行走。他来到潜望镜那里，观察了一阵子；然后迈上台阶，凭栏眺望。在他面前，晦暗的天空下是博蒙特海默尔[①]；左边是悲凉的斯普瓦山[②]。迪克从望远镜里凝视着这些，喉咙哽咽了。

他继续沿着战壕走，看见其他人在另一堵横断墙前等着他。他很兴奋，很想跟他们畅淡一番，让他们理解自己的心情。实际上亚伯·诺斯曾经亲历过战争，而迪克本人却没有。

“那个夏天，这里的每英尺土地上都有二十个人捐躯。”他对罗斯玛丽说。她顺从地望着绿色的平原，眼前是只有六年树龄的低矮树木，整个平原都显得光秃秃的。那天下午，如果迪克对她说他们正在遭受炮击，她也会信以为真的。时至今日，她的爱情已经让她开始感到痛苦和绝望。她不知如何是好——很想和母亲谈谈。

“可打那以后，很多人也照样都死了，不远的将来我们也都会去世的。”亚伯安慰大家说。

罗斯玛丽紧张地等着迪克往下说。

① 法国一村庄名，1916年一战期间曾有战事在此进行。

② 法国北部索姆河流域一山名。

“看到那条小河了吗——我们两分钟就可以走过去，可英军却为此花了一个月——一个帝国在缓慢地前进，前仆后继；而另一个帝国则在一天天、一寸寸地后退，尸横遍野，血流成河。今天的欧洲再也不能重蹈覆辙了。”

“可是，他们刚刚放弃土耳其，”亚伯说。“在摩洛哥——”

“那不一样。西部前线的战争不可能再重演了，至少较长的一段时期内不可能。年轻人认为他们可以，其实不行。他们可以再打一场第一次马恩河[①]战役那样的战争，可这样的战争不可能再发生了。它需要宗教信仰，多年不变、牢不可破的信念、还有阶级之间那种确切的关系。俄国人和意大利人在这个阵地上一无是处。你必须调动你的灵魂和情感，回到比你的记忆更久远的地方，想起圣诞节、皇太子和未婚妻的明信片、瓦伦斯[②]的小咖啡馆，菩提树大道[③]的啤酒花园、市政厅的婚礼、德比赛马[④]还有祖父的胡子。”

“格兰特将军[⑤]1865年在彼得斯堡[⑥]发明了这一类型的战争。”

“不——他发明的只是大屠杀。发明这场战争的是刘易斯·卡罗尔[⑦]，儒勒·凡尔纳[⑧]，写了《水中女神》的人，打保龄球的乡间教

① 法国东北部一河流，注入巴黎附近的塞纳河。这里是第一次世界大战（1914和1918年）的主要战场。

② 法国东南部罗纳河上的一座城市名。

③ 德国柏林一街道名，道路两旁有该市最富丽堂皇的建筑和许多使馆，其名取自1647年在两旁种植的菩提树。

④ 英国的大赛马会，1780年德比伯爵（Earl of Derby）创立、每年六月的第一个星期三在伦敦附近的埃普索姆举行，参赛马龄平均为三岁，这天称为德比日（Derby Day）。

⑤ 格兰特将军（1822—1885），美国南北战争时北军总司令，美国第十八任总统。

⑥ 美国一自治市名，内战期间长期被围困，接着南联盟军罗伯特·李将军投降。

⑦ 刘易斯·卡罗尔（1832—1989），英国作家，以《爱丽丝漫游奇境记》闻名。

⑧ 儒勒·凡尔纳（1828—1905），法国作家，被认为是科幻小说之父。

区执事，马赛的教母，在符腾堡[①]和威斯特伐利亚[②]的偏僻街道受引诱的女孩子，等等，等等。啊，这是一场爱情的战争——这里有中产阶级一个世纪的爱情。这是最后一场爱情战争。”

“你想这场战争交给劳伦斯[③]。”亚伯说。

“我们全部美好、安全的世界在这阵爱情的狂风暴雨中烟消云散了，”迪克继续忧伤地说，“不是吗，罗斯玛丽？”

“我不知道，”她肃穆地说，“你什么都知道。”

他们落在了别人后面。突然一阵碎石、泥块从天而降，亚伯在下一道横墙那里叫道：

“战争的精灵又来找我了。我身后有一百年的俄亥俄[④]爱情，我要炸掉这条战壕。”他的头从沟堤上突然冒了出来。“你们死了——你们连规则都不懂？那是手榴弹爆炸。”

罗斯玛丽笑了起来，迪克抓起一把碎石想报复，可又放下了。

“在这儿我开不起玩笑，”他几乎有点抱歉地说，“银线断了，金碗打碎了，可我这样一个老式的浪漫主义者却无所作为。”

“我也是浪漫主义者。”

他们走出修葺整洁的战壕，来到一座纽芬兰[⑤]战死者的纪念碑前。罗斯玛丽读着碑上的铭文，眼泪夺眶而出。和大多数女性一样，她乐于有人指导自己的情感，希望迪克能告诉她什么是荒谬的，什么是悲伤的。可她最想让迪克知道的，是自己对他的爱，这爱打乱了她的一切，她走在战场的遗址上，仿佛是在激动人心的梦境中。

参观结束，他们驱车回亚眠[⑥]。一阵温暖的细雨飘落在新生的矮

---

① 德国西南部一州名，首府为斯图加特。

② 德国西北部一地区名，首府为明斯特。

③ 劳伦斯（1885—1930），英国小说家。

④ 美国中北部，位于五大湖区的州。

⑤ 加拿大东部的一个省，包括纽芬兰岛和附近岛屿以及拉布多的主要陆地和附属岛屿。

⑥ 法国北部城市，位于巴黎以北索姆河沿岸。

树丛和草丛上，他们驶过分门别类堆放在一起的衣服行李、炮弹、炸弹、手榴弹，还有各种装备、头盔、刺刀、枪托、烂皮革等，像一座座火葬柴堆，都是六年前遗留下来的。汽车转过一道弯，眼前猛然出现一片白色的海洋——那是一座座坟茔。迪克吩咐司机停车。

“就是那个女孩儿——她还拿着花环。”

罗斯玛丽他们目送着迪克走向那女孩儿，她正在门口徘徊，手里拿着花环。旁边等着一辆出租车。女孩儿一头红发，从田纳西的诺克斯维尔[①]来给哥哥扫墓，今天早上他们在火车上碰到过她。此刻，女孩儿脸上正挂着恼怒的泪水。

“国防部的人一定把号码弄错了，”女孩儿低声说，“上面是别人的名字，我从两点钟就开始找，可有这么多的墓碑。”

“如果我是你，就会把花环放在任何一个墓碑上，不去理会上面的名字。”迪克建议说。

“你觉得我应该这样做吗？”

“我想这是他希望你做的。”

夜幕降临了，雨也越下越大。

她把花环放在大门内的第一个坟墓上，然后接受了迪克的意见，打发走了她的出租车，和迪克他们一起回亚眠。

罗斯玛丽听到女孩儿的不幸，不禁又潸然泪下——总之这是潮湿的一天，不过她觉得学到了一些东西，尽管并不知道到底是什么。后来，回忆起那天下午的每时每刻，她都感到幸福无比——那是些平凡的时刻，原本不过是连接过去与未来的幸福的一环，结果本身也成了幸福。

亚眠是一座回荡着帝王气息的城市，仍然沉浸在战争的创伤中，就好像某些火车站——比如巴黎北站，伦敦的滑铁卢车站等。白天，这样的城市会让人灰心丧气，大教堂前鹅卵石铺就的青灰广场上，二十年前的小电车仍在穿梭，天空也带着过去的影子，好像是褪色的老相片。可一到夜晚，所有法国生活中最可意的东西又在

① 田纳西，美国南部一州名。诺克斯维尔为该州东部一城市，位于田纳西河畔。

这相片上游动起来——举止轻佻的妇女在街头游荡，男人们在咖啡馆里争吵，成双成对的男男女女卿卿我我，消失在舒适又便宜的地方。罗斯玛丽他们在一座高大的拱廊下等车，烟雾伴着谈话声和音乐声飘向高高的拱顶，乐队在旅客的要求下开始演奏《是的，我们没有香蕉》，罗斯玛丽他们也鼓起掌，因为乐队的领队看起来很是自得其乐。田纳西女孩儿也忘记了她的悲伤，高兴起来，甚至开始热烈地挤眉弄眼，搔首弄姿，卖弄风情，迪克和亚伯也善意地跟她逗乐。

最终，他们乘上了去巴黎的火车，离开了那一小群一小群的符腾堡人、普鲁士士兵、阿尔卑斯的轻骑兵、曼彻斯特的工人、还有当年的伊顿公学[①]学生，让他们在温润的雨中寻找着永恒的解脱。他们吃着在车站饭店买来的由意大利香肠和甜软奶酪制成的三明治，一边喝博若莱[②]葡萄酒。尼科尔有些心神恍惚，不安地咬着嘴唇，读着迪克带来的战场游览指南——确实，迪克已经以最快的速度研究安排了整个游览事宜，总能使事情简单化，带上了他操办的某场晚会的味道。

① 是英格兰最大和最有名望的公立寄宿学校，1440年由亨利四世创建。

② 法国中东部的一个丘陵地区，以所产的葡萄酒闻名。

第十四章

到巴黎后，尼科尔感到精疲力竭，无法按计划参观流光溢彩的装饰艺术展览会，他们把她安顿在乔治皇家酒店。透过酒店的玻璃门，门厅的灯光交织成一个个平面，看着尼科尔消失在其中，罗斯玛丽不禁松了一口气。尼科尔对她是个压力——而且不像她母亲那样很容易消除掉，或可预见——是捉摸不清的压力。罗斯玛丽有些怕她。

十一点，罗斯玛丽和迪克、诺斯夫妇坐在塞纳河①上一家刚开业的水上咖啡馆内。桥上的灯光倒映在河面上，粼粼波光中似乎有无数冷月在摇曳。罗斯玛丽和母亲住在巴黎时，有时会在星期天乘坐小汽船到上游的索尔纳斯②，谈论着未来的计划。那时她们没有多少钱，可斯皮尔司夫人对女儿的美貌很自信，在她身上植下了雄心大志，把宝押在了罗斯玛丽的“优势”上；罗斯玛丽成功后，开始回过头来报答母亲了……

自从到巴黎后，亚伯·诺斯就浑身散发着葡萄酒味儿，眼睛因为阳光和葡萄酒的缘故充满血丝。罗斯玛丽这才意识到他每到一个

① 法国北部的一条河，流程约772公里，大致向西北注入塞纳湾。

② 法国塞纳河上一港口和工业城市，在巴黎市郊。

地方总要喝一杯。她不知道玛丽·诺斯是否喜欢。玛丽是个安静的女人，除了她经常发出的笑声外罗斯玛丽对她一无所知。她喜欢把黑色的直发向后梳，头发瀑布一样自然地往下垂——可它们不时整齐地斜过来，滑向她的太阳穴，直到几乎遮住了她的眼睛，这时她就会甩甩头，把头发服服帖帖地甩到脑后。

“我们今天晚上早点回去吧，亚伯，再喝最后一杯。”玛丽柔声说，可口气中透着焦虑。“你不想在船上淋雨吧。”

“已经很晚了，”迪克说，“我们还是走吧。”

亚伯高贵的脸上露出倔强的神情，坚决地说：

“哦，不。”他严肃地停顿了一下，“哦，不，还不晚。再来一瓶香槟。”

“我不要了。”迪克说。

“我是说罗斯玛丽。她是个天生的酒鬼——浴室里放着杜松子之类的酒——她母亲告诉我的。”

他把瓶子里剩的酒全倒进了罗斯玛丽的杯子里。罗斯玛丽到巴黎的第一天，喝了几夸脱柠檬水后很不舒服，之后就再没有和他们喝过什么，可现在，她却举起香槟，一饮而尽。

“这是怎么回事？”迪克惊讶地说，“你跟我说过不喝酒的。”

“可我没说永远不喝酒。”

“那你母亲会怎么说呢？”

“我只要把这杯酒喝下去。”她感到有这个必要。迪克也喝了，不多，不过也算喝了，也许这可以让她离他近些，为她将要采取的行动做些准备。她喝得很快，呛住了，然后说，“还有，昨天是我的生日——我十八岁了。”

“为什么不告诉我们？”他们有些生气地说。

“我知道你们会大惊小怪，大张旗鼓地为我庆祝。”她喝完了杯中的香槟，“就把这当作庆祝吧。”

“这当然不是，”迪克向她保证，“明晚的晚宴将是你的十八岁生日宴会，别忘了。十八岁——这是个非常重要的年龄。"

"我以前一直认为，只有到了十八岁生命才有意义。"玛丽说。

"没错，"亚伯附和道，"之后就都一样了。"

"亚伯觉得一切都无足轻重，直到他上了这船。这一次他真的把一切都计划好了，只等到纽约了。"玛丽说，好像已经厌倦了对她已经无意义的事情，好像她和丈夫追求的人生轨迹，或者说没能实现的人生轨迹，实际上已经变成仅仅一个意图。

"他会在美国创作音乐，我在慕尼黑[1]学歌唱，所以我们再次聚首时，将会是无所不能。"

"太好了。"罗斯玛丽说，品味着香槟。

"再给罗斯玛丽喝点香槟。这样她就会理解她的淋巴结活动了，它们只有到了十八岁才开始起作用。"

迪克笑了起来，纵容着亚伯。迪克爱他，但早就对他失去了希望："从医学上讲你说的不对，我们要走了。"亚伯感受到迪克的话中淡淡的庇护之意，轻声说："我有种预感，早在你完成科研论文之前，我的新曲子就已经在百老汇[2]走红了。"

"我希望是这样，"迪克平静地说，"我希望你会成功。我也许会放弃你所说的'科研论文'的。"

"哦！迪克！"玛丽震惊地说。罗斯玛丽从来没有见过迪克的脸如此没有表情；她感觉到迪克的话意义重大，也想跟玛丽一起叫，"哦，迪克！"

可迪克旋即又笑了起来，接着说，"——放弃它，再写另外一篇，"说着就从桌子旁边站起身来。

"可是迪克，坐下，我想知道——"

"我以后会告诉你的。晚安，亚伯。晚安，玛丽。"

---

① 德国东南部城市，德国重要的工业、文化和交通中心。

② 美国纽约的街道名，是剧院、夜总会等的集中地，位于曼哈顿市中心区的西侧。

“晚安，亲爱的迪克。”玛丽微笑着说，好像坐在这条冷清的船上她将会非常幸福。她是一个勇敢、乐观的女人，一直跟随着自己的丈夫。为了适应这样或那样的人，她不断地调整自己，却没能够让亚伯些许偏离他的道路。有时她也感到气馁，她人生方向的秘密深深地埋藏在丈夫那里。然而玛丽却好运连连，仿佛她是某种象征……

第十五章

坐在出租车里，罗斯玛丽看着迪克，认真地问，“你放弃的是什么？”

“没什么重要的。”

“你是个科学家？”

“我是个医生。”

“哦！”她高兴地笑了。“我父亲也是个医生。那你为什么——”说到这里，她顿住了。

“没什么神秘的。我并非在事业的巅峰期丢人现眼，才把自己藏在里维埃拉的。我只是不再行医了；不过很难说，有一天我也许会重操旧业的。”

罗斯玛丽安静地扬起脸，等待着迪克的亲吻。他看了她一会儿，好像不明白，然后把她抱在臂弯里，脸贴着罗斯玛丽柔软的面颊，低下头来，又一次长时间地看着她。

“多可爱的孩子。”他用低沉的声音说。

罗斯玛丽朝迪克笑了笑；一双手习惯地拨弄着他的大衣翻领。“我爱你和尼科尔。这其实是我的秘密——我甚至不能跟任何人说起你，因为我不想让任何人知道你是多么出类拔萃。我真心地爱你

和尼科尔——真的。”

——这样的话他已经听到过很多次了——程式都毫无二致。

她突然朝迪克靠拢过来。这一刻，在迪克的眼睛里罗斯玛丽不再那么少不更事，他热烈地吻着罗斯玛丽，气喘吁吁，忘记了她的年龄。接着，罗斯玛丽靠在迪克的胳臂上，叹起气来。

“我决定放弃你了。”她说。

迪克有些吃惊——难道他有过什么暗示，让她觉得拥有了自己？

“你这样做很吝啬，”他故作轻松地说，“我刚刚有点儿兴趣。”

“我这么爱你——”她说这句好像已经爱他很多年了。罗斯玛丽在轻轻地啜泣。“我这么、这么爱你。”

接下来，迪克本应该笑起来，可他听见自己说，“你很美，简直是美艳。你的一举一动，无论佯装坠入情网，还是假装害羞，都不露破绽。”

出租车像幽暗的涮穴，散发着罗斯玛丽和尼科尔一道买的香水味道，罗斯玛丽又靠近了迪克，紧紧抓住他。他吻着她，却并不喜欢。他知道她是热情的，可她的眼睛里和嘴唇上却丝毫没有激情的影子；她的呼吸中散发着淡淡的香槟味道。她拼命靠紧迪克，换回了迪克又一阵亲吻。可罗斯玛丽的亲吻天真无邪，让迪克心生寒意；接吻的一刹那她关注的不是迪克，而是外面那一望无际的黑夜、黯淡无边的世界。罗斯玛丽还不知道光明是人内心的东西；有朝一日，她理解了这些，融入宇宙的激情中时，他就可以不留遗憾、问心无愧地接受她。

罗斯玛丽的房间靠着电梯，在戴弗夫妇房间的斜对面。走到门口时她突然说：

“我知道你不爱我——我也不奢望。不过你说过，我应该告诉你我的生日，我说了，现在作为我的生日礼物，我希望你能到我的房间里来。我有些事情告诉你，就一分钟。”

他们进了房间，迪克关上了门，罗斯玛丽靠近他站着，不过没有碰他。黑夜拭去了她脸上的血色——她显得很苍白，好像舞会后一支丢弃的白色康乃馨。

“你微笑时——”迪克恢复了长者的风度，也许是因为尼科尔在不远处悄无声息地存在，“我总是想我会看见你换乳牙时留下的豁口。”

可是太晚了——她紧紧抱住他，哀怜地低声说，“拿去吧。”

“拿去什么？”

迪克在震惊中浑身僵硬。

“来吧，”她呢喃着说，“哦，快来吧，不要管别人。我不在意我是不是喜欢——我从来没想过这些——我以前不喜欢考虑这些事情，但现在不一样了。我要你这样做。”

罗斯玛丽自己也很吃惊——她从来没有想过自己会这样说。在十多年修女般的生活中，她曾经读到过、看见过、梦想过这样的场景，现在终于上演了。突然间，罗斯玛丽又意识到，这是她人生的一个重大角色，于是她更加激情澎湃地投入到这一角色中去。

“我们不应该这样，”迪克考虑良久说，“这都是香槟的作用。尽量忘了吧。”

“哦，不，现在就做。我要你现在就做，占有我，指引我，我全都是你的，我想成为你的。”

“不过，你想过吗，这会多么伤害尼科尔？”

“她不会知道的——这和她没有关系。”

他温柔地接着说，

“可现实是，我爱尼科尔。”

“可是你可以不止爱一个人，不是吗？就像我爱妈妈，也爱你——我更爱你。我现在更爱你。”

“——再说，你并不爱我，也许今后你会爱上我，那将会使你的生活一团糟。”

“不，我发誓再也不会见你。我会找到妈妈，立刻回美国。”

迪克并不理会，眼前清清楚楚地浮现出她的青春无邪和清新的嘴唇。他换了一种语气。

“你现在太情绪化了。”

“哦，求你，就算有了孩子我也不在乎。我会去墨西哥，就像我们制片场的一个姑娘。哦，这和我曾经想过的太不一样了——过去他们正经八百地吻我时，我那么讨厌。”迪克看得出，她仍然坚持认为必须发生那样的事。“他们有些人牙齿那么大，可你完全不同，你很英俊。我想让你做。”

“我相信，你觉得人们只是接接吻，所以想让我吻你。”

“哦，别逗我——我不是个孩子。我知道你不爱我。”她突然变得谦卑，安静。“我没奢望太多，我知道在你眼里我不算什么。”

“胡说。不过你对我来说太年轻了。”他在心里接着说，“——还有很多东西要教给你。”

罗斯玛丽急切地等待着，呼吸急促。这时迪克说，“最后，事情不是如你想象的这样。”

罗斯玛丽沮丧而又失望地耷拉着脑袋，迪克机械地说，“我们只是要——”他停住了，跟着她到了床边，坐在她身旁，罗斯玛丽这时哭了起来。迪克突然不知所措，并不是在道德上有所困惑，因为从各个角度来看这都是不可能的，他只是迷惑了，一时间，他惯常的风度、保持镇静的力量都消失了。

“我知道你不会的，”她呜咽着说，“这是没有希望的。”

迪克站了起来。

“晚安，孩子。这真让人遗憾。咱们把它忘了吧。”他给她说了两句医院里的口头禅，帮罗斯玛丽尽快入睡。“很多人会爱上你，遇见第一次爱情时你应该完美无瑕，感情上也应如此。这是老派的想法了，是不是？”罗斯玛丽抬起头，看着他朝门口迈了一步，一点也不知道他在想什么，只看见他慢慢地又迈了一步，然后转过身来看着自己。此刻，她恨不得抱住迪克，把他吞噬掉。她想要他的嘴，他的耳朵，他的衣领，想要拥住他，吞没他；接着罗斯玛丽看见迪克的手放在了门把上。她放弃了，颓然倒在床上。门关上了，罗斯玛丽站起来，走到镜子前，开始梳头，一边抽泣着。跟平常一样，她梳了一百五十下，又梳了一百五十下，还接着梳，直到胳膊都疼了。她换了略膊，又接着梳……

第十六章

一觉醒来，罗斯玛丽冷静了一些，感觉很羞愧。镜中那姣好的面容也没能给她自信，反而勾起了昨天的伤痛。母亲转给她一封信，是去年秋天带她参加耶鲁大学舞会的男孩写来的，信上说他已经到了巴黎——可这没有用，仿佛是遥远的事情。她走出了房间，承受着双重的重压，去经受面对戴弗夫妇的严酷折磨。罗斯玛丽和尼科尔见了面，一起去试新装。像尼科尔一样，她把所有的一切都藏在一个密不透风的保护壳下。尼科尔提到一个发狂的售货员时，罗斯玛丽甚至感到有些安慰，“很多人觉得，别人对自己的看法总是走极端——他们觉得别人对自己总是要么赞成，要么不赞成，在两个极端之间摆来摆去。”如果是昨天那个自信的罗斯玛丽，一定会反感尼科尔的话——可今天她只希望所发生的一切能尽快消失，因此热心地赞成。她羡慕尼科尔的美丽，尼科尔的聪慧，而且还有生以来第一次感到嫉妒。就在离开高斯酒店时，母亲曾经随口说尼科尔是个绝色美人，可罗斯玛丽知道母亲的话意味深长，意思是说罗斯玛丽并不是。她并不为此懊恼，因为她也只是最近才知道自己也挺可人的，所以她的美丽好像从来都不是自己的，而是某种后天获得的东西，就像她的法语。可现在，坐在出租车里，看着尼科尔，她在拿自己跟对方比较着。尼科尔迷人的躯体中蕴涵着所有浪漫爱情的潜能，精巧的嘴巴时而紧闭，时而微微张开，仿佛对世界有所期待。尼科尔还是个小女孩儿时就很美，长大后皮肤紧紧箍着颧骨，也是个美人儿——基本的骨架已经在那儿了。她曾经是撒克逊白种人的金发女郎，头发像一朵云彩，比她自己还美，现在头发的颜色变深了，而尼科尔本人却更漂亮了。

“我们以前住在那儿，”罗斯玛丽突然指着圣皮埃尔大街上的一幢房子说。

“太奇怪了。十二岁时我和妈妈，还有芭比，也在这儿度过一个冬天，”她指着马路正对面的一座旅馆。两座建筑破旧的大门对视着，诉说着孩提时代灰色的记忆。

“当时我们正在建造森林湖庄园，生活很节省，”尼科尔接着说。“至少芭比和我，还有家庭教师在节省，而妈妈出去旅行了。”

“我们当时也很节省，”罗斯玛丽说，马上意识到“节省”一词对她们有不同的含义。

“妈妈总是很小心地说那是一个小旅馆——”尼科尔轻声笑了一下，笑声短促而迷人，“——我意思是说，不是把它说成一个‘便宜’的旅馆。要是有四处招摇的朋友问我们地址，我们从来不说，‘我们住在一个狭小、肮脏的地窖里，那里强盗横行；我们很高兴那里有自来水’。我们会说，‘我们住在一个小旅馆’，好像所有的大宾馆对我们来说都太吵闹、太庸俗了。当然，朋友们马上就看穿了，然后告诉所有的人，可妈妈总是说，这说明我们知道在欧洲生活的方式，她确实知道；妈妈出生在德国。可她母亲是美国人，她是在芝加哥长大的，身上美国人的特点要比欧洲人的多。”

两分钟后，她们在卢森堡花园[①]对面的盖雷蒙大街下了车，和其他人见了面，一起在诺斯夫妇的公寓里吃午饭。公寓高居在大片的绿色树叶之上，里面已经搬空了。这一天对罗斯玛丽来说与前一天完全不同——当她和迪克面对面时，他们的眼睛对视了，像小鸟的

① 巴黎左岸地区一公园名。

翅膀一样轻轻掠过。之后一切都正常了，都那么美好，她知道迪克开始爱上自己了。她内心狂喜不已，一阵阵温暖的激流传遍全身。同时，一股清晰、冷静的自信渐渐加深，在她心中歌唱。她很少看迪克，可心里知道一切进展顺利。

午饭后戴弗和诺斯夫妇跟罗斯玛丽一道去法美电影公司，在那儿和柯利斯·克莱见了面，就是罗斯玛丽从纽黑文[①]来的男友，罗斯玛丽跟他打了电话。他是乔治亚州[②]人，像那些在北方受教育的南方人，想法刻板，甚至是死板。去年冬天罗斯玛丽曾经认为他很迷人——在从纽黑文到纽约的车上两人还拉了手；现在罗斯玛丽已不把他放在心上了。

放映室里，罗斯玛丽坐在柯利斯·克莱和迪克中间，放映师开始安放《爸爸的小女儿》的胶片，一个法国经理围着罗斯玛丽转，还想跟她说几句美国俚语。放映机出了点儿问题，他就说，“哦，好家伙，我也没辙了。”接着，灯光灭了，突然咔嗒一声响，然后是隐隐约约的噪音，罗斯玛丽和迪克终于单独在一起了。在半明半暗中，两人四目对视。

“亲爱的罗斯玛丽，”迪克喃喃地说。他们的肩膀碰到了一起。坐在最边上的尼科尔不安地动了动，亚伯大声咳嗽了一阵，又擤了擤鼻子；接着大家都安静了下来，电影开始了。

那就是罗斯玛丽——一年前的那个女学生，秀发披在背后，波浪一般，如同塔纳格拉[③]陶俑厚密的头发；那就是罗斯玛丽——青春年少，天真烂漫——简直就是母亲呵护下的娇嫩花朵；那就是罗斯玛丽——体现了整个人类的懵懂稚嫩，仿佛一个新剪的纸板娃娃，展现在人们空洞淫邪的头脑前。她还记得穿上那件簇新的丝绸衣裙时的感觉，容光焕发，不曾经历。

爸爸的小女儿。她是勇敢的小精灵吗？她吃了很多苦吗？哦，

① 美国康涅狄格州南部城市，是耶鲁大学所在地。

② 美国东南部的一个州，首府为亚特兰大。

③ 古希腊一城镇，在皮奥夏最东部，靠近阿提卡，主要以大片的墓葬群著称，墓葬中出土了大量精美的陶俑，称作塔纳格拉陶俑。

可爱的，最可爱的小东西她不是很可爱吗？在她的小拳头前，所有的贪婪、腐化落荒而逃，不，整个命运都停住了脚步；不可避免的东西变得可以规避，三段沦、辩证法、所有的推理都没了用处。女人们会忘了家里没洗的餐具，在电影院里哭泣；连银幕上也有一个女人哭得那么厉害，差点儿抢了罗斯玛丽的风头。在巨资打造的一出戏中，她从头到尾哭个不停，在一家邓肯·法伊夫[1]风格的餐厅里、在机场、在只有两个镜头的一次游艇比赛中、在地铁里、最后在浴室里，她都在哭泣。不过罗斯玛丽最后胜利了。她优雅的气质、勇气和意志受到了凡世间庸俗的侵扰，可她自然而生动地表现了这一切——她的表演那么动人，电影放映的过程中，所有人的情感不时地被她调动了。中间有一次停顿，放映厅里的灯光亮了起来，在大家的一阵赞美后，迪克真诚地对罗斯玛丽说：“我真是惊呆了。你将是舞台上最伟大的演员。”

然后，大家又接着看电影：现在是幸福的日子，出现了罗斯玛丽和父母团聚的幸福镜头，洋溢着明显的恋父情结，尽管迪克是心理学家，在这邪恶的情感面前也心惊肉跳。银幕暗了下来，灯亮了，最后的时刻到了。

“我准备了另一个节目，”罗斯玛丽向大伙儿宣布，“我为迪克安排了一次试镜。”

“一次什么？”

“试镜，现在，他们就要开始了。”

罗斯玛丽话一出口，接着是一阵难堪的沉默，然后是诺斯夫妇一阵抑制不住的笑声。罗斯玛丽看到，迪克明白她要做什么，他的脸先是以爱尔兰人的方式抽动了一下，同时罗斯玛丽意识到她这张牌打得有些问题，但仍不怀疑自己打错了。

“我不要什么试镜，”迪克坚决地说。继而，他掂量了一下整个形势，又轻松地说，“罗斯玛丽，我很失望。电影是女人的好职

① 邓肯·法伊夫（1768？—1854），苏格兰裔美籍家具制造者，提倡新古典主义的风格。

业——可我的上帝，他们不能拍我。我是个迂腐的科学家，藏在自己的生活中。”

尼科尔和玛丽不无嘲讽地鼓励迪克抓住机会；两个人一边奚落他，同时都有点不乐意，因为罗丝玛丽没有给她们试镜的机会。可迪克尖刻地发表了一通关于演员的言论，把这个话题结束了：“把最强壮的卫兵放在大门口，可里面什么也没有，”他说。“也许是因为里面空空如也，太丢人了，不能让别人知道。”

罗斯玛丽和迪克、柯利斯·克莱坐在出租车里——柯利斯会在半途下车，然后迪克带罗斯玛丽去喝茶，尼科尔和诺斯夫妇不去，亚伯还有最后一些事情要做——在车里罗斯玛丽责备迪克。

“我想要是试镜成功的话，我会把片子带到加利福尼亚，也许他们会喜欢的。那样你就可以拍电影，跟我搭档做男一号。”

迪克感到不知所措。“这是个很美的想法，可我宁愿只看你演的电影。你是我看过的最美的影像。”

“真是部好片子，”柯利斯说。“我已经看了四遍。我知道有一个纽黑文男孩看了十几遍——每次都跑到哈特福德[①]去看。我带罗斯玛丽到纽黑文时，他却害羞地不敢见罗斯玛丽。你明白吗？这个小姑娘把他们都迷倒了。”

迪克和罗斯玛丽面面相觑，等待着独处的时间，可柯利斯却死不明白。

“你们去哪儿，我顺路把你们稍过去，”他说，“我住在鲁特西亚[②]宾馆。”

“我们先送你回去，”迪克说。

“我送你们更方便。一点都不麻烦。”

“我想最好我们送你。”

“可是——”柯利斯说；他终于回过神儿来，开始跟罗斯玛丽商量下次见面的时间。

① 美国康涅狄格州首府，曾同纽黑文市联合成为该州首府。

② 罗马帝国时期巴黎旧称。

他像个第三者，横插在他们中间，虽然没什么重要的，却让人不快。最后，他终于走了。可这时，在他们最不希望、最不愿意的时刻，汽车突然停了下来，已经到了迪克说的地方。他长吁了一口气。

“要进去吗？”

“我无所谓，”罗斯玛丽说。“只要你愿意，我做什么都行。”

迪克考虑了一会儿。

“我恐怕得进去一下——她想从我的一个朋友那儿买些画，他需要钱。”

罗斯玛丽整理着自己的头发；头发微微有些散乱，很能说明什么。

“我们就待五分钟，”迪克最终决定了，“你不会喜欢这些人的。”

罗斯玛丽以为会是一些乏味、呆板的家伙，要么是粗俗的醉汉，或者是些无聊、固执的人，总之所有戴弗家不愿意交往的人，完全没有意料到会是怎样让她印象深刻的场景。

第十七章

这座建筑位于绅士大街，由雷斯红衣主教[①]宅邸的主体结构改建而成；可一旦进了门，里面既没有任何过去的痕迹，也没有任何罗斯玛丽所熟知的现代的东西。建筑的砖石外墙包裹的好像是未来，进入门槛的一刹那，如果可以称作门槛的话，人们会触电般地感到震惊，经受实实在在的精神刺激，好像是吃了燕麦粥加印度大麻这样奇怪的早餐。眼前是一个长长的大厅，由蓝色的钢铁、镀银的框架、一面面奇形怪状的镜子组成一个光怪陆离的世界。它的效果同装饰艺术展览截然不同——因为在这里是置身其中，而不是其外。罗斯玛丽像置身舞台一样有一种超然、虚幻的兴奋感，而且，她猜，所有在场的人都会有同样的感觉。

屋里大概有三十个人左右，大部分是女性，都好像是路易莎·M·奥尔科特[②]或塞居尔夫人[③]笔下的人物。在这个舞台上，他们

① 雷斯红衣主教（1613—1679），法国政治家、高级教士、作家，投石党运动的活跃分子。投石党运动是一场最终巩固了君主制的法国内战。

② 路易莎·M·奥尔科特（1832—1888），美国女作家，最著名的作品是《小妇人》。

③ 塞居尔夫人（1799—1874），法国女作家。

各尽其职，谨慎小心，准确无误，就好像拿起一片棱角锋利的碎玻璃。无论是作为个人，还是一个群体，都不能说他们主导了这里的环境。这与一个人拥有一件艺术品不同，不管这作品多么晦涩难懂，假以时日，他终究可以支配它。可这里，没有人知道这间房意味着什么，它正在演变成别的什么东西，反正不是一间房屋。在这里生存就像走在一个移动的光滑楼梯上，只有具备前面所说的对待碎玻璃的精巧细致，才能成功。这精巧细致限制了在场的大多数人，也是在场大多数人的特点。

这里的人分两类。一类是美国人和英国人，整个春季和夏季都在挥霍无度，因此现在所做的一切都充满灵感。他们有时候会默不作声、懒懒散散，有时又会陡然性起，大吵一番，感到五脏俱摧，受骗上当。另外一类是寄生者，也可以叫他们剥削者。相比之下他们清醒、严肃，生活有目的，无暇虚度。这两组人在这样的环境中保持着最佳平衡，而且，除去这座房屋新奇的灯光效果，他们形成了这里所谓的格调。

这座弗兰肯斯泰因怪物[①]一样的房屋一口就把迪克和罗斯玛丽吞没了——两人立刻分开了，罗斯玛丽突然发现自己是个虚伪的小人，整天甜言蜜语、巧言令色，希望导演看上自己。然而，这里的一切都那么充满活力，展翅欲飞，罗斯玛丽不再觉得自己与周围的环境格格不入。而且，她所受的训练起了作用。半军事化一样的转身、稍息、正步走之后，罗斯玛丽发现自己似乎是在跟一个女孩儿谈话，她聪明伶俐，长着一张男孩子的脸，十分可爱；一边却饶有兴致地听着斜对面炮铜梯子那边的谈话，离她大概有四英尺。

长椅上坐着三个年轻女子，身材修长，小巧的脑袋梳成时装模特儿的样式。她们穿着剪裁考究的深色时装，聊天的时候，头也跟着优雅地摆动，像是长茎鲜花，又像眼镜蛇发怒时胀大的头颅。

“哦，他们看起来很是风光，”其中一个说，声音低沉圆

---

① 英国女作家玛丽·雪莱（1797—1851）所著同名小说中的主人公，系一生理学家手创的人形怪物。

润。“应该说是巴黎最风光的了我绝不否认这一点。不过”她叹了口气，“他总是老生常谈什么‘老鼠咬了老住户’。笑一次就够了。”

“我更喜欢那些表面上不那么光鲜的人，”第二个说，“我不喜欢她。”

“我从来没对他们有多大兴趣，还有那些经常在他们身边的人。比如说，那个变来变去，叫什么诺斯先生的？”

“他走了，”第一个女子说，“不过得承认，我们说的这些人是你见过的最有魅力的了。”

这时候罗斯玛丽才意识到，他们是在议论戴弗夫妇，于是气不打一处来，全身紧绷着。那个跟她说话的女孩子穿着笔挺的蓝衬衫，灰色套装，一双明亮的蓝眼睛衬着绯红的面颊，十足的一个海报女郎。可这时她开始让人厌倦，歇斯底里地不断地推开两人之间的东西，唯恐罗斯玛丽看不见她，直到掩盖她的只是易怒的脾气。罗斯玛丽很反感，认为她是个平庸的人。

“你能不能赏光和我吃顿午餐，或者晚餐，或者明天一起吃顿午餐？”那个女孩子央告说。罗斯玛丽四处张望着找迪克，看见他正和女主人在一起。迪克一进来就一直在跟她说话。两人的目光相遇了，迪克微微点点头；同时这三个眼镜蛇女郎也注意到了罗斯玛丽。细长的脖子一起转向她，挑剔地打量着。罗斯玛丽也坦然地回视着她们，说明已经听到了她们的谈话。接着，她礼貌又简短地摆脱了那位苛求的女孩儿，向迪克走过去。这是她刚从迪克那里学来的。女主人是个有钱的美国姑娘，也是高高的个头，倚赖着民族经济的繁荣无忧无虑地周游世界。眼下，她正在不停地问高斯酒店的事，显而易见她想去那里，尽管迪克表现得很勉强，她却问个不停。罗斯玛丽的出现提醒她，作为一个女主人她表现得过于执拗了。女主人向四周瞥了一眼，说：“看见什么有趣的人了吗？见到——”她的眼睛搜寻着一个可能会吸引罗斯玛丽的男子，可迪克说他们得走了。两人很快离开了，跨出那象征未来的门槛，一下就到了外面标志着过去的石头门廊。

“很可怕，是吗？”他说。

“是的，很可怕，”她温顺地说。

“罗斯玛丽？”

她喃喃地应道，“嗯？”声音中充满敬畏。

“我很抱歉。”

她发出痛苦的抽泣声，浑身颤抖着。“你有手绢吗？”她颤着声音说。可没有多少时间来哭泣，他们现在是情人了，贪婪地吞噬着飞逝地分分秒秒。出租车窗外，烟雨蒙蒙中，黄绿色的黄昏正在消逝，火红的、烟蓝的、幽绿的店招在静悄悄地闪烁。将近六点了，街道上熙熙攘攘，小酒馆的灯光若隐若现，出租车向北拐的一刹那，庄严肃穆的协和广场[①]也似乎在一片粉红中移动起来。

终于，两人四目对视，呢喃着对方的名字，像是念着咒语。两个名字轻盈地萦绕在空气中，然后慢慢地消逝，比任何其他的词汇、其他的名字、甚至比他们心中的音乐都要缠绵。

“我不知道自己昨天是怎么回事，”罗斯玛丽说。“也许是那杯香槟？我以前从来没这样过。”

“你只是说你爱我。”

“我确实爱你——这我无法改变。”该到罗斯玛丽哭的时候了，于是她捂着手帕，哭了两声。

“恐怕我爱上你了，”迪克说，“这可不是什么好事。”

他们又叫着对方的名字——然后抱做一团，好像是出租车的摇摆使他们倒在了一起。罗斯玛丽的胸脯紧贴着迪克，嘴唇清新而温暖，此刻为罗斯玛丽和迪克所共享。在一阵几乎是痛苦的快慰中，他们闭上了眼睛，停止了思考，只是无声地呼吸着，摸索着对方。两人都沉浸在筋疲力尽后留下的那灰蒙蒙的温柔乡里，神经像排成一束的钢琴琴键一样放松下来，又像柳条编制的藤椅一样突然噼啪作响。这样裸露柔弱的神经必然要寻找慰藉，他们嘴唇贴着嘴唇，胸脯贴着胸脯……

① 巴黎最大的广场。

他们情深意浓，幸福之至，互相为对方浮想联翩，大胆而又美妙。两个个体的交流超凡脱俗，他人之间的关系已经无关紧要。两人走到这一步，都完全无辜，仿佛纯粹是一系列的巧合使然，迫使他们不得不承认自己是为对方而存在的。他们心地坦荡地走到一起，并不仅仅是为了追求好奇和神秘的感觉，至少表面上如此。

可对迪克来说这段路是短暂的；没到酒店之前就到了尽头。

“我没办法了，”他说，感到一阵恐慌。“我爱你，可这并不能改变我昨晚说的话。”

“现在这已经没有关系了。我只是想让你爱我——只要你爱我，一切都会很好。”

“糟糕的是我确实爱你。可尼科尔不能知道——一点怀疑也不行。我和尼科尔一定要继续过下去。而且，这比想要过下去更重要。”

“再吻我一下。”

迪克吻了她，可很快就放开了。

“不能让尼科尔痛苦——她爱我，我也爱她——你知道的。”

的确她理解——这种事情她一清二楚，不要伤害他人。她知道戴弗夫妇相亲相爱，因为这是她最初的想法。不过她曾经认为那不过是冷却了的关系，就好像她和母亲之间的爱。如果他们有那么多给外人，这不是意味着他们内部的情感已经不那么激情四射了吗？

“我是说爱，”迪克说，揣度着她的想法。“积极的爱——比我能向你解释的更复杂。就因这个才有了那场疯狂的决斗。”

“你怎么知道的？我以为我们都在瞒着你们。”

“你以为亚伯能守口如瓶？”迪克的话充满讥讽。“就是把秘密在广播上公开，在小报上散布，也决不要和一个一天至少喝三四次的酒鬼说。”

罗斯玛丽笑了，很同意迪克的说法，又靠紧了他。

“现在你了解了，我和尼科尔的关系很复杂。她并不坚强——虽然看起来很坚强，其实不是。这才使得事情一团糟。”

“哦，这些以后再说！现在吻我吧——爱我吧。我会爱你的，

但绝不会让尼科尔知道。”

“我的宝贝儿。”

他们到了酒店，罗斯玛丽稍稍落在迪克后面一点，欣赏着他，崇拜着他。迪克步伐轻快，好像刚做完了什么大事，现在又忙着去奔别的重要事情。好一个秘密欢乐的组织者，精心遮掩的幸福的监护人！他头上的帽子帅气十足，手执一根沉甸甸的手杖，戴着黄色的手套。她想，今晚要是和他待在一起，他们该有多么的惬意。

两人往楼上走——一共五段楼梯。在第一层转弯处，他们停了下来，拥吻着对方；到第二层时罗斯玛丽小心翼翼，第三层就更谨小慎微了。快到第四层时——上面还有两层——她在半途就停下了，飞快地和迪克吻别；可迪克逼着她回到下面一层，又亲吻了一会儿——然后再上去。最后，他们不得不道别了，两人的手顺着楼梯扶栏的转角伸过去，然后手指慢慢滑开。迪克回楼下做些晚上的安排——罗斯玛丽飞快地回到自己的房间，给母亲写信。她有点内疚，因为丝毫也不想念母亲。

第十八章

戴弗夫妇心底里对组织有序的时尚活动并无兴致，不过也不会过于敏感，完全不理会时代的节拍——迪克做东的晚会总是很热闹，而在热闹的间歇，还给人们机会去偶尔呼吸一下夜晚新鲜的空气，这显得更加费尽思量。

那晚的聚会进行得像是一场欢快的闹剧。他们先是十二个人，后来成了十六个，乘坐四辆汽车，在巴黎市内来了一次快速的奥德修斯[①]式旅行。一切都好像预见到了。人们变戏法似的加入他们的聚会，像专家、甚至导游一样在晚会的某个阶段陪伴他们，然后退出，再有新人加入。每个人都显得那么新鲜，仿佛整日都在为他们做准备。罗斯玛丽喜欢这种与好莱坞截然不同的聚会，尽管后者规模宏大。除了其他的娱乐，甚至还有波斯国王的座驾。至于迪克怎么弄到了这辆车、用了什么贿赂，并不重要。罗斯玛丽只把这当作又一件妙不可言的新玩意儿，这些东西最近两年充满了她的生活。轿车的底盘是一种特殊制造的美国底盘，车轮和水箱都是银制的。车厢的内部镶嵌着数不胜数的装饰品，璀璨夺

① 荷马所著史诗《奥德赛》中的主人公，诗中记述了奥德修斯在特洛伊战争失败后的漂泊生活。

目，下周开到德黑兰[1]后，宫廷珠宝师就会代之以真正的宝石。车厢后排只有一个座位，因为国王是不会和他人共乘一辆车的，所以他们只能轮流在那儿坐一下，都坐在铺着貂皮的车底板上。

可是迪克无处不在。罗斯玛丽身边一向带着母亲的画像，她信誓旦旦地对画像说自己压根儿不曾见过一个人，能和今晚的迪克比高论长，他形貌高贵，风度翩翩。罗斯玛丽私下里将迪克和别人比较了一番，和那两个亚伯小心地称作“汉根斯特上校和霍沙先生”[2]的英国人比，和那个斯堪的纳维亚的王位继承人比，和一个刚从俄罗斯回来的小说家比，和不可救药又诙谐幽默的亚伯比，和不知从哪儿开始就和他们待在一起的柯利斯·克莱比——罗斯玛丽的结论是迪克和他们简直不可同日而语。迪克整个晚上热情、无私，令罗斯玛丽心驰神往。每个人似乎都那么难以触动，像步兵师依靠定量供给一样依赖别人的关注，迪克却能够轻而易举地带动各种类型的人，而且仍然可以将最富个性的自我奉献给每个人。

后来，她回想起那些快乐无比的时光。第一次是和迪克跳舞时，罗斯玛丽的美丽在迪克高大、强壮的身躯映衬下光华四射。他们舞步轻移，如梦如幻，飘然欲醉——她跟随着他巧妙的暗示，在舞池中旋转，俨然一束亮丽的鲜花、一匹珍贵的布料，展示在二十五双眼睛前。有那么一刻，他们停止了舞步，只是相互依偎着。清晨的某段时间，他们两人独自在一起，罗斯玛丽年轻的肢体紧紧地贴在迪克身上，汗涔涔，粉嫩嫩，衣服也揉搓得皱皱巴巴；两人抱在一起，身后是别人的帽子和外套……

她笑的最多的一次是后来，他们六个人，当天晚上最优秀的六个人，那晚聚会留下的精英分子，站在里兹饭店[3]朦胧的前厅，告诉值夜班的门房潘兴将军[4]就在外面，想要鱼子酱和香槟。“他容不得半点

---

① 伊朗首都。

② 汉根斯特和霍沙原为两兄弟名字，据说领导了公元449年朱特人对英国的入侵。

③ 以豪华著称的大饭店。

④ 约翰。约瑟夫·潘兴（1860—1948），美国将军，在第一次世界大战期间指挥在欧洲的美国远征军，并担任陆军总参谋长（1921—1924）。

耽搁。每个人、每支枪，都听他的指挥。”惊慌的侍者们从各个角落跑了出来，在门厅里摆下一张桌子，这时亚伯扮作潘兴将军走了进来了；大家起立，冲他词句不全地嘟囔着战争歌曲。侍者们面对这样虎头蛇尾的骗局，感到很受伤，于是撂下他们不理不睬了。他们就为侍者们摆下一个圈套——用门厅里所有的家具搭建了一个异想天开的巨大装置，作用类似于戈德堡[①]漫画上的奇怪机器。亚伯冲着这玩意儿，半信半疑地摇了摇头。

“也许偷一把琴锯来更好——”

“够了，”玛丽打断说。“亚伯一提起琴锯，就该回家了。”她焦虑地对罗斯玛丽吐露说：

“我必须把亚伯弄回家。到港口的火车十一点开。这很重要——我都觉得他的未来全在于能不能赶上这趟车；可一旦我劝他，他就偏不这样做。”

“我试着劝劝他，”罗斯玛丽自告奋勇道。

“你可以吗？”玛丽将信将疑地说。“也许你能吧。”

这时，迪克走到罗斯玛丽跟前说：“尼科尔和我打算回家，我们想你会一起回去的。”

麻麻亮的天色下她因疲惫而显得脸色苍白，白天双颊上的红晕变得一片黯淡。

“我不能回去，”她说，“我答应玛丽和他们一起，不然亚伯也许永远都不会去睡觉。也许你能帮上忙。”

“你就不明白，对于别人，我们是无能为力的吗？”他劝说道，“如果亚伯是我大学的室友，而且头一次喝醉，那就不一样了。可现在做什么都没用。”

“可我必须留下。他说如果我们跟他一起到霍尔斯[②]，他就会睡觉。”她几乎不以为然地说。

---

① 鲁宾·卢修斯·戈德堡（1883—1970），美国漫画家和连环画作家，作品中经常描写用一些稀奇古怪、难以理解的机械装置去完成一些再简单不过的任务。

② 巴黎右岸地区一商业、文化活动、交通换乘中心。

迪克很快地吻了吻罗斯玛丽的臂弯内侧。

“别让罗斯玛丽一个人回家，”临走时尼科尔对玛丽喊道。“我们要对她妈妈有个交代。”

后来，罗斯玛丽、诺思夫妇、一个纽华克[①]来的玩具发声装置制造商、无处不在的柯利斯、一个穿得花里胡哨、油光光的印度人，叫什么乔治·T·霍思普鲁德克鑫，坐上了一辆装满胡萝卜的市场货车。黑暗中，胡萝卜根须上的泥土散发着甜蜜的芬芳，不时掠过的路灯打下长长的阴影。罗斯玛丽坐在高高的胡萝卜堆上，几乎看不见其他人。他们的声音仿佛是从很远的地方传来，好像与她当下的经历完全两样，遥远而且不同。这是因为罗斯玛丽心里装满了迪克，还有些后悔和诺斯夫妇一起出来；她真希望现在是在酒店，迪克正在大厅对面沉睡，或者迪克就在这里，在自己身旁，暖融融的夜色倾泻而下。

“别上来，”罗斯玛丽对柯利斯喊道，“萝卜会滚动的。”她扔给亚伯一个胡萝卜，他坐在驾驶员旁边，像个僵直的老人……

后来，天大亮了，她终于要回去了，鸽子已经在圣稣尔比斯教堂[②]的天空飞翔。他们不由自主地开怀大笑起来，因为知道，街上的人部以为现在是一个晴朗炎热的清晨，而对他们而言其实还是昨夜。

“我终于疯狂了一次，”罗斯玛丽想，“不过迪克不在，就没什么意思了。”

她觉得有些上当，感伤起来；不过很快，一个移动的物体出现在眼前。那是一棵高大的七叶树，鲜花竞放，绑在一辆长长的卡车上，往香榭丽舍大街[③]运，枝叶一颤一颤的，好像是笑得合不拢嘴——就像一个可爱的人，尽管处境不妙，也相信自己是可爱的。罗斯玛丽出神地看着这棵七叶树，把自己想象成了它，于是开心地笑了起来；顷刻之间，一切看起来都那么美好。

---

① 美国大概有四座以此命名的城市，分别位于加利福尼亚州、特拉华州、新泽西州和俄亥俄州，此处所指不祥。

② 巴黎一古教堂名。

③ 巴黎最知名的大街，东起协和广场，西至戴高乐广场，几乎所有的巴黎庆祝活动都在此举办。

第十九章

亚伯十一点从圣拉扎尔车站[①]起程——他一个人站在污秽的玻璃穹顶下，这还是19世纪70年代水晶宫[②]时代的遗迹。他的一双手由于连续二十四小时的寻欢作乐呈现出灰白色。他把手放在大衣口袋里，免得大家看到他颤抖的手指。他的帽子摘掉了，看得出只有发梢向后拂去，发根却固执地向一边斜着。很难认出这就是两周前在高斯酒店海滩上畅游的那个亚伯。

他到得很早，只有一双眼睛左顾右盼，似乎要想使唤一下身体的其他部分，他的神经力量就会失去控制。人们拎着新式的行李箱从他身边过去；即将踏上旅途的旅客们，黝黑矮小，声音阴沉尖锐地叫着："朱尔斯——呼——呼！"

此刻，亚伯寻思着是否有时间去小卖部喝一杯，口袋里的手捏了捏那卷湿乎乎的一千法郎的钞票。这时，他眼角游弋的目光突然瞥到楼梯顶上尼科尔的影子。他看着她——她表情淡漠，却流露出一种神情，就像那些知道有人正在等待自己的人，可那人还没有出

① 巴黎市第一座火车站。

② 为1851年的伦敦展览会所建，设计者为约瑟夫·帕克斯顿爵士，在现代建筑史上率先使用了金属、玻璃等20世纪广泛应用的建筑材料。

现。她额头蹙着，因为想起了孩子们，却丝毫不高兴，只是本能地数着他们——就像一只猫用爪子点数自己的幼仔。

看到亚伯，这一神情顿然从尼科尔的脸上消失。清晨的天空很忧伤，亚伯显得郁郁寡欢，晒成红褐色的脸上，眼睛下方浮出了晦暗的眼圈。他们在一张长椅上坐了下来。

“我来是因为你要我来，”尼科尔说，似乎在为自己的出现辩护。亚伯好像已经忘了为什么要她来，尼科尔则安然地看着匆匆走过的旅客们。

“她会是你们船上的美女——那个和所有男人说再见的——你知道她为什么买那件衣服吗？”尼科尔的语速越来越快，“你知道为什么唯独周游全球的女郎才肯买这件衣服？你懂吗？不明白？醒醒吧！那是件有来头的衣服——它不同寻常的材料会给人们带来故事，做环球航行的人们难保会有耐不住寂寞者，就会兴趣听她的故事。”

说完最后一句话，尼科尔闭紧了双唇；对她而言，已经说得太多了。亚伯看着她郑重其事、不苟言笑的脸，觉得很难判断她刚才是否说话了。他费力地挪了挪四肢，似乎要站起来，其实还在那儿坐着。

“那天下午你带我去参加那个有趣的舞会——你知道，在圣吉纳维芙[①]——”亚伯开口了。

“我记得。很有趣，不是吗？”

“我不觉得有趣。这次见你我没感到高兴。我已经厌倦你们了，不过没显出来，因为你们更厌倦我——你知道我的意思。如果还有热情，我宁愿去结识些新朋友。”

尼科尔抬手给了亚伯一巴掌，天鹅绒手套上的绒毛也变得毛糙：

“你这样消沉，简直太傻了，亚伯。无论如何，这不是你的意思。我不明白你为什么放弃一切。”

亚伯思忖着，努力控制着不咳嗽，也不去擤鼻子。

“我想是因为我厌倦了；想要回头，有任何一点儿成就，都有

① 圣吉纳维芙（大约422—500），原为巴黎保护神的名字，此处指教堂名。

很长的路要走。”

通常，男人会在女人面前扮演无助孩童的角色，可每当亚伯感到自己是个无助的小孩时，却几乎从来都做不到这一点。

“这不是借口。”尼科尔干脆地说。

每一时每一刻亚伯的情绪都在变糟——想起来的都是些遭人反感或战战兢兢的话。尼科尔想，自己正确的态度就是坐在那儿，眼望前方，手放在膝盖上。一时间两人都没说话——彼此朝相反的方向跑，直到前方出现一片蔚蓝的空间，一片不会被另外一个人看到的天空，才会停下来喘息。他们不是情人，没有共同的过去；他们不是夫妻，没有共同的未来；可一直到这个早上，除了迪克，尼科尔喜欢亚伯胜过任何其他人——而亚伯多年来对尼科尔也是满腔沉甸甸的爱。

“我厌倦了女人的世界。”亚伯突然说。

“那你为什么不创造一个你自己的世界？”

“我厌倦了朋友。不过是些拍马屁的家伙。”

尼科尔真希望能拨快一些车站时钟的分针；而亚伯还在问，“你说呢？”

“我是个女人，我的任务是把一切聚拢在一起。”

“我的目的是把它们都拆散。”

“你喝醉时，拆散的只有你自己，”尼科尔说。她冷静了下来，感到恐惧不安，没了信心。车站的人多起来，可没有她认识的人。突然，她如释重负，眼神落到一个高个子女孩儿身上，稻草色的头发像是一顶头盔，正在把信往邮筒里塞。

“亚伯，我得跟那个女孩儿打个招呼。亚伯，醒醒吧，你这个傻瓜！”

亚伯耐心地目送着她走过去。那女子有些吃惊地转过身，跟尼科尔打招呼，亚伯认出来在巴黎附近曾见过她。他乘尼科尔不在，在手绢里使劲咳嗽、呕吐，大声擤鼻子。上午的天气渐渐暖和了起来，他的内衣浸透了汗，手指颤抖得厉害，划了四根火柴才点上烟；看来真需要去小卖部喝一杯，可不一会儿尼科尔就回来了。

“真不该去，”她用诙谐的语气淡淡地说。“她让我过去看她，然后又很怠慢，看我的样子好像我已经堕落了似的。”她兴奋地笑了一下，好像两根手指在琴键高音区奏出的声音。“让人来看你。”

抽了几口烟，亚伯一阵咳嗽；镇定下来后，他说：

“问题是你清醒的时候，不想见任何人；酩酊大醉的时候又没人理你。”

“谁，我吗？”尼科尔又笑了起来；刚才的偶遇不知为什么让她很开心。

“不——是我。”

“你在为自己辩护。我喜欢认识人，越多越好——我喜欢——”

这时，罗斯玛丽和玛丽·诺斯出现了，慢慢走着找亚伯；尼科尔大声叫了起来，“嗨！嗨！嗨！”一边还笑着，挥舞着给亚伯买的一包手帕。

她们围成一个小圈站着，在亚伯巨大的身躯压迫下，显得很不自在。他横亘在她们中间，像一具大型帆船的残骸，用自身的存在主导着自己的脆弱和放任，狭隘和辛酸。她们都感受到了流淌在他身上的庄严与高贵，感受到了他的成就；那成就暗示着他的与众不同，但却已经支离破碎，早已被超越。可他尚存的意志却让她们恐惧，那曾经是活下去的勇气，现在却变成了对死亡的渴望。

迪克·戴弗到了，新鲜光亮、生气勃勃。三个女人立刻如释重负地欢叫起来，三只猴子一样一跃而起，跳到他的肩膀上、皇冠一样华丽的帽子上、手杖的金制手柄上。此刻，她们可以暂时忘掉亚伯那高大且叫人不快的样子了。迪克马上就明白了此刻的形势，不动声色地掌控了局面。他把大家带到车站里，一边讲解着车站的非凡之处，让他们不再圆于自我。附近几个美国人在道别，声音就像是淌入一个大的旧浴盆中的汩汩流水声。站在车站里，身后是巴黎市，他们仿佛正俯身大海之上，经历了一次蜕变，身体的每一个原子都移了位，构成新的基本分子，成就一个新的民族。

有钱的美国人涌进了车站，来到月台上，一张张率直新鲜的面孔神态各异，有的聪明智慧，有的考虑周到，有的呆头呆脑，有的则处心积虑。偶尔一张英国面孔出现在他们中间，很是显眼别扭。随着车站上的美国人越来越多，他们给人留下的纯洁、富有的第一印象便渐次消退，变得模糊朦胧，阻碍了他们和观察者们之间的了解，让彼此都失去了判断对方民族身份的能力。

突然，尼科尔抓住迪克的胳膊叫道．“快看！”迪克一转身，恰好看到那一瞬间发生的事情。距他们两节车厢远的地方，是一个卧铺车厢入口，在一片依依惜别中，发生了很不协调的一幕，叫人惊诧。那个刚刚尼科尔还跟她说过话、头发像头盔一样的年轻女子，突然从正在和她讲话的男子身边闪开，跑向一边，一只手狂乱地伸到钱包里；紧接着，两声左轮手枪的枪响撕碎了站台上紧张的气氛；与此同时，尖锐的汽笛声响起，火车徐徐启动，掩盖了两声意义重大的枪响。亚伯又从车窗里向大家挥手，不知道发生了什么事情。可在人群围拢过来之前，其他人已经看到了枪声的后果，那个中枪的人瘫坐在月台上。

好像过去了一百年，火车才停下来；尼科尔、玛丽和罗斯玛丽在外围等着，迪克则从人群中挤了进去。五分钟后他才又找到了她们——这时人们已经分成了两组，一群跟着担架上的男子，一群跟着那个女子，她走在心烦意乱的警察中间，脸色苍白，却步履坚定。

“是玛丽亚·沃利斯，”迪克急匆匆地说，“她枪击的那个男子是个英国人——他们好容易才弄清是谁，因为子弹恰好穿过他的身份证。”他们快步离开火车，在人群里挤来挤去。“我弄清楚了他们要把她带到哪个警察局，我这就去——”

“可她姐姐就住在巴黎，”尼科尔不同意。“为什么不给她打电话？真奇怪居然没人想到。她跟法国人结了婚，他比我们更管用。”

迪克犹豫了片刻，摇摇头，就要起身。

“等等！”尼科尔在他身后叫道：“你这样很傻——你能帮上什么忙——就凭你的法语？”

“至少我要确保他们不伤害她。”

“他们肯定不会放过她的，”尼科尔直截了当地告诉迪克。“毫无疑问，她枪击了那个男子。最好的办法是立刻给劳拉打电

话——她比我们更能起作用。”

迪克仍旧将信将疑——她也是在向罗斯玛丽炫耀。

“你等等，”尼科尔坚决地说，然后匆匆向电话亭跑去。

“什么事儿一旦尼科尔插手，”迪克半是爱怜半是讽刺地说，“我们就无事可做了。”

这一早上他第一次看了看罗斯玛丽。他们交换了眼神，努力从中找寻昨天的激情。一时间在两人眼里，对方显得都那么不真实——接着，饱含爱意的窃窃私语又暖洋洋地流淌而出。

“你乐于帮助任何人，是吗？”罗斯玛丽说。

“我都是装模作样。”

“我妈妈也喜欢帮助别人——当然她不像你那样帮助那么多人。”她叹了口气。“有时我觉得自己是世界上最自私的人。”

这是第一次，当罗斯玛丽提到自己母亲时，迪克非但不觉得有趣，反而有些恼火。她仍然坚持从孩子的立场看待这一切，迪克却要改变这种状态，把她的母亲踢开。可他意识到，自己是因为失控了，才会这样冲动——面对罗斯玛丽对他的情欲，一旦他放松片刻，就会成为这样。他不无惶恐地看到，整个事情在向静止滑动，但它不可能原地不动，要么前进要么后退。迪克第一次意识到，是罗斯玛丽更加有力地控制着他们关系发展的操纵杆。

迪克还没理出头绪，尼科尔已经回来了。

“我找到劳拉了。这是她得到的最早消息，她的声音越来越低，然后又高起来——好像要晕倒，又打起精神。她说，她知道今天早上会有事情发生的。”

“玛利亚应当加入达基列夫[①]的芭蕾舞团，”迪克温和地说，为使大家安静下来。“她很有舞台感——更不用说节奏感了。我们有谁会见到火车开出车站，却没听到几声枪响？”

① 谢尔盖·巴甫罗维奇·达基列夫（1872—1929），俄罗斯戏剧和艺术活动家，1909年在巴黎成立俄罗斯芭蕾舞团，拥有许多特别的天才，包括舞蹈家尼金斯基和帕瓦洛娃、舞蹈动作指导富基尼和马歇尼、作曲家拉威尔和斯塔维斯基，以及美术家莱热和毕加索等。

他们咚咚地走下宽阔的钢制台阶。“那个男人真可怜，”尼科尔说。“怪不得她和我说话时怪模怪样的，当然了——早就准备好要开枪了。”

她笑了，罗斯玛丽也笑了，可两人都很惊骇，深深希望迪克对此事做些道德评价，不要把任务留给她们。两人并没有清楚地意识到这一愿望，特别是罗斯玛丽，她已经习惯于此类事件的破碎弹片尖声掠过脑海了。即便如此，她心理上的惊恐还是日积月累地多起来。可是眼下，迪克刚刚意识到的东西让他很受震动，就无暇解决眼前的事情，将它们纳入到假期的轨道上。于是，女人们就觉得少了些什么，陷入隐隐的不快中。

随后，就好像什么都没发生，迪克夫妇和他们的朋友的生活汇入到了大街上。

但是，一切都已发生——亚伯也已离开，玛丽下午将赴萨尔茨堡[①]，巴黎的时光结束了。也许是那枪击为这一切画上了句号，它的余波结束了天晓得什么样的阴暗事件。这两声枪响成为所有人生活的一部分，暴力的回声跟随着他们走出车站，来到人行道上。等出租车时，他们听到两个搬运工正在谈论枪击事件。

“你看见那只左轮手枪没有？那么小巧——跟一把玩具枪一样。”

“可劲儿够大的！”另外一个搬运工一本正经地说。“你看见那人的衬衣了吗？流的血好多呀，谁都相信他上了战场”

① 奥地利中西部一城市，位于德国边界附近，一个主要的音乐中心和旅游胜地。

第二十章

他们在广场下了车，空气中悬浮着大团的汽车废气，在六月的骄阳下漫漫蒸腾。简直太糟了——这不是纯粹的热气，让人感觉逃往乡下也无法避开，只意味着条条道路也都笼罩在同样污浊的气息中，哮喘一样窒息着。他们在卢森堡公园对面的露天饭店用午餐，罗斯玛丽突然一阵阵腹部痉挛，情绪焦躁，浑身疲乏——在车站时她就有这样的预感，所以才谴责自己太自私。

迪克并没有察觉到这一突然的变化；他很不开心，结果是一时只关心自己，没有看到身边的变化，失去了长期以来他赖以做出判断的涌浪般的想象力。

玛丽·诺斯也离开了，还有跟他们一起喝咖啡的意大利歌唱教师，她要送玛丽上火车。这时，罗斯玛丽也起身去赴制片场的约会："见几位官员。"

"还有，哦——"她想起来，"——如果柯利斯·克莱，那个南方小伙子——如果他在你们走之前来了，告诉他我不能等他了。告诉他明天给我打电话。"

有些太随意了，这是刚才那场骚乱的反应，使她像孩子一样要特权——结果是让戴弗夫妇想起他们只留给自己孩子的爱。两个女人短暂地交锋了几句，罗斯玛丽遭到了严厉的斥责：“你最好去告诉服务员，”尼科尔语气生硬苛刻，“我们马上就走。”

罗斯玛丽明白尼科尔话里的责备，没有怨言地接受了。

“那就算了。再见，两位。”

迪克要了账单，戴弗夫妇松弛下来，有些不知所措地嚼着牙签。

“嗯——”两人同时说道。

他觉察到一丝不悦掠过她的唇边，一闪而过，只有他才能察觉到，而且他也可以装作没看到。尼科尔在想什么？几年来，罗斯玛丽只是他“吸引”的十几个人中的一个。这其中有一个法国马戏团小丑、亚伯和玛丽·诺斯、一对舞蹈演员、一位作家、一位画家、一位格朗·吉尼奥尔剧场①的喜剧女演员、一位从俄罗斯芭蕾舞团来的疯疯癫癫的男同性恋，还有一位他们资助过一年的颇有前途的米兰②男高音。尼科尔清清楚楚，这些人如何认真地理解迪克的兴趣和热情；也很清楚自从结婚后，除了孩子生产时，每个晚上都是他们共同度过的。另一方面，迪克天生人缘好，这一点也得加以利用——那些拥有这一上天恩赐的人也需要保持好这一能力，甚至去吸引那些没有什么可利用的人。

此刻，迪克的心硬起来，任时间一分一秒地过去，却没有做出任何亲昵的姿态，没有表露出他时常感到的惊讶：他们两人一体，不可分割。

南方来的柯利斯·克莱从一张张紧挨着的桌子中间侧着身子挤了过来，随便地向迪克夫妇打了个招呼。这样的问候总让迪克吃惊——熟人只向他们说一声“嗨！”或者只跟他们其中的一个人打招呼。迪克对人的感觉总是敏感强烈，不感兴趣的时候宁愿把自己藏起来。要是有人在

---

① 李·格朗·吉尼奥尔，巴黎的一个剧场，以上演突出可憎或可怕事物的恐怖戏闻名。

② 意大利北部一城市，重要的商业、金融、文化和工业中心。

他面前简慢妄为，那简直是挑战他生命的根本。

柯利斯并没有意识到自己的唐突，便自己为自己作了通报：“我想我来迟了——可爱的小鸟已经飞走了？”迪克不得不搜肠刮肚找些话来搪塞，否则就无法原谅柯利斯没有先问候尼科尔。

尼科尔几乎当即就离开了，迪克和柯利斯坐在一起，饮完了杯中的酒。他有些喜欢柯利斯——他是“战后”的一代，比起十年前他在纽黑文认识的那些南方人更易相处。迪克饶有兴趣地听着他的谈话，一边徐徐地抽着烟斗。午后，孩子们和保姆开始慢慢悠悠地走进卢森堡公园；这是迪克几个月来第一次对一天中的这段时光不闻不问。

柯利斯在一边兀自推心置腹地滔滔不绝，突然间，迪克听明白了他在说什么，顿时浑身的血液都冻结了：

“——她不像你可能想象的那样冷漠。我承认，很长一段时间里，我一直以为她很冷漠。有一年复活节[1]，我们乘火车从纽约到芝加哥，路上她和我的一个朋友遇到了麻烦。我的朋友叫希里斯，在纽黑文的时候，罗斯玛丽觉得他很酷。罗斯玛丽和我表妹在一个包厢里，可她想和希里斯单独在一起。所以午后表妹就到我的车厢打牌。嗯，约莫两个小时后我们回去，看见罗斯玛丽和比尔·希里斯正在走廊里和列车员争吵——罗斯玛丽脸色白得像纸。好像是他们锁上了门，拉下了窗帘。我猜想列车员来查票时听到里面有重重的声音，就敲了门。他们以为是我们在开玩笑，刚开始就不让他进。打开门时，列车员很生气，问希里斯这是不是他的车厢，跟罗斯玛丽有没有结婚，干吗锁门。希里斯就发火了，说他们什么也没有做。他说列车员侮辱了罗斯玛丽，想跟他打架，可那列车员会找麻烦的——我说的句句属实，我费了老劲儿才把事情摆平。”

迪克想象着每一个细节，甚至嫉妒这对年轻人在走廊里共同遭遇到的不幸，他感到内心发生了某种变化。只要有第三个人，哪怕只是

① 纪念耶稣复活的基督教节日，日期是3月21日或其后月满之后的第一个星期天。

一个意象，而且已经消逝，进入到他和罗斯玛丽的关系中，就足可以使他失去平衡，遭受一阵阵痛苦、悲伤、渴望和绝望的袭击。他眼前清楚地浮现出抚摸罗斯玛丽脸颊的手，急促的呼吸，表面上是极度的兴奋，内心里却是神圣而秘密的暖意。

——您介意我拉下窗帘吗？

——请拉下来。这里太亮了。

柯利斯这时说起了纽黑文大学生联谊会的运作，声调一样，口吻也没变。迪克想，自己已经以一种奇怪的方式爱上了罗斯玛丽，一种无法理解的方式。罗斯玛丽和希里斯的事似乎对柯利斯的感情毫无影响，只是让他愉快地相信，罗斯玛丽是有“人情味儿”的。

“伯恩斯那里人才济济，”他说，“事实上，我们都是的。纽黑文现在太大了，让人伤心的是我们不得不抛开的那些人。”

——您介意我拉下窗帘吗？

——请拉下来。这里太亮了。……迪克去了自己在巴黎的开户银行——填写支票时，他看了看那排坐在桌子前的工作人员，考虑着让谁来办理。他全神贯注地填写支票，仔细地检查钢笔，在高高的玻璃桌面上一笔一画地写。其间，他抬起呆滞的眼睛，望了望邮递处，接着又打起精神，集中到正在做的事情上。

可他还是决定不下该把支票给谁办理。这排人中谁最不会猜疑他目前所处的困境？谁的话最少？那个是佩兰，一个性格温和的纽约人，曾经邀请他在美国人俱乐部吃午餐。那个是卡萨索斯，一个西班牙人，经常和他谈论一个两人都认识的朋友，只不过那个朋友十几年前就已经淡出他的生活了。还有马奇霍斯，他总是问迪克是要取自己的钱还是妻子的钱。

他填写了票根上的数目，在下面划了两横，然后决定去皮尔斯那里。那是个年轻人，在他面前不用怎么装模作样。通常，装给别人看要比看别人装容易。

他先去了邮递窗口——为他服务的女职员正用胸脯抵住一张差点

从桌上掉下来的纸。迪克想，女人利用自己的身体，跟男人真是不同。他把自己的信函拿到一边打开：一张十七本精神病学书籍的账单，来自一家德国公司；一张勃伦塔诺的账单；一封父亲寄自布法罗[①]的信，字迹一年比一年不好认；汤米·巴尔邦寄来的明信片，邮戳地址是斐兹[②]，上面写的话很滑稽；苏黎世[③]医生们的信件，全是用德语写的；戛纳一个泥水匠有争议的账单；家具商的账单；巴尔的摩[④]一家医学杂志出版社的信件；各种各样的告示；一位崭露头角的艺术家的画展邀请；还有三封给尼科尔的信；一封给罗斯玛丽的信，托他转交。

——您介意我拉下窗帘吗?

迪克走向皮尔斯，可他正在接待一位女顾客。迪克回头看看，不得不去卡萨索斯那里了，他正闲着。

“你好，戴弗。”卡萨索斯态度很亲切。他站起来，胡须随着微笑绽开。“那天我们说起范萨斯通，我就想起了你——他现在正在加利福尼亚。”

迪克睁大了眼睛，身子稍稍向前倾去。

“在加利福尼亚？”

“我听说是的。”

迪克把支票递过去。为了把卡萨索斯的注意力吸引到支票上，他朝皮尔斯那边的桌子看过去，善意地同他挤眉弄眼了一番，这是他们三年前的老游戏，那时皮尔斯正和一个立陶宛的伯爵夫人打得火热。皮尔斯咧嘴一笑回应迪克，直到卡萨索斯已经签妥支票。他喜欢迪克，可也没有其他理由耽搁他了，就站起来，扶扶夹鼻眼镜，重复说，“是的，他是在加利福尼亚。”

这时，迪克看到了坐在最边上桌子的佩兰，正在和一个重量级

---

① 美国纽约州西部一城市。

② 摩洛哥中北部一城市。

③ 瑞士东北部一城市。

④ 马里兰州北部一港口城市。

拳击世界冠军说话。佩兰朝迪克这边瞟了一眼，迪克知道，他在想是否把自己叫过去介绍一下，可最后又决定不这样做。

迪克做出一副严肃的神情，就跟他刚才在玻璃桌前一样，这样很快摆脱了卡萨索斯友好的表示——他装腔作势地仔细阅读研究支票，又将目光锁在那个银行家脑袋右侧第一根大理石柱那边，似乎那儿有什么重大问题，之后又煞有介事地整理手杖、帽子，还有携带的信件——说了声再见，走出银行。他早已买通了门卫，出租车一下就停在了路边。

“到卓越电影制片厂——在帕斯的一条小路上。先到谬特。到那儿我再跟你说怎么走。”

过去的四十八小时内发生的事情让迪克心神不安，甚至自己要做什么都糊里糊涂。他在谬特付了钱下车，步行去制片厂，穿过马路到了大门口。虽然一身昂贵精致的行头让他气宇不凡，可迪克仍然感觉身不由己、跌跌撞撞，像一头被迫逐的牲口。只有推翻了他的过去，他最近六年的执着，尊贵才会悄然而至。他快步绕过大楼，带着塔金顿[①]笔下那些青少年的愚昧和无知，匆匆忙忙，瞎走乱闯，恐怕会和罗斯玛丽错过。制片厂周围一片凄凉，旁边一家店铺的招牌是“女衬衣1000件”。橱窗里堆满了衬衣，绒面的、打领结的、毛料的，还有仿冒名牌衬衫，放在陈列窗里。“女衬衫1000件”——谁有功夫，数数看！两侧还有其他一些招牌：“文具”“糕点”“折扣”“促销”——还有裹着“褪色水洗布”的康斯坦斯？塔尔玛吉[②]；再远处的店招更加让人郁闷：“教士服饰”“讣告”“丧葬殡仪”。总而言之，不是生就是死。

迪克知道，自己正在做的事情标志了人生的一个转折点——和过去的一切都格格不入——甚至无益于他希望在罗斯玛丽身上产生的效果。罗斯玛丽一直把他当作正确的典范——但此刻他出现在这

① 布思·塔金顿（1869—1946）美国作家，有超过四十多部描写小孩子和青少年的戏剧作品。

② 美国女演员名。

里，更像是主动入侵。但迪克必须这样做，这是某种被淹没的现实的驱使：有种力量迫使他走到这里，或站在这里，衬衫的袖口紧贴着手腕，外衣的袖口像阀门一样裹着衬衫的袖口，领口围着脖子竖着，红色的头发梳理整齐，一只手拿着小公文包，像个花花公子——就好像有人突然觉得必须站在费拉拉[①]教堂的门口，深深忏悔。此刻的迪克，是在怀念那些难以忘怀、尚未忏悔、无法删除的过去。

① 意大利北部一城市，位于威尼斯西南。

第二十一章

在那儿闲晃了大约三刻钟后，迪克突然和别人打起了交道。迪克不想见任何人时，总会发生这样的情况。有时，他小心翼翼地守护自己暴露在外的自我意识，结果经常背道而驰。就像一个演员，并不充分地表演自己的角色，而是试图引起观众的注意，煽动他们的情感，好像这样能让观众产生一种能力，来弥补自己留下的不足。同样，我们很少同情那些真正渴求我们怜悯的人——而是留给那些通过其他途径，能够使我们发挥怜悯这一抽象功能的人。

迪克可能自己已经分析了随即要发生的事情。在圣阿格尼斯大道漫步时，一个瘦脸美国人和迪克搭腔，大概有三十岁，好像心灵受过什么创伤，浅淡的笑容中透着邪恶。他向迪克借火。迪克给了他，心里立刻把他列为自己在青少年时期就一清二楚的那类人——在香烟店附近游荡，一只胳膊肘支着柜台，天知道多么小的心眼里盘算着店里来来去去的人们。他们经常出没于汽修厂、理发店、剧院大厅，在这些地方压低声音谈着什么见不得人的生意。总之，迪克认为他就是那号人。有时，这样的形象会出现在男孩子们较为暴力的卡通形象中——孩提时代，迪克经常会瞥一眼这种人所处的模糊的犯罪地带，感到忐忑不安。

“兄弟，喜欢巴黎吗？”

不等迪克回答，那人就和迪克并排走，热切地问道：“从哪里来？”

“布法罗。”

“我从圣安东尼[①]来——不过战争爆发后就到这里了。”

“你在部队干过？”

“我得说是的。八十四师——听说过吗？”

那人走在迪克前面一点，几乎是威胁地盯着迪克。

“兄弟，是在巴黎稍作逗留，还是路过？”

“路过。”

“住哪家旅馆？”

迪克心里笑了起来——这家伙看起来夜里打算洗劫他的住所。那人看透了他的心思，不露声色地说：“兄弟，你这样的体格，还怕我吗？这里是有很多不务正业的，专门盯着美国游客，可你没必要提防我。”

迪克有些烦了，就停下脚步：“我就纳闷儿，你怎么这么有时间浪费。”

“我在巴黎做生意。”

“什么生意？”

“我卖报纸。”

这人恐怖的外表和卑微的职业形成了可笑的对比——他又解释道：

“别担心；去年我赚了不少钱——一张六法郎的《太阳时报》能卖到十到二十法郎。”

他从破旧的钱夹里拿出一张剪报，递给迪克，似乎已经把迪克当成了自己流浪的同伴——卡通画上是一班装满黄金的轮船，一群美国人正跨过踏板，蜂拥而出。

“二十万人——一个夏天要花掉一千万。”

“你在帕斯这里做什么？”

迪克的同伴此刻小心翼翼地环顾四周，压低声音说，“看电影。

① 美国德克萨斯州中南部一城市。

这里有一家美国制片场。他们需要能说英语的人，我在等机会。”

听到这些，迪克急忙把他甩掉了，不给他任何机会。

看来，迪克在片场附近徘徊时，错过了罗斯玛丽，或者就是在他到这附近之前，罗斯玛丽已经走了。迪克走进街角的一家小酒馆，买了一张铅制唱片，然后挤在肮脏的盥洗室和厨房之间的电话间里，给乔治皇家酒店挂了电话。迪克感到自己似乎要患上了切尼一斯托克思呼吸症[①]——但与其他所有事情一样，这种症状只是让他更陷入这样的情绪中。他拨了旅馆的号码，站在那里，手拿听筒，茫然地盯着咖啡馆；好像过了很长时间，电话里传来一个陌生的娇小声音，“你好。”

“我是迪克——我必须和你说话。”

电话那端一阵沉默——然后，像是迎合迪克的情绪，传来罗斯玛丽勇敢的回答，“我很高兴。”

“我来制片厂找你——现在我在马路对面的帕斯。我原想我们可以开车在布伦公园[②]里兜兜风。”

“哦，抱歉，我只在那里待了一会儿！”一阵沉默。

“罗斯玛丽？”

“听到了，迪克。”

“听着，我现在被你弄得魂不守舍。一个孩子一旦搅动了一个中年男子的心，情况就麻烦了。”

“你不是中年人，迪克——你是世界上最年轻的人。”

“罗斯玛丽？”沉默中迪克盯着咖啡馆的橱柜，上面摆放着廉价的法国酒——奥塔德酒，圣詹姆斯朗姆酒，玛丽·布利扎酒，橘子汁潘趣酒，安德烈·费内特·布兰克酒，洛切樱桃酒，以及阿马涅克白兰地。

“你是自己一个人吗？”

——您介意我拉下窗帘吗？

① 指间歇性的呼吸停止或急速呼吸症状，由爱尔兰医生斯托克思（1804—1878）和苏格兰医生切尼（1777—1836）共同发现。

② 法国巴黎的一家知名公园，紧邻著名的罗兰伽罗斯网球场。

“你想我会和谁在一起？”

“我现在是一个人。我想和你在一起。”

又是沉默，然后是一声叹息，接着是回答：“我也希望你现在和我在一起。”

迪克似乎看到了罗丝玛丽，躲在这个电话号码后面，躺在酒店的房间里，身边环绕着阵阵音乐，如泣如诉——

两杯——茶，
我是你的，
你是我的，
就——我们俩。

迪克脑海里闪现出罗斯玛丽晒黑的脸颊，扑着香粉——亲吻她时，鬓角汗涔涔的，还有她雪白透亮的脸庞，依偎在自己脸庞的下方，还有那滚圆的肩膀。

“这是不可能的。”迪克自言自语道。旋即他出了咖啡馆，朝谬特大步走去，或者说从那里走开，手里仍然拿着公文包，像握一把剑一样握着他的金头手杖。

罗斯玛丽回到书桌前，继续给母亲写信：

“——我只见了他一小会儿，可我觉得他相貌堂堂，我爱上了他（当然我最爱的是迪克，不过你知道我的意思）。他确实就要执导这部影片了，马上就要起身去好莱坞；我想我们也应该离开了。柯利斯·克莱也来了，我还是很喜欢他，不过因为戴弗夫妇我很少见他，他们真的超凡脱俗，是我见过的最优秀的人。今天我感觉不好，吃了点药，虽然知道并无必要。我甚至不想告诉你发生的所有事情，直到我见到你！！！所以接到信后，即刻给我拍电报，拍电报，拍电报！是你来北边，还是我和戴弗夫妇一起回南边？”

六点钟的时候，迪克给尼科尔打了电话。

“有什么安排吗？”他问，“想不想做些安静的事——在酒店用晚餐然后去看戏？”

“你想吗？我愿意做任何你想做的事。刚才我和罗斯玛丽通了电话，她在房间里用晚饭。真扫兴，你呢？”

“我可不觉得扫兴，”迪克反驳道。“亲爱的，除非你太疲倦了，我们做点什么事吧。否则等我们回到南部，会花上一个星期琢磨，为什么没有去看布歇[①]的画展。这好过总是胡思乱想——”

迪克说走了嘴，尼科尔立刻接过话：

“胡思乱想什么？”

“玛丽亚·沃利斯。”

尼科尔同意去看演出。这是他们的传统，从来不会因为疲惫影响任何事，而且发现这么做总的说会使他们的白天更美好，夜晚更有秩序。当然，总会有精力不济的时候，这时他们就会借口是因为别人太疲劳了。出门前，两人轻轻敲了敲罗斯玛丽的门，没有回答，猜想她可能睡着了。于是，这对全巴黎最漂亮的夫妇走进了城市温暖嘈杂的夜晚，顺路在暮色中的富凯酒吧喝了一杯苦艾酒和几杯苦啤酒。

---

① 弗朗索瓦·布歇（1703—1770）法国艺术家，其油画和挂毯是洛可可式风格的代表。

第二十二章

第二天，尼科尔醒得很晚，长长的睫毛睡着的时候纠缠在了一起，眼睛睁开之前还在嘟囔着梦里的事。迪克的床空着——醒来一分钟后，尼科尔才想起来是客厅的敲门声把自己叫醒的。

“请进！”她喊道，可没有回音。过了一会儿，尼科尔披上晨衣去开门。一名警察礼貌地同她打招呼，并走进房间。

“阿富汗·诺斯先生——他在这儿吗？”

“什么？不——他去美国了。”

“什么时间走的，夫人？”

“昨天早上。”

警察摇摇头，朝尼科尔节奏很快地晃了晃食指，说：

“他昨晚人在巴黎，在这里登记住宿，可房间是空的。他们告诉我最好来这个房间打听。”

“这太奇怪了——昨天早上我们送他上的海陆联运列车[①]。”

“也许是这样，但今天早上有人在这里看见过他。甚至还有他的身份证，您看。”

① 固定接送城市和港口之间旅客的火车。

“我们一无所知，”尼科尔错愕地说。

警察长相不错，不过体味很冲。他思忖片刻说：

“昨晚您没有和他在一起吗？”

“绝对没有。”

“我们逮捕了一个黑人。我们确信这就是我们要抓的人。”

“我向您保证我不知道您在说什么。如果您指的是我们认识的亚伯拉罕·诺斯[①]，那么，如果他昨晚在巴黎的话，我们对此一无知晓。”

这人点点头，吮吸着上嘴唇，相信了尼科尔，不过很失望。

“发生了什么事？”尼科尔问道。

他摊开手掌，鼓着闭紧的嘴唇。这时，他开始发现尼科尔妩媚动人，眼睛朝她眨巴了眨巴。

“您以为呢，夫人？夏季高发的那种事件。阿富汗先生遭遇了抢劫，报了警。我们已经抓住了肇事者，需要他指证并提起诉讼。”

尼科尔裹了裹身上的晨衣，很快打发走了警察。她感到大惑不解，就洗了个澡，穿戴整齐。这时已经十点多了，她给罗斯玛丽打了电话，可没人——接着又给酒店总台打了电话，得知亚伯确实登记了，是在今天早上六点半。可他的房间仍然空着。尼科尔坐在套房的客厅里，希望迪克会给她一些消息；就在她没了耐心、决定出门时，总台来了电话：

“一个叫克鲁索的先生求见，是个黑人。”

“什么事？”

“他说他认识您和医生，他说有一位名叫弗里曼的先生进了监狱，他是全世界的朋友。他说这不公正，他希望自己被捕之前能和诺斯先生见一面。”

“我们什么也不知道。”尼科尔猛地扣上电话，把整件事情甩开。亚伯神秘的再次出现让她明白，他的胡闹让自己多么疲惫。她不再想亚伯的事儿了，便走了出去，恰巧在裁缝店遇到了罗斯玛丽，两人一起在里沃里大街买假花和各种颜色的彩珠彩线。她还帮

① 亚伯的全称。

罗斯玛丽为母亲选了一颗钻石，几条围巾，几种新款的烟盒，带叫家可以送给加利福尼亚的同事们。她给儿子买了一套希腊和罗马的玩具士兵，整整一个军团，花了一千多法郎。又一次，她们是以不同的方式花钱，这又一次让罗斯玛丽羡慕尼科尔的消费方式。尼科尔确信她花的是自己的钱——而罗斯玛丽总觉得自己的钱仿佛是不可思议地从哪里借来的，必须谨慎使用。

沐浴着陌生城市的阳光，享受着花钱的快乐、健康的身体，这让她们神采飞扬。两个对男人颇有杀伤力的女子自信地伸展着四肢，高视阔步。

两人回到酒店，见到上午的迪克容光焕发，都高兴得像孩子一样。

他刚接了个电话，是亚伯来的，说话含糊不清，好像亚伯整个上午都躲在某个地方。

“这是我接到的最不同寻常的电话之一。”

电话里和迪克说话的不只亚伯，还有很多别的人。通常，这些跑龙套的家伙们这样开始：“——有人想跟您说话，住在圆顶的房子里，他说他在里面住过——是什么房子？”

“嗨，你，住嘴——不管怎样，他现在卷进了丑闻，他可能会回家。我个人的意见是——我个人的意见是他有——”接着听到他噎了两下，然后这群人在干些什么就不得而知了。

电话还提出一个额外的建议：

“我想作为一个心理学家，您也许会感兴趣。”这个来历不明的人士这样说，最后居然抱着电话不放；结果是迪克不为所动，无论作为一个心理学家，还是其他什么学家。和亚伯的通话是这样的：

“你好，”

“喂？”

“喂，你好。”

“你是谁？”

“喂。”里面夹杂着一阵哄笑声。

“喂，我叫别人来听电话。”

有时迪克可以听见亚伯的声音，伴随着混乱的打斗声，话筒跌落的声音，远远的只言片语，“不，我不要，诺斯先生……”接着传来一个无礼、坚决的声音：“如果你是诺斯先生的朋友，请过来把他带走。”

亚伯插了进来，听起来郑重其事、坚决果断，把其他声音都压了下去。

“迪克，我在蒙马特尔[①]发动了一场种族暴乱。我要过去把弗里曼救出监狱。如果一个从哥本哈根[②]来的擦皮鞋的黑人——喂，你听得见吗——喂，听着，如果有人到那里——”听筒里再次传来嘈杂的音乐声。

“你为什么又回到了巴黎？”迪克问。

“我都到了埃弗勒[③]，但我决定坐飞机回来，这样我可以把它和圣稣尔比斯教堂[④]比较一番。我是说，我不想把圣稣尔比斯教堂带回巴黎，甚至连巴洛克[⑤]都不是！我是说圣日尔曼教堂[⑥]。看在老天分儿上，等一下，我会让服务员来听电话。”

“天哪，不要。”

“听着——玛丽已经走了吗？”

“是的。”

“迪克，我今天早上认识一个人，是一个海军军官的儿子，已经看过欧洲所有的医生了，我想让你和他说话。让我给你介绍一下——”

这时迪克挂掉了电话——这也许是忘恩负义，因为此时他的大脑就像旋转的磨石需要谷物一样，需要思考的素材。

“亚伯曾经那么可爱，”尼科尔对罗斯玛丽说。“很久以

① 蒙马特尔：法国巴黎北部一座小山和一个区，位于右岸地区。

② 丹麦首都及最大城市，位于这个国家的最东端。

③ 法国西北部一城市名，巴黎以西九十公里处。

④ 圣稣尔比斯，巴黎一教区名，为稣尔比斯会创建地，区内有圣稣尔比斯教堂。

⑤ 约1550到1700年间盛行于欧洲的一种艺术和建筑风格，强调拉紧效果，特征是有大胆的曲线结构、复杂的装饰和无联系部分间的整体平衡。

⑥ 巴黎最古老的教堂，建于6世纪，数遭洗劫。

前——那时我和迪克刚结婚。那时你认识他的话，你会知道他有多好。他会过来和我们住好几个星期，我们几乎都感觉不到他的存在。有时他会弹奏些什么——有时他会待在书房，成小时地陪伴着无声的钢琴，和它恋爱——迪克，你记得那个女仆吗？她说他是个幽灵，有时亚伯在大厅里遇见她，对着她哞哞地学牛叫。有一次，我们还损失了一整套茶具——不过我们不放在心上。”

那么多有趣的事——那么久远。罗斯玛丽羡慕他们那些趣事，脑际里出现了优哉游哉的生活图景，这与自己的生活大相径庭。对安逸的生活她知之甚少，但和很多从来没有拥有它的人一样，她仰慕这种生活，认为它无忧无虑，却不知道戴弗夫妇和她一样，远非轻松自在。

“现在是怎么回事？”她问，“他为什么非要酗酒？”

尼科尔摇摇头，不想解释这个问题：“现在，很多聪明人精神都崩溃了。”

“那么什么时候他们不是这样呢？”迪克说。“聪明人生活在精神的边缘，因为必须如此——有些人受不了，就放弃了。”

“肯定有更深刻的原因，”尼科尔固执己见，同时有些恼火，迪克竟当着罗斯玛丽反驳自己。“很多艺术家——比如费南德，并没有陷在酒缸里，为什么只有美国人放荡沉沦？”

这个问题的答案太多，迪克决定不做回答，让尼科尔自以为是去好了。他对尼科尔越来越吹毛求疵了。尽管迪克知道，尼科尔是自己见过的女人中最迷人的，从她那儿也得到了自己需要的一切，他还是隐约听到了战争由远及近的声音；潜意识里，他不断在加强自己、武装自己。迪克一般不会自我放纵，现在却放任着自己，这让他觉得很没风度。他不顾一切，盲目地希望尼科尔以为自己对罗斯玛丽只是一时的感情冲动。他不能确定——因为昨晚在剧院，她有意地把罗斯玛丽称作孩子。

三人在楼下用午餐，侍者们小步踩在地毯上，不像他们近来用餐时的那些侍者，端着他们的珍馐美馔，还跑得飞快，脚步咚咚地响。餐厅里，一个个美国家庭四处张望，都想找个人聊聊天。

邻桌的客人却让他们猜不透。其中有一个年轻男子，滔滔不绝，有点秘书的味道，总是在说“您介意重复一遍吗？”还有二十几个女子，既不年轻，也不很老，也看不出哪个阶层。可她们却让人觉得是个整体，关系密切，比如说，一群因为丈夫参加专业会议而聚在一起的太太们。她们看起来更像一个组织，而不是什么旅游团体。

迪克正要脱口说几句嘲讽的话，又本能地咽了回去；向侍者询问这些是什么人。

“他们是金星妈妈①，悼念阵亡将士的。”侍者解释说。

大家都感叹不已，罗斯玛丽热泪盈眶。

“年轻的也许是他们的妻子。”尼科尔说。

迪克一边饮酒，一边将目光又投向这些人。从她们幸福的脸上，从她们由内而外的尊严和高贵中，迪克看到了老一代美国人的成熟。她们到这里来悼念亡故的亲人，缅怀无法弥补的过去。一时间，这些朴素的女性使整个房间陡然增色。迪克仿佛又坐在了父亲的膝盖上，和莫斯比一同驾着车，古老的忠诚和奉献和他并肩作战。费了很大劲儿，迪克才回到现实，转过头来面对餐桌旁的两个女人，面对他所相信的这个新世界。

——您介意我拉上窗帘吗？

① 美国一母亲组织，悼念在战争中阵亡的子女，1928年成立。

第二十三章

亚伯·诺斯依旧待在里兹酒吧里，早上九点以后就一直在那儿。他到那里避难时，酒吧的窗户都开着，巨大的光束射进房内，熏黑的地毯和垫子上升腾起一片灰尘。此刻还不是很忙碌的男仆们，在走道上穿梭，享受着片刻的自由空间。专为女士服务的非自助酒吧在吧台的对面——很难想象到下午，如此狭小的空间里能挤进那么多的人。

那个大名鼎鼎的保罗，也就是酒吧老板还没到。克劳德正在清点库存，对亚伯的到来毫不吃惊；他丢下手上的活儿，给亚伯倒了一杯提神酒。亚伯坐在靠墙的椅子上，喝了两杯，之后感觉舒服起来——甚至跑到理发店里刮了胡子。回到酒吧时保罗已经到了——开着专门定制的汽车，正好在开普辛大道下车。保罗很喜欢亚伯，走过去和他聊了起来。

“我本来今天早上要乘船回家，”亚伯说。“我是说昨天早上，管它哪天早上。”

“那为什么没有？”保罗问。

亚伯想了想，终于找到一个理由：“我一直在看《自由报》上的一篇连载，下一期在巴黎出——所以，要是我上了船，就读不到了——那就永远看不到了。”

“故事一定很精彩吧。”

“很可怕。”

保罗站了起来，止住咯咯的笑声，靠在椅背上。

“如果你真想走的活，亚伯先生，你的两位朋友明天要坐法兰西号走——斯里姆·皮尔森先生和——他叫——我会想起来的——个子很高，新蓄的胡子。”

“雅德里。”亚伯帮他说。

“雅德里先生。他们都乘法兰西号。”

保罗要去办自己的事了，可亚伯想缠住他：“要是我不经过瑟堡[①]呢？我的行李是从哪里托运的。”

“那就到纽约取你的行李，”保罗说，一边要离开。

这个提议听起来很有道理，渐渐合了亚伯的心意——想到会有别人照应，或者说延长他不负责任的时间，亚伯突然兴奋起来。

其他顾客开始走进酒吧：首先是个大块头的丹麦人，亚伯曾经在哪里见过。丹麦人在对面找了个位置坐下，亚伯猜，这家伙会在这里坐一整天，喝酒，吃午饭，聊天，读报纸。亚伯突然很想跟他比一比，看谁坐的时间长。十一点的时候，大学生们开始进来，小心翼翼地走路，恐怕蹭了别人的书包。大概就是这个时候，他让侍者给戴弗夫妇打的电活。和戴弗他们取得联系时他也和其他朋友联系上了。他的想法是让大家都同时通过电话联系——结果都是一样的。不时地，他会想起一件事情，那就是他应该去把弗里曼从监狱里救出来，可他把所有事情都甩掉了，就像甩掉噩梦中的某些场景。

下午一点钟的时候，酒吧里已经拥挤不堪，人声鼎沸。侍者们尽职尽力，铆紧两件事：顾客要的饮料和他们的付款。

“两杯薄荷鸡尾酒……再来一杯……两杯马提尼和一杯……这里没您的酒，考特利先生……可以来三轮。共七十五法郎，考特利

① 法国西北部城市，位于英吉利海峡上。

先生。莎弗尔先生说他有这个——您这是最后一杯……我只能按您的吩咐做……非常感谢。”

混乱中亚伯丢了座位，站在那里，身子轻摇，和一些已经打成一片的陌生人聊着天。一只小猎犬将绳索绕到了亚伯的腿上，亚伯设法解开，并不生气，还收到狗主人忙不迭地的道歉。很快有人邀他共进午餐，可他婉拒了，并解释说，自己就要去布利格利斯，在那儿还要办些事儿。一会儿，他带着酒鬼的殷勤礼貌，好像一个囚犯或仆人似的，和一个熟人说了再见，转身发现酒吧的高潮已然退去，和它开始时一样突然。

对面的丹麦人和他的朋友们叫了午饭。亚伯也要了午饭，可几乎什么也没吃。这之后他木然地坐着，沉浸在对过去美好的回忆中。酒让过去的好时光仿佛回到了现在，好像仍在继续，甚至和未来同步，将会再次发生。

四点钟，侍者走到他跟前：

“您想见一个叫作朱尔斯·彼得森的黑人吗？”

“上帝！他怎么找到我的？”

“我没告诉他您在这儿。”

“那是谁？”亚伯几乎趴在了酒杯上，不过还是平静了下来。

“他说他已经找遍了所有的美国酒吧和酒店。”

“告诉他我不在这里——”就在侍者转身离开时，亚伯问：

“他能来这里吗？”

“我去问一下。”

听了侍者问的话，保罗抬头看了一眼，摇了摇头。看见亚伯，他走了过来。

“对不起，我不能允许。”

亚伯费力地站了起来，出了酒吧，向坎邦街走去。

第二十四章

里查德·戴弗手提小公文包，在第七区给玛丽亚·沃利斯六留了个条子，签名是“迪克尔”——这是最初和尼科尔相爱时，两人写信时用的落款。他去了一趟裁缝店，裁缝对他大献殷勤，和他所花的钱很不成比例。迪克举止优雅镇定，好像有获得安全的秘诀，似乎向这些贫苦的英国人许诺着什么，他不禁有些羞愧，让一个裁缝修改他的丝绸衬衫的袖子时也感到羞愧。之后他来到克里伦酒吧，喝了一小杯咖啡，一点儿杜松子酒。

迪克走进酒店，觉得大厅里出奇的明亮。出来时才明白，虽然刚四点钟，外面天色已经暗了下来。香榭丽舍大街上的树叶在风中歌唱、坠落，一片萧索狂乱的景象。迪克拐到里沃里街上，沿着街道的拱廊，穿过两个街区，到自己的开户银行取邮件。然后他叫了一辆出租车，开上香榭丽舍大道时，传来了啪嗒啪嗒的雨声；迪克一个人坐在车里，守卫着自己的爱情。

他回想起下午两点钟时在乔治皇家酒店的走廊里，尼科尔的美丽和罗斯玛丽的美丽相比，就好似达·芬奇笔下的女性和一个插图画家笔下的女子。迪克在风雨中前行，魂不守舍，充满恐惧；他有满怀激情，但觉得事情没有那么简单。

罗斯玛丽打开房门时，心中正怀着柔情万种，别人难以知晓。此时的她正是人们有时叫作的那种“小疯子”——整整二十四小时，她还没有调整过来，还沉浸在狂乱的嬉戏中；好像她的生活是一个拼图游戏——计算着收益，计算着希望，给迪克、尼科尔、她的母亲、昨天见到的导演发号施令，好像他们是一串念珠上的珠子。

迪克敲门时，她刚穿戴整齐，正在观赏雨景，脑海里浮现出一首诗，以及贝弗利山①涨满的排水沟。打开门，罗斯玛丽发现迪克一如往常，依旧那么不急不躁，庄重神圣，这就如年轻人眼里的长者，往往都是那么严谨、缺少变通。迪克见到她，不禁有些失望。罗斯玛丽毫无防备地甜甜笑了笑，迪克怔了片刻才回过神儿来。她的身材好似精雕细刻，每一个毛孔都让人联想起一朵含苞待放的蓓蕾。迪克注意到，浴室门口的地毯上有罗斯玛丽湿漉漉的脚印。

“电视机小姐，”他故作轻松地说，把手套、公文包放在梳妆台上，把手杖靠在墙上。他的下巴控制着嘴角的细纹，把它们往上推向前额和眼角，仿佛是无法公开的恐惧。

“过来，坐在我的腿上，挨着我，”他柔声说，“让我看看你漂亮的小嘴儿。”

罗斯玛丽走过来，依言坐下来；这时窗外的雨声渐渐慢了下来——嘀嗒——嘀——嗒，她把嘴唇放在了自己所创造的那个美丽冰冷的形象上。

很快，她在迪克的嘴上吻了好几下。迪克看到，她的脸靠近时变大了，他从来没有见过像她的皮肤那样让人目眩的事物。有时美丽能唤起人们最高尚的思想，这让迪克想起了对尼科尔责任，而且，这责任就在走廊对面，隔着两个房间。

“雨停了，”他说，“你看见石板瓦上的太阳了吗？”

罗斯玛丽站起来，俯下身，对迪克说出了最真诚的心思：

“唉，我们真是演员——你和我。”

① 美国加利福尼亚州南部一城市，为洛杉矶围绕，毗邻好莱坞，以作为电影界人物的时髦居住地区而闻名。

她走到梳妆台前，刚要梳头，外面传来了敲门声，并不急促，却持续不断。

两人吓了一跳，愣在那里；敲门声又固执地响了起来。罗斯玛丽突然意识到门没有锁，就一下梳好头，朝迪克点头示意，迪克很快将床上他们刚刚坐过的地方的皱褶拉平，然后朝门口走去，一边语气自然、声音不大地说：

“——要是你不想出去，我就和尼科尔说一声，我们会在巴黎安静地度过最后一晚。”

不过他们的提心吊胆是多余的，门外的两个人正自顾不暇，对于与己无关的事，至多只会有一闪而过的念头。门外站的是亚伯，在过去的二十四小时内他好像老了好几个月，还有一个黑人，显得惶恐不安。亚伯介绍说这是斯德哥尔摩[①]的彼得森先生。

“他现在的处境很糟，都是因为我，”亚伯说。“我们需要一些有益的建议。”

“到我们的房间来。”迪克说。

亚伯坚持要罗斯玛丽也过来。他们穿过大厅，走进戴弗夫妇的套房，朱尔斯·彼得森跟在后面。这是个体面的小个子黑人，看起来斯斯文文，像是那些西部边疆诸州支持共和党的黑人。

彼得森是清晨蒙帕尔纳斯[②]那场纠纷的目击者，他陪同亚伯去了警察局，证实一个黑人抢走了亚伯手上的一千法郎的支票，而找到这个黑人是案子的一个关键。两人和一名警局侦探回到了那个咖啡馆，匆匆忙忙指证了一名黑人。可一个小时后证明，这个人是亚伯离开后才来的。警察又逮捕了餐馆老板弗里曼，一位小有名气的黑人，结果把事情搞得更复杂了。这位老板只不过是早些时候撞进酒馆来，然后就消失了。而真正的罪犯，最近不知道着了什么邪门歪道，又突然冒了出来；而他的案子，据他朋友讲，也只不过是抢了亚伯付酒账的五十法郎。

① 瑞典首都及最大城市，位于该国东部。

② 法国巴黎左岸地区一个区域，该区的咖啡馆长久以来因艺术家、作家和知识分子汇集地而闻名。

总之，在短短一个小时的时间内，亚伯就卷入了住在法国拉丁区[1]的一个欧洲黑人和三个美国黑人的个人生活、良心和情感中，而且看不到任何能够脱身的迹象。整整一天里，随时随地，都有可能看到一张张陌生的黑人面孔出其不意地冒出来，电话里响着他们坚持不懈的声音。

亚伯本人已经成功地避开了这些黑人，除了朱尔斯·彼得森。彼得森此时的处境，就像是一个帮助了一个白人的友好的印第安人。这些黑人觉得彼得森出卖了他们，所以他们与其说是在寻找亚伯，不如说是在寻找彼得森，而彼得森则正在寻求亚伯可能给他的帮助。

彼得森在斯德哥尔摩有家小型鞋油厂，但并不成功；现在他身上背的小箱子里只装着配方和必要的生产工具。不过今天早些时候，他的新保护人答应帮助他在凡尔赛[2]。把生意重新做起来，亚伯以前的司机在那儿当过鞋匠。亚伯还借给了彼得森两百法郎。

罗斯玛丽厌恶地听着这些乱七八糟的事情；她还不具备那种强烈的幽默感，欣赏不了这样古怪可笑的故事。那个小个子拎着自己的移动工厂，眼睛躲躲闪闪，白眼珠不时惊恐地转来转去。亚伯面容晦暗、憔悴不堪——所有这一切对她而言都犹如疾病一样那么遥远。

“一生中，我只要一次机会，”彼得森说，带着殖民地国家的人特有的精确而蹩脚的语调。“我的方法很简单，配方也很棒，我被赶出了斯德哥尔摩，就因为我不想转让我的技术。”

迪克礼貌地打量打量他——对他产生的兴趣又消失了。他转身对亚伯说：

“你去找家旅馆睡觉，等你精神恢复了，彼得森先生会来见你。”

“难道你不感激彼得森的帮助吗？因为这他才有了麻烦。”亚伯说。

① 巴黎的一个区域，位于塞纳河南岸。由于以巴黎大学为中心，几个世纪以来一直吸引着学生。

② 法国中北部一城市，以17世纪中期建造的宏伟宫殿而闻名，终结一战的条约于1919年签订于此。

“我去大厅等着，”彼得森先生善解人意地说。“也许当着我的面很难讨论我的问题。”

他像法国人那样微微鞠了个躬，退了出去，样子很可笑。亚伯站了起来，像一列缓慢启动的火车。

“看来我今天不怎么受欢迎。”

“受欢迎，不过问题不好解决。”迪克说，“我的建议是你离开这里——如果你愿意，从酒吧出去，去钱伯德村[①]，或者，如果你需要周到的服务，就去瑰丽酒店。”

“抱歉能给我一杯喝的吗？”

“这里什么也没有。”迪克撒了个谎。

亚伯无可奈何地和罗斯玛丽握了手，脸部的表情慢慢镇定下来。他抓着罗斯玛丽的手，想说几句话，却很长时间说不出来，

“你是最——最——”

罗斯玛丽为亚伯感到难过，又有些厌恶他那双脏兮兮的手，可她还是很有教养地笑了笑，好像对她来说，看见一个人浑浑噩噩、虚度时光并不稀奇。很奇怪，人们对醉汉往往会很尊敬，就像头脑简单的人会尊敬疯子一样。是尊敬而非恐惧。一个无所顾忌、想做什么就做什么的人往往会使人敬畏。当然，之后我们会让他为自己片刻的得意扬扬、片刻的出尽风头交出学费。亚伯向迪克最后请求道：

“如果我找个旅馆洗个澡，收拾干净，睡一会儿，再甩掉这些塞内加尔人——今晚我可不可以过来和你们一起在炉边消磨时光？”

迪克朝他点点头，嘲弄多于同意地说：“你对自己的能耐值很有信心啊。”

“我敢打赌，要是尼科尔在，她肯定会让我回来的。”

“好吧。”迪克从行李架上拿过一个盒子，放在房间当中的桌子上，盒子里面是很多硬纸板做的字母卡片。

“你想玩字谜就过来。”

① 原法国中北部一村庄名，以文艺复兴时期在此兴建的壮观华美的庄园而闻名。此处应是一同名酒店。

亚伯厌恶地盯着盒子里的字母卡片，好像要他像吃燕麦片一样吃掉它们。

“什么是字醚？难道我碰到的事情还不够奇怪——”

“这是个安静的游戏。你可以用这些字母拼单词——任何一个，只除了酒。”

“我打赌你能拼出酒来，”亚伯把手伸进这些卡片中。“如果我能拼出来酒这个字，我能来吗？”

“如果你想玩字谜就可以来。”

亚伯无奈地摇了摇头。

“如果你这样想，真没办法——我会碍你们的事儿。”他不满地朝迪克晃晃手指。“不过记住，乔治三世[①]说过，如果格兰特[②]将军喝醉了，会咬其他的将军的。”

他最后又绝望地瞟了罗斯玛丽一眼，眼角都成了金黄色，出去了。让他高兴的是，彼得森已经不在走廊里了。亚伯感到不知所措、孤苦伶仃，就回去问保罗那条船的名字。

① 乔治三世（1738—1820），英国和爱尔兰国王（1760—1820），其间英国失去了对美国的殖民统治。

② 尤里西斯·辛普森·格兰特（1822—1885），美国南北战争时北军总司令，美国第十八任总统。这句话显然有误，因为乔治三世去世时（1820年），格兰特将军尚未出世。

第二十五章

等亚伯摇摇晃晃地一出去，迪克和罗斯玛丽就迫不及待地拥抱在了一起。透过附着在身上的巴黎的灰尘，两人嗅到了对方的气味：迪克钢笔上的橡皮防护套味道，罗斯玛丽脖子和肩膀上淡淡的温暖的气息。半分钟过去了，迪克仍然沉浸在拥抱中，罗斯玛丽却首先回到了现实。

“我得走了，年轻人，”她说。

两人分开了，互相望着对方。罗斯玛丽退了场，她很早就学会了这些，而且没有一个导演不认为她的技巧已经炉火纯青。

她打开自己房间的门，径直走向书桌，因为她突然想起来把表放在那里了。表还在；她顺手戴上，瞥了一眼每天写给母亲的信，脑子里想好了最后一句话。之后，尽管并没有向四周看，她渐渐意识到，房间里并不只她一个人。

在一间住人的屋子里，有些东西虽能折射光线，人们却很少会注意：像涂漆的木制家具，多少打磨过的铜器、银器或象牙制品。除此之外，还有成百上千的物品会带来柔和的光与影，人们很难意识到它们本来的面目，像画框的顶部，铅笔、烟灰盘的边缘、水晶或瓷器棱角等。所有这些物品的折射——不仅能引起我们视觉上的微妙反应，还能引发我们似乎一直保存在潜意识里的一些联想碎片，这就像一个玻璃安装工，会将一些不规则的碎玻璃片保存下来，以备日后之需——这也许就是当时罗斯玛丽在分辨清楚之前，就神秘地“意识”到房间里还有一个人时的情况。当她确确实实明白了怎么回事儿时，她像跳芭蕾舞一样迅速地转过身来，看到一具黑人死尸横躺在她的床上。

罗斯玛丽“哇”地大叫一声，她还没有戴好的手表砰的一声磕在了桌面上；她脑海里闪过一个荒谬的念头：那是亚伯·诺斯。转眼间，她奔出房门，穿过了大厅。

迪克正直起身来；他刚刚仔细端详了端详那天戴的手套，把它们扔到行李箱角落里一堆脏手套上。他把外衣和马甲挂起来，把衬衫挂在另一只衣架上——这是他的把戏。“你宁愿穿脏一点的衬衫，也不愿意穿皱巴巴的衬衫。”尼科尔走进来，把亚伯留下的一大堆烟灰倒进垃圾篮里，就在这时罗斯玛丽闯了进来。

“迪克！迪克！快来看！”

迪克小跑着穿过大厅来到罗斯玛丽房里。他跪下来，听听彼得森的心脏，摸摸他的脉搏——尸体尚有余温；他的脸，活着时受尽苦难，从来未敢坦率地面对世界，死后却狰狞、愤恨。工具箱还夹在一只胳膊下，吊在床边的一只鞋却几乎没有擦过鞋油，鞋帮也磨穿了。根据法国法律迪克不能动尸体，可是为了看清楚，他还是移动了一下他的胳膊——他看到了绿色床单上的血污，心想下面的毯子上也应该有淡淡的血迹。

迪克关上门，站在那里盘算了一下。他听到走廊里有谨小慎微的脚步声，然后听见尼科尔叫他的名字。他打开门，轻声说：“从我们床上拿一副床单和毯子来——别让任何人看见你。”看到尼科尔脸上紧张的表情，迪克连忙说：“听我说，别为这事儿心烦意乱——这只不过是那些黑人间的打斗。”

“希望它能快点儿结束。”

迪克抱起尸体，觉得很轻，生前肯定营养不良。他这样做是想让伤口流出的血流到死者衣服里。迪克把尸体放在床边，揭下床单和最上面一层毯子，然后把门打开一条缝，听了听——大厅尽头传来一阵餐具的哐啷声，接着听见侍者的致谢声“谢谢，夫人”，好在他往另一个方向去了，向服务员专用楼梯走去。迪克和尼科尔在走廊里很快地交换了床单和毯子，把它们铺在罗斯玛丽的床上。他站在暖暖的暮色中，浑身大汗淋漓，考虑着下一步。刚才检查尸体的时候，他已经看清楚了几点。首先，亚伯的第一个“印第安仇敌”一直在追踪这个“友好的印第安人”，终于在走廊里发现了他。后者在绝望中躲进罗斯玛丽的房间，前者追了进来，将其置于死地。其次，如果让形势自然发展，罗斯玛丽无论如何也逃不开别人的中伤——阿尔巴克尔122①一案到现在还余波未了。罗斯玛丽的合同有效性取决于她继续严格地、一如既往地保持“爸爸的小女儿”的形象。

迪克穿的是一件无袖衬衫，可还是习惯性地挽了挽袖子，朝尸体弯下腰。他抓住死者外衣的肩膀处，用脚后跟踢开门，然后很快把尸体拖到走廊上一个案件有可能发生的位置。他回到罗斯玛丽的房间，把长毛绒地毯抚平，然后回到自己的房间，给酒店的老板打了电话。

“麦克佩斯吗？——我是戴弗医生——有一件很重要的事。我们的电话别人能听到吗？”

幸运的是，迪克下过不少工夫，和麦克佩斯建立了牢固的交情。迪克的好人缘又一次派上了用场。他曾经最大范围地博取他人的好感，以后他不会这样做了…

“我们走出房间时发现一个黑人的尸体……在大厅里……不，不，是个平民。等一下——我知道你不想让哪位客人看见这具尸体，所以才给你打电话。当然，请你千万不要提我的名字，我不想因为发现了这个人，卷进法国那些繁文缛节的调查里。”

真替酒店考虑啊！两天前，麦克佩斯先生亲历了迪克身上这些

① 费狄·阿尔巴克尔（1887—1933），美国无声电影喜剧明星，作家，导演，1921年因被控奸杀一位年轻女性，辉煌的演艺事业走向没落。其后，阿尔巴克尔无罪释放，但无法再谋到一份稳定工作。

周到细致的品质，因此才对这个故事坚信不疑。

麦克佩斯先生立刻赶到了现场，很快又来了一名警察。中间麦克佩斯先生抽空儿和迪克耳语了几句，“您放心，任何客人的名字都会受到保护；对您所受到的伤害，我报以深深的感激。”

可以想象，麦克佩斯先生当即采取了措施. 不过这显然影响了那个警察。他不安又贪婪地用手捻着自己那撮胡子，显得气急败坏，然后马马虎虎地做了记录，又给警察局打了个电话。与此同时，大家动作敏捷地把朱尔斯·彼得森的尸首抬进这家世界上最豪华的酒店之一的另一间房里。作为商人的彼得森一定会理解这样的速度。

迪克回到了自己房间的客厅。

“发——生了什么事？”罗斯玛丽叫道。“难道巴黎的所有美国人都一直在互相射击吗？”

“现在好像是渔猎开放期，”他回答说，“尼科尔呢？”

“大概在浴室里。”

罗斯玛丽对迪克解救自己的行为敬爱有加——她已经预先想到了这起件事可能带给自己的灾难；她听到了迪克坚强有力、自信而又不失礼貌的声音。迪克摆平了一切，她在心里真是佩服得五体投地。可就在她的身体和灵魂都要扑向迪克时，迪克却在关注另一件事：他走进卧室，朝浴室走去。此时，罗斯玛丽也听到了里面一阵疯狂的叫喊声，越来越大，通过锁孔和门的缝隙传出来，遍布整个房间。她又一次感到恐怖来袭。

罗斯玛丽以为尼科尔在浴室中摔倒了，受了伤，也跟着迪克走了进去。可看到的情况却并非如此。紧接着，迪克用肩推了推她，让她退出去，并粗鲁地挡住了她的视线。

尼科尔跪在浴缸旁边，左右摇晃着。“是你！”她叫道，“——你侵犯了我在这世界上仅有的隐私——你的床单上面有鲜红的血。我给你穿上——我不怕丢人，尽管很可悲。愚人节123[①]那会

① 在每年的4月1日，以开各种玩笑为特征，也叫“万愚节”。

儿，我们在苏黎世举办晚会，所有的傻瓜都在，我想把床单穿在身上，可他们不让——”

“别闹了！”

“——所以我就坐在浴室里，他们给我拿来一个面具让我戴上，我就戴上了；我还能干什么呢？”

“别闹了！尼科尔！”

“我从来没有指望你会爱我——太晚了——只是不要进浴室里来，这是我唯一能保有隐私的地方了——拖着带血迹的床单，还让我铺好。”

“别闹了。快起来——”

罗斯玛丽回到客厅里，听到浴室的门砰的一声关上。她浑身颤抖：明白了维奥莱特·麦基斯科在戴安娜别墅的浴室里都看到了什么。电话铃响了，罗斯玛丽拿起电话，是柯利斯·克莱。她不禁长出口气，几乎要哭起来。柯利斯来找她，找到了戴弗夫妇的房间。她害怕一个人回到自己的房间，就叫柯利斯上来，陪她进去拿帽子。

第二部

第二部

第一章

1917年春，理查德·戴弗医生初到苏黎世，时年二十六，正值未婚男子风华正茂的年月。对于迪克来说，尽管当时战事频仍，这仍是韶光无限。他已才华尽显，前途无量，倘若丧命枪口，实在可惜。若干年后，迪克觉得，虽是身处如此庇护，也不曾轻易逃脱战争阴霾。不过关于这一点，他从来未能完全确定——1917年时，他觉得这个想法十分可笑，不无歉意地说战争根本没有波及自己。当地政府部门的指示是，他应该依照自己的既定计划，在苏黎世完成学业，获取学位。

瑞士俨然一座岛屿，戈里扎里[①]附近是滔天巨浪，另一侧则奔腾咆哮着索姆河和马恩河[②]。各个州里一度能见到的有趣的人似乎比生病的人多，不过这仅是猜测，在伯尔尼[③]和日内瓦[④]的小咖啡馆里窃窃私语的人可能是钻石商人，也可能是前公务在身出门在外者。可最

① 意大利一省名，濒临亚得里亚海。

② 两河均为法国北部河流。

③ 瑞士首都。

④ 瑞士西南日内瓦湖上的一座城市，是许多国际组织的总部所在地。

引人注目的还是络绎不绝的盲人，肢残者，或是病入膏肓的，游荡在康士坦茨湖[①]与纽沙特湖[②]间。啤酒店门厅和商店橱窗里张贴着色彩缤纷的宣传画，向人们展示着1914年瑞士人捍卫疆土的情形。画上的男人们，不分老幼，同仇敌忾，怒视着山下的敌人。他们想象中的敌人，无非是法国人和德国人。这些宣传画是要让瑞士人相信，他们也曾拥有当时弥漫整个欧洲的光荣情绪。然而，随着大屠杀的持续，宣传画颜色渐褪，早已失去往日的感召力。因此，美国人冒冒失失卷入战争的时候，没有谁比她的姐妹共和国更为不解的了。

戴弗医生来自美国的康涅狄格州[③]，1914年时还是一位牛津大学的罗兹奖学金获得者[④]，那时他已隐约感到战争一触即发。学业最后一年他回到了美国，在约翰·霍普金斯大学[⑤]完成学业并拿到了学位。1916年，他排除一切困难来到维也纳[⑥]，感觉好像不抓紧时间的话，伟大的弗洛伊德[⑦]不定哪天就会命丧空袭。当时的维也纳也已死气沉沉，不过迪克还是设法弄到了充足的煤和油，在达蒙斯迪夫·斯特拉斯大街上的寓所内安下身来，撰写一些小册子。尽管这些册子后来他都毁掉了，重写之后成了他1920年在苏黎世出版的专著的主干部分。

我们一生中都会有那么一段意气风发、印象深刻的岁月，当时的迪克即处于这样的时光。迪克从未意识到自己有多么的受人欢迎，对健康的人来说，自己付出的爱，以及激发出来的别人对自己的爱，是多么的不同凡响。在纽黑文的最后一年，甚至有人称呼他

① 位于瑞士、德国和奥地利交界处，阿尔卑斯山脉第二大湖。

② 瑞士西部一个狭窄的湖泊，为瑞士境内面积最大湖泊。

③ 美国东北部一州名。

④ 一个获得按塞西尔·罗兹的遗嘱设立的奖学金的学生，该奖允许他在牛津大学入学攻读两或三年的时期。

⑤ 美国一大学名，位于马里兰州的巴尔的摩市，由美国金融学家约翰·霍普金斯出资设立。

⑥ 奥地利首都和最大的城市。

⑦ 弗洛伊德（1856—1939），奥地利神经学家、精神病医学家、精神分析的创始人。

为“幸运的迪克”——这一称呼他始终难以忘怀。

“幸运的迪克，你这个大傻帽儿，”他自言自语道，绕着屋里最后几根燃烧的柴枝踱着。“哥们儿，你运气不错。在你之前，可没有人撞到这样的好运。”

1917年初，煤炭紧缺，为了取暖，迪克把手头差不多上百本的存书都给烧了。每烧一本，他都在心里面宽慰自己，已经对书里面的内容了如指掌了。即便是五年后需要复述，也没问题。有必要的话，这种情形任何时候都会发生，迪克肩上披一块地毯，带着学者的安然恬静面对这一切，近乎超然出世。不过，随着我们故事的展开，这一切都要画上句号了。

在目前的状况下，迪克能够撑下去要感谢自己的身体。在纽黑文他练过吊环，现在也能大冬天的在多瑙河[①]里游泳。迪克和美国大使馆的二等秘书艾尔肯斯同居一套公寓，此外还有两位漂亮的女人不时到访——仅此而已，没什么过分的，与大使馆也没多大关系。与埃德·艾尔肯斯的交往让他第一次隐约对自己的思维能力产生了疑虑，但也想不出这里面究竟有多么巨大的差别——艾尔肯斯可以讲出所有过去三十年里纽黑文四分位球员的名字来。

“——幸运的迪克成不了这些聪明人，他肯定不那么完美，甚至有些缺陷。倘若生活没有这样安排，那即便是生一场病、肝肠寸断或者患上自卑症，也于事无补。当然了，要是能将缺陷的地方弥补得比原来的还要好，那是最好的。”

对自己的理论，他不以为然，觉得似是而非，很“美国”——这是迪克对那些未经思考的想法的判断标准。不过，他也知道，自己完美的代价是不完整性。

“孩子，我对你最大的期望是你能经历一些磨难。”在萨克雷[②]的作品《玫瑰与戒指》中，魔棒黑精灵如此说。

心情不好的时候，他就会专注于自己的推理游戏：大选那天，

① 欧洲中部的一条河流，发源于德国的西南部，注入黑海。

② 威廉·梅克皮斯·萨克雷（1811—1863），英国著名幽默作家，代表作为“名利场》（1847—1848年），《玫瑰与戒指》为其短篇小说。

人们搜天寻地，到处找彼得·利文思顿，他却一个人躲在更衣室内，这我能有什么办法呢？选举中我获胜了，不然就不会认识伊莱休了，我不认识几个人。伊莱休很优秀，也很正确，坐在更衣室里的应该是我才对。要是我早知道自己有机会获胜，我会那样做的。可默赛那几个礼拜隔三岔五就往我这里来，我想我是知道自己有机会获胜的。打住吧，打住吧。如果冲淋的时候吞下一枚别针，惹了麻烦，那样对我更好。

过去，听完大学的讲座，他常和一位罗马尼亚的年轻学者讨论自己的思维模式。罗马尼亚人总是这样宽慰他："没有证据表明歌德[①]曾有过现代意义上的'冲突'，或者像荣格[②]那样的人也未曾有过。你不是浪漫的哲学家——而是一名科学家，有的是记忆、力量、性格，尤其是良好的判断力。不过轮到对你自己做出判断，这些就会成为你的麻烦。我曾结识过一个人，对犰狳的大脑作了两年的研究，以为自己此方面的知识迟早会天下第一。我经常和他理论，说他并没有真正扩展人类认知的领域——这样未免太武断了。果不出所料，一家医疗期刊拒绝了他送去的研究成果——他们刚刚接受了同一个主题的另外一位作者的论文。"

迪克到达苏黎世的时候，身上的阿喀琉斯之踵[③]虽赶不上一只蜈蚣，但也有很多不切实际的想法：认为会有永恒的力量和健康，相信人性本善，对国家怀有冀望，相信生活在边地母亲们辈辈相传的浅吟低唱的谎言，说门外无豺狼。获得学位后，迪克接到命令，参加在奥布河上的巴尔城[④]组建的神经病学组织。

在法国的工作行政上的多，实际研究少，这很让迪克厌烦。不

① 约翰·沃尔夫贡·冯·歌德（1749—1832），德国诗人、剧作家、小说家、哲学家，代表作为戏剧长诗《浮士德》。

② 卡尔·古斯塔夫·荣格（1875—1961），瑞士精神病学家，创建了分析心理学，提出了外倾型和内倾型的概念以及集体无意识的概念。

③ 阿喀琉斯是荷马史诗《伊利亚特》中的英雄，传说其全身除脚踵外刀枪不入，此处意为致命弱点。

④ 法国北部一地名。

过，有得有失，他可以有时间写完那本篇幅不长的教材，并为下面的写作准备素材。1919年春天退役后，他回到了苏黎世。

以上记述酷似传记，不过还未说明，此时的主人公，就像加利纳[①]的格兰特一样，懒洋洋地坐在杂货店里，已经到了错综复杂的命运的门口。另外，偶尔看到一个成年后认识的人的青年时的照片，总是很让人困惑的。人们会吃惊地看到一位目光炯炯、瘦削结实、观察敏锐的陌生人。不过，最好还是肯定地告诉读者，迪克·戴弗的时刻到来了。

① 美国伊利诺伊西北端的一个城市，是美国南北战争时北军总司令，第18任总统格兰特的家乡。

第二章

四月潮闷的一天，阿尔比松上空斜云横挂，低洼处积水波澜不兴。苏黎世与美国的城市很相像。到这里两天了，迪克觉得怅然若失，发现所丢失的是在法国小巷中的感觉。那里，城市是有限的，就是城市本身，苏黎世则不仅仅是苏黎世——顺着屋顶望去，是放养奶牛的牧场，那里铃声叮当；而牧场又衬托着上面的山顶——生活亦是如此，不断地向着美不胜收的天堂推进。阿尔卑斯山地，是儿童玩具、山间索道、旋转木马和柔美钟声的故乡，似乎与这里格格不入，就像在法国，盖过脚面的葡萄藤枝四处蔓延，也仿佛让人置身世外。

在奥地利的萨尔茨堡[①]，迪克曾领会到那百年音乐细腻的纹理，尽管像是买来或借来的。在苏黎世的一所大学实验室里，有一次迪克仔细地翻看着头颅的颈，又感觉自己好像在制作玩具，而不是两年前霍普金斯大学那个风风火火的家伙了。在那些历史久远的红色大楼内，他来去匆匆，即使大楼入口处那幅警示世人的巨幅基督画像也不能让他做稍许停留。

不过，他还是决定在苏黎世再待两年，认为玩具生产中需要的

① 奥地利中西部一城市，是一个主要的音乐中心和旅游胜地。

那种高度的精密和极大的耐心很有价值。

这天，迪克到苏黎世湖畔的多姆勒诊所，去拜访弗朗茨·格雷高罗弗斯。弗朗茨是诊所的住院病理学家，出身瓦尔多教派[1]家庭，较迪克年长几岁。两人在电车站见了面，弗朗茨皮肤黝黑，体形魁梧，有点卡里欧斯特罗[2]的味道，与那双虔诚的眼睛反差强烈。他是格雷高罗弗斯家族的第三代——祖父曾是克莱佩林[3]的老师，当时的精神病学刚刚摆脱蒙昧的状态。他秉性高傲、暴躁，却又温顺——异想天开地认为自己是个催眠师。如果说格雷高罗弗斯家族的天赋有些衰退，弗朗茨也无疑会是一位出色的临床医生。

去诊所的路上，弗朗茨对迪克说："讲讲你的战争经历吧。你变了吗？和其他人一样？你们美国人都长着一副傻气却不会老的脸，只不过我知道你一点儿也不傻，迪克。"

"弗朗茨，我一点儿战争的场面都没见到——你肯定是从我写的那些信里推测的。"

"这没什么——我们有几个弹震症病人，只不过是老远的听到了空袭声，甚至还有几个仅仅是读了报纸上的相关报道。"

"在我看来这真是无稽之谈。"

"也许吧。不过，迪克，我们收治的都是富人——我们可不认为这没有道理。直说吧，是来看我，还是看那个女孩子？"

两个人斜着眼看着对方；弗朗茨神秘地笑了笑。

"当然，前几封信我都看了，"弗朗茨用职业的男低音说。"情形有变之后，出于谨慎，我就不再拆看你的信件了。的确，那已经是你的私事了。"

"那么，她还好吗？"迪克问道。

"非常好，我是她的主治医生；其实大部分英国人和美国人都

---

① 约1170年出现于法国南部的一个基督派别，16世纪参加宗教改革运动。

② 亚历山德罗·卡里欧斯特罗（1743—1795），意大利冒险家，作为魔术师和炼金术士而闻名全欧洲。

③ 埃米尔·克莱佩林（1856—19261），德国精神病学家，第一个提出了广为接受的精神病分类。

归我管。他们都叫我格雷戈里医生。”

“关于那位女孩让我解释一下，”迪克说。“实际上，我只见过她一面；就是我去法国前，出来和你道别的那会儿。那是我第一次穿军装，很不自在——到处和那些列兵们互致军礼；就这么多。”

“今天怎么不穿军装了？”

“喂，三个礼拜前我就退伍了。我就是在这里碰到那个女孩儿的。和你分手后，我到你们湖边的房子取我的自行车。”

“‘去雪松搂’？”

“啊，那是个美妙的夜晚，一轮明月高悬在那座山的上方……”

“那是克伦齐戈山。”

“路上我赶上了一名护士和一个女孩子，根本没想到那个女孩会是个病人。我问了护士电车的时间，然后一道儿往前走。那大概是我见过的最漂亮的女孩子。”

“她现在也漂亮无比。”

“她从没有见过美国军装，我们就聊了起来；我当时没有任何多余的想法。”他看到一处熟悉的景色，顿了一下，继而又说：“不过，弗朗茨，我不像你那样能不动声色；看见像她那样漂亮的姑娘，总是禁不住为她的人生惋惜。绝对就这么多——后来就开始写信了。”

“这对她来说最好不过了，”弗朗茨夸张地说，“是最难得一见的移情现象，所以我才撇下手里的活儿来接你。见她之前，我想和你在办公室里多谈谈。实际上，我已经打发她到苏黎世办事儿了。”他的嗓音因紧张而兴奋起来。“告诉你吧，我没有让护士跟着，和她同去的是一个病情不太稳定的患者。这真是我的得意之作，不过你不经意间也帮了我的忙。”

汽车沿着苏黎世湖驶进了一片肥沃的地区，点缀着牧场、低山和屋顶尖尖的小木屋。太阳终于跃出了海平面，天空一片湛蓝；一转眼，瑞士的山谷呈现出了最可骄人的一面——鸟儿鸣啭，虫声唧唧，空气清新，令人振奋。

多姆勒教授的诊所由三幢老楼房和两幢新落成的建筑组成，位于一座小山坡和湖堤之间。十年前成立之初，它是第一座现代化的精神病专科诊所。诊所外面的墙上爬满了藤蔓，令人很难判断它的高度。不仔细看的话，一般的人很难看出这是一座精神病院，是这个世界上那些肝肠寸断者、心智不全者和丧心病狂者的避难所。太阳地里，一些男人在耙草。迪克他们的汽车开进了院子，路上到处可见一些护士，站在病人身边挥动着白旗。

弗朗茨将迪克引进办公室，说有事离开了半个小时。迪克独自在房间里转悠，努力从弗朗茨凌乱的案头和书籍中，从他父亲和祖父的书籍及著作中，从墙上他父亲的紫色巨幅照片所流露出的瑞士人的虔诚中，来重新审视弗朗茨。屋里有香烟的味道，迪克推开了一扇落地长窗，一束阳光射了进来。蓦然间，迪克的思绪转到了那位生病的女孩儿身上。

在八个月的时间里，这个女孩儿给迪克写了大约五十封信，第一封略带歉意，解释她从美国女孩子那儿知道如何给素不相识的士兵写信。她从格雷戈里医生那里弄到了迪克的名字和地址，希望他不要介意自己有时会写信给他，祝他一切顺心等等。

截至现在，她的来信模仿痕迹明显，一眼就能看出《长脚蜘蛛》、《假想的莫莉》等时下美国流行的书信集的语调，大都轻快感伤。不过相似之处也仅此而已。

这些书信分作两类。第一类信件的时间大约到停战，带着明显的病态；第二类从停战到现在，完全正常，流露出一个日渐成熟的人丰富的内涵。对这第二类信件，迪克在巴尔城枯燥乏味的最后几个月里，真是望穿秋水；即使从第一类信件里，比起弗朗茨，他也了解到了更多关于这个女孩儿的情况。

我的上尉：

你身着军装的模样，我觉得非常潇洒。后来，我不再在乎法国人和德国人。你也认为我很漂亮，早就有人这样说，我已习以为常了。假如以后来的时候，你还是那么态度谦卑，做了坏事儿似的，一点儿都看不出有绅士风度，那就老天保佑吧。不过，与别人相比，你要安静一些。

好像一只大猫。我只喜欢那些有女人气的男孩子，你是吗？好像你是有一些。

原谅我的这些话。这是我写给你的第三封信，或许很快就寄走，或许永远都不会。关于月光我也想了很多，有很多的证人，我能找到，只要我能离开这儿。

他们说你是名医生，可只要你像只猫似的，就与众不同。我的头很痛，解释一下为什么要像正常人那样去散步，一个像白猫一样的人会明白的。我能讲三种语言，加上英语是四种。我确信，自己可以成为一名称职的翻译，如果你能将法国的事情安排妥当，我能应对各种情形，大家的皮带都扎得紧紧的，就像星期三。现在是周六了。

你离我很远，可能，已经遭到不测了。

有朝一日，回到我的身边吧，我会一直在绿茵茵的山上等你。除非他们允许我给父亲写信，我非常爱他。

请原谅我，今天我有些不能自已；好一些的时候我再给你写信。

爱你的

尼科尔·沃伦

请不要介意我今天的唐突。

戴弗上尉：

像我这样精神处于高度紧张的状态，我知道内省是毫无益处的，可我想让你知道我的情况。去年，或随便哪一年，在芝加哥我成了现在这个样子。我既不能和仆人说话，也不能上街。我一直期待着有人能告诉我真相，知道的人也理应如此——盲人须有人引路。可是没有人愿意，他们都遮遮掩掩，弄得我连二加二等于几都不知道了。有个人不错——他是位法国军官，能理解我。他给了我一枝花，说它是“越是娇小，越是费解”。我们是朋友；然后他把花拿走了。我的病愈发重了，没有人向我解释。他们经常对着我唱一首关于圣女贞德[①]的歌，可这只能让我厌烦——他们的演唱只是让我哭泣，因为那时我脑子没什么问题。他们还喋喋不休地讨论运动，但那时我对此毫无兴趣。于是就有一天，我沿着密歇根林荫大道走呀，走呀，走了好几英里；最后他们开着车追上了我。可我不愿意上车。最后他们把我拖了上去，里面还坐着几个护士。这之后我就全明白了，因为我能察觉到别人身上的变化。现在你知道我的处境了吧。待在这里有什么好处呢？医生们老是絮絮叨叨，说那些我到这里要忘掉的东西。所以今天我给父亲写了信，要他来带我走。我很高兴你喜欢给人们做检查，完了再送他们回去。那肯定很好玩儿。

下面是另外一封：

也许你能不做下一个检查，给我写封信。他们送了我一些电唱片，担心我会忘掉学的功课。我把唱片都弄坏了，护士就不理我了。这些唱片全是英文的，她们一概不懂。芝加哥的一位大夫说我是虚张声势，意思是说我是六胞胎中的一个，以前可从未见过。不过，那时我正忙着发疯，也不管他在说什么了。每在这个当口，我就不再理会他们说什么了，哪怕他们说我是百万胞胎中的一个也是一样。

那天晚上，你说要教我怎么高兴。嗯，我觉得爱就是所有的一切，或者说应该是所有的一切。不管怎么样，我很高兴，你忙着做自己喜欢的检查。

你诚挚的

尼科尔·沃伦

① 贞德（1412—1431），法国民族女英雄。

还有另外一些信，抑扬顿挫间透露着无助和阴郁。

亲爱的戴弗上尉：

我给你写信是因为只有你能帮助我。我觉得如果这种滑稽的情形，连我这样病魔缠身的人都能懂，那对您就更不用说了。我精神上已没有问题了。此外，我现在身心憔悴，尊严扫地，或许这正是他们所希望的。我的家庭已经抛弃了我，真是可耻，指望他们给些帮助或怜悯等于是打错了主意。我受够了，假装我脑子的问题能治好，这只会浪费我的时间，破坏我的健康。

这个地方简直就是一座疯人院，所有的人都觉得不该告诉我真相。我想，要是能像现在一样了解发生的一切，我当时是可以挺住的，因为我还是蛮坚强的。他们本应让我明白一切的，可觉得不应该。

现在，我知道了一切，而且为此付出了高昂的代价，他们却怡然自得地安坐在那里，这些卑鄙的家伙，还说我应该相信自己相信的东西，尤其是那些别人知道而我现在才明白的。

我时时刻刻都很孤单，远离大西洋彼岸的家人与朋友，茫然地四处游走。假如你能帮我谋一个翻译的工作（我的法语、德语一点也不比法国人、德国人差；我还精通意大利语，知道一点儿西班牙语），或者红十字协会的战时流动医院里的工作，或者做一名护士（尽管我还得接受培训），那我真是太感激了。

下面又是一封信：

既然你不接受我的解释，至少可以告诉我你的想法；因为你有一张猫似的脸，看上去挺善良的，不像这里的人喜欢的那种滑稽的脸型。格雷戈里医生给了我一张你的快照，不如你穿军装时那样帅气，不过看起来更年轻。

我的上尉：

收到你的明信片，我很高兴。你很在意取消护士的资格，让我很高兴——哦，我确实看懂了你的来信。从遇见你的那一刻起，我就觉得你与众不同。

亲爱的上尉：

我总是胡思乱想，反复无常，这的确是我的现状，还不算我偶尔的疯狂抗争和没有分寸。如果你给我推荐一位精神病医生，我会很高兴地接受的。这里的人们都躺在自己的浴盆里唱着《在你们家的后院玩耍》，就好像有一个供我玩耍的后院，或者是我只消前后张望一下，就能找到什么希望似的。然后，他们又在糖果店里唱，我真想用秤砣痛揍那人一顿，但给他们拦住了。

我太不稳定了，不会再给你写信了。

随后的一个月里，没有了音信。忽然，情况又为之一变。

——我又渐渐地恢复了正常……

——今天的花儿和云彩……

——战争结束了，我却几乎不知道它曾经发生过……

——你真是大慈大悲！你那张白猫一般的脸庞后面一定是一个足智多谋的头脑；不过在格雷戈里医生送给我的照片里，却看不出这一点……

——今天我去了苏黎世。又一次见到城市，感觉很异样。

——今天我去了伯尔尼，那里的钟表让人赏心悦目。

——今天我们爬得很高，都看到了日光兰和火绒草……

这之后，来信减少了；不过迪克每信必复。下面是一封：

希望有人能爱上我，像很久以前的那些男孩子，那时我还没有生病。我想这会是好几年以后的事儿，这之前我还不能想什么。

可是，一旦迪克的回信不管什么原因迟了，她就会一阵子烦躁不安——好像恋人一样惴惴不安："也许我让你厌倦了"，"恐怕我有些太冒昧了"，"晚上，我不停地想，你是不是病倒了"。

实际上，迪克患了感冒；好了之后，因为疲惫，回信中只是客套而已。不久，巴尔城总部来了一位女话务员，来自威斯康星州[①]。迪克对于她的记忆就被这位活生生的话务员给冲淡了。这个话务员嘴唇涂得鲜红，像个招贴女郎，而且声名狼藉，在食堂里士兵们称其为"电话交换机"。

弗朗茨回到了办公室，神情很是自负。弗朗茨在调教护士或训练病人的时候，声若洪钟，节奏有致。这一切并非源于他的神经系统，而是他那无所不在却又没什么害处的虚荣，这让迪克觉得他可以成为一名出众的临床医生。他的内心世界更是井然有序，从不外露。

"迪克，我们说说那个女孩儿吧，"弗朗茨说，"当然，我很想知道你的情况，再说说我自己。不过，还是先讲这个女孩儿吧，我一直等着告诉你。"

弗朗茨从一个文件柜里找出一叠纸，翻了一阵，反而觉得碍手碍脚，就放在了桌子上，接着对迪克讲起了故事的原委。

① 美国中北部一州。

第三章

大约一年半前，多姆勒大夫和一位居住在洛桑[1]的美国绅士有一些断断续续的书信往来。这位美国绅士是德弗罗·沃伦先生，芝加哥沃伦家族的一员。他们商定见上一面，于是有一天，沃伦先生就和自己十六岁的女儿尼科尔来到了诊所。很明显，尼科尔有些不正常。陪同来的护士带她去外面散步了，这里沃伦先生开始向多姆勒医生咨询。

沃伦先生一表人才，看起来不超过四十，身材高大匀称，肩宽背厚，是一位典型的美国人。正如多姆勒医生向弗朗茨描述的，“是一位英俊潇洒的人物”。由于经常在日内瓦湖上划船，沃伦先生那双灰色的大眼睛布满血丝。他的一举一动都似乎表明，这世界上的精粹他无所不知。谈话用的是德语，因为多姆勒医生逐渐了解到沃伦先生是在格丁根[2]接受的教育。沃伦先生有些紧张，显然此次来访对他意义重大。

“多姆勒医生，我女儿的脑子出了问题。为了她，我聘请了许多医生和护士，她也接受过几次疗养，但情况越来越严重，我都快

① 瑞士西部一城市，位于日内瓦湖北岸。

② 德国中部一城市，该市因有一所18世纪30年代创立的大学而扬名。

应付不了了。有人向我强烈推荐您。”

“谢谢您的信任，”多姆勒医生说。“能不能从头到尾把情况给我讲一遍？”

“谈不上有什么源头，至少就我所知，我们夫妻两个家里都没有精神病史。尼科尔十一岁那年，失去了母亲；从此我父亲、母亲一肩挑，家庭女教师也帮了不少——我真是既当爹又当妈。”

说到这里，他很是动容。多姆勒医生看到沃伦先生眼角噙着泪，而且第一次闻到他的呼吸里有威士忌的味道。

“小的时候，她非常讨人喜欢——人见人爱，到处受欢迎。聪明伶俐，又性格开朗，喜欢读书、美术、舞蹈、钢琴，几乎无所不好。以前我太太常说，她是我们的孩子中唯一一个晚上不哭的。我还有一个大一点儿的女儿，一个夭折的男孩儿。可尼科尔是——尼科尔是——尼科尔——”

他突然说不下去了，多姆勒医生替他说了下去。

“她是个非常正常的孩子，聪明、快活。”

“完全如此。”

多姆勒医生静静地等着。沃伦先生摇了摇头，长出一口气，很快扫了一眼多姆勒医生，然后看着地板。

“大概八个月前，也许是六个月或十个月前——让我想想，可实在想不起来是在什么地方，她开始有一些异常的举止——一些疯狂的举动。她姐姐第一个提醒我这一点——对我而言，尼科尔永远都是一样的，”他忙补充道，就好像会有人指责他似的，“——永远都是那么一个可爱的小姑娘。事情首先跟一个男仆有关系。”

“哦，是啊，”多姆勒医生说，点点自己那令人尊重的脑袋，那情形俨然他就是夏洛克·福尔摩斯[①]，早就推断出这事儿会和一名男仆有关，而现在果然男仆出场了。

“我曾有一个男仆，跟我好些年了。对了，他是瑞士人。”沃伦先生抬头看了看多姆勒医生，希望看到他对同胞的赞许。“尼科

① 英国作家柯南·道尔（Conan Doyle）作品中的名侦探。

尔对这个男仆有些疯狂的想法，觉得他在向她求爱——当时，我当然相信了她，赶走了那个男仆；不过，现在我明白了这都是瞎扯。”

“她说他都干了什么？”

“这是第一件让人头痛的事儿——医生们无法弄明白她的意思。她只是看着他们，就好像是说他们应该知道那个男仆都干了些什么。不过，她的意思肯定是他曾经对她无礼过——她的神色让我们对此毫不怀疑。”

“我明白。”

“当然，我也读过一些书，讲孤独的女人会觉得自己床底下藏有男人，等等，但尼科尔怎么会有这种想法呢？那些年轻人，只要她喜欢，没有得不到的。我们住在滨湖林苑，是距芝加哥不远的一处消夏胜地，在那里我们有一处房子——她整天都在和男孩子玩高尔夫、打网球。其中几个男孩子对她一往情深。”

自始至终，聆听沃伦谈话的只是多姆勒医生那了无生气的躯干，他的一部分心思时断时续地惦念着芝加哥。年轻的时候，作为研究员和大学讲师，他曾有机会去芝加哥；若是那样，他或许已经腰缠万贯，有了自己诊所了，而不是像现在，只能是诊所的小股东。可当时，一想到要将自己那丁点儿知识传播到整个芝加哥地区，想到那里广袤的麦田、一望无际的牧场，他就打消了去那里的想法。尽管如此，那些日子里，他还是读了很多有关芝加哥的著作，了解了那里的一些名门望族，像阿默、帕尔默、菲尔德、克莱恩、沃伦、斯威夫特、麦考密克等等。自那时起，许多出身于这些深宅大户的病人，从芝加哥和纽约来这里就医。

“她的情况越来越糟，”沃伦接着说，“动不动就发脾气——说的话也越来越不着边际。她的姐姐记下了她说的一些话——”沃伦递给多姆勒医生一张纸，皱巴巴的。“差不多都是说男人要伤害她，或者是她认识的，或者是街上碰见的——或者是任何人——”

沃伦讲到家人的惊惶与忧虑，这种情况下经历的恐惧，在美国他们采取的无效的努力，最后他说自己横下一条心，相信改变环境会有益处，不惜冲破水下封锁线也要带女儿来瑞士。

“——我们乘坐的是一艘美国驱逐舰，”他略显自傲的特别补充道。“运气好的话，我是可以做到这一点的。而且，再补充一句，”他面含歉意地笑道，“正如他们所说：金钱并不是目的。”

“当然不是，”多姆勒干巴巴地附和道。

他在想为什么这个男人要对他撒谎、什么地方撒了谎。否则，如果他的判断不正确，那整个房间里充斥着的虚心假意是什么？这个相貌堂堂、身着花呢、懒散地坐在椅子上的家伙，举止从容，像个运动员似的，他身上所散发出的虚假又是什么？二月的日子里，一只雏鸟在户外折断了翅膀，这是一出悲剧；而在这里，一切都那么虚假，那么不足信。

“现在我想——和她谈谈——就几分钟，”多姆勒大夫用英文说，好像这能让他和沃伦亲近一些。

之后，沃伦离开了他的女儿，返回了洛桑。几天后，多姆勒医生和弗朗茨开始研究尼科尔的病历，上面写着：

诊断结论：精神分裂症。病情处于急性发作趋缓期。症状之一是畏惧男人，但非器质性……预后须保留。

沃伦先生行前曾保证，不日将再来造访；日子一天天过去，他们的期待也越来越多。

可这一天久久不见踪影。两个星期过去了，多姆勒医生寄了一封信过去，可没有回音。于是，他做了一件当时被认为是“疯狂”的事情。他打电话到沃维的格兰德酒店，从沃伦先生的男仆那里得知，沃伦当下正在收拾，准备乘船去美国。但想到四十瑞士法郎的电话费要记到诊所的账上，做过巴黎皇宫卫士的多姆勒医生胆由心生，执意让沃伦先生听电话。

“这——非常有必要——你到这里来。你女儿的健康——全在于此。我无法承担任何责任。”

“可是，医生，这正是你们的职责所在呀。我真的有急事，必须回去一趟！”

多姆勒医生还从未隔着这么远跟人谈话，但他还是通过电话，斩钉截铁地发出了最后通牒。电话另一端，痛苦的美国人妥协了。在沃伦第二次到达苏黎世半个小时后，他的心理防线崩溃了。他呜咽着，那副健美的肩膀在剪裁得体的外套里抽动不已，一双眼睛红过日内瓦湖上的太阳。接着就是那个可怕的故事。

“就那么发生了，”他嗓子嘶哑地说。“我不知道——我不知道。”

“她母亲去世后，她还小，每天早上总是钻到我的床上，有时就睡在我床上。她那么小，我真是怜惜她。唉，这之后，不管什么时候乘汽车或是火车出去，我们都手挽手。她常常为我唱歌。我们常说，‘今天下午我们谁也不理——就只有我们两个——或者说，今天上午你是我的。’”他的嗓音里突然有些自嘲。“人们总是说，多让人羡慕的父女俩呀——说的时候，还在擦拭着眼角。我们就像恋人一样——然后，我们一下子真的成了恋人——发生了那种事情十分钟后，我真想毙了自己——可像我这样该死的混蛋，当时没有勇气这样做。”

“然后呢？”多姆勒医生问道，又一次想起了芝加哥，想起了一位性情温和、面容苍白的绅士，戴着一副夹鼻眼镜，三十年前在苏黎世上下打量着他。“这种情况随后又有发生吗？”

“哦，没有！她几乎——她好像当时就呆了，只是说，‘没关系，爸爸，没关系。不要紧，别担心。”’

“有没有留下什么后果？”

“没有。”沃伦痉挛似的稍微抽泣了一下，擤了好几次鼻子。“只不过现在有很多后遗症。”

故事结束的时候，多姆勒医生坐回那张中产阶级家庭常见的扶手椅里，心里狠狠地暗骂，“畜生！”——这是二十年来他允许自己做出的仅有的几个纯然世俗的评价之一。然后多姆勒医生说：

“今天晚上，我想你应该在苏黎世找家宾馆住下来，明天早上再来见我。”

“然后呢？”

多姆勒医生摊开双手，足够抱起一只小猪。

“回芝加哥去。”他建议说。

第四章

“这样我们就知道所面临的问题了，”弗朗茨说，“多姆勒告诉沃伦，如果他同意无限期地远离自己的女儿，至少在五年的时间内，我们就会收治她。在一开始的精神崩溃之后，沃伦似乎关心的只是这个故事会不会传回美国去。”

“我们为她制订了一个日常诊疗方案，看看效果如何。不过对病症的预测前景并不乐观——你知道，她这个年纪，即使所谓的社会疗法，治愈率也是很低的。”

“一开始的那些信件很糟糕。”迪克赞同道。

“非常糟糕——很典型。第一封的时候，我犹豫着该不该把它寄出去。接着我想，让迪克了解我们这里的情况也有好处。你真是热心肠，都写了回信。”

迪克叹了口气。“她很可爱随信寄了很多照片。在那里有一个月的时间里，我无事可做。我在回信里只是说‘做个好姑娘，听医生的话’。”

“这就够了——这让她有了个可想的人。有一段，她一个能来往的人都没有——有一个姐姐，看起来又不怎么亲近。此外，读她的信对我们也很有帮助这些信能反映她的健康状况。”

“很高兴能做点儿什么。”

“现在你明白了吧？她觉得自己也有责任，是同谋这倒不当紧，只是对我们评估她最终的稳定性和毅力有些关系。首先是出了这件令人震惊的事，然后她去了一所寄宿制学校，听到了女孩子们的谈话完全出于自我保护的原因，她慢慢地有了这种想法：她并没有责任由此很容易滑入一种虚幻的世界，那就是，所有的男人，你越是喜欢，越是信任，他们就变得越邪恶”

“她有没有直接陷入恐惧之中？”

“没有，相反大概十月份的时候，她看起来逐渐恢复了正常，可我们却犯了难。要是她已经有三十岁，我们就让她自己去调整，可她实在太年轻了，我们不由得担心她会把这事压在心底，造成心灵扭曲。因此，多姆勒医生直截了当地对她说，‘你现在要对自己负责。这丝毫不意味着一切已经结束，相反你的生活才刚刚开始’，等等。她天分很高，多姆勒就给了她一些弗洛伊德的著作，不过并不多，她读得津津有味。实事求是地讲，她成了我们这里的宠儿，只是言语不多，”他补充了一句，犹豫了一下，又说：“近来她自己到苏黎世给你寄了些信件，我们在想里面有没有提及一些关于她的精神状态和未来打算的事情。”

迪克想了想。

“有也没有你们需要的话，那些信件我会带过来。她似乎对生活充满期待，像正常人一样渴望生活甚至那种罗曼蒂克式的。有时候她会提起‘过去’，口吻好像那些坐过牢的人。但是很难弄清她指的是当时的犯罪，后来的囚禁，还是整个经历。毕竟，在她的生活里我无足轻重。”

“当然，我完全理解你的处境，再一次表示感谢。这也就是为什么我想在你见她之前，见你一面。”

迪克大笑。

“你是不是觉得见到我，她会一下扑上来？”

“不，不是那个。只是想提醒你去的时候要温存一些。你对女人很有杀伤力，迪克。”

“上帝呀，这真叫人为难！好吧，我会表现得既温存又难以接近每次见她前，我都要嚼些大蒜，胡子拉碴，让她生厌。”

“不要吃大蒜！”弗朗茨一本正经地说。“这会损害你的事业；当然，你是在开玩笑。”

“而且，我还会瘸着腿儿走。我现在住的地方也没有个像样的浴缸。”

“净是瞎说，”弗朗茨不那么紧张了或者说是装出了一副放松的样子。“给我说说你自己的情况，你的设想？”

“我只有一个计划，弗朗茨，那就是做一名优秀的心理学家——也许是迄今为止最伟大的。”

弗朗茨愉快地笑了，不过他明白这次迪克不是开玩笑。

“很好绝对是美国风格的，”他说，“对我们来说，这很难。”他站了起来，走到落地长窗前。“站在这里，苏黎世就在眼前大教堂[①]的尖塔近在咫尺。那里埋葬着我的祖父；跨过教堂前面的桥，是我的祖先拉瓦特[②]的墓地，他不愿埋葬在任何教堂里。不远处是亨利希·裴斯泰洛齐[③]的塑像，他是我的另一位祖先，以及阿尔佛雷德·艾歇尔[④]医生的雕塑。而这其中至高无上的总是茨温利[⑤]我无时无刻不在面对英雄先贤们的万神殿。”

“是的，我明白。”迪克站了起来，“我是在吹牛，一切都在重新开始。法国的美国人都拼命想回去，不过我不想余下的一年里，只要我听听大学里的讲座，就可以领到军饷。我们伟大的政府知道谁是它未来的伟大人物，这又算得了什么呢？然后我想回去一个月，看看我的父亲，然后就回来——我找到了一份儿差事。”

---

① 苏黎世一教堂名，下面的茨温利曾是这里的牧师。

② 拉瓦特（1741—1801），瑞士哲学家、神学家，相面术的积极倡导者。

③ 约翰·亨利·希裴斯泰洛齐（1746—1827），瑞士教育改革家，提倡实物教学法。

④ 阿尔佛雷德·艾歇尔（1819—1882），19世纪瑞士著名政治家。

⑤ 乌尔里希·茨温利（1484—1531），瑞士宗教改革领导者。

“在哪里？”

“你们的竞争对手那里因特拉肯[1]的基斯勒诊所。”

“离它远点儿，”弗朗茨劝说道。“他们一年也就收治十几个年轻人。基斯勒本人就是个狂躁抑郁症患者；诊所是他妻子和她的情夫在管理——当然，你懂，这只是我们两个私下说说。”

“你原来在的美国计划怎么样了？”迪克轻松地问。“我们原打算去纽约开一家引领潮流的诊所，主要面向那些亿万富翁们。”

“纯粹是书生之谈。”

弗朗茨和他的新娘在诊所边上有一座小房子，还有一只身上一股焦煳橡胶味儿的小狗，迪克同他们在那里用了餐。他隐隐有些压抑，这并非由于室内的寒碜，或是因为格雷高罗弗斯夫人，对她已经有所预见；而是由于陡然狭小的视野，而弗朗茨却似乎安然处之。对迪克来说，苦行主义有不同的界定。它可以是实现某种目的的途径，甚至是本身即为一种荣耀的过程，可生活故意像前人那样简朴，就很难想象了。在这么局促的空间里，弗朗茨和妻子的家常举止远非优雅，了无生趣。迪克战后在法国生活了几个月，看到了在繁荣美国的慷慨支持下发起的大规模重组清算，这影响了他对世界的看法。而且，男男女女都想利用他，他觉得这对一位严谨的人来说不是好事，而他之所以回到世界钟表之都——瑞士，也许就是因为这一直觉。

他的殷勤令凯思·格雷高罗弗斯自觉妩媚迷人，但又对满屋子的菜花味越来越不耐烦——与此同时，又恨自己怎么会产生这种浅薄的想法。

“上帝呀，难道我和其他人都一样吗？”——以往夜里醒来，他常这样琢磨。“和别人都一样？”

对于一个社会主义者来说，这种想法并不值得称道；而对于那些从事世界上最为罕见的工作的人，则相当不错。实际的情况是，

---

① 瑞士中部一夏季旅游胜地。

几个月来，他一直在整理年轻时的经历。是否为自己已经不再相信的东西献身，就是那时决定的。在苏黎世夜深人静的时候，他借着街灯看着一户陌生人家的餐具室，常常想自己要成为一个好人，善良、勇敢、聪明。可这很难。如果有可能，他也渴望爱情。

第五章

中心大楼的落地窗开着，泻进来的光线照亮了游廊，只有斑驳陆离的墙壁的暗影和铁制椅子的古怪影子，拉长了投在剑兰花坛上。房间之间，人影晃动，步履拖沓。沃伦小姐出现了，一开始有些隐约，看到他之后便清晰起来。跨过门槛的时候，房间里的最后一束光线照在了她的脸上，似乎也随着她来到了外面。她的步子里透着节奏整整一个礼拜，她耳旁歌声回响，都是歌唱夏天那灼热的天空、浓密的荫凉的。他的到来，使得这歌声异常嘹亮，她都要唱起来了。

“你好，上尉，”她说，费了好大劲才把视线从迪克身上移开，好像他们的目光已经交缠在一起了。“我们到外面坐坐吧。”她一动不动地站着，拿眼睛向四周望了望。“真的已经是夏天了。”

随她出来的还有一个女人，矮矮胖胖，戴着围巾，尼科尔引见迪克给她：“夫人”

弗朗茨托词走开了；迪克将三把椅子拢在了一起。

“夜色真好啊。”这位夫人说。

“的确很美，”尼科尔随声附和道，继而又对迪克说，“这次来你会待一段时间吗？”

“我会在苏黎世待很久，如果你是这个意思的话。”

“入春以来，这是第一个真正意义上的春天的夜晚。”那位夫人提醒大家说。

“你要住下来？”

“至少要住到七月份。”

“我六月份打算离开这里。”

“这里的六月很宜人，”那位夫人说，“六月份你应该待在这里，等到七月份热起来的时候再走。”

“你要去哪儿？”迪克问尼科尔。

“找个地方跟我姐姐住在一起希望是一个有趣的地方；我错过的时间太多了。不过，他们或许认为我应该找个安静的地方也许是科摩[①]。你也来科摩吧。”

“哦，科摩”那位夫人又准备发言了。

大楼里，三个人突然唱起了苏佩[②]的《轻骑兵》。借着这个当口儿，尼科尔站了起来。她的年青和美貌深深打动了迪克，澎湃的激情油然而生。她脸上绽开了笑容，是那种孩子般迷人的微笑，就像这世界上所有逝去的青春。

“音乐声音太吵了，说话声都听不清了我们随便走走吧。晚安，夫人。”

“晚安晚安。”

他们走下两阶台阶，来到小路上这时，一片阴影罩住了小路，她挽起了迪克的胳膊。

“我有一些唱片，是姐姐从美国寄来的，”她说，“下次来的时候，我放给你听我知道一个地方，在那里播放，保证没人能

① 意大利北部度假胜地城市，靠近瑞士边界。

② 弗朗茨·冯·苏佩（1819—1895），奥地利轻歌剧音乐家，《轻骑兵》（1866）为其轻歌剧代表作。

听到。”

“太好了。”

“你听过《印度斯坦》这首歌吗？”她的声音充满渴望，“我以前没听过，但眼下很喜欢听。我还有《为什么他们叫他们宝贝儿》《能让你哭泣我很高兴》；在巴黎，你肯定和着这些旋律跳过舞，我猜得对吗？”

“我还没去过巴黎。”

他们一路散着步，她乳白色的衣服时而变成蓝色，时而变成灰色，加上一头金发，叫迪克目不暇接每次他往她那边看，她都笑吟吟的，走到路旁的拱形凉亭时，她脸上神采奕奕，仿佛天使一样可爱。她对他所做的一切都表示感谢，那情形简直就像他带她参加了一次晚会。迪克越来越弄不清楚自己和她是什么关系，而她的信心却在增加她身上有着一股子兴奋劲儿，好像全世界的兴奋都在她这里得到了展示。

“我现在不受任何限制，”她说，“下次我给你放两首好听的曲子，《等到牛儿回家》和《再见，亚历山大》。”

一周后的第二次约会，迪克迟到了。尼科尔在他从弗朗茨家出来必经的路上等着他。她的披肩长发拢在耳后，使得她的面颊像是刚刚从头发中露出来的一样，仿佛此时此刻她正走出森林，来到月亮地儿里。她来自于一个未知的世界；迪克真希望她不属于任何地方，只是一个走失的女孩，没有家，刚刚从身后的那片黑暗中走出来。他们去她藏留声机的地方，在工作室那里拐了个弯，爬上一块岩石，最后在一段矮墙后面坐了下来，面前是漫无边际的黑夜。

此刻，他们仿佛回到了美国。即便弗朗茨知道迪克在女人面前魅力难挡，也绝不曾料到两人已经走得这么远了。他们如此难过，亲爱的；他们相约于出租车内，宝贝儿；他们笑颜相对，醉心于印度斯坦的约会；事后不久，他们肯定大吵了一番，没人知道，看起来也没人在乎最后，一个抽身而去，一个只身一人，以泪洗面，回味忧郁与悲伤。

逝去的时光与未来的希望在缥缈的曲调里结合在一起，回荡在瓦莱丝州[1]的黑夜里。唱片间歇，一只蟋蟀单调地鼓噪着，延续着这场景。不一会儿，尼科尔不再放唱片了，自己对着迪克唱起来。

“一枚银币
掷落在地
看它转圈
因为很圆”

她的双唇只是翕动着，并无气息。迪克突然站了起来。

“怎么，你不喜欢它？”

“当然不是。”

“是我们家的厨子教我唱的。”

“一个女人从来不懂
遇到的男子有多好
直到那一天拒绝他……”

“你喜欢吗？”

她朝他微微一笑，确信所有的心迹尽在其中，确信所有的一切都对他表白。这微笑是对他的深深允诺，却所求甚微，只求他稍许应和，只为在他心中激起赞美的悸动，一分一秒，甜蜜的柔情从柳树间、夜幕里流泻入她的心田。

尼科尔也站了起来，被唱机绊了一下，一时倒在迪克身上，依偎到他浑厚的怀抱里。

“我还有一张唱片，”她说，“你听过《莱蒂，再见》吗？我猜你准听过。”

① 瑞士西南边境一州名，与法国、意大利接壤。

“说实话，你不清楚其实我什么都没听过。”

或许他还可以补充说，自己什么也不懂，什么也没闻过，什么也没尝过，只知道幽密闷热的房间里那些双颊燥热的女孩儿。1914年他在纽黑文结识的那些女孩儿，边亲吻男人，边说“好啦！”双手放在男人的胸前将他推开。现在，这个无家可归的小东西，尚未完全摆脱灾难，却止他领会到一片大陆的真谛……

第六章

迪克再次见到尼科尔是在五月。在苏黎世午餐时他不停地告诫自己：很明显，按照自己的生活逻辑，是要离开这个姑娘的；然而，邻座的一个陌生人目光如炬地盯着她，令人上下不自在，迪克就转向那个人，礼貌而不失威严地制止了那种目光。

“他只不过是个爱偷窥的家伙，”他轻松地解释说。“他只不过是在看你的衣服。你怎么有这么多各式各样的衣服？”

“姐姐说我们很有钱。”她怯懦地答道。“因为奶奶去世了。”

“这不怪你。”

迪克比尼科尔年长，能够欣赏她少女的虚荣和乐趣。离开饭店的时候，她会在大堂的镜子前稍作停留，让童叟无欺的镜子映出自己的身影。发现自己美貌而富有，她手舞足蹈起来，这让迪克感到高兴。他发自内心地想让她摆脱那种想法，不要以为是他让自己重获新生——希望见到尼科尔在没有他的情况下幸福地生活，信心饱满。但问题是，尼科尔还是一股脑儿地把一切都归功于他，如同将珍馐美味摆在祭坛上，把爱神木放在神灵的脚下。

夏天到来的第一周，迪克在苏黎世重新安顿下来。他将自己的那些小册子和服役期间的写的东西整理了一下，打算以此为基础，修订《精神病医生的心理学》。他觉得应该找个出版商，还和一位穷学生取得了联系，请他来校订书里的德语错误。弗朗茨认为这有些冒险，可迪克指出主题很中肯，足以打消人们的疑虑。

“这些材料我再熟悉不过了，”迪克坚持自己的看法，“我有预感，它唯一的弱点在于不够基础，因为从来没有实际的印证。这个职业的弱点在于它吸引那些身心稍有残缺者。在这个职业领域里，他通过临床，也就是‘实践’，来获得身心均衡——他不战而胜。”

“相反，弗朗茨，你是个体智健全者；从事这个职业，是你命中注定的。你得感谢上帝没有赋予你‘天赋’——我成为精神病医生是因为在牛津的圣希尔达学院，有个女孩子和我听同样的讲座。或许我有些迂腐，但几杯啤酒还不至于让我放弃目前的想法。”

“很好，”弗朗茨答道，“你是美国人，你可以这样做而不受职业伤害，但我不喜欢这些笼统的东西。很快你就会创作一些小册子，诸如《对外行的沉思》之类，浅显易懂，读者绝对用不着动脑子。要是我父亲仍然健在，他会瞪着你，不满地嘟囔不停的，迪克。他会拿起餐巾，叠成这个样子，然后抓起餐巾环，对，就这个——”弗朗茨举起了餐巾环，棕色木头上雕刻着野猪头——“我父亲会说，‘我的感觉是——’接着会盯住你看，猛然想到这个问题‘这有什么用？’然后停下来，再嘟囔一番；这顿饭就这样不了了之了。”

“今天我单身一人，”迪克气急败坏地说。“不过明天也许我就不是了。以后我也会像令尊那样，一边将餐巾叠起来，一边嘟囔的。”

弗朗茨等了片刻。

“我们的病人情况如何？”他问。

“我不知道。”

“哟，这么久了，你该了解她了吧。”

“我喜欢她。她很迷人。你打算让我干什么——和她花前月下？”

“不是，既然你在撰写学术著作，我想你可能会有个办法。”

“一生为她效劳？”

弗朗茨朝厨房里的妻子喊：“干吗呢！再给迪克倒杯啤酒。”

“要是得见多姆勒的话，不能再喝了。”

“我们认为最好有个计划。已经有四个礼拜了——显而易见，这个女孩儿已经爱上你了。假如她是正常人，这不干我们的事儿；可这是医院，我们就不能说与此无关了。”

“我会按照多姆勒医生的吩咐做的。”迪克答应了下来。

可是，迪克知道，就这件事而言，多姆勒不会有什么高明的建议，自己才是最关键的因素。不知不觉中，他成了这件事的主宰。这让他回想起童年的一幕。家里银器橱的钥匙不见了，大家都在翻箱倒柜地找，只有迪克知道自己把它藏在了妈妈最上层抽屉的手绢儿下面。那时的他体会到一种哲学家式的超然。现在他和弗朗茨一道儿走进了多姆勒教授的办公室，又产生了同样的感觉。

教授相貌英俊，蓄着整齐的胡须，仿佛一座幽雅古屋爬满青藤的阳台。这让迪克疑虑顿消。迪克见识过一些更才华横溢的人，可没有一个在气质上赶得上多姆勒。

六个月后，站在多姆勒的遗体旁，他依然这样认为。阳台上的光芒消失了，藤蔓般的胡须触着他硬邦邦的白衣领。那一条缝儿似的双眼曾目睹多少人世纷争，如今都已在柔细的眼皮下归于平静。

“……早上好，先生。”他正经八百地站着，似乎回到了军队。

多姆勒教授神态平和，手指交错放着。弗朗茨半是联络官、半是秘书似的跟教授讲着，直到中途教授打断了他。

“我们已经有些进展，”他温和地说，“现在，戴弗医生，你是最能帮助我们的。”

听到多姆勒教授把自己拎了出来，迪克坦言道：“我还没有想好。”

“你个人有什么想法，不关我的事，”多姆勒说，“我关心的是，那种所谓的‘移情’，”他略带嘲讽地瞥了一眼弗朗茨，弗朗茨也同样回望了一眼，“必须终止。不错，现在尼科尔小姐状态挺好，可这并不能保证她经得起任何她认为是不幸的折腾。”

弗朗茨又要开口，但多姆勒医生示意他保持沉默。

“我知道你的处境很尴尬。”

“是这样的。”

教授靠在椅背上，笑了起来；笑音未毕，又接着说：“或许你在感情上已经卷进去了。”说着，那双灰色的小眼睛发出犀利的光芒。

迪克意识到自己上当了，也笑起来。

“她很漂亮——任何人都会有所触动。我无意——”

弗朗茨又要开口——多姆勒再次制止了他，直截了当地问迪克。“你有没有想过离开这里？”

“我不能离开。”

多姆勒医生转向弗朗茨说：“那我们就得打发沃伦小姐走。”

“按您认为最好的办法处理吧，多姆勒教授，”迪克让步了。“这是个让人为难的情况。”

多姆勒教授站了起来，仿佛一位双腿残废的人挣扎着挎上自己的双拐。

“可这是个职业困境。”他平静地喊道。

迪克叹了口气，坐回到椅子里，等待屋子里雷鸣般的咆哮平息下来。他明白多姆勒教授此时情绪激动，不知道自己能否应付过去。咆哮渐渐平息，弗朗茨终于有了机会插话。

“戴弗医生品性高致，”他说，“我想他只需了解形势，就能妥善应对这件事。依我之见，迪克会和我们好好配合的，无需任何人离开。”

“你有什么想法？”多姆勒教授问迪克。

迪克感到目前的局面很难对付；从多姆勒发表意见后的片刻沉默里，他也意识到这样含含糊糊的状况不能再维持下去了，就把心里话全说了出来。

“我差不多爱上她了——甚至都想过和她结婚。”

“啧，啧！”弗朗茨感叹道。

“别慌。”多姆勒警告弗朗茨，但弗朗茨这次置之不理：“什么！为她做大半辈子医生兼护士，只为她忙活——万万不可以！我知道有很多例子。绝大多数经不起任何风吹草动——最好再也别见她了！”

“你怎么想？”多姆勒问迪克。

“当然弗朗茨是对的。”

第七章

谈话结束时，已是傍晚时分。至于迪克应该怎么做，结论是他一定既要菩萨心肠，又要不动感情。两位医生终于站起身来，迪克看着窗外的纷纷细雨——尼科尔正在雨中的某个地方，焦急地等待着自己。他走了出去，正要扣上颈部的雨衣纽扣、拉下帽檐，突然看见了尼科尔，站在大门口的檐下。

“我知道一个新地方，我们可以去那儿，”她说，“我生病的时候，并不介意晚上和他们一起待在屋里——感觉他们说的和别的也没什么两样。当然，我现在觉得他们有问题，这是——这是——”

“你很快就要离开这里了。”

“对，很快。贝丝，就是我姐姐，不过别人总是叫她芭比，几个礼拜后会把我接到其他地方。之后，我会回来，在这里再住最后一个月。”

“你姐姐？”

“嗯，要比我大许多。她今年都二十四了——她很英国化，和我姑姑一起住在伦敦。她曾和一位英国人订婚了，可他被打死了——我从没见过他。”

蒙蒙烟雨中夕阳的余晖已经模糊，在暮色映衬下尼科尔白皙的面庞呈现出金色的光泽，给迪克一种从未体验过的希望：高高的颧骨，略带悲愁的气质，沉静而非狂躁，勾画出一个前程似锦的年轻人的轮廓——这样一个尤物的生命轨迹，不会仅仅在灰色幕布上投下青春的影子，而是不折不扣的不断成长；人到中年依然容颜姣好，垂垂老矣时仍旧光彩照人，看看那张脸的基本构架和匀称的五官就会明白这一点。

“在看什么？”

“我在想将来你会很幸福的。”

尼科尔听罢一惊：“我吗？当然了——不可能比以前更糟了。”

她把迪克带到一间带篷的柴房里，盘腿坐在自己的高尔夫球鞋上，身上裹着雨衣，面颊被潮湿的空气打得鲜活红润。他注视着她，她也用凝重的眼神回望着他：他仪态高傲，即便倚靠着的木桩也丝毫压不倒这风度。尼科尔仔细阅读着他的脸——这张脸总是在短暂的欢愉、自嘲之后，努力做出专注、严肃的神情。那转瞬即逝的欢愉和嘲讽，是尼科尔最无法把握的，却和他那微红的爱尔兰肤色很般配；她害怕他的这一面，却又充满好奇——这是他更具男人魅力的一面。而这张脸的另一面，那训练有素的部分，彬彬有礼的眼神中饱含的体贴入微，和大部分女性一样，尼科尔毫不客气地据为己有了。

“这所医院最起码对提高语言能力挺有好处的，”尼科尔说，“我和两位医生用法语谈话，用德语和护士们聊天儿，还同几个清洁女工、一个病友用意大利语什么的交谈，从另一个病友那里我还学了好多西班牙语。”

“很好。”

他想表明自己的一种态度，可不知道哪一种才好。

“还有音乐。你不会以为我只喜欢拉格泰姆[①]吧。我每天都练习——最近的几个月里，我甚至还去苏黎世听一门音乐史课程。其

① 拉格泰姆音乐，1890—1915期间在美国流行的一种音乐，是爵士乐的一种。

实，有时正是这些让我没有灰心丧气——像音乐和绘画。”她突然弯下腰去，把一根松弛的鞋带系紧，然后抬起头。“我真想把你现在的样子画下来。”

尼科尔搬出自己的才能，想博得迪克的喜爱和赞美，却让他很悲哀。

“真羡慕你。除了我的工作．眼下我好像对什么都提不起劲儿。”

“是吗，对男人来说这很好，”她说得很快。“可要是个女孩子，就得具备许许多多小才艺，好教给她的孩子们。”

“我想你是对的，”迪克说，故意装得漠不关心。

尼科尔默不作声地坐着。迪克希望她说话，这样自己只消给她泼点儿冷水就可以了；可她却一言不发。

“你没一点事儿，”他说，“试着忘掉过去吧，一年左右的时间内不要太累了。然后回美国去，开始与人交际，恋爱——接着享受幸福时光。”

“我不能恋爱。”她说，一只有些破损的鞋从坐着的木头上刮下一层灰尘。

“当然你能，”迪克坚持说，“一年内也许不会，但迟早会的。”继而，他又冷酷地补充道：“你的生活会完全正常，养着一屋子漂亮的孩子。你这个年纪能完全康复，足以证明一切诱发因素没什么大不了的。年轻的姑娘，在你的朋友们一个一个兴高采烈地出嫁之后，你也会踏上同样的道路。”

她的眼里露出了一丝苦涩，好像服了一剂苦药，让她回忆起了不愉快的过去。

“我知道，要等很久我才适宜结婚。”她不无自卑地说。

迪克感到心里很乱，什么也说不上来。他看着外面的庄稼地，竭力想回复到刚才粗暴冷酷的态度。

“你会康复的。大家都相信你。对了，格雷戈里医生就颇以你为傲，他可能会——”

“我讨厌格雷戈里医生。”

“哦，那你可不应该。”

尼科尔的世界摔得粉碎，不过那仅仅是一个脆弱、几乎尚未生成的世界；在这世界的下面，尼科尔的情感与本能继续挣扎着。一个小时以前，她不是还等在大门那里，心中怀着希望，就像别在腰带上的花束一样吗？

衣着光鲜，为他；整洁齐整，为他；水仙花开，为他——空气静谧温馨，也为他。

“要是能开开心心地玩一次就好了，”她欲言又止地说。一度，她有个疯狂的念头，告诉迪克自己非常富有，住着大大的房子，确实价值连城——一时，她幻想着自己是做马匹生意的祖父，西德·沃伦。不过，她并没有耽于这种诱惑，混淆所有的价值，而是紧紧地将它们锁进了维多利亚时代的暗房里——即便现在她除了空虚、痛苦外，身无立锥之地。

“雨停了，我得回诊所了。”

迪克和她一起走着，感到她的忧伤，真想舔去打在她脸上的雨滴。

“我有些新唱片，”她说。“我很想听听，都等不及了。你听说过——”

那天吃完晚饭，迪克想，要完全了断这段故事。他还打算揍弗朗茨一顿，差不多是因为他，自己才摊上这桩破事儿。迪克在大厅里等着，眼睛跟随着一顶贝雷帽，没有弄湿，不像尼科尔的，因为等他淋得湿漉漉的。帽子下面的脑袋刚刚做完手术，一双眼睛四处张望着，看到了迪克，便走过来。

“您好，大夫。”

“您好，先生。”

“天气真不错。”

“没错儿，很好。”

“您住这儿？”

“不，只是白天来。”

“哦，好的。那么——再见，先生。”

戴贝雷帽的可怜家伙走开了，很高兴又成功地进行了一次交往。迪克等着。一会儿，楼上下来一名护士，带给迪克一个口信。

“医生，沃伦小姐很抱歉不下来了。她想躺一会儿，晚饭在楼上吃。”

护士等着他的回答，心里大概希望他暗示，沃伦小姐的态度是一种病态。

“噢，我知道了。那么——”他咽了一口唾沫，调整了一下心跳。“希望她好起来。多谢。”

他感到困惑，而且不是很舒服；不过，无论如何他自由了。

迪克给弗朗茨留了个便条，告诉他晚饭不在他家里吃了，然后徒步穿过乡间，朝电车站走去。他来到月台上，春日的暮色洒在钢轨和自动售货机的玻璃上。这时，他觉得电车站也好，医院也好，突然在向心力和离心力作用下摇晃起来，不禁惊恐不已。等他走在苏黎世街头那些实实在在的鹅卵石上，听着脚下发出的咔嗒声，心里才踏实下来。

他以为第二天尼科尔会来封信，可杳无音讯。他不知道她是不是病了，便打电话到诊所去，跟弗朗茨谈了一会儿。

“昨天、今天她都是在楼下吃的午饭，”弗朗茨说，“她似乎有点儿心不在焉，神情恍惚。怎么回事儿？”

迪克想跨越两性间那阿尔卑斯山似的巨大鸿沟。

“我们还没有谈到那一点——至少我觉得我们还没有。我竭力保持距离；不过我认为即便再深入下去，也不足以改变她的态度。

或许他的虚荣心受到了伤害，已经无法施与他人恩惠了。

“从她与护士的谈话判断，我倒觉得她是理解这一点的。”

“那就好。”

“这样最好。她好像并不怎么焦虑不安——只是有点儿恍惚。”

“很好。”

“迪克，快点儿过来一趟，我们当面谈谈。”

第八章

接下来的几周，迪克一直情绪低落。这件事的病理原因和机械论治疗方法的失败，让人觉得索然寡味。人们不公正地利用了尼科尔的情感——这情感要是他的会怎么样？肯定他会不高兴一阵子——梦中，他看见她走在诊所的路上，挥动着她的宽沿儿草帽……

有一次，在王宫酒店，他亲眼看见了她。一辆豪华的劳斯轿车弯进了半月形的大门，里面坐着尼科尔和一位年轻女子，迪克猜是她的姐姐。在庞大的车身里，她们显得很娇小，却仍然由一百多马力的引擎载动。尼科尔看见了他，嘴巴吃惊地张了张。迪克拉了拉帽子，走了过去，耳边却嗡的一声，只觉得身旁左近，仿佛苏黎世大教堂内的精灵们都在不停地盘旋。他曾试图通过写备忘录把这件事理清楚，详细到记录了她严格的起居规律，在生活必然会带来的种种压力下疾病会再一次“恶化”的可能性——总之，这样一个备忘录会令所有的读者颔首称是，只有它的作者除外。

这次努力的全部意义在于，迪克再一次意识到，自己在感情上陷得有多深。于是他坚决对症下药。首先是给巴尔城的那位接线员打电话，可她正在欧洲旅游，从尼斯到科布伦次[①]，拼命想在这次千载难逢的假期旅行中，和她结识的男人们聚会。其次，他想八月份搭乘政府的船只回国。第三，他要加大工作量，校阅书稿，秋季将它奉献给德语国家的精神病学界。

这本书已经不能包容迪克的研究。当下，他想做更多的准备工作。如果有机会得到一个交流研究员的职位，他就需要做大量的日常工作。

与此同时，他又筹划了一部新的著作：《对神经官能症和精神错乱统一且实用的分类尝试——基于前克雷佩林[②]和后克雷佩林1500个病例的研究，用当代不同流派的医学术语进行诊断（又一段铿锵醒目的文字）——另附对独立提出观点进一步分类的年代顺序表》。

这个标题在德文中会更显气势恢宏。

快进蒙特勒市[③]了，迪克放缓了骑车的速度，透过湖滨酒店间的小巷，一有机会就朝朱根半岛方向望去，只见日内瓦湖波光粼粼，让人目眩。迪克注意到，四年之后，成群结队的英国人又出现了，走路的时候眼神中流露出侦探小说中常有的警惕猜疑，似乎在这个靠不住的国家，接受过德国人训练的暴徒，会随时对他们袭击。这是一片由山洪冲积而成的碎石岗，建筑随处可见，一派复苏的景象。往南骑行的路上，在伯尔尼、洛桑都有人急切地问他，今年美国人会不会来旅游。“六月不来的话。到八月份会来吗？”

迪克下面穿着皮短裤，脚穿登山鞋，上面是军人衬衫。背包里有一套棉布衣服和换洗的内衣裤。在格列昂[④]索道站，他托运了自行车，在车站小卖部的台阶上喝了一小杯啤酒，一边看着一辆小型汽

① 德国中西部一城市。

② 克雷佩林分类法是德国精神病学家克雷佩林提出的辨别精神分裂症和狂躁抑郁性精神病的方法。

③ 瑞士西部一旅游胜地，位于日内瓦湖的东北岸。

④ 日内瓦湖畔一村镇，在蒙特勒东面。

车沿着八十度的山坡缓慢爬下。他的一只耳朵里都是干血块儿，因为在拉图尔—德—佩尔兹[1]时骑得太猛，感觉自己就好像是颇受宠爱的运动员。他要了点儿酒精，将耳廓擦净，与此同时，缆车驶进了站。看着自己的自行车装进了缆车，他把背包放进了缆车的下层，自己也走了进去。

缆车建在一个斜坡上，角度好像一个人的帽檐，为了不让别人认出来而拉了下来。迪克看到水从缆车下面的水箱里喷涌而出，深为这种设计的高明赞叹——山顶上另一列缆车正在装水，由于重力的增加，一旦制动闸松开，就会将因放水而变轻的缆车拉上来。这真是个了不起的创见。坐在对面位置上的一对英国夫妇正在讨论着索道。

“英国产的索道总能用上五六年；两年前德国人以低价竞标战胜了我们，你觉得他们的能用多久？”

“多久？”

“一年十个月。不久瑞士人把它卖给了意大利人，因为意大利没有严格的索道监管。”

“要是索道断了，那瑞士人可就倒大霉了。”

乘务员关上车门，和山上的同事通了电话。缆车颠了一下，开始往上爬升，目的地是一座苍翠的山巅，现在看来只有一丁点儿大。越过低矮的屋顶，沃州[2]、瓦莱丝州、萨伏伊。[3]的瑞士部分和日内瓦的天空以全景的方式展示在乘客们的眼前。日内瓦湖心，罗纳河[1]注入的水流冰凉刺骨，那里是西方世界的真正中心。湖面上天鹅游弋，帆影点点，叫人难以分辨，天鹅和白帆都溶进了这虚无缥缈之美。天气晴朗，在阳光的照射下，下面的草地和游乐场的白色球场闪闪发亮。球场上的人们没有留下影子。

---

① 日内瓦湖畔一小镇，在蒙特勒西北。

② 瑞士西部边境一州名，蒙特勒为其州府。

③ 历史上的地区名，是法国东南、瑞士西部和意大利西北部以前的一个公国。

④ 流经法国和瑞士的一条河流，最后注入地中海。

夏兰古堡[1]和萨拉格龙[2]的岛屿般的宫殿映入了迪克的眼帘，他将注意力转到了缆车内，现在缆车位于湖边最高建筑的上方，两边不时可以看到浓密的枝叶和五彩斑斓的花朵。这是个索道旁的花园，车厢内一条标语上写着：请勿摘花。

虽然人们沿途不能采摘花朵，这些花儿却紧跟缆车，不请自入——一种名叫多萝西·帕金丝的玫瑰极富耐心地扫过每个车厢，随着缆车舒缓地摇摆，最后不得已才重归玫瑰丛中。枝枝丫丫不断地往车厢里钻。

上面，也就是迪克车厢前面的一节车厢里，站着一群英国人，正冲着天空，惊叹眼前的美景。突然，这群人中间出现一阵骚动——大家让开一条道儿，一对年轻男女一边道歉，一边跌跌撞撞地朝缆车后部的车厢跑——也就是迪克的车厢。小伙子是个拉丁人，眼睛好像制成标本的鹿眼似的；女孩儿是尼科尔。

两个人气喘吁吁地钻进来，等坐到位置上，还在嘻嘻哈哈，把那对英国夫妇挤到了角落里。尼科尔这时打了个招呼：“你——好——”她显得很可爱，可第一眼迪克就感到有些异样，不过很快回过神儿来，是她那精心修剪过的秀发。头发剪短了，活像艾琳·卡索尔[3]的那样，蓬松成卷儿。她上身穿着粉蓝色的运动衫，下面是白色的网球裙——俨然就是五月的第一个早晨，清新、有朝气，所有诊所里的痕迹已经无影无踪。

“哎哟！”她上气不接下气地说说。“哦，那个哨兵。他们会在下一站把我们逮起来的。这位是戴弗医生，这位是马莫拉伯爵。”

“真——受不了！”她摆弄了一下新做的头发，一边还在大口喘气。“姐姐买了头等舱的票——这是她的原则。”她和马莫拉对视了一下，又大声叫道：“上去之后我们发现，头等舱就是驾驶员

---

① 日内瓦湖畔一座13世纪的城堡，位于蒙特勒以南，特别因拜伦的诗歌《夏兰堡的囚徒》（1816）著称。

② 法国萨伏伊地区一村镇名。

③ 艾琳·卡索尔（1893—1969），美国著名舞蹈家。

后面的，好像灵车一样——为防雨天，窗帘拉着，什么也看不到。但姐姐是讲体面的——”尼科尔和马莫拉又哄然大笑起来，脸上满是年轻人的亲昵。

“你们要去哪儿？”迪克问。

“考科斯。你也是吗？”尼科尔看着他的装束。“前面那辆自行车是你的？”

“对。我星期一打算到湖滨去。”

“能不能让我坐在你的自行车把上？我是认真的——可以吗？再没有比这好玩儿的了。”

“我会抱着你下去的，”马莫拉强烈抗议道。“我会穿着溜冰鞋带你滑下去——否则我就把你扔下去，让你像片羽毛那样慢慢落下去。”

尼科尔满脸欢愉——再一次成为一片羽毛而不是一只铅锤，能飘浮而不是坠下。看着她，你就好像是在欣赏嘉年华会——时而故作正经、忸怩作态，时而挤眉弄眼、手脚不闲——有时，过去的阴影会笼罩在她的身上，往日的苦难造就的高贵一直蔓延到指尖。迪克希望能离尼科尔远点儿，担心自己会让她回忆起那个已忘却的世界。他下定决心到另外一家旅馆去。

缆车中途停了一下，那些首次乘坐的乘客发现自己悬在蓝空中，不禁骚动起来，其实只不过是上下山的缆车乘务员在交流情况，可外人看来就很有神秘色彩了。缆车继续上升，越过一条林中小道，一道峡谷——然后翻过一座山峰，那里水仙遍布，从乘客到天空似乎都染上了水仙的颜色。湖边球场上打球的蒙特勒市民们现在看起来只有芝麻大一点儿了。缆车驶进了格列昂，人们听到了从宾馆花园里传来的管弦乐声，空气中有些不一样的东西，是清新的气息，随着音乐流淌而出。

他们在这里换乘山间铁路，音乐声渐渐淹没在从水压仓喷涌而出的水流中。考科斯几乎就在头顶，一家宾馆的上千扇窗户映着夕阳，着了火似的。

要抵达那里却颇费周折——火车机车一声长鸣，带着乘客开始在山中盘旋爬升。他们轧轧前行，穿行于低回的云层中。稍有倾斜的辅助机车喷出的烟雾，一度令迪克看不清尼科尔的面庞。沿着低垂的云脚，他们盘旋而上，每转一圈，宾馆就变大一些。最后，带着莫大的惊喜，他们到了，到了璀璨的阳光之巅。

火车到站了，忙乱中，迪克背上背包，准备去站台那里取自行车，这时尼科尔走了过来。

“你和我们在一家宾馆吗？”她问。

“我在厉行节约。”

“你会下来一起用晚餐吗？”随之是一阵手忙脚乱地取行李。“这是我姐姐——这是苏黎世来的戴弗医生。”

迪克朝一位年轻女子鞠了一躬。她大概二十五岁模样，身材高挑，不乏信心。迪克回忆起了其他那些长着樱桃小口的女人，觉得她外表严厉，内心脆弱。

“晚饭后我会来拜访，”迪克答应道，“我得先安顿下来。”

他骑上车子离开了，感到尼科尔的目光在追随着自己，感到尼科尔那无奈的初恋，感到这种恋情在自己心里纠缠交错。沿着山坡向上走了三百码远，他来到另外一家宾馆，订了间房，接着就发现自己在冲澡之前的十分钟，记忆里竟是一片空白。他似乎只感到一种酒后的兴奋，中间夹杂着刺耳的声音；这些声音毫无意义，不知道他被爱得有多深。

第九章

他们在等他，而且没有他，似乎就不那么完美：他仍然是个让人无法捉摸的因素。沃伦小姐、那个意大利小伙子、尼科尔都明显地在期待着他的到来。宾馆的大厅据说有着绝妙的音响效果，此时已经为舞会收拾停当。不过，那里还聚集着一小堆已经不算年轻的英国女士。她们戴着领饰，染了头发，擦过粉的脸上粉红中透着灰白。还有一拨儿年龄相仿的美国女士，头戴雪白的假发，身穿黑衣，双唇鲜红。沃伦小姐和马莫拉坐在一个角落的桌子旁——尼科尔则与他们遥遥相望，坐在四十码开外的另一角。迪克一到，就听到了她的声音：

“听见我了吗？我的声音和平常一样大小。”

“很清楚，”

“戴弗医生，你好。”

“这是什么？”

“你注意到没有，站在屋子中间的人听不见我的声音，而你却能？”

“是一名服务员告诉我们的，”沃伦小姐说，“从一个角落到另一个角落——就好像是无线电。”

站在山顶，犹如荡舟海上，令人兴奋不已。不一会儿，马莫拉的父母也来到了他们这儿。他们对沃伦一家充满敬意——迪克推想他们的家产与米兰的一家银行有关系，而这家银行又和沃伦家的产业有关。可芭比·沃伦这时偏偏一时兴起，只想和迪克交谈。她经常处于这种冲动中，随心所欲地投向所有新结识的男性，好像站在一根没有弹性的绳索上，觉得自己最好尽快走到另一端。此时，就像所有烦躁不安的高个儿少女，她不断变换着两条腿的交叉姿势。

“尼科尔告诉我，你照顾过她，她的康复和你也有很大关系。我弄不懂的是我们该做些什么——诊所那些人总是含含糊糊，就对我讲尼科尔应该保持心态自然、快活。我知道马莫拉一家人在这里，就叫蒂诺在缆车那里和我们见面。你知道发生了什么？——尼科尔做的第一件事就是叫他从缆车的边上爬过去，两个人好像都疯了——”

“这太正常了，”迪克笑道，“我要说这是个好征兆，他们在向对方炫耀。”

“可我怎么知道？在苏黎世，我还没反应过来，差不多就在我的眼皮底下，尼科尔就叫人把头发给剪了，就因为她看了《名利场》里的一张图片。”

“这没什么，因为她是个精神分裂症患者——永远都有些怪僻，无法改变。”

“什么？”

“就像我说过的——一个怪人。”

“那么，人们怎么区分古怪与疯狂呢？”

“没有什么疯狂的——尼科尔现在精神振作，幸福快活，你不用担心。”

芭比调整了一下腿的姿势——她活像一百年前那些爱慕拜伦却得不到满足的女人们。尽管与一个近卫军军官曾有一段悲剧恋情，她还是显得有些呆板僵硬、顾影自怜。

“我不介意承担责任，”她声明道，“可我实在弄不懂。我们家从没有过这种事儿——我们知道尼科尔受过什么刺激。我认为这和某个男孩子有关，可我们并不知道确切的实情。爸爸说要是能找到他，肯定会杀了他。”

管弦乐队在演奏《可怜的蝴蝶》，小马莫拉正和他母亲翩然起舞。这个曲子大家都不熟悉。迪克一边听着曲子，一边欣赏着尼科尔的肩。她正和老马莫拉闲聊，老马莫拉头发花白，像是钢琴的键盘，黑白相间。这让迪克想起了小提琴的肩状部分，继而想起了那个秘密，那个家庭的耻辱。唉，蝴蝶——瞬间即是永恒——

“其实，我有个方案，”芭比接着说，颇费气力而且透着歉意。“你肯定觉得不现实，可他们说几年内尼科尔需要有人照顾。你了解芝加哥吗？”

“不了解。”

“是这样的，芝加哥分作南区和北区，差别很大。北区时尚漂亮，我们一直住那儿，少说也有好多年了。可很多旧家族，年代久远的芝加哥家族，我想你明白我的意思，还生活在南区。芝加哥大学就在那里。我的意思是对一些人来说，那里枯燥无味。不过，不管怎么说，南北差异很大。不清楚你听明白没有。”

迪克点点头。集中一下注意力，他还是能听下去的。

“当然，现在我们在那里有很多关系——在芝加哥大学父亲掌管着一些职位、基金等等。我想要是带尼科尔回家，让她融入那个圈子里——你也知道，她很有音乐修养，会讲好几种语言——要是她能爱上某个优秀的医生，就她目前的情况而言，真是再好不过了——”

迪克心里一阵高兴，沃伦家要为尼科尔买一个医生——你认识的医生里有没有合适的？既然他们能够为她买一位年轻、有才华的医生，一位出道不久的年轻人，他就没有必要再为尼科尔担忧了。

“可那位医生会怎么想呢？”他不由自主地说。

“他们肯定会争先恐后的。”

舞曲终了，人们回到了位置上，于是，芭比急急地低声说：

“这大概就是我的意思。哎，尼科尔这会儿去哪儿了——她可能离开了。她会不会在自己房间里？我该怎么办？我都弄不清这是不是正常情况，我该不该去找她。”

“或许她只不过想自己待一会儿吧——独自生活的人们习惯于独处。”迪克注意到沃伦小姐并没有听自己讲话，便停了下来。“我去周围看看。”

一眨眼的工夫，雾气袭来，户外的一切全部笼罩其中，犹如从拉起的窗帘后看到的春色。生命的活力都集中在了宾馆的附近。迪克走过几扇地下室的窗口，看到一些餐厅打杂的坐在铺位上，一边打牌一边喝着西班牙葡萄酒。走近供人们散步的小道时，点点星光开始从高耸入云的阿尔卑斯山白雪皑皑的顶峰抛洒而下。一条马蹄形步道俯瞰着湖面，在两根路灯柱之间，尼科尔站在那里，一动不动。迪克穿过一块草地，悄悄走近她。她转过身来，脸上的表情仿佛在说：“你来了。”一时间，迪克很后悔自己的到来。

“你姐姐不知道你去哪里了。”

“哦！”对于别人的盯梢，她早已习以为常。她费力地解释道：“有时我有点儿——这里有些让我应付不了。我一直生活得很安静。今晚的音乐让我受不了，我只想哭——”

“我明白。”

“今天真是很兴奋。”

“我知道。”

“我不想做任何出格的事情——我给别人找的麻烦已经够多了。可今晚我就是想自己待一会儿。”

突然，迪克想起了什么，就好像一位奄奄一息的人，忽然发现忘记了告诉别人自己的遗嘱放在哪里。他突然想到，多姆勒以及他那些可怕的助手们已经对尼科尔进行了“再教育”。他还想到尼科尔还将知道很多东西。可将这些事情掂量之后，迪克不得不做出决定，仍然维持眼下的情形。他说：

“你是个好姑娘，关于自己的事情，相信自己的判断好了。”

“你喜欢我吗？”

“当然了。”

“那么你会——”他们正朝马蹄形步道模糊不清的尽头走去，

距那里还有两百码远近。“要是我没有生那场病，你会——我想说的是，我会不会成为你可能喜欢的那种女孩儿——唉，都是废话，你知道我的意思。”

迪克此时陷入困境，被一阵巨大的情感冲动所控制。她近在咫尺，他感到自己的呼吸都改变了节奏。然而，迪克性格中训练有素的部分又一次派上了用场。他像个男孩子似的笑了笑，然后说了些无关痛痒的话。

“亲爱的，你是在和自己开玩笑。我认识一个人，爱上了他的护士——”他随口瞎扯起来，伴着嗒嗒的脚步声。猛然，尼科尔打住了他，干脆地吐出一句芝加哥土话：“瞎掰！”

“这句话可不好听。”

“那又怎么样？”她怒声道。“你不要以为我连一丁点儿常识都没有——生病前我是没有，可现在我有。而且，如果我不知道你是我所见过的男人中最有魅力的，你肯定认为我依旧神志不清。这就是我的命。算了吧——但是我是不会装作什么都不知道的——关于你和我，我什么都明白。”

迪克处境更尴尬了。他想起了尼科尔姐姐的话，可以在芝加哥南区的大学校园里，像买牲口一样买一个年轻的医生。于是，他狠下心来，说：“你的确很迷人，可我不能爱你。”

“连个机会也不给我吗？”

“什么！”

这样的傲慢，如此的理直气壮，让迪克大吃一惊。除非无所顾忌，他想不出尼科尔会得到任何机会。

“现在给我一次机会吧。”

尼科尔靠近迪克，声音越来越低，好像是从胸膛里发出来的，紧身胸衣都给绷紧了。他感受到了她那娇嫩的嘴唇。她欣慰地叹息着，身体依偎在他越来越有力的手臂中。整个情形仿佛是迪克随意炮制出了一种无法熔解的混合物，原子紧密结合，难以分开。你可以将它整个扔掉，它却再也恢复不到原子的状态。他拥着她，体味着她；而她则更加紧密地依偎在他的身边，热情似火、饱含爱意的双唇，连她自己都感到陌生，不过又感到那么安慰、那么志得意满。迪克觉得自己真是不虚此生，哪怕只是她水汪汪的双眼中的一个映像。

“我的上帝，”他喘着气说，“亲吻你太美妙了。”

这只是说说而已，不过现在尼科尔更占上风了，并且牢牢地控制着。于是，她故作矜持起来，转身走开，迪克一个人站在那里，不知所措，那情形跟下午在缆车站时一模一样。她这样想：看吧，他都清楚了，自己多么自以为是，看见我他是什么反应。噢，这太美妙了！我得到了他，他是属于我的。接下来应该跑开了，可这实在太甜蜜、太新奇了；她又流连忘返起来，贪心着要把所有这一切收归己有。

突然，她打了一个寒战。下而两千英尺的地方灯火辉煌，仿佛熠熠生辉的项链和手镯，那是蒙特勒市和沃维市。再远一些，洛桑依稀可辨，宛如一个挂件。从那里，舞会乐曲的声音隐约传来。这时，尼科尔恢复了理智，镇静下来，试着梳理自己少女时代的那些多愁善感；好像一个人打完仗，一心要喝得酩酊大醉。不过，她还是害怕站在身旁的迪克，此刻正很有个性地靠在马蹄形步道边上的铁栅栏上。见此情景，她说：“我仍然记得那时在花园里等你的时候——我将自己呈现了出来，好像捧着一篮鲜花。当时我的确就是这样想的——觉得自己恬美可人——盼望着将那个花篮交给你。”

迪克的嘴唇轻轻蹭着尼科尔的肩膀，执拗地将她的身子转过来。她不住地吻着他，每一次靠近，她的面容就更清楚一些，一双手紧紧地抓着迪克的肩膀。

“雨大了。”

冷不防，从湖对面深红色的斜坡上传来一声巨响。人们正在向云层开炮，驱散饱含冰雹的云团。小路上的灯时亮时灭。一眨眼间，暴风雨席卷而来，先是从天而降，继而裹挟着山洪奔腾而下，冲刷着道路、石砌的沟渠。天空随之黯淡无光，阴森恐怖，金属丝般的闪电在空中肆虐，恨不得要撕裂大地的雷声在怒吼，狰狞毕现的乱云从宾馆上空飞驰而去。山脉、湖泊都不见了踪影——在一片喧嚣、混乱、黑暗之中，那家宾馆蜷缩着。

这时，迪克和尼科尔已经到了宾馆的前厅，芭比·沃伦和马莫拉一家三口都在那儿焦急地等着他们两个。走出潮湿的雾霭很令人兴奋——门在砰砰作响，两人站在那里哈哈笑着，兴奋得直打哆嗦，耳边风声大作，衣服浸着雨水。舞厅里，乐队正演奏着施特劳斯[①]的圆舞曲，乐声高亢而又混乱……戴弗医生会娶一位精神病患者？是怎么回事儿？从哪儿开始的？

"换了衣服后你还会来吗？"芭比·沃伦仔细审视了一番后问。

"没什么能换的，我就带了几件内衣。"

迪克穿着借来的雨衣，步履沉重地往自己住的旅馆走去。途中，喉咙里不时发出嘲弄的笑声。

"天赐的良机——啊，没错。真是开玩笑！——他们想买一个医生？那好，他们最好还是在芝加哥找一个吧，找到就紧紧抓住。"然而，想起尼科尔娇嫩无比的双唇，想起雨点打在她柔滑光润的脸颊上，仿佛是她为自己而落的眼泪，迪克开始厌恶自己的冷酷无情了，心里向尼科尔赔着不是……约莫三点钟的时候，暴风雨后的宁静唤醒了他。他起身来到窗前，尼科尔美丽的身影似乎越过了起伏的山坡，来到了他的房间里，幽灵般弄得帷幔沙沙作响……

……第二天早上，迪克爬了两千多米，登上那耶峰。有趣的是，前天乘坐的缆车乘务员也利用休息日来爬山了。

然后，迪克一路下山到蒙特勒市，在那里游了个泳。等他回到旅馆的时候，恰好赶上午饭。有两封信等着他。

> 我并不为昨晚的事羞愧——迄今为止，这是我人生最美好的经历。我的上尉，即便自此再也无缘与你相逢，我也会为它的发生而欢欣鼓舞。

这让迪克疑虑顿消，多姆勒沉重的阴影也退去了，接着他打开第二封信：

① 奥斯卡·施特劳斯（1870—1954），奥地利裔法国作曲家，以他的轻歌剧著名。

戴弗医生：您好！我给您打过电话，不过您外出了。不知您能否帮我一个忙。事有不测，我得回巴黎一趟。经过考虑，如若途径洛桑，时间的安排会更有利于我。您是周一返回，不知能否让尼科尔与您结伴到苏黎世，然后将她送回诊所？萍水相逢，多有冒昧。

诚挚的：

贝斯·埃文·沃伦

迪克火冒三丈——沃伦小姐明知他带着一辆自行车，还如此措辞，叫人不好回绝。把我们放在一起，亲密接触，然后是沃伦家的万贯家产！

他想错了，芭比·沃伦并无此意。她世故练达，早已审视过迪克。作为一个对英国文化顶礼膜拜的人，她用一把扭曲了的标尺对迪克衡量了一番，发现他还不够格——虽然她也觉得迪克讨人喜欢。可对她来说，迪克未免显得太"满腹学识"了，被归为那些穷酸势利的家伙，这种人她在伦敦见识过——他太过表现，不会是块真正的好材料。她想不出怎样才能把他改造成自己想象中的贵族。

此外，迪克还很固执——她多次注意到，他跟自己谈话时走神，心不在焉，模样怪怪的。尼科尔幼时自由散漫，这也讨她的嫌；现在很明显，在她的意识里，尼科尔已经"不可救药"。可无论如何，她都没有把戴弗医生想象成家里的那名医生。

她仅仅是想顺便利用迪克一下，一点儿也没别的想法。

但她的请求在迪克看来就是别有想法。一次火车上的旅行可能很糟糕、沉闷乏味，也可能很开心、轻松愉快。它可能是一次试飞，也可能是下一次旅行的预演。就像和朋友外出感觉很漫长，早上忙忙碌碌，接着都感到饥肠辘辘，于是共进午餐。然后就是下午，旅途也一点点到了尽头，最后要结束了，又开始意兴昂然了。看到尼科尔郁郁寡欢，迪克也很难过。不过，又回到自己唯一熟识的家，她也很安慰。那天，他们没有卿卿我我，但当迪克把尼科尔送到苏黎世湖畔，转身要离开那扇令人伤心的大门时，尼科尔回头又看了看他。此刻，迪克明白，自此她的问题将永远也是自己的了。

第十章

九月，戴弗医生和芭比·沃伦一块儿喝了一次午茶。

“我想这个建议不妥当，”她说，“我不清楚你究竟是什么动机。”

“不要大家弄得都不开心。”

“但毕竟我是尼科尔的姐姐。”

“可即便如此，你也没有权利弄得大家不愉快。”迪克很恼火，他知道事情的真相，却不能告诉她。“尼科尔的确富有，可这不足以让我冒险。”

“关键就在这儿，”芭比执拗地抱怨道。“尼科尔富有。”

“她到底有多少钱？”迪克问。

芭比有些吓住了。迪克轻轻地笑了笑，继续说，“你明白这有多么愚不可及吗？最好我和你们家的哪位先生谈一次——”

“我可以全权代表，”她坚持道，“我们并没有把你当作投机取巧的人，而是我们根本不知道你是谁。”

“我是名医学博士，”迪克说。“我的父亲是位牧师，已经退休。我们过去住在布法罗，我的历史不惧任何调查。后来我去纽黑文读书，再后来我成了一名罗兹奖学金获得者。我的曾祖父曾任北卡罗来纳州[1]州长，我是“疯子”安东尼·韦恩[2]的直系后代。”

“马德·安东尼·韦恩是谁？”芭比满腹狐疑地问。

“‘疯子’安东尼·韦恩？”

“我想这件事已经够疯狂的了。”

迪克无奈地摇了摇头；这时，尼科尔出现在了宾馆的露台上，四处张望着找他们。

“他是够疯狂的，所以没有像马歇尔·菲尔德[3]那样留下亿万家产，”迪克说。

“很好，可——”

芭比是正确的，她明白这一点。当面比较，她的父亲会胜过所有牧师。他们家虽无爵号，但在美国属名门世家——无论是住店登记、介绍推荐，还是身处逆境，只要签了这个名字，人们都会另眼相待。这种情况所带来的结果就是芭比·沃伦的地位感越发强烈。她是从英国人那里了解到这一点的：这些东西英国人两百年前就已知晓。可她不曾想，有两次迪克都几乎要就结婚的问题和她摊牌了。这次，是尼科尔的出现避免了这一局面的发生。她找到了他们所坐的桌子，在九月的下午，显得那么神采奕奕、纯洁无瑕、朝气蓬勃。

律师先生，您好。从明天开始我们将会在科摩度假一周，然后才回苏黎世，因此我请您和姐姐来处理这件事。我能分多少，无关紧要。我们打算在苏黎世安安静静地住两年，迪克的收入足够我们开销的。你错了，芭比。我比你想的要现实——我要钱仅仅是为了置些衣物、用品……什么？这要比——我们的家产能给我这么多？我都不知道该怎么花这些钱了。你也有这么多吗？为什么你的要多一些——是因为觉得我不如你吗？好吧，我那份儿就存那儿吧……

---

① 美国东南濒临大西洋的州。

② 安东尼·韦恩（1745—1796），美国独立战争时期著名将领，因勇猛无畏、脾气暴躁，又称“疯子”安东尼·韦恩。

③ 马歇尔·菲尔德（1834—1906），19世纪美国知名商界领袖、大慈善家。1893年曾捐资一百万美元修建芝加哥博物馆。

不，迪克不想和这件事有任何关系。我真为我们两个自豪……芭比，你对迪克了解得很少，只知道，只知道——我签哪里？哦，抱歉。

……迪克，待在一起是不是又有趣，又孤单？我们就这样足不出户，甜甜蜜蜜，只要有爱，别无他求。嗯，不过还是我爱的最深，即便你从我身边离开那么一会儿，我都一清二楚。能够像别人一样生活，在床上一伸手就能触到你温暖的身体，这真是妙不可言。

……能否请你给我在医院工作的丈夫打个电话？对的，那本小书到处都在卖——他们打算用六种语言出版。法文译本由我来做，可这些天我很累——害怕摔倒，我觉得身子很重、东倒西歪的——像个站不直的碎卷布丁[①]。冷冰冰的听诊器贴在我的胸口，我最强烈的感受就是“这次我全豁出去了”。——哦，医院里有个妇女，带着一个有先天性心脏缺陷、生下来皮肤发青的婴儿，真可怜，不如死了算了。现在，我们有三口人，是不是挺好的？

……这没道理，迪克——住大一点的房子，对我们来说完全是应该的。就因为戴弗家的钱没有沃伦家的钱多，我们就得受委屈？噢，谢谢你，先生，不过我们改变主意了。这位英国牧师对我们讲，你们这里奥维多[②]产的葡萄酒品质一流。从来不到外地宣传？怪不得没听说过，我们很喜欢喝葡萄酒的。

湖泊陷在棕色的泥土里，一道道斜坡好像肚皮上的皱褶。摄影师送来了我的照片，是在去卡普里岛[③]的船上，我的头发飘在船舷的外面。“再见，蓝色的格洛特[④]，”船工们唱道，“马——上再相逢。”后来，船沿着靴子一样的意大利半岛的外侧航行，那里炎热、凶险，神秘怪异的城堡周围风声飕飕，亡故的魂灵俯视着山下。

……这艘船很棒，我们一起用脚后跟敲打着甲板。有个拐角风

① 一种用酱或水果制成的卷在馅饼面团里烤焙或蒸至松软的布丁。

② 意大利中部一历史名镇，位于罗马以北，盛产白葡萄酒。

③ 意大利南部岛屿，度假胜地，以其蓝色洞穴闻名。

④ 意大利西西里岛上一城镇名。

特别大，每次经过我都是弓着身子顶风往前走；一面还得裹紧外罩，一步不落地跟着迪克。我们还乱七八糟地唱着：

“哦——哦——哦——哦
是别的火烈鸟而不是我，
哦——哦——哦——哦
是别的火烈鸟而不是我”

跟迪克在一起的日子充满乐趣——甲板躺椅上的乘客都看着我们俩，一位女士还在侧耳旁听，琢磨着我们在唱什么。这支歌迪克唱烦了，那就一个人走走吧，迪克。亲爱的，你一个人透过厚重的氛围，从横七竖八的椅子中间挤出一条道儿，然后穿过烟囱里冒出来的湿漉漉的烟雾，都会显得与众不同。你的影子，你会感到，从看着你的那些人的眼前滑过。你不再与世隔绝，可我想你应该接触生活，这样才能脱颖而出。

坐在救生艇的支柱上，我面向大海，任凭我的头发接受海风的吹拂，阳光的沐浴。在天空的衬托下，我一动不动。小船载着我驶向那片朦胧的蓝色的未来。我就是女神帕拉斯·雅典娜[①]，被人们虔诚地刻在大帆船的船首。公共厕所里水花四溅，船尾激起的浪花玛瑙般翠绿，在那里翻卷着，抱怨着。

……那一年，我们去了很多地方——从乌鲁姆鲁海湾[②]到毕斯克拉[③]都留下了我们的足迹。在撒哈拉沙漠的边缘地带，我们遭遇了蝗灾，司机好心地解释说那是大黄蜂。晚上，夜幕低垂，似乎神秘而洞察一切的上帝无处不在。哦，那个可怜的小欧德·奈尔，身子赤裸，一丝不挂。夜晚并不安静，传来塞内加尔[④]的鼓声，笛声，骆驼

① 希腊神话中，司职智慧与技艺的女神。

② 澳大利亚悉尼一海湾名。

③ 北非国家阿尔及利亚东北部一城镇，位于撒哈拉沙漠一处绿洲上，是冬季度假胜地。

④ 非洲西部、大西洋边的国家，首都达喀尔。

的哀鸣声，还有当地人穿着用废旧汽车轮胎做的鞋子，发出的啪嗒啪嗒声。

但那时我又有了身孕——火车、海滩都是一样，因此他就带我到处旅行；但等我生了第二个孩子，也就是我的小女儿托普茜，情况又变糟了。

……要是能给我丈夫捎个信儿就好了。他觉得把我一个人扔在这里、交给一帮乌合之众来照顾，没什么不妥。你说我生了个黑孩子——真可笑，真卑鄙。我们去非洲只是想看看提姆加德[①]，因为我生活中的兴趣主要在考古方面。我不愿意自己一无所知，不愿意别人总是说我什么也不懂。

……迪克，等我恢复了健康，我要和你一样出类拔萃——要不是太迟，我也要学医。我们得用我的钱买座自己的房子——我厌倦了公寓，以及在公寓里等你。你也在苏黎世待够了，在这里你没有时间写作，你说过，不会写作是一名科学家无能的证明。我要遍览各门知识，挑一些真正弄懂，这样我身体再不好的时候，也能有个寄托。迪克，你要帮我，这样的话我就不会为自己愧疚了。我们要住在温暖的海滨，皮肤晒得黝黑，精神饱满。

……这里将是迪克的工作间。哦，这是我们同时想到的。我们开车路过塔尔姆斯村已经有很多次了，那天开车上去，除了两处马厩外，其他的房子都空空荡荡。我们通过一个法国人买房子，可这立马招来了海军方面的间谍，因为他们发现美国人买下了半个村子。他们翻遍了那些建筑材料，看是否藏匿有大炮；临了芭比不得不在巴黎的外交部托了人，这事儿才算过去。

夏季，没有人到里维埃拉来，所以我们很希望有些客人，好干些活儿。有几个法国人到这里来——上周是米斯汀盖特[②]，她很吃惊

① 位于阿尔及利亚东部的一座古罗马城市，公元100年建立，有“北非的庞贝”之称。

② 米斯汀盖特（1873—1956），法国女演员和舞蹈家。

现在宾馆仍然营业，然后是毕加索[①]和《别挂在嘴上》的作者[②]。

……迪克，怎么把我们登记成戴弗先生和戴弗夫人，而不是戴弗医生和戴弗夫人呢？我只是有些纳闷儿——这也是我刚刚想到。——你教导我，工作才是一切，我相信你。你过去挂在嘴边上的就是，一个男人要见多识广；有一天他不再吸取新的知识了，就和别人没有什么两样了，关键是要在停止学习之前，就获得力量。亲爱的，要是你愿意把事情搞得一团糟，也行；可是不是你的妻子尼科尔也得这样呢？

……汤米说我像个闷嘴葫芦。我身体好了之后，这是第一次和迪克说这么多，一直到深夜。我们两个都坐在床上，点着香烟，然后等到天亮的时候，又一头埋进枕头里，免得光线刺我们的眼睛。有时我会歌唱，有时我会和动物做游戏，而且我也有了一些朋友——比如玛丽。我和玛丽聊天儿的时候，我们都不知道对方在说什么。男人们之间才会真正谈话。我谈话的时候，就告诉自己，我可能是迪克。甚至有时候还认为是我儿子，回忆着他那聪明劲儿和慢腾腾的样子。有些时候，又成了多姆勒医生；甚至有一次，我把自己想象成你的一部分，汤米·巴尔邦。我发现，汤米爱上我了，不过是小心谨慎、叫人放心的那种。但这已足够了，他和迪克眼下就开始不对劲了。大体上看，一切都还过得去。我的周围是喜欢我的朋友；在这静谧的沙滩上，和我生活在一起的是丈夫和两个孩子。一切都不错——要是我能把这个可恶的马里兰鸡烹饪法译成法文，就锦上添花了。我的脚趾在沙子里埋着，感觉暖呼呼的。

“对，我会看看。还有很多新面孔——哦，那个女孩儿——对的。依你看，她像谁……不，我还没有看。在这里，我们很少有机会看美国新片。谁是罗斯玛丽？喔，七月份这里会经常有时髦人士光顾——对我来说，这很特别。对的，她很可爱，可人会很多的。”

---

① 帕布罗·毕加索（1881—1973）西班牙画家，是20世纪最多产和最有影响的画家之一，立体主义画派（1906—1925）代表人物，代表作有《阿维尼翁的小姐》（1907）和《格尔尼卡》（1937）。

② 作者不详。

第十一章

八月的一天，理查德·戴弗医生和埃尔希·斯皮尔司夫人坐在阿里埃咖啡馆里，凉爽的树荫遮天蔽日，树上积满了灰尘。烈日炙烤着大地，连云母的闪光也相形见绌。海边刮来阵阵北风[①]，钻进埃斯特利尔[②]，港口的渔船被吹得东摇西晃，一根根船桅指向万里晴空。

“今天早上我收到一封信，”斯皮尔司夫人说。“和那些黑人搅在一起，真够你们受的！不过，罗斯玛丽讲，她觉得你非常出色。”

“罗斯玛丽应该得到嘉奖。当时情况很狼狈——唯一逃掉的就是亚伯·诺斯——他飞往勒阿弗尔[③]了——或许还不知道这件事儿呢。”

“听说戴弗夫人情绪很受影响，我很难过。”她小心谨慎地说。

罗斯玛丽信里写道：

尼科尔看起来精神不大正常。我不想和他们一块儿
回南方；我觉得迪克的麻烦已经够他受了。

“她现在很好。”迪克几乎有些不耐烦了。“这么说来，明天

① 指密史脱拉风，以暴风形式吹向法国南部地中海岸的干燥、寒冷的北风。

② 法国里维埃拉地区一地名。

③ 法国北部一城市，临近英吉利海峡，位于巴黎的西北偏西。

就要动身了。几时起程？”

“马上。”

“不会吧。真不愿意你们走。”

“很高兴来这里旅行，我们度过了一段美好的时光。多谢。你是第一个罗斯玛丽真正在乎的男人。”

从拉那普勒①的斑岩②山那里，又吹来一阵劲风，仿佛传达着一种信息：气候正匆匆发生变化，似乎永恒的盛夏时刻已经过去。

“罗斯玛丽有时也会坠入爱河，不过迟早她会把那个男人交给我——”斯皮尔司夫人笑道，“——来剖析。”

“这么说我是免了。”

“这件事儿我伸不上手。我见到你以前，她就爱上你了。我给她的建议是继续下去。”

迪克看得出，斯皮尔司夫人的计划根本没有考虑到他或尼科尔——他还发现，斯皮尔司夫人道德感的缺乏来自于她的退隐态度。这是她的权利，就像退休金一样，是她停止付出感情后的报偿。女人在为了生存而进行的奋斗中，几乎什么都做得出来，却很少背上诸如“残酷”之类的罪名。只要爱与痛苦的交替还在一定的范围内，斯皮尔司夫人就会像名阉人那样，不无兴致地冷眼旁观。她甚至都没有虑及罗斯玛丽是否会受到伤害——或者说，她有多少把握罗斯玛丽不会受到伤害？

“如果是这样，我觉得她也不会有什么损失。”迪克索性一直佯装下去，好像仍然能客观地考虑罗斯玛丽。“她也早就把这一页翻过去了。不过——生活中很多重要的时刻一开始似乎都很偶然。”

“这并非偶然，”斯皮尔司夫人仍然坚持自己的看法。“你是第一个——是她理想中的男人。她的每封来信都这样说。”

“她这是礼貌而已。”

---

① 法国里维埃拉地区一村镇。

② 含有嵌入致密的合成基质的相对较明显的长石晶体的岩石，色红、坚硬。

“在我认识的人当中，你和罗斯玛丽是最彬彬有礼的；不过，她真是这么想的。”

“我都是装出来的。”

这句话不全是假的。美国内战后，一些南方青年来到了北方，他们注重举止，力求优雅。迪克从父亲那里学会了这些。他经常一边努力要做到文雅得体，一边鄙视这样的做法，认为这反对的并非是丑陋的自私自利，而是自私自利丑陋的外表。

“我爱上罗斯玛丽了，”迪克突然对斯皮尔司夫人说。“这样和你讲，实在是很放纵。”

迪克感到很古怪，又很郑重，似乎阿里埃咖啡馆里的桌椅都会永远将此铭记在心。其实，迪克已经感到她在渐渐从自己身边离去。在沙滩上，他只能记起她肩膀上被阳光曝晒的肌肤；在塔尔姆斯，穿过花园时他踩没了她留下的脚印；现在，乐队奏起了《尼斯狂欢曲》，去年逝去的欢乐在回荡，人们为她而应声起舞。在一百个小时里，她已经掌握了这个世界上所有的黑色魔法：叫人混淆是非的颠茄[①]，将物质转化为精神能量的咖啡因，带来和谐安宁的曼德拉草[②]。

迪克努力再一次让自己相信：他也在和斯皮尔司夫人一样超然、客观地看待罗斯玛丽。

“你和罗斯玛丽实际上并不相像，”迪克说，“从你身上汲取的智慧，掩盖了她真实的个性，成了她的伪装、她面对这个世界的面具的一部分。她并不思考；她骨子里是爱尔兰式的、罗曼蒂克、不合逻辑。”

斯皮尔司夫人也很清楚，罗斯玛丽纤细娇弱的外表下，隐藏的是小野马一样的桀骜不驯。美国上尉霍伊特军医就看出了这一点。要是能横切开来，人们将会看到罗斯玛丽美丽的外壳下，挤挤扛扛

① 一种有毒的欧亚大陆的多年生草本植物，通常开单生的、浅紫棕色钟状花，结有光滑的黑色浆果。

② 一种产于欧洲南部的植物，开有黄绿色花朵并生分叉的根。这种植物曾被认为具有魔力，因为它的根与人体形似。

的是多么巨大的心脏、肝脏和灵魂。

道别时，迪克感受到了斯皮尔司夫人的全部魅力，意识到她不仅仅是自己不愿丢弃的对罗斯玛丽的最后一丝眷恋。他可以装扮、造就罗斯玛丽——却永远无法造就她的母亲。假如罗斯玛丽离去时穿戴的斗篷、马靴、宝石都是他的赠予，相比之下，欣赏她母亲的妩媚会让人心旷神怡，因为他知道这肯定不是自己能够想象、打造出来的。她的身上有一种气息，似乎是在等待，等待着一位男士完成一件比她本人更重要的事情，一场战争，或是一次行动，其间，他受不得催促，经不得打搅。等他结束了，她仍会等待，不急不躁，坐在一只高脚凳上，翻看着报纸。

“再见——还有，希望你们两人都永远记得，我和尼科尔是多么喜欢你们。”

回到黛安娜别墅，迪克走进自己的工作间，拉开为遮蔽正午阳光而关闭的百叶窗。两张长长的书案上，分门别类地堆放着他写书用的资料。第一卷讨论的是分类，曾经得到过资助，出版为一本篇幅不长的小书，而且获得了一定成功。时下，他正在商谈它再版的事宜。第二卷将是对他的第一本小册子《精神病医生心理学》的雄心勃勃的扩充。和很多人一样，他发现自己仅有那么一两个想法——那本篇幅不长的论文集已经是德文第五十版了，里面包含了他所有学术思想的萌芽。

可现在，这本书让他坐立不安。在纽黑文虚度的年间，让他懊恨不已；但他感触最深的是：戴弗家生活日益奢华，炫耀之心明显地相伴而生，但豪华的生活却并非出自显摆的需要。他想起了罗马尼亚朋友所讲的故事，那个数年来致力于犰狳大脑研究的家伙，怀疑那些耐心的德国人正在柏林和维也纳的图书馆周围，漠然地等待着他。于是，迪克差不多打定了主意，在现有的条件下，简化工作，不加注释，出一本大概十万字的作品，作为后期学术性更强一些的著作的导论。

后晌的斜阳射进了迪克的工作间，他一边踱着步，一边拿定了主意。按照新的计划，春季就可完成。在迪克看来，有他这样精力的人，一年来却不断地为疑虑困扰，这表明是计划出了问题。

迪克将用作镇纸的镀金金属块儿放在几摞草稿上，然后开始仔细地打扫卫生，因为这里他不允许仆人进来。他草草地用良友牌清洁剂收拾了一下卫生间，修理了一扇屏风，往苏黎世的出版社寄了一封订单。之后，他喝了点儿杜松子酒，里面兑了一倍的水。

迪克看到尼科尔在花园里。想到马上就得面对她，迪克感到心事重重。在她面前，自己必须装模作样，不露蛛丝马迹，现在如此，明天、下周、明年都要如此。在巴黎，尼科尔服了镇静药，仍睡得很浅，迪克一宿都把她揽在自己的怀里。一大早，她刚显出躁动不安，迪克就用温言款语让她安静下来；她温暖、芬芳的秀发紧贴着迪克的脸，又重归梦乡。尼科尔醒来之前，迪克已经在隔壁用电话安排好了所有的事宜。罗斯玛丽要搬到别的宾馆，她要扮作“爸爸的女儿”，甚至不能跟他们告别。宾馆的老板麦克贝斯先生要扮演三只中国猴子。在成堆的箱子和所购商品的包装纸中间打点好行李后，迪克与尼科尔在中午时分动身前往里维埃拉。

接着，迪克突然有一种冲动。他们在包厢里安顿好之后，列车还没有驶出站台，迪克就发现尼科尔在等着它的出现，而它的出现又是那么猝不及防、不顾一切——他当时唯一的想法就是跳下缓缓启动的火车，冲回酒店，找找看罗斯玛丽在哪儿，在做什么。迪克摊开一本书，戴上夹鼻眼镜，头埋得很低，眼镜几乎都碰上书本了，但仍能意识到尼科尔正从对面铺位上的枕头那儿注视着他。迪克读不下去了，就装作疲惫，闭上了眼睛，但尼科尔还在注视着自己。虽然药力尚未全部散尽，她仍然迷迷糊糊，但她已经放心了，几乎快活起来，因为迪克又是她的了。

闭着眼睛，迪克的情况更糟糕了，头脑里有节奏地闪现着两个词，发现，失去，发现，失去。但为了不使自己显得心烦意乱，迪克就那样一直躺到中午。午饭的时候，情形好了一些——他们的膳食一向不错。在酒店里、饭馆里、火车上、自助餐厅里和飞机上他们足足吃了有一千顿．要是把这些都集中在一起，肯定是美不胜收。列车服务员熟悉的匆忙，小瓶装的葡萄酒、矿泉水，巴黎——

里昂[1]——地中海一带的珍馐美馔，这让他们觉得似乎一切如故。然而，这几乎是第一次两人走向分离，而非走向结合的旅途。除了尼科尔喝的一杯，迪克几乎灌了一整瓶酒。他们聊了聊房子、孩子。可回到包厢，两人就又陷入了沉默不语，那情形和他们坐在卢森堡大街对面的餐馆里一样。要从痛苦中解脱出来，看来就必须循着原路往回走。迪克感到一阵莫名的烦躁，这时尼利尔突然说：

“那样和罗斯玛丽分手看来真是不好——你觉得她没事儿吧？”

“当然。随便在哪儿，她都会照顾好自己的——”唯恐尼科尔觉得自己瞧不起她这方面的能力，迪克又补充道，“不管怎么说，她是个演员．即便有她母亲在后面帮助她，她还是得替自己提防着点儿。”

“她很有魅力。”

“她还很幼稚。”

“即便如此，她还是很迷人的。”

他们漫无目的地对答着，各自顺着对方的心意说话。

“她不像我想象的那样聪明，”迪克自言自语道。

“她挺机灵的。”

“并非如此，虽然——她身上总有股小孩子的气息。”

“她非常——非常漂亮，”尼科尔用一种超然的口吻强调说，“而且我觉得她电影演得也精彩。”

“那是导演的功劳。再说，那也不是一个人完成得了的。”

“我觉得很精彩。看得出，男人们会很喜欢她。”

迪克一阵揪心的痛楚。什么样的男人？有多少？

——你介意我拉下窗帘吗？

——请拉下吧。这里太亮了。

她现在在哪儿了？和谁在一起？

“几年后，她看起来会比你年长十岁。”

“正相反。一天晚上，我在一张节目单上给她画了张素描，我

① 法国中东部一重要城市，法国第三大城市。

觉得她会永葆青春。”

夜里，两个人都烦乱不宁。再过那么一两天，迪克就会努力把罗斯玛丽的幽灵赶走，不让它夹在他们中间；但目前他还无能为力。有时候，让一个人摆脱痛苦比让他远离欢乐还难；对罗斯玛丽的记忆萦绕着他，眼下能做的只有装模作样。现在，迪克还在为尼科尔烦恼，就更难受了。这么多年了，她应该能注意到自己精神紧张的征兆，加以防范。两个礼拜以来，她犯了两次病。一次是在塔尔姆斯举行的晚宴上。迪克发现尼科尔在自己卧室里狂笑不止，对麦基斯克太太说她进不了浴室，因为钥匙给丢到井里了。麦基斯克太太大感意外，既生气又困惑，但也明白了些什么。迪克那一次还不怎么担忧，因为过后尼科尔很是后悔。她打电话到高斯酒店，不过麦基斯克夫妇已经走了。

第二次发作是在巴黎，比起上一次就有了特殊的含义，可能预示着一个新的发病周期，病情有了新的发展。托普茜出生后，尼科尔有一段较长时期的病情反复，这期间，迪克作为丈夫而非医生，经历了很大的痛苦。这迫使他对尼科尔硬起心肠，把生病时的尼科尔和健康的尼科尔分开。所以，现在很难区分对尼科尔的冷漠是出于职业性的自我保护，还是最近对她感情的日益淡漠。这种漠然无论是埋在心底，还是任其萎缩，慢慢变成了一种空虚。于是，迪克学会了不再把尼科尔放在心上，照顾她时态度消极，感情冷漠，虽然心里并不想这样。有人这样描述，治愈后留下的疤痕，大体上类似于皮肤的病变；但在一个人的生活中，事情却不是这样。一些伤口有时会缩小到针眼那么一丁点儿，但伤口依然是伤口。伤痛的痕迹更像是失去了一根手指，或损失了一只眼睛。我们也许一年之中都不会想起这疤痕，但要是真有那么一天，却也无可奈何。

第十二章

迪克在花园里找到了尼科尔，她双手抱肩，一双灰色的眼睛直直地瞪着他，好奇的像个孩子，在那儿搜索着什么。

“我去了趟戛纳，”迪克说，“碰上了斯皮尔司夫人。她明天走。她本来打算到我们家里来，当面和你道别的。不过我谢绝了。”

“真遗憾。我很想见见她，挺喜欢她的。”

“猜猜看，我还碰见谁了？巴塞洛缪·泰勒。”

“骗人。”

“他那张脸，怎么着我也看不错的；这个老奸巨猾的家伙。他在为西罗的动物展览找场地——明年他们都会来这儿。我怀疑艾布拉姆斯太太是个打前站的。”

“我们到这儿的第一个夏天，芭比很生气。”

“他们并不在乎自己在哪儿，所以我就搞不懂他们为什么不待在多维耶不动。”

“我们就不能散布一些谣言，说霍乱要爆发什么的？”

“我跟巴塞洛缪说了，这儿有些物种和苍蝇一样，都相继死光了——我告诉他，在这儿一个吃奶的孩子能存活的时间不比战场上的机枪手长多少。”

“你没那样讲。”

“对，没有。”迪克承认说，“他很好玩儿；那一刻真美妙：我和他在大马路上握手，就好像两格蒙·弗洛伊德与沃德·麦卡里斯特[①]的会面似的。”

迪克不愿意说话了——他想一个人待着，好将思路集中在工作与未来上，不再去为爱情和目前的事情烦心。尼科尔朦胧地知道这一点，有点儿悲伤；她本能地有些怨恨迪克，可又想抚摸他的肩膀。

“宝贝儿，”迪克轻轻地说。

他走进屋内，却记不起自己要干什么，后来想起是弹钢琴。他一边吹着口哨，一边坐了下来，凭着记忆弹奏起来：

“想想你坐在我腿上的时光
一杯茶两人喝，两人喝一杯茶
我是你的，你是我的——”

弹着这段美妙的曲子，迪克突然意识到如果尼科尔听到的话，肯定马上就会猜出自己是在怀念过去的两个礼拜，于是，他信手拨弄了一下琴键，起身离开了。

可要弄明白自己该往哪儿走，并不是件容易的事。他环顾了一下这座房子，它由尼科尔筹划，用的是她祖父的钱。真正属于迪克的，只有他的工作间，以及下面的地皮。迪克一年有三千块钱的收入，还有点儿零星的稿酬，他用这些来为自己添置衣物，支付个人开销，付酒钱，负担拉尼尔的教育费用，到目前为止也仅够支付一个保姆的工资。他们在制定任何一项计划时，迪克都会盘算一下自己的份额。他过着十分节俭的生活，一个人旅行都是坐三等舱，喝最便宜的酒，对自己的衣服小心翼翼，稍有浪费就会严惩自己；这

① 沃德·麦卡里斯特（1827—1895），美国知名社会活动家，喜与欧洲名流结交。

样，迪克保持了一定程度上的经济独立。可是，超过了某种程度，再保持就很难了——接二连三地，两人需要一起讨论尼科尔的钱该花在哪里。尼科尔自然想拥有迪克，希望他一成不变；所以，他越是懈怠，她就越鼓励。于是，他经常会淹没在源源不断的商品与金钱的洪流里。有一天，他们觉得好玩儿，就突发奇想，琢磨着要建一座峭壁别墅，这是个很好的例子。还有很多类似的力量使他们放弃了一开始在苏黎世的简单计划。

他们以前总是说“如果——那就太好了”；后来就成了，“要是——一定会很好”。

其实，并没有那么好。迪克的工作往往因尼科尔的问题而一塌糊涂，而她的收入最近又陡增，弄得他的工作显得无足轻重。此外，为了给她治病，多年来迪克自称喜爱严格的居家生活，可眼下，他正在渐渐偏离这种生活。现在，他们的家庭生活闲适安逸、一成不变，迪克不可避免地会受到细致入微的审视，如此一来，再伪装下去会越来越难。一旦迪克难以随心所欲地在钢琴上演奏，就说明他们的生活已经极其精雕细刻了。他在大房间里停留了很久，听着电子钟的走动声，听着时间的流逝。

十一月，颜色逐渐加深的海浪翻过防波堤，冲上了海滨的道路——这样一来，仅存的夏日气息也无影无踪了。寒冷的北风裹着雨滴，海滩显得悲伤、荒凉。由于维修和扩建，高斯酒店关门谢客了；胡安莱滨[①]”的夏日娱乐场那里搭起了脚手架，日见其高，令人生畏。不管是到戛纳还是尼斯，迪克和尼科尔都结识了一些新朋友——像乐团团员，餐馆老板，园艺爱好者，造船工程师——正好迪克买了一艘二手的小游艇——以及一些创新工会成员。他们都很了解自己的仆人，对小孩儿的教育也十分关注。十二月，尼科尔看着又结实起来。一个月了，她都没有精神紧张，没有双唇紧绷，莫名其妙的微笑，或说些让人费解的话；于是，他们就前往瑞士的阿尔卑斯山，去度圣诞假期。

---

① 里维埃拉地区一小镇，在戛纳以东。

第十三章

迪克穿着深蓝色滑雪服，进门前先用帽子把身上的雪花打掉。此刻，大厅已经为下午的舞会收拾停当。地板坑坑洼洼，布满了二十几年来鞋钉留下的痕迹。七八十位住在格斯塔德[①]附近学校里的美国青年，时而踏着欢快的《不要带露露来》蹦蹦跳跳，时而随着查尔斯顿舞[②]一开始的打击乐狂喊乱叫。这是年轻人的聚居地，简单但花销不低——真正的有钱人则都在圣莫里兹[③]找乐子。芭比·沃伦感到在这里和戴弗一家碰头，自己真是太俭朴了。

大厅里乐声回荡，微微颤抖，迪克轻而易举地就找到了沃伦姊妹——两人好像招贴画，穿着滑雪服的样子叫人敬而远之。尼科尔的是天蓝色，芭比的是砖红色。一位英国青年正和她们聊天，但她们却心不在焉，注意力都给年轻人的舞蹈吸引去了。

一看到迪克，尼科尔被雪冻过、正在发热的脸庞更加绯红。“他在哪里？”

“他错过了火车——过会儿我再去接他。”迪克坐了下来，顺

① 瑞士西部一城镇，日内瓦湖以东。

② 一种流行于20世纪20年代的快节奏4／4拍舞蹈。

③ 瑞士东南部一小镇，世界知名的冬季旅游胜地。

势把一只穿着沉甸甸的靴子的脚放在膝盖上。“你们两个在一起真是太醒目了。有时我都忘了我们是在同一场晚会，看到你们大吃一惊。”

芭比身材高挑、容貌美丽，一举一动都清晰地显示出她已年近三十。一个表现就是，她从伦敦拉了两个男子陪她到这里来，其中一个很少走出过剑桥，另一个年长、冷酷，看起来习惯于维多利亚式的享乐生活。芭比有一些老处女的特点——不能让人碰她，要是有谁冷不丁碰了她，她就会惊跳起来，而那些诸如亲吻、拥抱一类时间较久的接触，会通过身体直接传输到她的意识中心。她很少通过自己躯体的姿态，也就是她的躯干，来传达意图——相反，她差不多都是一些老式的做派，比如顿足、仰头等。朋友遇上的灾祸，会让她先期体验死亡的滋味，而且对此意兴盎然——她坚持认为尼科尔命运多舛。

那个年纪较轻的英国人，一直在陪着女士们滑下舒缓的山坡，还在大雪橇上把她们弄得一惊一乍。迪克雄心勃勃地要做一次屈膝旋转，结果脚踝给扭伤了，不过倒也乐得和孩子们在“亲子坡地”嬉戏，或者在宾馆里同一位俄国医生喝克瓦斯啤酒。

“开心点儿，迪克，”尼科尔鼓励他说。“为什么不找几个小姑娘认识认识，下午好和她们跳跳舞？”

“我和她们聊什么呢？”

尼科尔拔高了低沉沙哑的声音，装出一副忧郁的调情腔：“你就说：‘小姑娘，谁最漂亮啊。’说说看，你想说什么？”

“我对这些小姑娘不感兴趣。一个个一股子橄榄香皂和薄荷油味儿，和她们跳舞的时候，感觉自己就好像推着一辆童车。”

这个话题很微妙——迪克很清楚，就谨小慎微，目光越过那些年轻女子的头顶，望着远处，几乎都有些不自然。

“有很多事情需要处理，”芭比说，“第一，家里有消息——是我们以前叫作车站产业的那份财产。起先，铁路部门只买下了中心位置；现在他们把其余部分也买了下来。妈妈是这部分资产的所有人。这是个投资问题。”

那个英国人装出一副不满的样子，朝舞池里的一个女孩儿走去，好像芭比将话题转向俗务让他反感。芭比，这个穷其一生都向往英国的美国女孩儿，满腹狐疑地看了一眼这个英国男子的背影，又若无其事地继续道：

“这是很大一笔钱，每人可得三十万。我自己的投资我会盯紧的，可尼科尔对证券一窍不通，我想你也好不到哪儿去。”

“我得去火车站接人，”迪克闪烁其词道。

来到室外，空气潮湿，雪花飞舞，迪克舒了口气；夜空中天色渐渐暗下来，已经辨不清雪花的样子。三个乘着雪橇的孩子，用不知什么语言高喊着小心，滑了过去。迪克听到他们在下一个转弯的地方叫嚷；再远一点儿，他听到了黑暗中往山上爬行的雪橇的铃声。假日的车站华灯闪烁，似乎充满期待：男孩儿们和女孩儿们在等待着新来的男孩儿和女孩子儿。列车靠站的时候，迪克已经适应了这种氛围，在弗朗茨·格雷高罗弗斯面前，装得好像自己是从无穷的欢乐时光里挤出了半个小时来接他的。不过，眼下弗朗茨心事重重，并不理会迪克装出什么情绪。“我可以去苏黎世一天，”迪克在信中写道，“或者你抽个空儿来洛桑。”弗朗茨找了个机会直接来到了格斯塔德。

四十岁的弗朗茨健康成熟，举止严谨而不失文雅；不过，他在那种稍稍僵化、四平八稳的环境下，最游刃有余。在那种情况下，他可以鄙视那些精神崩溃、接受自己治疗的富人们。弗朗茨从祖上继承来的科学天赋本可以留给他一个宽广一些的世界，但看起来，他有意选择了一个相对卑微的阶层作为自己的立足点——他挑选妻子这事儿就很能说明这一点。在宾馆里，芭比·沃伦很快审视了一番弗朗茨，没有找到任何她所敬重的特征，便以不屑的态度来对待他。那是些不易察觉的优点或风度，特权阶层借以互认。尼科尔在弗朗茨面前总是有些胆怯；迪克则毫无保留地喜欢弗朗茨，就像喜欢自己的其他朋友一样。

迪克他们乘着小雪橇顺坡滑下，到村里过夜，这里的小雪橇就相当于威尼斯的贡多拉[①]。他们前往的旅馆有一个老式的瑞士酒吧，木结构、带回音，里面有挂钟、小桶、啤酒杯和鹿角。人们围着一张张长桌团团而坐，吃着干酪，似乎一个盛大的聚会——这种特殊的威尔士干酪土司很难消化，得喝点儿加香料的热酒。

大厅里一片欢乐，那个年轻一些的英国人提到这一点；迪克也承认，说一点儿没错。迪克喝了点儿酒，放松下来，感到兴奋陶醉；经历过黄金般的90年代的白发老人们在钢琴旁高唱着古老的重唱曲，烟雾缭绕中年轻人的嗓音，光鲜照人的服饰与室内环境融为一体，这一切让他以为整个世界又融合了。有一会儿，迪克觉得他们是在一艘船上，前面就是陆地。女孩子们脸上是同样天真的期待，期许着这种情况下、这种夜晚才能发生的故事。他四处张望了一下，想看看那个与众不同的女孩儿在不在，感觉似乎就坐在他们后面的桌旁——接着，他就把她撇在了脑后，自己瞎编了一段不着边际的话，好让他们这伙儿人尽兴。

“我有必要和你谈谈，”弗朗茨用英语对迪克说，“我在这里只能待二十四小时。”

“我猜你心里有什么事儿。”

“我有一个计划，它——太让人兴奋了。”弗朗茨的一只手放在了迪克的膝盖上。“这个计划会让你我成就一番事业。”

“真的？”

“迪克——有一家诊所，我们可以共同来做——就是布劳恩位于祖格湖[②]区边上的那家老诊所。除了极少部分外，它的设备都是最新的。布劳恩病了——他打算去奥地利，也许就死在那儿了。这是个千载难逢的好机会。你和我——我们的合作会非常默契！现在你不要说话，先让我说完。”

看到芭比眼睛里一闪，迪克知道她在注意听。

“我们一定要一块儿干。你不会太受约束——它会成为你的实

① 一种狭长的轻型平底船，在威尼斯水道上使用。

② 瑞士北部一湖泊，风景秀丽，盛产红鲑鱼。

践基地、实验室、研究中心。一年中，气候宜人的时候，你可以住在医院，最多半年；冬天，你可以去法国或美国撰写论文，总结你最新的临床经验。”这时他压低嗓音说：“你的家人可以方便地利用医院的条件，得到经常性的护理，这对康复很重要。”看了看迪克的表情，弗朗茨马上用舌头舔了一下嘴唇，丢下这个话题。“我们可以做合作伙伴：我是执行经理，你是医疗专家，或者是首席顾问什么的。我了解自己——我没什么天赋，但你不缺。不过，人们还是觉得我挺能干的；即便是现在最先进的诊疗手段，我也能得心应手。有时一连几个月，我实际上就是这家老诊所的主心骨。教授说这个计划很不错，建议我就这么做。他说他要生命不息，工作不止”

迪克做出任何判断前，脑子里总是先大体上设想一下。

“钱怎么办？”他问。

弗朗茨扬扬下巴，挑挑眉毛，额头上挤出了几道皱纹，肩膀耸了耸，手和胳膊向上一摊；他腿上的肌肉绷得很紧，连裤子都鼓了起来；心脏也提到了嗓子眼儿，才把话送到喉咙里。

“我们就难在这儿，就是钱！”弗朗茨叹惜道。“我没多少钱；要买下它，需要二十万美元，改创——的——”他不无疑虑地品味着自己新造的词，“——阶段很必要，这一点我想你会同意的，会花掉两万美元。话又说回来，诊所是个金矿——跟你讲，我还没有看账簿，不过二十二万美元的投资我们绝对可以收回——”

芭比显得很感兴趣，迪克就把她拉进了他们的谈话里。

“芭比，据你的经验，”他问，“如果一个欧洲人迫不及待地想见一个美国人，是不是十有八九和钱有关？”

“什么意思？”芭比不明就里地问。

“这位年轻的无薪大学教师[1]认为，我们两个应该合伙开办一个大的实业，吸引那些美国来的精神崩溃者。”

弗朗茨心中忧虑，目不转睛地看着芭比，这时迪克又说：

---

① 薪水由学生学费支付。

“可是弗朗茨，我们是谁？不错，你声名显赫，我也出过两本教材，可这足以让人家慕名而来吗？更何况，我也没那么多钱——甚至连一成都没有。”弗朗茨嘲讽地笑了笑。“说实话，我没有钱。尼科尔、芭比富如克罗伊斯[①]，不过迄今为止我没动过她们一分钱。”

他们都在听——迪克心里寻思坐在后面桌旁的那个女孩儿是否也在听。他觉得这个想法很有趣，就决定让芭比为自己说话，女人们往往高谈阔论，实际上事情却并非在她们的掌控之中。突然间，芭比摇身成了自己的祖父，气定神闲，阅历丰富。

“依我看，迪克，这个建议值得你好好想想。格雷戈里医生的意思我并不是很清楚——不过在我看来——”

迪克身后，那个女孩儿探身到面前一团烟雾中，从地上拣什么东西。这时，尼科尔与他正好隔桌面面相对——她的美貌在这一刻显得恬适依人、卓尔不群，唤起了迪克的爱意，让他随时准备着保护它。

“迪克，考虑考虑，”弗朗茨激动地敦促道，“要写精神病学方面的文章，就得有实际的临床经验。荣格写书，布洛伊勒[②]写书，弗洛伊德写书，弗雷尔[③]写书，阿德勒[④]写书——但他们也经常接触精神病患者。”

“迪克经常和我接触，”尼科尔笑着说：“我觉得，我这个精神病患者对一个医生来说已经足够了。”

“这不一样，”弗朗茨小心翼翼地说。

芭比想到，要是尼科尔住在一家诊所旁，自己会感到很放心。

“我们一定要作缜密的考虑，”芭比说。

迪克觉得她的傲慢很好笑，不过并不想让她继续。

① 小亚细亚古国吕底亚王国的末代国王（约公元前560— 546），以富有著称。

② 尤根·布洛伊勒（1857—1939），瑞士精神病学家，提出精神分裂症概念。

③ 弗雷尔（1848—1931），瑞士精神病学家。

④ 艾尔弗雷德·阿德勒（1870—1937），奥地利精神病学家，反对弗洛伊德对性行为的强调。

“芭比，这个决定事关到我，”迪克不失文雅地说，“你要是想为我置下一家诊所，那最好不过。”

意识到自己在多管闲事，芭比连忙抽身出来，说：

“当然，这完全是你的事儿。”

“这么重要的事情，得几个礼拜考虑。我在想自己是否喜欢和尼科尔一块儿住在苏黎世——”他转向弗朗茨，心中设想着，说：“——我知道苏黎世有煤气厂、自来水、电灯——我在那里住过三年。”

“这事儿我就留给你了，你好好考虑考虑，”弗朗茨说。“我有信心——”

这时脚步声杂沓，百余人拖着四、五磅重的靴子开始朝门口走去；迪克他们也加入了这股人流。外面寒月当空，迪克看见那个女孩儿正将自己的小雪橇系到前面的马拉雪橇上。他们挤进自己乘坐的雪橇，随着一声清脆的马鞭声，马儿们四蹄蹬开，冲进茫茫黑夜中。几个影子从他们身旁跑了过去，挣扎着往雪橇上爬；小雪橇上的年轻人相互推搡着，而紧追不舍的那几个影子，跌倒在疏松的雪地里，然后又奋起直追，紧跟着马儿。有些爬上了小雪橇，筋疲力尽；有的则没那么幸运，哀号着自己遭到了抛弃。两边的田野静谧宜人，他们这队人马所经之处，高远辽阔，无边无际。这里远离喧嚣，好像人们都在认真倾听，想在茫茫雪域中找寻那好久都不曾见过的狼的踪迹。

在萨嫩镇[①]，大家一股脑涌进了当地政府举办的舞会；放牛的、宾馆服务员、店主、滑雪教练、导游、游客、农民等无所不包，挤做一团。在外面经历了那种泛神的原始情感，回到温暖、密封的室内，就好像再一次启用那些荒唐却又令人印象深刻的骑士的名字，它像战场上的带刺战靴一样咚咚作响，像足球鞋钉踏在衣帽间水泥地面上那样铿锵有声。屋里回响着传统的岳得尔调[②]民歌，熟悉的旋

① 瑞士西南部一镇，在格斯塔德以北。

② 一种流行于瑞士和奥地利山民间的民歌，用真假嗓音陡然互换地唱。

律一下子把迪克和这浪漫的场景隔开。刚开始，他觉得这是因为把那个女孩儿从脑子里逐了出去的缘故；后来，他意识到这是因为芭比的话："我们一定要作缜密的考虑——"，其潜台词就是："你是我们的；迟早你会承认的。装模作样地保持独立愚不可及。"

多年来，迪克一直克制着自己对别人的恶意——自从在纽黑文念大学一年级时偶尔读到一篇关于"精神卫生"的通俗文章，就始终如此。可现在他很生芭比的气，讨厌她那种富人的冷漠与倨傲，不过还是竭力按捺住了这股怨气。要等上几百年，才能指望出一个女中魁首，懂得男人脆弱的只有自尊心，它就像汉普蒂·邓普蒂[①]那个鸡蛋一样的矮胖子，破碎了就难以修复——虽然有些人小心地承认这一事实，可也只是嘴上说说而已。戴弗医生专门从事整理破碎的蛋壳，只不过那是另外一种蛋；这种经历让他害怕破碎。

然而，在回格斯塔德的途中，坐在平稳滑行的雪橇上，他还是说："人们太彬彬有礼了。"

"不过，我觉得挺好，"芭比说。

"不，并不是，"面对裹在一捆讲不出名字来的毛皮里的芭比，迪克坚持自己的看法。"彬彬有礼就意味着大家很脆弱，所以需要谨慎对待。现在，我们相互尊重——人们不会轻易称某人是个懦夫或骗子，可要是我们毕生都在体谅别人，满足他们的虚荣，最终我们就分不清他们身上什么才值得尊敬。"

"我感觉美国人太把礼节当回事儿了，"老一点儿的英国人表示。

"我想也是，"迪克说，"我父亲秉行的礼节是从过去遗留下来的，那时人们先开枪，后道歉。当时的男人都持有枪械——嗯！从18世纪初开始，你们欧洲人日常生活中就不佩带武器了——"

"并非完全如此，也许——"

"并非完全如此，不一定。"

"迪克，你一向都举止得体。"芭比善意地说。

人们身着五花八门的毛皮大衣，仿佛一个动物园，女人们的目

① 出自儿歌，其主角汉普蒂·邓普蒂是个像鸡蛋的人。

光穿过这个动物园，吃惊地看着迪克。那个年轻些的英国人还闹不明白——他属于那种喜欢冒风险、出风头的主儿，摸高爬低、上蹿下跳，好像觉得自己是在给船桅安装索具。在乘雪橇去宾馆的路上，他讲了一个荒诞不经的故事，说的是他和自己最好的朋友打一场拳击赛他们既爱着对方，又击打对方，所以总是有所保留，折腾了一个小时之久。这时迪克想开开他的玩笑。

“这么说来，他每揍你一下，你就把他当作更好的朋友了？”

“我更尊敬他了。”

“这里边的道理我就不懂了。你和自己最好的朋友是为鸡毛蒜皮的事儿打起来的——”

“你不懂的话，我也跟你说不清，”那个年轻的英国人冷冰冰地说。

——这就是我说实话的后果，迪克心里说。

迪克为自己取笑对方有些不好意思，明白这个故事之所以荒唐，是因为那个英国人的态度很幼稚，叙述的方法却很老到。

狂欢的气氛愈加浓烈了，迪克他们跟着人流，进了一家烧烤店。冰场上空的月亮透过宽大的窗户，注视着屋内；里面一位突尼斯酒吧招待操控着灯光，与月光相映生辉。月光下，迪克发现那个女孩儿精神不振，而且了无趣味——他不再关注了，开始品味那茫茫夜色，玩味那随着灯光转红，时而泛绿、时而银白的烟头，观赏那随着酒吧门的开关，落在跳舞的人身上的白色光柱。

“弗朗茨，你说说看，”他问，“整宿不睡，不停地喝啤酒，你还能回到病人身边，然后让他们相信你有什么医德？你不觉得他们会把你看成酒囊饭袋吗？”

“我要睡了，”尼科尔大声说。迪克陪她来到电梯门口。

“我想和你一起走，不过我得告诉弗朗茨我不愿意做一名临床医师。”

尼科尔走进了电梯。

“芭比很有头脑，”她若有所思地说。

“芭比是个——”

电梯门关上了——迪克面对着机器的嗡嗡声，在心里说完了要说的话："——芭比是个浅薄、自私的女人。"

然而，两天之后，迪克和弗朗茨乘着雪橇去火车站的时候，他承认自己对那个计划很感兴趣。

"现在我们正在一个转折点上，"迪克承认道，"过这样的生活，不可避免地会有不断的压力，而尼科尔适应不了。里维埃拉夏天田园牧歌式的生活也都变了——明年那里会有一个旺季。"

他们经过几块青翠的溜冰场，场上高声播放着维也纳圆舞曲，一所所山区学校的旗帜在淡蓝色的天空下迎风招展。

"——我希望我们能把它做好，弗朗茨。要不是你，我才不会冒这个险呢——"

再见，格斯塔德！再见了，陌生的人们，甜蜜冰冷的花朵，夜空中纷飞的雪花！再见，格斯塔德，再见！

第十四章

凌晨五点钟，迪克从一个战争长梦中醒来。他走到窗前，注视着祖格湖区。梦境开始时严肃、庄重，乐队演奏着蒲罗高菲耶夫[①]的《三个橘子的恋情》的第二乐章，后面是身着海军蓝制服的军队，从黑暗的广场穿过。旋即，预示灾难的消防车出现了，伤员包扎站内的截肢患者发动了恐怖的暴动。迪克打开床头灯，把这一切都记录下来，结尾处他半带嘲讽地写道："一名非战斗人员的弹震症。"

坐在床边，他感到整个房间、整座房子、整个夜晚都那么空虚。隔壁房间里，尼科尔低声嘟哝着什么，听起来那么凄凉。无论尼科尔在睡梦中有什么样的孤独感，迪克都会很伤心。对他来说，时间是静止的，然后每隔几年会突然加速推进，就像电影的快速倒片；而对尼科尔来说，时钟、日历、生日成了时间消逝的见证，留下的只有对自己容颜渐逝的心酸。

即便是在祖格湖区生活的一年半时间，对尼科尔来说也是虚度光阴。季节的变换仅能靠道路上工作人员服装的颜色来分辨：五月的时候粉红，七月的时候棕褐，九月黑色，春天又成了白色。她挺

① 蒲罗高菲耶夫（1891—1953），前苏联作曲家。

过了第一次发病，对未来满怀希望与期待，但除了迪克，已经没有任何其他维系生活的东西了，养育孩子时，也只能佯装关爱，好像他们是接受指导的孤儿。她喜欢的那些人，多半不服管教，令她心神不安，对自己一无是处——她想从他们身上找到自立、创见和健康的动力之源，但一无所获——因为他们的诀窍都深藏于已忘记了的儿时的努力中。他们却更喜欢尼科尔温文尔雅、妩媚迷人的外貌，这只不过是她病态的另一侧面。她的生活很孤独，只有迪克，而迪克又不愿意被占有。

多少次了，迪克试图要对尼科尔放手，可没有成功。他们也曾拥有许多快乐的时光，不眠之夜里有过多少次温馨谈话，卿卿我我。可是一旦迪克离开她重回自我，尼科尔就感到自己两手空空，只有虚无。给它起了很多名字，但心里知道其实就是希望迪克快点儿回到自己身边。

迪克用力压了压枕头，躺了下来，像个日本人那样将自己脖颈的后部压在枕头上面，来减慢血液的循环，然后又睡了一会儿。起来刮脸时，尼科尔醒了，到处走动，唐突简短地吩咐着孩子和仆人们。拉尼尔走过来看自己的父亲刮脸——因为和精神病诊所比邻而居，拉尼尔对自己的父亲信心满满，充满敬意；相伴而生的是他对大多数其他成年人过分夸大的不理不睬。在他的眼里，那些病人要么古里古怪，要么毫无生气、过于正确、没有个性。拉尼尔长相英俊，很有出息，迪克在这个孩子身上投入很多时间，父子俩的关系就像一位有同情心且要求严格的长官和一位尊师敬长的士兵。

“哎呀，”拉尼尔问，“你刮脸的时候，为什么老是在头顶上留些肥皂泡呀？”

迪克小心翼翼地张开涂满肥皂泡的嘴巴说：“我也一直找不到原因呢，挺纳闷儿的。我想这也许是因为我修鬓角的时候，大拇指上也沾上了肥皂泡；不过，究竟怎么给弄到头顶上的，我也弄不明白。”

“明天我会把整个过程都观察下来。”

“这就是你早饭前的问题？”

“还不能叫作什么问题。”

“对你来说是个问题。”

半小时后，迪克朝办公大楼走去。他三十八岁了——还没有留胡须，不过和在里维埃拉时相比，身上具备了更多的医生气质。他在诊所已经住了一年半的时间——毫无疑问，这是欧洲设施最齐备的诊所之一。和多姆勒诊所一样，这也是一所现代化的医疗机构——不再是只有一座漆黑一团、阴森恐怖的建筑，而是一个面积不大，错落有致的村庄，在外人看来结构有序——迪克和尼科尔在提高诊所的品位方面做了很多工作，使得它漂亮可爱，凡是途经苏黎世的心理学家都会来看一看。要是再有一间物品存放间，那这里俨然就是一个乡村俱乐部。“野蔷薇苑”与“山毛榉苑”是为那些心灵陷入永世黑暗中的人们准备的。它们和主楼之间是一小片灌木林，像伪装起来的要塞。后面是一大片菜地，部分劳动由病人承担。用于工作疗法的车间共有三个，都在同一个大屋子里。每天早上，戴弗医生就是从这里开始检查病人情况的。木工车间里阳光明媚，弥漫着锯屑的甜味儿，那是逝去的木器时代的芳香。经常会有五、六个人在那儿钉的钉，刨的刨，一片嗡嗡声——他们沉默寡言，迪克打身边经过的时候，才停下手中的活计，抬起眼睛，神情严肃。迪克自己就是位不错的木匠，他和这些人聊了一会儿工具的性能，语气平和、亲切，显得饶有兴致。隔壁是个装订车间，适合那些病情最易变化、但一般并不最有可能恢复的病人。最后一个车间是珠饰细工、编织和黄铜制品，在这里工作的病人看起来好像刚刚长叹一声，从此再也不去考虑那种叫人苦思冥想也难求一解的问题——不过，他们的叹息只标志着新一轮有始无终的推理的开始；不是像一般人那样的推理，而是在原地打转儿，一圈又一圈，没完没了。然而，他们使用的原料色彩鲜艳，就像是在幼儿园，会让不熟悉情况的人觉得一切都很正常。戴弗医生一来，这些病人就兴奋起来，比之格雷高罗弗斯医生，他在这里更受欢迎；尤其是那些出身上流社会的，更喜欢他一些。也有些病人认为迪克冷淡了他们，或者认为他不够真诚、装模作样。这些反应和迪克在正常的生活中所引发的没有什么两样，只不过在这里是扭曲、变形的。

一位英国妇女总是和他聊一个她认为只属于自己的话题。

“我们今晚有音乐会吗？”

“我不清楚，”他答道，“我还没见到拉蒂斯劳大夫。你感觉昨晚萨克斯夫人和朗斯特里特先生给我们演奏的音乐怎么样？”

“一般。”

“我觉得很好——特别是肖邦[①]的那首。”

“我觉得一般。”

“你什么时候给我们演奏一段？”

她耸了耸肩，这个问题让她很高兴，几年来一向如此。

“过一段吧；不过我的演奏也一般。”

他们知道她根本不会演奏——她有两个姊妹，都是优秀的音乐家；可她们小时候在一起时，她连识谱都没学会。

离开车间，迪克去看“野蔷薇苑”与“山毛榉苑”那边的情况。从外面看，这些房子和其他建筑一样叫人神清气爽。那里的格栅和栅栏都需要隐蔽起来，而且家具也不能移动，尼科尔在此基础上设计了房屋的装饰和家具。她的设计想象力丰富——她过去缺乏创造能力，但需要解决的问题本身给了她灵感——如果事先不知道，参观者做梦也想不到，窗口上那些轻盈、雅致的金丝装饰工艺原来是绳索的末端，结实牢固、不易弯曲；也不会有人想到，那几件体现出当代装饰的筒状特色的饰品，比爱德华时代[②]的厚重建筑还要结实——花儿也紧握在铁制的手指中，那一件件看似随意的饰件和支架也和摩天大楼里的大梁一样不可或缺。尼科尔的一双眼睛不知疲惫，使每一间房屋都发挥了最大的功效。受到称赞时，她就直截了当地称自己是个管道工高手。

对一个头脑正常的人来说，这里很多事情看起来都稀奇古怪。

① 弗雷德里克·弗朗西斯科·肖邦（1810—1849），浪漫主义时期波兰裔法国作曲家和钢琴家。

② 指1901—1910年间。

“野蔷薇苑”是收治男性患者的病房，在那儿戴弗医生通常感到忍俊不禁——那儿有一位裸露症患者，性格古怪、个头不高。他认为如果自己能够一丝不挂、不受干扰地从星球广场走到协和广场，很多问题就会迎刃而解——迪克想，或许他是对的。

他最有趣的病人住在病房主楼内，是一位三十岁的女士，接受治疗已有六个月。她是位美国画家，曾长期居住在巴黎。关于她的过去，他们的了解并不充分。她的一个表亲不经意间发现她神志极度混乱，便将她送到巴黎市郊的一家诊所治疗了一段时间；这家诊所主要收治游客中那些吸毒、酗酒的家伙，采用的是狂欢疗法，但效果并不令人满意。于是这位表亲设法把她送到了瑞士。刚入院那会儿，她非常漂亮——现在她生不如死，痛苦不堪。她所有的血检都没能呈阳性；没有办法，人们只能将她归为神经性湿疹。两个月了，她就躺在这里，好像是关在铁女架[①]里一样。然而，在她那种特殊的幻觉中，她条理清楚，甚至是才华横溢。

在很大程度上她是迪克的病人。在她极度兴奋的时候，迪克是唯一能够对她“做些什么”的大夫。几个礼拜前，她一连数晚遭受失眠的折磨。弗朗茨曾成功地对她实施了催眠术，让她得到了几个小时必要的休息；但以后他就再也做不到了。迪克不相信催眠术，也很少采用这种治疗手段，因为他清楚，这种心理状态自己也不能说有就有——他在尼科尔身上尝试过，却被她轻蔑地嘲笑了一番。

住在二十号房间的女患者看不见他走进来——她的眼睛周围肿胀，挤成了一条缝儿。她的嗓音浑厚深沉、微微颤抖。

“这种状况还要持续多久？是不是永远都不会好了？”

“不会很久的。拉蒂斯劳大夫告诉我有些部位已全部治愈了。”

“到底我做了什么，要遭受这么大的痛苦？只有知道了才会心平气和。”

“你这种神秘的想法可不是很聪明——我们认为这是一种神经

① 一种中世纪刑具，由一个人形铁架构成，受刑者被关在架子里并钉在里面的钉子上。

现象，和害羞有关——姑娘的时候，你动不动就害羞吗？”

她仰卧在那里，双眼盯着天花板。

“自从我懂事起，就没有什么事儿让我害羞的。”

“你有没有犯过小的罪过或者错误？”

“我没有什么可指摘的地方。”

“你很幸运。”

女患者思考了一会儿，缠满绷带的面部底下发出了饱含凄苦的声音，仿佛来自地下：

“我的命运就是这个时代那些向男人挑战的女人的缩影。”

“让你大吃一惊的是，它和其他的战争没什么两样。”他答道，和她一样措辞正式。

“和所有的战争一样。”她想了想，“你或者轻易获胜，或者付出极大牺牲才取得胜利，或者身败名裂——只是断壁残垣中一声令人毛骨悚然的回声。

“你既没有身败，也没有名裂，”他对她讲，“你确信经历过一场真正的战事吗？”

“看着我！”她声色俱厉地说。

“你遭了罪，不过还有很多女性在将自己误认为是男人前，也同样遭了罪。”谈话几乎变成了争论，迪克于是让步了。“不管怎样，千万不要将一次简单的失利等同于最终的败局。”

对此她嗤之以鼻：“花言巧语。”这话从那具痛苦的躯壳中发出，让迪克很羞愧。

“我们很想弄清楚你来这里的真正原因——”迪克刚开口，就又被她打断了。

“我来这里有某种象征意义。我想或许你也清楚。”

“你病了，”迪克很老套地说。

“那么我得的是什么病？我差不多都感觉到了。”

“比较严重的疾病。”

“就这些？”

“就这些。”自己又扯慌了，这让迪克感到厌恶；但眼下这个不着边际的话题也只能以一个谎言来收场。“除此之外，我们也一筹莫展，弄不清楚。我不想教训你——对你身体上受到的折磨我们一清二楚；但是，不管每天的问题有多琐碎、无聊，只有正视它们你才能回到旧有的状态，然后——或许你就能够再去研究——”

迪克语速很慢，不想把自己的心思全部讲出来：“——意识的边缘。”艺术家们必须探询的边缘状态并不适合她，永远都不会。她过于细致，而且根深蒂固——最终她或许会在某种闲适的神秘主义里找到归宿。探索精神更适合那些具有庄稼汉血气的人，粗胳膊粗腿，任何精神上或肉体上的创伤都好像一日三餐那样无所谓。

——那不适合你；迪克差一点说出来。这种游戏对你来说太难了。

但是，面对着她所经受的巨大痛苦，迪克对她充满同情，甚至近乎恋人间的爱怜。他想拥她入怀，就像平日里拥抱尼科尔那样；他甚至珍视她的那些错误，因为它们已经与她密不可分。几缕橘黄色的光线透过拉上的百叶窗，漏进房间，她的躯体好似放在床上的石棺，面部只有一点点大，她的声音在疾病带来的空虚中找寻着，得到的却是遥远模糊的抽象解释。

迪克站了起来，泪如雨下，滴落在她的绷带上。

“事出有因，”她低声说，“肯定会有什么事情发生。”

迪克弯下身去，吻了一下她的额头。

“我们都要做到最好，”他说。

一离开她的病房，迪克就叫护士进去护理她。他还有几位病人需要探视：一位是个十五岁的美国女孩子，长这么大就知道一个道理：童年就应该是快乐无忧的——去看她是因为她刚刚用指甲剪把所有的头发都给剪掉了。对于这个病人，他们无能为力——这是一个有精神病史的家庭，她的过去也没有什么确定的东西，难以指望。她的父亲本人倒还正常，也很负责任，费尽心机不让自己这些神经质的子女遭受生活的苦难；可到头来，却使得他们在面对生活中那些难以避免的打击时应变无术。迪克也没什么好讲的：“海伦，自己拿不定主意的时候，你得问护士；你一定要学会采纳别人

的建议。答应我你会的。”

一个神经不正常的人的许诺又有什么用呢？迪克又顺便检查了一位来自高加索[1]地区的流浪者。他身体虚弱，牢牢地缚在一种吊床上，吊床又浸在暖暖和和的医用浴缸里。之后，迪克看望了一位葡萄牙将军的三个女儿，她们不知不觉中患上了麻痹性痴呆症。迪克又来到她们隔壁的病房，告诉一位精神崩溃的病人——他原来是一位精神病医生——他的病情好了一些，而且一直在好转。那位病人仔细审视着迪克的表情，想从中获取信心，这是他对现实世界依恋的唯一途径，也就是从戴弗医生的语气里去发现这种或有或无的慰藉。之后，迪克解雇了一个好吃懒做的勤杂工；此时已是午饭时分。

① 欧洲与亚洲交界处，位于黑海与里海之间。

第十五章

迪克对于每天和病人一起吃饭毫无兴趣。这种餐会乍一看再普通不过，其实迷漫着厚重的伤感气氛。当然，“野蔷薇苑”与“山毛榉苑”的患者是不会出现在餐会上的。用餐时，大夫们尽力高谈阔论，可大部分病人则沉默寡言，好像是上午的工作把他们累坏了，或者是因为和大夫们同桌感到压抑，一个个只顾吃饭，双眼紧盯着面前的盘子。

午饭后，迪克回到家里。尼科尔在客厅里，脸上一副奇特的神色。

“看看这个，”她说。

迪克打开一封信，是最近一位出院的女人写的；当时，院方对她的痊愈情况还不是很有把握。

信中用词明确，指控迪克引诱自己的女儿；当时，该患者病情正处于关键时期，她的女儿一直陪伴左右。信中说恐怕戴弗夫人很愿意了解此事，从而认清自己的丈夫的“本来面目”。

迪克重新读了一遍这封信。尽管信中的英文措辞清楚简洁，他还是能看出这是个疯子写的。迪克记得仅有一次，在这个女孩子的请求下，他同意她坐自己的车去苏黎世，晚上的时候又把她送回诊所。这是个轻佻的女孩子，皮肤浅黑。途中，迪克有些随意地、几近娇惯地吻了她。后来，这个女孩子希望继续这段关系，但迪克对此没了兴趣。后来，也许是结果，这个女孩儿开始讨厌迪克，并给她的母亲办理了出院手续。

“这是精神错乱患者写的，”迪克说。“我和那个女孩儿没有任何关系，甚至都谈不上喜欢。”

“好的，我也尽量这样想，”尼科尔说。

“你肯定不信，对不对？”

“我一直在这儿坐着。”

迪克压低了嗓音、语气中带着批评，坐在尼科尔边上。

“这太荒唐了，它出自一位精神病人之手。”

“我过去也是个精神病人。”

迪克站了起来，语气更加威严。

“尼科尔，我们不要再浪费口舌了。去把孩子们都叫来，我们要出发了。”

大家上了车，迪克开着车沿湖边的小岬角依势而行，穿行在层层叠叠的常绿植物中，挡风玻璃反射着灿烂的阳光和波光粼粼的湖水。这是迪克的雷诺汽车，车身矮小，除了孩子们，大家好像都要钻到车子外面了。家庭女教师和孩子们一起坐在后排，船桅似的矗在那里。他们对这条路的每一段都再熟悉不过——知道在哪里会闻到松针的味道，在哪里会闻到炉子里冒出的黑烟的味道。一路上烈日当空，火辣辣地投射在孩子们戴的草帽上。

尼科尔沉默不语，那直勾勾的眼神让迪克浑身不自在。和尼科尔在一起，迪克经常会感到孤独；她还经常会短暂地向迪克宣泄一番心里活，“我像这个——我更像那个”，让他精疲力竭；不过今天下午迪克倒是希望她断断续续地说些什么，好从中猜度她的想法。通常，一旦尼科尔将自己封闭起来，拒绝和别人交流，这种情形最令人害怕。

家庭女教师在祖格市下了车，和他们道别之后，戴弗一家朝阿基利市场驶去，路上行驶着一辆辆巨大的蒸汽压路机，仿佛动物园一般，纷纷为他们让道。迪克停好车，看到尼科尔一动不动地望着他，便说："亲爱的，快走。"她的嘴唇咧了咧，猛然露出一个可怕的微笑。迪克心里一阵恐惧，但还是装作若无其事的样子，又说了一遍："快点儿，好让孩子们也下来。"

"哦，好的，我会下来的，"尼科尔答道，像是从心里编造的某个故事里抽出来的一句话，快得迪克都听不清。"别为那事儿担心。我会来的——"

"那来吧。"

迪克和尼科尔一起往前走，她的头转向另一侧，不过那种微笑在她的脸上仍时隐时现，带着嘲讽与冷漠。拉尼尔跟她讲了好几次话，她才回过神来，将注意力集中在一个事物上——《潘趣与朱迪》[①]木偶表演，这样神志逐渐清醒起来。

迪克思忖着如何应对。他对尼科尔的态度有两重性——一面是丈夫，一面是精神病医生——这使得他的才能在她面前日益失效。在过去的六年里，她好几次让他混淆了丈夫和医生的身份：激起迪克的同情，或耍一些聪明的手段，异想天开、不着边际，让他放松了警惕。事后，迪克紧绷的神经放松下来，才恍然大悟，让她钻了自己判断力的空子。

托普茜跟迪克讨论着木偶剧，想弄明白这里的潘趣和去年他们在戛纳见到的是不是一个。这个问题解决后，一家人又开始穿行在露天的店铺间。女人戴的软帽挂在丝绒背心上，色彩鲜艳的各州裙子摊放在那里，在蓝色与橘黄色的货车和展台衬托下显得端庄娴雅。另一边在表演胡奇库奇舞[②]，乐声呜呜，叮当作响。

突然，尼科尔拔腿就跑，一时间迪克都没有反应过来。远远的，迪克看到尼科尔的黄裙子在人群里钻来钻去，好像是黄褐色的针脚在真实与虚假的边沿缝补。迪克撒腿追了上去，尼科尔在悄悄地跑，迪克在悄悄地追。尼科尔的逃跑让酷热的下午变得愈发刺眼、难耐，迪克把孩子们都丢在了脑后。后来他才调转过来，回到

① 英国木偶戏，男女主角通常为潘趣及其太太朱迪，首次出现于1662年。

② 一种色情的女子舞蹈。

孩子们那里，拉起他们的胳膊四处寻找，目光扫过一个个摊位。

“夫人，”迪克朝站在白色摇奖筒后面的一位年轻女子喊道，“能请您替我照顾一会儿这两个孩子吗？就几分钟——我有点急事儿——我给您十法郎。”

“可以。”

迪克把孩子们领进店铺里。“记着——跟这位好心的太太待在一起。”

“好吧，迪克。”

他又冲了出去，但已不见尼科尔的踪影。他围着旋转木马转了一圈又一圈，后来意识到自己是在跟着木马在跑，而且眼睛一直盯着同一匹木马。他从小酒吧的人群中挤了过去，突然想起来尼科尔有一种爱好，便一把掀开算命先生的帐篷往里看。里面传出一个低沉的声音：“生在尼罗河岸的七姑娘的第七个女儿——请进，先生——”

迪克丢下门帘，朝湖边游乐场的尽头跑去。一架弗累斯大转轮[①]迎空而立，缓缓地转动着。这里，他看见了尼科尔。

此刻，尼科尔一个人坐在位于转轮最高处的观光舱里。随着观光舱向下移动，迪克看到尼科尔在开怀大笑。迪克悄悄地退到围观的人群里；转轮又过来的时候，人们注意到了尼科尔歇斯底里的疯狂模样。

“看我这儿！”

“看那个英国人的模样！”

很快她又转了下来——转轮和音乐这次都慢了下来，十几个围观者涌到了尼科尔的观光舱旁。受到她那种笑声的感染，他们也起了共鸣，痴痴地笑了起来。可尼科尔一看到迪克，她的笑声消失了——她意欲从迪克面前溜走，不过被他一把抓住胳膊，一路上紧紧地握着，离开了那里。

“你怎么那么放纵自己？”

---

① 一种娱乐设施，垂直转动的巨轮上挂有悬着的座位，在轮子旋转时保持水平。

“你自己清楚。”

“不，我不清楚。”

“可笑——别拽那么紧——那对我的智力是一种侮辱。你以为我没见过那个女孩子看你的样子？——那个黑不溜秋的小丫头。哦，真是可笑——勾引一个还不到十五岁的孩子。你以为我没有看到？”

“我们稍停一会儿，安静安静。”

他们在一张桌子旁边坐下来，尼科尔满眼都是深深的疑惑；她的一只手在眼前晃了晃，好像什么东西挡住了她的视线。“我想喝点儿什么——我要白兰地。”

“你不能喝白兰地——愿意的话，你可以喝一杯啤酒。”

“为什么不能喝白兰地？”

“我们不要讨论这个。你听着——有关这个女孩子的事情是一种妄想症。你明白这个词的意思吗？

“凡是我看见了你不想让我看见的，都是妄想症。”

迪克有些负罪感。这就像我们在一些噩梦里，受到指控说犯了某项罪责，而自己又觉得毫无疑问的确经历过；但一觉醒来，却回过神儿来自己从未干过那种事情。两人四目相对，迪克的眼睛退让了。

“我把孩子托付给摊位上的一位吉卜赛女人了，我们得去找他们。”

“你觉得你是谁？”她问。“斯文加利[①]？”

十五分钟前，他们还是一家人；可是现在，随着他极不情愿地用肩膀将尼科尔挤压到一个角落里，他明明白白地看到，这一家人，连孩子带大人，都是一次危险的意外的产物。

“我们回家。”

“家！”尼科尔恣意大吼道，声音变得颤抖、嘶哑。“坐下

① 带有恶意试图摆布别人的人，得名于乔·都·莫里亚的小说《特瑞碧》中会催眠术的恶棍斯文加利。

来，想想，我们都在腐朽，我打开每一个盒子，孩子们的尸骨也在腐朽，是不是这样？真是肮脏！”

尼科尔的吼叫驱除了她的怒气，看到这一点，迪克几乎感到如释重负；极度敏感的尼科尔，看到迪克的表情变得冷淡，她的表情也温和起来，央求道，“帮帮我，帮帮我，迪克！”

迪克感到一阵痛苦。看到这样一个姣好无比的躯体竟然不能站立，而只能悬吊着，悬吊在他身上，这让他难过不已。当然，这在某种意义上无可指责：这是男人天生的职责，独挑大梁，出谋划策。不过，迪克和尼科尔不知不觉中已经合二为一，而不是那种相对或互补的关系。尼科尔也是迪克，是他骨子里的痛。看到尼科尔精神崩溃，迪克不能无动于衷。本能的温情与怜悯从迪克的心底汩汩而出——他只能采用那种典型的现代疗法，就是介入疗法——他要从苏黎世找一名护士来，从今晚开始照看尼科尔。

“你能帮我。”

尼科尔的甜蜜和蛮横又让迪克失去了立场。“你以前帮助过我——现在你也能帮助我。”

“我只能用过去的老办法。”

“总有人会帮我的。”

“也许吧；不过，最能帮助你的是你自己。我们去找孩子们吧。”

集市上的许多摊位都有白色摇奖筒——迪克到第一个摊位前询问，却得到断然否定的回答，不禁大惊失色。尼科尔则远远儿地站着，眼里露出邪恶的光芒。她不想承认那是自己的孩子，觉得他们是这个疯狂的世界的一部分；她憎恨这个世界，总想着把它搅和得乱七八糟。不一会儿，迪克找到了孩子们；一群兴高采烈的妇女正在围观他们，仿佛是什么稀罕物，旁边还有一些农村的孩子，目光炯炯地盯着他们看。

“谢谢，先生。您真慷慨，很荣幸，先生、太太。再会，我的孩子。”

他们驱车往回家，忧伤的情绪夹裹着炎热的空气，笼罩在他们上方；车上载着的是两人间相互的忧虑和苦恼，而孩子们则由于失望，双唇紧闭，一语不发。悲伤总是以人们不熟悉的色泽出现，骇人听闻、难以理解。快到祖格市的时候，尼科尔一阵激动，又一次开始发表她那个重复多次的看法。说的是一座远离道路的房子，云雾缭绕、一片黄色，看起来像是颜料未干的一幅画；然而，这也不过是试图抓住一根急速放开的绳子而已。

迪克想休息一下——战斗马上就会在家里爆发，他需要长时间地耗费口舌，将所有的事情向她解释清楚。“精神分裂症患者”，用来定义性格分裂再合适不过了——尼科尔这个人就具有两种性格，有时候她无需任何解释；而有时候再解释也无济于事。对于她，就需要坚持不懈的鼓励和肯定，使通向现实的道路保持畅通，后退的道路崎岖难行。然而，疯狂所展示出来的才华横溢、多才多艺和渗出、流过、漫溢出水坝的水很相似，同样都是足智多谋、随机应变。这需要许多人统一起来，共同应对。迪克认为这次有必要让尼科尔自我治疗，直到她记起以前的几次，并感到深恶痛绝。尽管有些不情愿，迪克还是计划恢复他们一年前放松了的作息制度。

迪克将车子开上了一座小山，从那里抄近道回诊所。他脚踩油门，想驶上一条与山坡平行的直路。这时，汽车剧烈地左冲右突，朝一侧的两个轮子偏去，尼科尔大呼小叫着伸手乱抓方向盘，迪克竭尽全力掰开它，打正方向。但车子又猛地变了方向，冲下道路，穿过一片低矮的灌木丛后，侧了起来，最后成九十度角撞到一棵树上后，才慢慢地停下来。

孩子们吓得一片尖叫；尼科尔喊叫着、咒骂着，还要撕扯迪克的脸。这时迪克首先考虑到的是车子还倾斜着，具体情况不明，他躲过尼科尔抓过来的手臂，爬到车子高的那一侧，将孩子们拉出来，然后看到车子是着地的。迪克浑身颤抖、气喘吁吁，别的什么也顾不上了。

“你——！”他咆哮道。

尼科尔放声大笑，对这一切不害臊，不害怕，也不关心。那情形，在场的任何人都不会想到是她导致了这次事故。她大笑着，像个躲过了惩罚的孩子。

“你害怕了，是吗？”她不怀好意地说。“你也不想死吧！”

尼科尔口气凌厉，让惊魂未定的迪克怀疑自己，是不是只为自己的性命担惊受怕——可是看看紧张不安的孩子们，一会儿望望爸爸，一会儿又看看妈妈，迪克真想扯下尼科尔那张龇牙咧嘴的笑脸，碾成齑粉。

在他们正上方，有家小旅馆，沿着弯弯曲曲的公路走有半公里，但从他们目前的位置向上爬，仅有一百来码。透过树木繁茂的山地可以看到旅馆的一翼。

“抓住托普茜的手，”迪克对拉尼尔说，“就像这样，紧一点儿；爬上那座山——看见那条小道了吗？到了旅店告诉他们‘戴弗家的汽车撞坏了’，一定得派个人下来帮忙。”

拉尼尔弄不清发生了什么，不过对目前这种令人不快、未曾经历过的情形充满怀疑。他问：

“你们做什么，迪克？”

“我们要看着车。”

两个孩子谁也没有看他们的妈妈一眼便出发了。“过上面的马路时要当心！左右都看看！”迪克在孩子们后面喊道。

迪克和尼科尔四目对视，两双眼睛就像一座房子里隔院相望的两扇窗户，在太阳照射下喷着烈焰。过了一会儿，尼科尔拿出一个小粉盒，照了照镜子，把太阳穴上的头发拂到后面。迪克看着孩子们爬上山去，直到他们消逝在半山腰的松林里，然后绕着车子走了一圈，检查一下损失情况，考虑怎么把它弄到路上去。土路上还能看到刚才汽车左右摇摆，冲出一百多英尺的痕迹。迪克心里升起一阵剧烈的厌恶感，他并不愤怒，只是厌恶。

几分钟后，旅店的老板埃米尔急匆匆地跑了下来。

“天哪！”他惊诧道。“这是怎么回事儿？你们是不是开得太快了？真险呀！不是这棵树，你们早就滚到山下去了！”

埃米尔穿着一件宽大的黑色围裙，胖乎乎的脸上满是汗水。趁着他在场，迪克若无其事地示意尼科尔，让自己帮她从车里出来。

尼科尔从倾斜的那一侧跳了出来，在斜坡上歪了一下，跪倒了，然后又站了起来。看着两个男人费劲巴力地挪动汽车，她又换上了一副不屑一顾的表情。这甚至让迪克高兴起来，他说：

“尼科尔，你先走吧；跟孩子们一起等着我。”

尼科尔走了之后迪克才想起来，她一直想喝白兰地，而旅店里就可以买到——迪克告诉埃米尔不要再管汽车了；等着司机和大卡车把它拖到路上算了。然后他们急匆匆往山上的旅店赶。

第十六章

“我想离开一段时间，”迪克对弗朗茨说。“一个月左右，尽可能长一些。”

“当然可以，迪克。我们原打算就是这样——是你自己非要留下来的。如果你和尼科尔——”

“我不打算和尼科尔一起走；只我一个人。最近这件事我实在受不了——要是一天里我能睡两个小时，就可以算作茨温利的奇迹了。”

“你想离开，来一次真正的戒酒？”

“是‘休假’[①]。听着：要是我去柏林参加精神病学大会，你能维持这里相安无事吗？三个月以来，尼科尔状况正常，也喜欢她的护士。我的天哪，这个世界上也只有你能帮我这个忙了。”

弗朗茨咕哝了一句，心里盘算着自己能不能不负重托，总是把合作者的利益放在心上。

一个礼拜后，迪克在苏黎世驱车去机场，乘坐一架大型飞机去慕尼黑。飞机腾空而起，呼啸着飞上蓝天．迪克感到四肢麻木，这

① 英语中戒酒（abstinence）与休假（absence）两词相近。这里弗朗茨把休假说成了禁酒，因此迪克予以纠正。

才意识到自己太累了。一阵巨大的、难以抗拒的放松向他悄然袭来，他不再挂念患者的疾病，马达的轰鸣，飞机的航向。他连一场小组会都不想参加——会议的情况他想都想得出来：布洛伊勒和老弗雷尔新近发表的小册子，这些东西他在家里细细品味更好；还有一个美国人的文章，通过将病人的牙齿拔出，或是烧灼他们的扁桃体，治愈早发性痴呆，人们对此肃然起敬，虽然半带嘲弄，原因无非是美国是一个强大富裕的国家。其他的美国代表有红头发的施瓦兹，长着一副圣人面孔，带着无穷的耐心游走于两个大陆之间；还有很多唯利是图、为法庭作证的精神病学家，鬼鬼祟祟，与会的目的一方面是为了提高他们的威望，以便在刑事案件诉讼中博取更多利益；另一方面是为了掌握最新的诡辩术，组合进他们那些惯用的伎俩，彻底搅乱各种价值体系。参加大会的或许还有愤世嫉俗的拉美人，来自维也纳的弗洛伊德门徒。这其中只有伟大的荣格思路清晰、温文尔雅、精力充沛，解释着林林总总的人类学与男学童的神经官能症的关系。大会一开始，美国人首先轮流发言，组织的形式到礼仪都是扶轮社[①]那一套，接着是组织严密的欧洲人，发言活跃，予以回击；最后，美国人会亮出自己的王牌，宣布叫人瞠目结舌的礼品和捐赠，大量的新型医疗设施以及若干培训学校。面对这些数字，欧洲人只有面如死灰，羞怯地走开。不过，迪克是不会去目睹这些的。

飞机沿着福拉尔堡省[②]境内的阿尔卑斯山脉飞行，迪克俯瞰着下面的村庄，感到一阵田园牧歌似的欢愉。视力所及，通常有四到五座村庄，教堂位于每个村庄的中心。从高空俯瞰大地，一切显得那么简单，就像用洋娃娃与玩具兵做挑战性的游戏，易如反掌。政客、指挥官、颐养天年的退休人员，正是这样看待事物的。不管怎样，这是一幅不错的立体图景。

---

① 又称“扶轮国际”，1905年成立于美国芝加哥，致力于提高社区服务、国际交流职业标准，是世界上最早的服务性俱乐部。

② 奥地利西部省份，在此与德国、瑞士接壤。

一位英国男子隔着过道和迪克攀谈起来，不过他最近有些反感英国人。英国就像是一位富人，荒淫无度之后和家里人一个一个谈话，想博取他们的好感，但家人都清楚他只不过是想找回自尊，夺回以往的权威。

迪克随身带着在机场能买到的所有杂志：《世纪》《电影》《画报》《飞叶杂志》等，但对他来说，静下心来做一次思维之旅，走进村子，和农民握手，更有乐趣。他坐在那儿的教堂里，就像以前坐在布法罗父亲的教堂，周围的人们穿着浆洗过的衣服，这是星期日上教堂的必须。他倾听着东方圣贤的故事，他们被钉在十字架上，继而死去，埋葬在欢乐的教堂里。然后，他又面对捐款盘子左右为难，不知自己该捐五分钱还是一角，因为后排坐着个姑娘。

那个英国人和他聊了几句，突然向他借杂志；迪克乐得这些杂志有了归宿，开始想象起来前面的旅途。他身上穿着澳大利亚长绒羊毛料的衣服，却像一头披着羊皮的狼，盘算着世俗的快乐——碧波万里的地中海边上，多年的灰尘堆积在橄榄树上，似乎在散发着丝丝甜意。萨沃纳[①]附近的乡村少女青春盎然、面色绯红，好像插图本的弥撒书。他想一把抓住她，拉过边境这边来……

……不过他在那里抛弃了她——他还得赶往希腊群岛，赶往混浊不清的陌生的港口，赶往岸上怅然若失的女孩儿，赶往流行歌曲中那轮明月。迪克记忆中的一部分是由童年时代一些花里胡哨的纪念物构成的。在这间稍有零乱的杂货店，迪克想尽办法，使那备受煎熬的智慧之火燃烧不息。

① 意大利西北部港市。

第十七章

汤米·巴尔邦是个统治者，汤米是个英雄——迪克在慕尼黑马利恩广场[1]的一家咖啡馆里与他偶遇。咖啡馆里，小打小闹的赌徒们在“织锦”毯上掷骰赌博，空气里弥漫着政治气息，回荡着噼噼啪啪的摔牌声。

汤米坐在一张桌子旁，不断发出军人般爽朗威武的笑声：“嗯呜——哈哈！嗯呜——哈哈！”通常，他很少饮酒，喜欢展示勇敢，他的朋友一般都惧他三分。最近，一名华沙的外科医生去除了他八分之一的颅骨，在头发下面缝合了起来；现在，咖啡馆里最弱不禁风的人用打了结的餐巾一抖，便能要了他的命。

“——这位是契利切夫王子——”出现在人们眼前的是一位五十岁上下的俄罗斯人，历经苦难、面色灰白。“——这位是麦克吉本先生——这位是汉南先生——”后者好像一个欢蹦乱跳的圆球，黑眼睛、黑头发，活脱一个小丑。他立刻对迪克说：

“我们握手之前，我的第一个问题是你和我姨妈鬼混在一起意欲何为？”

“什么，我——”

① 慕尼黑老城区一知名广场，位于老城区中心，主要建筑为慕尼黑市政厅。

“听明白了。你来慕尼黑有何贵干？”

“嗯呜——哈哈！”汤米大笑起来。

“你就没几个姨妈姑妈？干吗不跟她们鬼混呢？”

迪克笑了起来，那个人也随即调整了攻击点：

“现在我们不说姨妈姑妈的事儿了。谁能保证你不是在胡编乱造？你在这里完全是个陌生人，不到半个小时前谁也不认识，跑过来告诉我一个关于你姨妈姑妈的荒唐故事。我怎么知道你有什么遮遮掩掩的？”

汤米又一阵大笑，之后他和气又坚定地说，“够了，卡利。坐下吧，迪克——你好吗？尼科尔好吗？”

他对任何人都没有特别的喜好，也不怎么在意别人的存在——他时刻放松，准备战斗。这就像在任何运动项目中，一流的运动员打二线防御的位置时，其实大部分时间都在休息；而稍逊一筹的运动员佯装在休息，其实一直精神紧张，结果自毁长城。

汉南的情绪并没有被完全压制住，他走到旁边的一架钢琴旁，弹了几个和弦，每看一眼迪克，脸上就一副愤愤不平的表情，嘴里还不停地嘟囔，“你的姨妈，”然后，声音越来越低，“我没有说什么姨妈姑妈，我说的是裤衩[①]。”

“喔，你好吗？”汤米又说了一遍。“看起来你没有——”他搜肠刮肚想找个合适的词儿，“以往那样满面春风、整洁洒脱；你明白我的意思吧。”

这番言辞怎么听都像是在影射他未老先衰，迪克很恼火，打算拿汤米和契利切夫王子身上穿的奇装异服说事儿，来个反唇相讥。他们两个的衣服式样稀奇古怪，星期天的早上足可以在贝勒大街[②]上招摇过市了——他们却早有准备。

“我知道你在注意我们的穿着，”契利切夫王子说，“我们刚离开俄罗斯。”

① 英语中姨妈（aunts）与裤衩（pants）拼写、发音类似。

② 美国田纳西州孟菲斯市一街道名，是著名的布鲁斯音乐演奏场所。

“这些衣服出自波兰的宫廷裁缝之手，”汤米说，“真的——是毕苏斯基[①]的私人裁缝。”

“你们在旅游吗？”迪克问。

他们大笑起来，王子还胡乱拍着汤米的背。

“对，我们在旅游。没错，旅游。我们周游了整个俄罗斯，真是风光。”

迪克等着他们解释，麦克吉本先生给了他几个字。

“他们在逃命。”

“你们在俄罗斯是罪犯？”

“是我，”契利切夫王子解释道，一双呆板的黄眼睛瞪着迪克。“不是罪犯，只是躲藏了起来。”

“逃出来很费事吧？”

“有一些。穿越边境的时候，我们杀死了三个红军哨兵；汤米干掉两个——”他像法国人那样竖起两根手指——“我干掉一个。”

“这就是我不懂的地方，”麦克吉本先生说。“他们为什么不让你们离开？”

汉南从钢琴那里抬起头，朝大家眨了眨眼睛，说：“麦克认为马克思主义者就是听过圣马克[②]教化的人。”

这是个最典型不过的逃亡故事——一名贵族和自己以前的仆人隐姓埋名九年，还在政府的面包房工作。他在巴黎的女儿十八岁，认识汤米·巴尔邦……听着这个故事，迪克心里想，这个干瘪枯瘦的旧时代遗老，根本不值那三个年轻人的性命。有人问汤米和契利切夫王子当时有没有害怕。

“一冷我就怕，”汤米说，“通常一冷我就惊恐不安；打仗的时候冷了我就开始害怕。”

---

① 约泽夫·毕苏斯基（1867—1935），波兰革命领袖和政治家，他是独立后的波兰首任总统（1918—1922）。

② 大约生活在公元1世纪，据说为《圣经》《马克福音书》部分的作者。意大利威尼斯市的保护神。

麦克吉本站了起来。

“我得走了。明天早上我要乘车去因斯布鲁克[1]，带着老婆、孩子，还有女家庭教师。”

“我明天也去那儿，”迪克说。

“哦，是吗？”麦克吉本叫道。“你和我们一起走，怎么样？我们的是一辆帕克德轿车，很宽敞，里面只有我太太、孩子和我——还有女家庭教师——”

“我可能没办法——”

“当然，她不是真的女家庭教师，”麦克吉本最后说，一副可怜相地看着迪克。“其实，我太太认识你大姨子芭比·沃伦。”

不过迪克可不愿意随便地跟别人约定什么。

“我已经答应过两个人，和他们一起走。”

“哦，”麦克吉本脸色不悦道。“那好吧，再见了。”他从边上的桌子解开两条纯种猎狐刚毛狗，然后离开了。迪克脑子里浮现出这一家人的样子：帕克德轿车里塞得满满的，在往因斯布鲁克的路上颠簸着，里面坐着麦克吉本夫妇和孩子，带着行李、汪汪叫的小狗——还有那个女家庭教师。

“报纸上说，他们知道杀他的凶手，”汤米说。“可是他的堂兄弟们不愿意这事儿见报，因为案发地点是在一家地下酒吧。你怎么看？”

“这就是所谓的家族名声。”

汉南用力按了几下琴键，好引起大家的注意。

“他最初的说法经不得推敲，”他说。“即便除了那些欧洲人，很多美国人也干得出诺斯干的事。”

迪克第一次意识到他们是在说亚伯·诺斯。

“唯一的不同是亚伯是第一个那样干的，”汤米说。

“我不这样想，”汉南固执地说，“他是个有名的音乐家，因为酗酒无度，朋友们只有这样来替他开脱——”

---

① 奥地利西南的一座城市，是工业、商业和交通中心，著名的夏季和冬季疗养胜地。

“亚伯·诺斯出什么事儿？他怎么样了？是不是遇上麻烦了？”

“你没看早上的《先驱报》？”

“没有。”

“他死了。在纽约的一家地下酒吧被打死了，他挣扎着爬回家，爬到网球俱乐部就没气儿了——”

“是亚伯·诺斯？”

“是，没错，他们——”

“亚伯·诺斯？”迪克站了起来。“他真的死了？”

汉南朝麦克吉本说：“他没有爬回网球俱乐部——是哈佛俱乐部。我肯定他不是网球俱乐部会员。”

“报纸上是这样说的，”麦克吉本信心十足地说。

“这肯定搞错了。我保证。”

“打死在一家地下酒吧。”

“可网球俱乐部里的人我大部分都认识，”汉南说。肯定是哈佛俱乐部。”

迪克站了起来，汤米也站了起来。契利切夫王子也从茫然的思绪中惊醒。也许他是在琢磨逃出俄罗斯的可能性有多大，这个念头在他脑子里盘踞太久了，很难说能马上丢下。这时，他也和迪克、汤米一块儿离开了。

“亚伯·诺斯被打死了。”

回宾馆的路上，迪克一路形同梦游。汤米说：

“我们在等着裁缝给我们做几套衣服，好去巴黎。我想从事证券经纪，要是我这副模样，肯定会吃闭门羹的。你们国家的每个人都在大把大把地挣钱。你明天真的要走吗？跟你吃顿饭的机会都没有了。好像王子在慕尼黑有个老情人，给她打了电话，可她五年前就去世了；我们要同她的两个女儿吃饭。”

王子点了点头。

“或许我可以替戴弗医生安排一下。”

“不，不用，”迪克连忙说。

迪克睡得很沉，醒来的时候，一支悼亡队伍正缓缓从窗下经过。有身穿军装，头戴人们熟悉的1914年钢盔的军人，有身上穿着双排扣长礼服、头戴大礼帽的胖子，还有中产阶级市民，贵族，普通百姓等。这是个退伍军人协会，去阵亡将士墓地献花圈。这群人步履缓慢，高视阔步，显示着那逝去的辉煌、昔日的努力、忘却的痛苦。人们的脸上挂着哀伤，但这不过是礼仪性的；而迪克却一时间五脏俱摧，为亚伯的死遗憾，为自己十年前的青春年华遗憾。

第十八章

迪克傍晚时分到了因斯布鲁克，叫人把行李送到一家旅馆，然后自己步行进了城。马克西米利安[①]陛下跪拜祈祷的雕像沐浴着晚霞，雕像下方是青铜雕塑的哀悼者。四个耶稣会新会员在大学校园里边散步边读书。太阳落下，纪念昔日城市围攻、结婚典礼、周年庆典的大理石雕塑颜色顿失。迪克要了一份儿放有香肠片的豆粥，喝了四杯比尔森啤酒[②]，回绝了一份叫作“皇帝蛋饼”的点心，因为它看起来很吓人。

尽管山脉同样巍峨壮观，瑞士已经很遥远了，尼科尔也已经很遥远了。夜幕低垂，迪克在花园里散步，心平气和地想起了尼科尔，爱着她最美好的一面。记得有一次，草地上湿漉漉的，尼科尔急匆匆地朝他走来，薄薄的拖鞋上挂满了露珠。她站在迪克的鞋上，紧紧地依偎着他，仰起头，好像一页摊开了的书。

“想想你多么爱我，”尼科尔低声呢喃着说，“我不求你每时每刻都这样爱我，但我要你记住，在我的内心深处，永远都有一个今晚的我。”

---

① 马克西米利安（1532—1567），1564—1567年间为奥地利大公。

② 一种捷克产黄啤，1842年开始生产。

可是迪克离开她逃到这里，是为了自己的灵魂，现在他开始思索这件事情。他已经迷失了自我——他弄不清是在几时几分，哪一天哪一周，或是哪一月哪一年。曾几何时，他势如破竹，举重若轻，极其复杂的方程式，在他也只不过是病情最轻病人的最简单问题。从他在苏黎世湖区发现尼科尔犹如岩石下面盛开的花朵，到他与罗斯玛丽的邂逅，他敏锐的思考力就下降了。

看着父亲在贫困的教区里苦苦支撑，他萌生了对金钱的渴望，这与他不嗜财物的本性格格不入，并非获取基本生活保障的健康需求——和尼科尔结婚的那一刻，他感到从未有过的自信和自立。可是他就像一个靠女人供养的男人，被完全吞噬了，不知怎么的将自己摧城破寨的武器锁进了沃伦家的保险柜中。

“应该按照欧洲大陆的方法，来做一个了断，但事情还没有了结。我浪费了八年的光阴，教那些富人们最起码的做人尊严，不过我还没有完。我手里还有很多没有打出的王牌。”

迪克在一片淡棕色的玫瑰丛中徜徉，在潮湿的蕨类植物花坛间漫步，它们芬芳馥郁，难以辨别。天气挺暖和的，可时令已经是十月份了，还是有些凉，得穿件厚厚的粗花呢大衣，领口处还得用一根松紧带扣紧。一个影子从树影里闪了出来，迪克知道那是出来时在门厅里经过的那个女人。此刻，随便哪一位漂亮的女人，看见了都会激起他的爱意，喜欢她们在远处的身姿，喜欢她们在墙上的影子。

她背对着他，面前是城市的灯火。迪克擦亮一根火柴；那个女人肯定听到了，但毫无反应。

——这是在邀请自己呢，还是表明她浑然不觉？那些简单的欲望，由此而生的满足感，对迪克而言早已陌生；他现在笨手笨脚，犹疑不定。他也知道，游荡在不知名的温泉疗养地的人们中间可能会有某种潜规则，能让他们很快找到自己的伙伴。

——也许接下来该他有所表示？不相识的小朋友见面应该笑脸迎人，并说，“我们一起玩儿吧。”

迪克走近了一些，那个影子往边上靠了靠。或许，他会像自己年轻时听说到的那些无赖推销员，遭遇冷落。和那些未曾探索、未曾剖析、无法分析、无法解释的事物接触时，迪克会心跳加速，咚咚作响。突然，他转身走开了；与此同时，女孩儿和树叶形成的那条黑色的饰带也断裂了，她转过一张长椅，迈着稳健而坚定的步子，沿小路回旅馆去了。

第二天早上，在一名导游和其他两个男子的陪同下，迪克开始攀登比尔克卡峰。俯瞰着海拔最高的牧场，耳边回荡着叮当的牛铃声，他们心旷神怡——迪克期待着晚间住在简易的木屋内，品味自己的疲惫，任凭导游的安排，享受一个默默无闻者的快乐。不巧的是，中午时分，天空乌云翻滚、雷声阵阵，下起了雨夹雪和冰雹。迪克和另一位登山者想继续向上爬，但导游不同意。尽管很遗憾，他们还是步履维艰地回到了因斯布鲁克，第二天再去爬。

迪克在空荡荡的餐厅里吃了晚饭，喝了一瓶本地产的烈性葡萄酒。他感到一阵莫名的兴奋，琢磨了半天，才想起了花园里的那一幕。晚饭前，他在门厅里碰见了那个女孩儿；这次她看了看他，眼神中流露出些许好感。但迪克依旧百思不得其解：怎么会这样？想当初，自己只要张张口，多漂亮的女人都尽我享用，为什么现在才开始呢？跟一个幽灵一样的女人，为了这么点儿情欲？怎么会这样呢？

他回忆着从前——一向禁欲克己的作风、现实的陌生感占了上风。我的天哪，与其这样，我还不如回里维埃拉，和贾尼斯·卡利卡门托或那个威尔伯哈兹共度良宵。这么随随便便岂不令多年来的努力一钱不值？

尽管如此，迪克依然很兴奋。他转身离开游廊，回到自己的房间里，继续思考。形单影只，精神无依，让他倍感孤独。孤独之感一旦滋生，便弥漫开来。

来到楼上，迪克踱着步子，想着这件事，边把自己的登山服放在温热的暖气片上烘烤。他又看到了尼科尔的电报，尚未启封；她的电报每天伴随着迪克的旅途。晚饭前，迪克故意没有拆开——或许还是花园事件的缘故吧。这是封越洋电报，发自布法罗，由苏黎

世转来。

令尊今晚安然辞世。

霍姆斯

迪克猛地抽搐了一下，聚集起全身的力量抵抗这突如其来的打击。它经由腰部，上升到胃部，涌向他的咽喉。

迪克又读了一遍电报。他坐在床上，呼吸急促，双眼呆滞。脑子里首先冒出来的是过去子女的自私想法，双亲中的一位辞世了，生命中最早、最有力的保护没有了，这会对我的生活造成什么影响?

这种以往的想法一会儿就过去了，他静静地在屋里踱着，间或停下来看看那封电报。形式上霍姆斯是父亲在教堂的助手，其实十年来一直是教堂的首席神父。他怎么去世的？年事已高？——父亲七十五岁了，也算高寿了。

父亲孑然离世，令迪克伤心不已——他的妻子、兄弟、姐妹已先他而去；弗吉尼亚[①]有他的表亲，不过他们家境拮据，很难到北方来，所以只好由霍姆斯签署这封电报。迪克爱他的父亲——不止一次，每当要做出判断时，他都会想一想如果是父亲，他会怎么想，怎么做。迪克出生前，两个年幼的姐姐先后夭折，父亲预料到这对迪克母亲的影响，在品行上亲自指导他，没有让家人娇生惯养迪克。尽管出身旧式家庭，可父亲还是努力做到了这一点。

夏天，父子俩会一块儿步行到市区，请人给他们擦鞋——迪克穿着挺阔的帆布海军服，父亲则通常一套裁剪漂亮的牧师服——并深为自己英俊洒脱的小儿子自豪。他告诉迪克自己所有的生活阅历，虽然并不丰富，但大部分都是真实、平常的事，是一位牧师生活所及的言行举止。“有一次，我接受委任到一个陌生的城镇。我走进一间人头攒动的房间里，不知道哪一位是女主人。几个相熟的

① 美国东部的一个州，临近大西洋，首府为里士满。

人朝我走过来，不过我没有理会他们，因为我看到一位头发花白的女性远远地靠窗而坐。我走上前去，做了自我介绍。之后，我在那个城镇里有了很多朋友。”

父亲那样做是出于善心——他对自己的为人充满自信，深为那两位抚养他成人的受人尊敬的寡妇感到自豪，是她们让他相信没有什么比良知、荣誉、礼貌和勇气更重要。

父亲一向认为妻子那点微薄的资产是儿子的；迪克上大学和就读医学院期间，他把这笔财产每年四次给迪克用支票寄去。他属于那种人，就是镀金时代①的人们经常自以为是地断言的：“绅士风度有余，进取心不足。”

迪克叫人送上来一份报纸，自己依旧在摊放在书桌上的电报前徘徊不停。他决定乘船去美国，然后给在苏黎世的尼科尔挂了个电话。等电话的时候，他想起了很多东西，希望如己所愿，永远做一个好人。

① 语出美国小说家马克·吐温（1835—1910）和查尔斯·达德利·沃纳（1829—1900）合著的同名小说，指美国南北战争（1861—1865）结束后，工业迅速发展，财富日益集中的社会现实。

第十九章

有一个小时的光景，因为深陷于父亲去世所带来的苦痛中，在迪克看来，故土华丽的外表、纽约港等都显得悲伤、庄重。但弃舟登岸后，这种感觉立刻就不见了踪影，在街道上、宾馆里、载着他先到布法罗、继而连同父亲的遗体南行去弗吉尼亚的火车上，也同样无处找寻。只有当市郊的慢车摇摇晃晃地驶入威斯特摩兰县[①]长满低矮树木的黏土地时，迪克才又一次对周围的环境产生了认同感。在车站上，他看到了一颗熟悉的星辰，看到了那轮高挂在切萨皮克海湾上空、寒光四射的冷月，耳际边传来了四轮马车轮子发出的擦刮声。人们的闲聊声是那么可亲，古老慵懒的河流水声潺潺和它们的印第安名字一样悦耳。

翌日。迪克父亲的遗体安葬在一百多位戴弗、杜尔西和亨特家的先人们中间。安眠于亲友中间，他不会感觉那么孤独。褐色的新土上撒满了鲜花。如今，迪克在这里再无牵挂，相信自己再也不会回来。他跪倒在坚硬的土地上，所有的逝者都那么熟悉：他熟悉他们饱经沧桑的面庞，熟悉他们闪闪发亮的蓝眼睛，熟悉他们瘦削却

① 美国至少有五个地方取此名，这里应指弗吉尼亚州西部地区的一个县，面临大西洋，扼守下文的切萨皮克湾。

有力的身躯，熟悉他们那在森林一样黑沉沉的17世纪里用新鲜的泥土铸就的心灵。

“别了，我的父亲——别了，我的列祖列宗。”

站在盖着长长顶棚的轮船码头上，人们仿佛置身一片没有归属、孤独飘零的土地。黄色的拱顶下烟雾弥漫，回声嘈杂，充斥着卡车的隆隆声，行李箱的砰砰声，起重机刺耳的轧轧声。第一股咸咸的大海气息也扑面而来。时间尽管充裕，人们还是行色匆匆。身后的陆地代表了过去，未来则是船舷上那光辉的入口，而令人困惑的现在则是那条昏暗、混乱的码头通道。

登上通往轮船的跳板，世界随之变得狭小。人们成了一个比安道尔共和国[①]还要狭小的国家的国民，对一切都不再满怀信心。坐在事务长位置上的几个男人长得怪模怪样，好像船舱；乘客和他们的朋友们眼中流露出不屑一顾的神色。随着一声低郁的汽笛声，轮船一阵颤动，预示着即将起航，人们的思想也随即起程。码头连同上面的一张张面孔悄然后退，一时间，轮船好像是偶然从那里滑落的一块。那些面孔渐渐远去了，没了声息，码头成了岸边众多模糊不清的黑点儿中的一个。港口仿佛在飞速地向大海漂移。

阿尔伯特·麦基斯科也在本班航船上，报纸上说他是最为尊贵的乘客。现在他相当走红。他的小说是对同时代一流作家的作品的模仿，是不可轻视的成功。此外，他有一种天赋，能够把借用的东西软化处理，使之降格：这样一来，许多读者就能轻而易举地跟上他的思路，感到其乐无穷。成功给他带来的既有提高，也有谦卑。对自己的能力，他一清二楚——他知道比之许多天赋过人者，他有的是更多的干劲儿。他下定决心要享受自己获得的成功。“到目前为止，我没有干过什么大不了的事情，”他会说，“我不觉得自己有什么天赋。不过，假如我不断努力，我也许可以写出一本不错的书。”从轻薄的跳板上往往能跳出优美的动作。过去遭到的无数白眼都已成过眼云烟。从心理方面来讲，他的成功的确是建立在与汤

① 欧洲西南部一小国，位于法国和西班牙之间，全国人口仅为38，051人。

米·巴尔邦的决斗上，随着这场决斗在他的记忆里渐渐淡去，他却从此塑造起一种全新的自尊。

起航后的第二天，阿尔伯特·麦基斯科认出了迪克·戴弗。他打量了一番迪克，迟疑片刻，然后友好地做了个自我介绍，坐了下来。迪克把正在读的东西放在一边，用了好几分钟才意识到麦基斯科的变化，发现他身上没有了那种让人讨厌的自卑感，感到自己挺乐意和他交谈的。麦基斯科可谓“知多识广”，甚至超过歌德——听着他信手拈来，把别人的观点东拉西扯地拼凑起来，引为自己的见解，迪克觉得十分有趣。他们成了朋友，迪克还和他们一同吃了几次饭。麦基斯科夫妇受邀与船长同坐一席，他们自命不凡地对迪克说：“受不了那帮家伙。”口吻听起来那么不老练。

维奥莱特经过著名的女装设计师的打扮，显得雍容华贵；那些富有教养的女孩子十几岁时的小发现，如今在她看来也是趣味横生。说真的，维奥莱特本来可以跟母亲在博伊西[①]学会这些东西；但不幸的是，她降生在爱达荷州[②]一家小影院里，很少有时间和母亲在一起。现在她有了“归属”感——尽管是和其他几百万人同享这一归属——她很幸福，虽然在她天真过头的时候，丈夫还会用嘘声来制止她。

麦基斯科夫妇在直布罗陀[③]下了船。次日晚上，在那不勒斯[④]，迪克在从旅馆去火车站的公共汽车上偶遇一家三口：两个女儿和她们的妈妈，迷了路，非常可怜。在船上迪克就看到过她们。迪克感到一阵冲动，或许是想救人于水火，或许是想受人爱戴。他带她们享受片刻的欢愉，试着给她们买了葡萄酒。看到一家三口又重拾自信，迪克也非常高兴。他把她们想象成这样或那样的人，喝了很多酒来维持这种幻觉。而这母女三人，从头到尾只觉得今天是撞了大

① 下文美国爱达荷州首府。

② 美国西北部的一个州。

③ 西班牙南端港市，英国直属殖民地。

④ 意大利中南部的一座城市，是重要海港和商业、文化和旅游业中心。

运。黑夜渐逝，列车在卡西诺[①]和佛罗西诺尼[②]间摇摇晃晃、呼哧呼哧地行驶着，迪克开始和她们拉开距离。在罗马火车站，他们作了美国式的告别，外人看来怪怪的。之后，迪克入住了奎里纳尔[③]酒店，感到有些精疲力竭了。

在服务台那儿，迪克突然瞪大了眼睛，头也抬了起来。他感到似乎酒力大作，五脏六腑热流涌动，直冲脑门。他见到了自己千里迢迢、不惜横跨地中海也要看上一眼的人。

与此同时，罗斯玛丽也看见了他，还没有认清他是谁就先打了个招呼。再回头看时，罗斯玛丽惊呆了，连忙撇下她的女伴、三步并作两步地冲过来。迪克身体僵直、呼吸都停顿了，转向罗斯玛丽。只见她奔过大堂，光彩照人，活像一匹饮过黑籽油的马驹，四蹄锃光明亮。迪克一下子惊醒过来，可这一切发生得太突然，他只来得及尽量掩饰自己的疲乏。罗斯玛丽双眸闪亮，周身洋溢着自信，迪克打起精神，虚伪地做了个手势，意思是说，“世界上各色人等千千万万，但你一准会来这儿。”

罗斯玛丽戴着手套的手抓住迪克放在服务台上的手，说：“迪克——我们在拍《伟大的罗马》——至少我们是这样想的；不知道哪一天我们就走了。”

迪克目不转睛地看着罗斯玛丽，想迫使她有些发窘，就不会那么仔细地观察他胡子拉碴的脸庞，皱皱巴巴、软软绵绵的衣领。还好，罗斯玛丽这时急匆匆的。

“我们很早就要开拍，因为十一点雾就起来了——两点钟的时候给我打电话。”

进了自己的房间，迪克镇定了下来。他订了一个中午电话叫醒服务，然后甩掉身上的衣物，倒头便沉沉睡去。

服务台的电话也没有叫醒迪克，他直到两点钟才醒来，觉得恢

---

① 意大利中部一座城镇，位于那不勒斯西北部。

② 意大利中部一座城镇，位于卡西诺西北部，罗马东南约32公里。

③ 原为古罗马七座小山中的一座的名字，16世纪在此建立了一座教皇宫殿。从1870—1946是一直作为意大利国王的住所。

复了精力。他打开行李，叫人把要熨的和要洗的衣服送到洗衣房，然后刮了刮脸，又在暖呼呼的浴缸里躺了半个小时，之后吃了点儿早饭。阳光已经洒落在国民大街上，迪克拉开叮当作响、缀有老式铜环的门帘，让阳光泄了进来。等着熨好的衣服送来的当儿，他在《晚间快报》[①]上读到一条消息，“辛克莱尔·刘易斯[②]发表了小说《大街》，该作品描述并剖析了美国某小城镇的社会生活。”接下来，迪克开始试着思考罗斯玛丽的问题。

一开始，他满脑子空白。罗斯玛丽年轻、有魅力，可托普茜也一样。迪克想，过去四年里，罗斯玛丽肯定有不止一位情人，而且也爱过他们。唉，在别人的心目中我们到底有多少分量，我们恐怕一辈子也别想弄清楚。然而，在这懵懵懂懂中，迪克动心了——感人至深的交往是明知有艰难险阻，还一心一意地要维持那段关系。往事浮现在迪克的眼前，罗斯玛丽要将自己最珍贵的东西奉献给他，那情感如此动人，他要抓住它，拥有它，直到它完全属于自己。迪克试图找出自身吸引罗斯玛丽的地方——可比起四年前，这已少了许多。十八岁的人看三十四岁的人，中间也许会隔着一层少不更事的迷雾，而一位二十二岁的人看三十八岁的人，则会目光犀利、明察秋毫。更何况，此前他们相遇时正值迪克情感的高峰；之后，他的热情就消退了。

服务员回来后，迪克穿上一件白衬衫，戴上硬领，打了一条饰有珍珠的黑领带。眼镜上的软线穿过另外一颗同样尺寸的珍珠，随意地悬在下面大概一英寸的地方。一觉之后，迪克的面部恢复了好几个夏天在里维埃拉晒成的红褐色。为了活络活络筋骨，他在一张椅子上练起了倒立，弄得钢笔、硬币什么的撒了一地。三点钟的时候，他打电话给罗斯玛丽，她请他到楼上去。因为刚刚倒立过，迪克一时有些眩晕，便在吧台稍停了一下，喝了杯杜松子保健酒。

---

① 意大利有影响的一家报社，出版地点在米兰。

② 辛克莱尔·刘易斯（1885—1951），美国作家，曾获1930年诺贝尔文学奖，下文的小说《大街》为其代表作之一。

“戴弗医生，您好！”

迪克很快就认出对方是科利斯·克莱，这完全是因为罗斯玛丽在这里。科利斯一如既往地自信，一副万事亨通的样子，胖乎乎的下巴也一点儿没变。

“罗斯玛丽在这里，你知道吗？”科利斯问。

“我碰到她了。”

“我在佛罗伦萨[1]，听说她来这里了，一个礼拜就也过来了。你永远也猜不透这位‘妈妈的小女儿’。”接着他解释道，“我是说她从小家教很好，可现在成了一个深谙世故的女人——不知道你懂我的意思不。实话跟你说．好几个罗马小伙子都如影随形地围着她呢！真厉害！”

“你在佛罗伦萨读书吗？”

“我吗？当然。我在那里学习建筑。星期天回去——我留在这儿是为了看赛马。”

费了好大劲儿，迪克才没有让科利斯把自己的酒钱记在他在吧台的账上；他挂的账已经长得像一份股市报告书了。

① 意大利中部一城市，罗马以北，以众多的哥特式和文艺复兴时期建筑闻名于世。

第二十章

迪克出了电梯，穿过一条曲里拐弯的走廊，最后循着一扇有亮光的门走去，从那儿传来一个模糊的声音。罗斯玛丽穿着黑色睡衣，正在喝咖啡，午餐桌还摆放在房间内。

“你依旧那么漂亮，”迪克说，“比以前还要漂亮一些。”

“喝点咖啡吗，小伙子？”

“很抱歉，今天早上我实在不像样。”

“那时你气色不好——现在好了吗？咖啡要吗？”

“不要，谢谢。”

“现在你看起来很精神，我今天早上都吓坏了。要是剧组不走的话，妈妈下个月会来。她一直问我在这里见到你没有，好像我们是邻居似的。妈妈一向喜欢你——总认为你是那种我应该结识的人。”

“是吗，真高兴她还想着我。”

“喔，妈妈的确一直想着你，”罗斯玛丽对迪克肯定地说。“非常非常想念你。”

“在好几部片子里我都看到了你，”迪克说，“有一次，我要他们给我一个人放了场《老爸的女儿》！”

“要是不剪辑的话，我在里面的镜头还要多。”

罗斯玛丽从迪克身后走过，拍了拍他的肩膀。她打了个电话叫人把餐桌撤走，然后坐在一张宽大的椅子里。

“迪克，刚认识你的时候，我还是个小丫头，现在我是个女人了。”

“你的一切我都想听听。”

“尼科尔好吗——还有拉尼尔、托普茜？”

“他们都不错，还经常念叨你——”

电话响了。罗斯玛丽接电话的时候，迪克翻了翻两本小说——一本是埃德纳·费伯[①]的，另外一本是阿尔伯特·麦基斯科的作品。服务员进来撤走了餐桌，身着黑色睡衣的罗斯玛丽越发显得孤单了。

“……我这会儿有客人……不，不大好。我还得去服装师那里试衣服，要很长时间……不，现在不行……”

似乎是没了餐桌的原因，罗斯玛丽长出一口气，朝迪克莞尔一笑——仿佛在说，他们两个终于摆脱了世间的纷扰，现在可以安享自己的小天地了……

“终于结束了，”罗斯玛丽说，“你有没有注意到，我花了足足一个小时来准备迎接你？”

可是，电话又响了起来。迪克站起身来，把帽子从床上放到行李架上，罗斯玛丽慌忙用手捂住电话话筒，说：“别走！”

“不走。”

罗斯玛丽打完了电话，迪克想尽量延长这个两人在一起的下午，说：“现在的我渴望获得滋养。”

“我也一样，”罗斯玛丽附和道，“刚才打电话的人认识我的一个远房表亲。就这点儿破事儿也打电话烦人！”

罗斯玛丽此时调暗了灯光，营造出谈情说爱的氛围。否则，她为何不让迪克好好看看自己呢？迪克的每一句话都一字一句的，好

① 埃德纳·费伯（1887—1968），美国作家，写了许多流行小说。

像他说完了，还要很长时间罗斯玛丽才能听到。

“和你坐得这么近，实在想吻你。”于是他们站在屋子中央热情似火地亲吻起来。罗斯玛丽紧紧贴了一下迪克，然后回到她的椅子上。

在屋里这样亲热是维持不了多久的，要么再进一层，要么抽身退步。电话又响了，趁着这会儿，迪克走进了卧室，躺在罗斯玛丽的床上，翻开阿尔伯特·麦基斯科的小说。不一会儿，罗斯玛丽走了进来，在迪克身旁坐下。

“你的睫毛真长，”她说。

“这里是大三舞会，出席者有罗斯玛丽·霍伊特小姐，她是一位睫毛迷——”

罗斯玛丽吻了吻迪克，迪克把她拉倒在床上，两人并排躺着；接着他们又热吻起来，直到两人都喘不过气来。罗斯玛丽的呼吸那么年轻、充满渴望、叫人兴奋。她的双唇有些皲裂，但嘴角处柔滑细腻。

他们依旧和衣躺着，四肢纠缠在一起。迪克手忙脚乱，罗斯玛丽则气喘吁吁。她悄声说：“不，现在不要——那种事情是讲究节奏的。”

迪克控制了一下情绪，把激情压到大脑的角落。他用手臂举起罗斯玛丽娇小的身体，直到离自己有半英尺那么高，轻轻地说：

“宝贝儿——没关系。”

在迪克的仰视下，罗斯玛丽的脸有些变化，好似一轮圆月，散发着永恒的光华。

“如果是和你，那也是罪有应得。”罗斯玛丽说。她挣脱了迪克的怀抱，走到镜子前，用手捋了捋凌乱的头发，然后拉了一把椅子到床前，坐下来抚弄迪克的脸颊。

“跟我说实话，”迪克说。

“我从未撒过谎。”

“某种程度上是的——不过总是前后矛盾。”

他们一起大笑，不过迪克仍然追问。

"你真得还是处女？"

"不——！"罗斯玛丽抑扬顿挫地说，"我和六百四十个男子上过床——如果这是你想要的答案。"

"这与我无关。"

"你是不是想把我当成你的一个心理学病例？"

"我只把你当成一位生活在1928年的完全正常的二十二岁女孩，所以我猜你一定恋爱过几次。"

"都——失败了。"罗斯玛丽说。

迪克无法相信她的话。他实在想不出罗斯玛丽是故意在他们之间筑起一道屏障呢，还是有预谋地要使最后的屈服更加含意隽永。

"我们到平锡欧公园①走走吧。"迪克提议道。

迪克整了整衣服，理了理头发。激动人心的时刻来了，又莫名其妙地过去了。三年以来，迪克成了罗斯玛丽衡量其他男人的标尺，他的形象被无限抬高了。她不愿意看到迪克与其他的男人有相似之处，可现在迪克也和他们一样迫切，好像要把她的一部分装进口袋，随身带走。

两人款步走在草坪上，身旁左近是天使、哲学家、农牧神的雕塑和飞流的瀑布。罗斯玛丽紧挽着迪克的胳膊，不停地调整着姿势，好像要找个恰当的位置，因为以后它将永远位于这个地方。罗斯玛丽扯了一根嫩枝，把它折断，可发现它毫无弹性。忽然，在迪克的脸上，罗斯玛丽看到了自己想要的东西，她捧起迪克戴着手套的手，吻了起来，然后在迪克身边无所顾忌地嬉闹，像个小孩一样。迪克笑了，她自己也笑了。两人这才开始享受在一起的时光。

"亲爱的，我今晚不能和你一块儿出去；很早以前我就答应别人了。不过，要是明天你能起个大早，我就带你去摄影棚。"

迪克一个人在宾馆里吃了晚饭，早早地就睡了，第二天早上六点半和罗斯玛丽在门厅里见了面。在车里，罗斯玛丽坐在迪克旁边，映着朝阳，她显得光彩照人、纯洁清新。他们穿过圣塞巴斯蒂

---

① 罗马市内一公园，坐落在平锡欧山脚下。

安门，沿着亚壁古道[1]往前走，直到古罗马广场的巨大拍摄现场，看起来比真的古罗马广场还要大。罗斯玛丽把迪克交给一名男子，那人带迪克参观了大型道具、拱门、一排排的座位，以及铺满沙子的竞技场。罗斯玛丽正在一个被当作是基督徒囚犯的看守室里忙碌着，接着迪克他们也去那里看尼克特拉。这是有望成为瓦伦蒂诺[2]的人选之一，此时正在十几个女“俘虏”前趾高气扬，女“俘虏”的眼睛涂了睫毛膏，显得忧伤、惊恐。

罗斯玛丽穿着一件长达膝盖的束腰外衣，出现在迪克面前。

“看看这个，”她悄悄地对迪克说，“我想听听你的见解。所有看了毛片的人都说——”

“什么是毛片？”

“就是把头一天拍摄的镜头放一遍。他们说这是我穿的第一件性感的衣服。”

“我没发现。”

“你是不会发现的！可我发现了。”

穿着豹皮装的尼克特拉殷勤地和罗斯玛丽聊着天，电工在和导演讨论着什么，还把身子倚在导演身上。末了，导演一把推开电工的手，揩了揩汗津津的额头。迪克的向导说：“他又开始瞎折腾了，肯定没错！”

“你说的谁呀？”迪克问。还没等那个向导回答，导演一阵风似的朝他们奔过来。

“谁折腾了——是你自己吧。”导演暴跳如雷地对迪克说，好像面对的是陪审团。“他瞎折腾的时候，就觉得别人都和他一样，就是这样！”他瞪了那个向导一眼，然后双手一拍说：“好啦——各就各位。”

迪克觉得自己好像是在拜访一个乱哄哄的大家庭。一名女演员

---

① 罗马与卡布瓦之间的古罗马大道，建于公元312年。

② 鲁道夫·瓦伦蒂诺（1895—1926），意大利裔的美国演员，以其在无声电影中的浪漫主角而出名。

误以为迪克是最近从伦敦来的演员，就走到他的身旁，和他聊了五分钟；后来发现自己弄错了，慌里慌张得急忙跑开。剧组的大多数人对外界不是自视甚高，就是极其自卑，不过还是前者居多。他们勇敢、勤奋；在一个十年以来只想享乐的国家，他们的地位日趋显要。

随着雾气升起，当天的拍摄工作告一段落——这种光线适合画家，但对于摄像师来说，还是加利福尼亚清晰透明的空气更受欢迎。尼克特拉随着罗斯玛丽走到车旁，和她耳语了几句——罗斯玛丽绷着脸看了看他，道了声再会。

迪克和罗斯玛丽在恺撒城堡饭店用了午餐。这家饭店金碧辉煌，位于一座高台别墅内，俯视着一座古罗马广场的废墟，不知经过了多少年的蚕食消损。罗斯玛丽喝了杯鸡尾酒和一点的葡萄酒，迪克则灌了很多，不满之情随之消散。随后，他们驱车返回旅馆，两人都面色红润，幸福快乐，沉浸在喜悦而又安静的气氛中。罗斯玛丽渴望被占有，她得到了：少女时代在海滩上开始的醉心妄想，最终变成了现实。

第二十一章

罗斯玛丽还有一个约会，是剧组同事的生日宴会。迪克在大厅里碰到了科利斯·克莱。他不想和别人一起用餐，就谎称在埃克赛斯酒店有约会。迪克和科利斯喝了一杯鸡尾酒，原本心里隐隐约约觉得不悦，现在则清清楚楚地感到烦躁——没有任何借口再逃离诊所的职责了。眼下和罗斯玛丽说是鬼迷心窍，毋宁说是一段浪漫的记忆。尼科尔是他的女人——想起她心里总是难受——可她是他的女人。和罗斯玛丽在一起是自我放纵——把时间花在科利斯身上就更没有意义了。

在埃克赛斯酒店门口，迪克迎面碰上了芭比·沃伦。她惊诧又狐疑地盯着迪克，美丽的大眼睛好似两颗玻璃球。“我以为你在美国，迪克！尼科尔和你在一起吗？”

“我回来了，是从那不勒斯过来的。”

迪克手臂上的黑纱提醒了芭比，“听到你的不幸我很难过。”

自然，两人一起用了餐。

“告诉我所有的情况，”她说。

听了迪克的叙述，芭比皱起了眉，觉得必须有人对妹妹的不幸负责。

“你觉得多姆勒医生的治疗方案从一开始就是正确的吗？”

“在治疗方式上没有多少选择了——当然，总是要找个合适的人来处理特殊的病例。”

“迪克，我不想让你觉得是在建议你什么，或不懂装懂，可是你不认为换个环境可能对她有好处——离开那个病恹恹的环境，像其他人一样生活？

“可是你坚持要医院，”迪克提醒她。“你告诉我，对她永远都不会彻底放心——”

“那是你们在里维埃拉的时候，过着那样隐居的生活，住在山上，与世隔绝。我的意思不是回到那种生活。我是说，比如，伦敦。英国人是世界上最理智、最镇定的民族。”

“他们可不是。”迪克说。

“他们是。要知道，我了解他们。我想，你们可以在伦敦找座房子，春天去那里过，不是很好吗？我认识一个人，文文静静的，在塔尔博特广场有一所小房子，带家具的。我意思是，要和明智、稳健的英国人住在一起。”

芭比还要继续讲下去，翻腾1914年那些陈旧的宣传故事，迪克大笑起来，说：

“我正在读迈克尔·阿伦[①]的书，如果那是——”

芭比挥了挥手中的沙拉匙，一下否定了迈克尔·阿伦。

“他只写那些堕落的人。我是说优秀的英国人。”

芭比对自己的同类不屑一顾，在迪克的脑子里，取而代之的是一张张陌生、呆滞的面孔，出没于欧洲的小旅馆里。

“当然这不关我的事，”芭比重复说，却准备好了进一步质问，“可是把她一个人丢在那种地方——”

“我去美国是因为我父亲去世了。”

“我理解，刚才说了我很难过。”她摆弄着项链上的玻璃葡萄。“可现在我们有很多钱。没有什么办不到的，也应该能治好尼

① 迈克尔·阿伦（1895—1956），匈牙利裔英国小说家。

科尔的病。”

“首先，我不能忍受在伦敦生活。”

“为什么？我认为你在那里会工作得很好，和在任何地方一样。”

迪克靠在椅背上看着她。如果她怀疑过那令人作呕的事情真相，知道尼科尔真正的病因，一定会拒不承认，将它关进积满灰尘的壁橱里，就像一幅买错的画一样。

两人在乌尔比亚酒吧继续谈着话，这时，科利斯·克莱走到他们的桌子边，坐了下来。堆满酒桶的地窖里传来嗡嗡的吉他声，一个天才的吉他手拨拉着琴弦，弹奏着《军乐全音阶第三章》。

“也许我对尼科尔是个错误的人选，”迪克说，“不过她可能还是要嫁给一个我这样的人，一个她觉得可以依靠的人——终生依靠的人。”

“你觉得换一个她会快乐吗？”芭比这样想着，就突然说了出来。“这当然可以安排。”

看到迪克无可奈何地大笑了起来，身子都倾了过来，她才意识到自己这话有多荒唐。

“哦。你当然理解，”她让他放心，“别以为我们忘恩负义。我们知道你有多难——”

“看在上帝的份上，”迪克连忙否定。“如果我不爱尼科尔那就不一样了。”

“可是，你真的爱尼科尔？”芭比警觉地问道。

科利斯现在听明白了他们的谈话，迪克急忙把话题岔开了：“我们说点别的吧——比如，关于你。你为什么不结婚？我们听说你和帕雷爵士订婚了，他的堂兄是——”

“哦，不。”芭比腼腆起来，回避道，“那是去年。”

“你们为什么没结婚？”迪克固执地追问。

“我不知道。我爱的一个人死在战场上，另一个把我甩了。”

“告诉我，告诉我你的生活，芭比，你的想法。你从来没说过这些——我们谈的都是尼科尔。”

“两个都是英国人。我觉得世界上没有比一流的英国人更尊贵的了，你呢？如果有的话我还没碰到。这个人——哦，这是个很长的故事。我不喜欢长篇故事，你不是吗？”

“当然喽！”科利斯说。

“哎，不——我喜欢长故事，只要有趣。”

“这是你最擅长的，迪克。你只要短短的一句话，这边插一句，那边插一句，就能让聚会圆满进行。我想这是你的天赋。”

“不过是小把戏，”迪克柔声说，这是他第三次反对芭比的观点了。

“当然我喜欢正式——我喜欢正式的，庄重的东西。我知道你可能不喜欢，可是你必须承认这是我性格中严肃的一面。

迪克甚至都懒的反对。

“当然，我知道人们都说，芭比·沃伦在整个欧洲跑来跑去，追逐一个又一个新鲜的玩意儿，结果却错过了生活中最好的东西，可我觉得正相反，我是世界上少数真正追求至美的人之一。我结识了这个时代最有趣的人。”芭比的声音被另一个吉他手震耳欲聋的乐声淹没了，她提高了嗓门，“我很少犯错误——”

“——除了很严重的错误，芭比。”

她在迪克的眼睛里看到了嘲弄，转了话题。看来两人是不可能达成一致了。可是芭比身上还是有些东西让迪克仰慕。他把她在埃克赛斯酒店安顿好，临走大大奉承了她一番，让芭比感动得两眼发光。

罗斯玛丽坚持第二天请迪克吃午饭。他们去了一家意大利小饭馆，老板是意大利人，在美国工作过。两人吃了火腿蛋和华夫饼干，然后回到旅馆。迪克发现自己并不爱罗斯玛丽，她也没有爱上他。这并没有减少，反而增加了他的热情。现在，他知道不能进一步深入她的生活了，对他而言，她成了陌生的女人。他想，很多男人说爱上某个女人，其实不过如此——远非他和尼科尔之间的爱，灵魂淹没在狂野的大海，所有的色彩浸染成一块晦暗的幕布。想到尼科尔会死去，会沉入精神黑暗的深渊，或爱上另一个人，他就会身心俱痛。

尼克特拉坐在罗斯玛丽的会客室，聊着有关电影的事。罗斯玛丽暗示让他离开，他幽默地反对了一下，傲慢地对迪克视而不见，走开了。电话铃像往常一样闹个不停，罗斯玛丽有十分钟都在处理电话，迪克也越来越不耐烦。

“去我的房间吧，”他说，罗斯玛丽同意了。

迪克坐在一张大沙发上，罗斯玛丽躺在他的膝盖上；迪克的手指抚摩着她前额可爱的发卷。

“我再次对你好奇起来，你允许吗？”他说。

“你想知道什么？”

“关于男人。我很好奇，如果不是非常迫切的话。”

“你是想知道，在我遇见你之后多久开始爱上别人的？”

“或者说之前。”

“哦，不。”她很吃惊。“之前什么都没有。你是我爱上的第一个，现在仍然是我真正关心的唯一一个。”她想了想。“大概一年之后吧，我想。”

“他是谁？”

“哦，一个男人。”

罗斯玛丽含糊其辞，迪克却步步紧逼。

“我打赌，我能把一切都说清楚：第一次恋爱没有让你满意，之后有很长时间的空白。第二次好一点，可是首先你并不爱那个人。第三次还不错——”

迪克折磨着自己，继续说，“接着你有了一次真正的恋爱，可那时你开始害怕，已经没有什么可以奉献给你最终爱上的人了。”迪克觉得自己越来越像个固执守旧的维多利亚人。“之后你又有了六七个男人，都是逢场作戏，直到现在。够了吗？”

罗斯玛丽又伤心又好笑。

“你大错特错了，”她说，迪克却觉得很安慰。

“可是有一天，我会爱上一个人，永远也不放他走。”

电话响了，迪克听出来是尼克特拉的声音，找罗斯玛丽。他捂住话筒。

“你想和他说话吗？”

罗斯玛丽跑到电话前，叽里咕噜说了一通意大利语，迪克听不懂。

“看来这电话要说很长时间，”他说，“现在已经四点多了，我五点还有事。你最好找尼克特拉先生玩去。”

“别傻。”

“那我觉得我在场的时候你不应该考虑他。”

“很难。”她突然哭了。“迪克，我真的爱你，从来没有像爱你一样爱过别人。可是你又给了我什么？”

“尼克特拉又有什么给别人？”

“那不一样。”

——因为年轻人喜欢年轻人。

“一个西班牙佬！”迪克说，嫉妒得发狂。他不想再受伤害了。

“他只是个孩子，”她抽泣着说，“你知道，我先是你的。”

听了这话，迪克伸出双臂，把罗斯玛丽抱在怀里，她的身体却松软地向后倒去；他就这样抱着她，像是一段舒缓的乐章的结尾。她的眼睛闭着，头发向下垂着，像个溺水的人。

“迪克，放开我。我从来没像现在一样心烦意乱。”

迪克气急败坏，像一只愤怒的红雀，罗斯玛丽本能地躲开了。曾经让罗斯玛丽觉得那样舒适、安全的体贴入微、善解人意，现在被他毫无来由的嫉妒取代了。

“我想知道事实。”他说。

“那好吧。我们经常在一起，他想和我结婚，可我不想。怎么了？你希望我怎么做？你从来没说过要娶我。你想让我一辈子傻乎乎地围在你身边，就像科利斯·克莱那样吗？”

“昨天晚上你和尼克特拉在一起？”

“这不关你的事，”她呜咽道。“原谅我，迪克，这是你的事。这世界上我唯一关心的就是你和妈妈。”

“那尼克特拉呢？”

“我怎么知道？”

她又开始躲躲闪闪，结果即使最一般的话也似乎有了别的含义。

“和在巴黎时你对我的感觉一样吗？”

“和你在一起我觉得舒服，快乐。在巴黎时不一样。可过去的感觉你永远也说不清楚，不是吗？”

迪克坐了起来，开始收拾他的晚礼服——如果不得不吞下世上所有的辛酸和痛苦，他可以不再去爱她。

“我不在意尼克特拉！”罗斯玛丽大声说。“可明天我要和剧组一起去里窝那[1]。哦，为什么会这样？”说着泪水又涌了出来。“真让人失望！你为什么来这里？为什么我们不能保存那段记忆？我觉得就像和妈妈吵架了一样。”

迪克穿着衣服，罗斯玛丽站了起来，向门口走去。

“我今晚不去参加聚会了，”她做了最后的努力。“我和你待在一起。无论如何我不去了。”

爱的潮水又涌了上来，迪克却退缩了。

“我会在房间里，”她说。“再见，迪克。”

“再见。”

“哦，真是太失望了，太失望了。哦，真失望。这到底是怎么回事？”

“我也一直想知道。”

“可为什么要带给我？”

“我想我是个扫帚星，”他慢吞吞地说。“好像不会带给人快乐了。”

① 意大利西部港市，位于佛罗伦萨西面。

第二十二章

晚饭后，奎里纳尔山酒吧里只有五个人，一个意大利少妇，看起来出身上流，坐在凳子上和酒保喋喋不休，酒保则忙不迭地答应着："是……是……是"；一个浅肤色的埃及人，一副势力相，虽然一个人，却时刻盯着那位女士；还有两个美国人。

迪克对周围的环境总是很敏感，科利斯·克莱却总是迷迷糊糊，最强烈的感觉冲击也会消失在他早已萎缩的接收功能上。于是迪克滔滔不绝，科利斯洗耳恭听，如坐春风。

迪克因为下午的事很疲惫，现在打算发泄到某个意大利人身上。他环顾四周，好像希望有个意大利人会听见他的话，然后大为光火。

"今天下午我和姨姐在埃克赛斯酒店喝茶。我们占了最后一张桌子，两个家伙走了进来，想找张桌子，可是没有。于是，其中一个就走我们跟前，说：'这张桌子不是给奥辛尼公主预留的吗？'我说：'上面没有牌子，'他说：'我想这是奥辛尼公主预留的。'我理都不想理他。"

"后来他怎么样了？"

"他走了。"迪克在椅子里转了转身。"我不喜欢这些人。有一天，我把罗斯玛丽留在一家商店门口，没有两分钟，就有一个警察跑到她跟前，转来转去，还把手放在帽檐上向她致意。”

“我不知道，”过了一会儿，科利斯说。“我宁愿在这里，不喜欢巴黎，随时都有小偷盯着你。”

科利斯兴致很高，不想让任何事情破坏他的好情绪。

“我不知道，”他坚持说，“在这儿我也不在意。”

这些天的经历仿佛一幅画，烙在迪克的脑海中，此刻他凝视着这幅画：步行去美国快运公司，经过国民大街两旁一家家香甜扑鼻的糖果店，穿过肮脏的地道，来到西班牙广场[1]，他的精神在鲜花店和济慈[2]客死异乡的房屋间飞扬。他在意的只有人，除了天气外几乎不注意身处何地，除非某些具体的事件给它们染上了特殊的色彩。罗马是他对罗斯玛丽梦想的终结之地。

一个侍应生进来递给迪克一张条子。

“我没有去参加晚会，”上面写着，“我在房间里。明天一早启程去里窝那。”

迪克把条子递给那孩子，付了他小费。

“告诉霍伊特小姐说你找不到我。”他转过来身来，向科利斯提议去彭彭尼瑞。

两人走出酒吧，打量了一下门口的那个妓女，却没有给她什么想头，她也轻松大胆地回视着他们。大厅里空荡荡的，悬挂的帐幔令人窒息，松褶里还藏着维多利亚时代的灰尘。他们穿过大厅，朝门口的侍者点点头，侍者连忙回礼，殷勤中带着晚班仆人特有的怨恨。接着，他们叫了一辆出租车，在十一月潮湿的夜晚行驶过凄冷的街道。街上一个女子也没有，只有脸色苍白的男子，穿着黑色的大衣，纽扣直扣到脖子上，三五成群地站在冰冷的石壁边。

“我的上帝！”迪克叹道。

---

① 罗马最负盛名的公共场所之一，广场内弯道、笔直的阶梯、林荫路、平台等令人目不暇接。

② 约翰·济慈（1795—1821），英国最伟大的诗人之一，客死在意大利。

“怎么了？”

“我又想起了今天下午那个人：‘这张桌子是为奥辛尼公主预留的。’你知道这些老牌罗马贵族都是什么吗？是强盗，他们在罗马帝国崩溃后强占了寺庙和宫殿，剥削老百姓。”

“我喜欢罗马，”科利斯仍坚持说。“你为什么不去看赛马？”

“我不喜欢赛马。”

“可是所有的女人都——”

“我知道我不会喜欢这里的任何东西的。我喜欢法国，那里个个自训为拿破仑——可这里人人都自以为是基督。”

他们在彭彭尼瑞下了车，走进一家内部镶嵌着木板的酒吧，里面有歌舞表演助兴，在这冰冷的石头建筑里无望地制造着转瞬即逝的欢闹。乐队无精打采地奏着探戈舞曲，宽大的舞池里十几对男女迈着繁复精巧的舞步，在美国人看来却不怎么舒服。闲坐的侍者们倒是防止了好事者滋生事端。整个场景看似热闹，却酝酿着等待的情绪，等待着这舞蹈、这夜晚、这维持平衡的力量的终了。它让敏感的客人更加相信，无论他寻找的是什么，都不会在这里找到。

这一点迪克早已明了。他环顾四周，希望眼睛能够抓住什么，让他的精神，而不是想象，再支撑一个小时。可他失望了，只好回头找科利斯。迪克告诉他很多当下的想法，可科利斯这个听众似乎什么也记不住，毫无反映，让迪克感觉很乏味。和科利斯待了半小时后，迪克明显地感到自己的生命力在消损。

两人喝了一瓶意大利汽酒，迪克开始面色苍白，舌头也不听话了。他把乐队领队叫了过来；这是一个巴哈马[①]黑人，神态傲慢，让人讨厌。几分钟后两人就吵了起来。

“是你让我坐下的。”

“是的。我还给了你五十里拉[②]，不是吗？”

“是的。是的。是的。”

① 大西洋沿岸的一个岛国，位于古巴东部，首都拿骚。

② 意大利货币单位。

“好吧，我给了你五十里拉，不是吗？然后你过来，还要我往喇叭里放钱！”“是你让我坐下的，不是吗？不是吗？”

“是我让你坐下的，可我给了你五十里拉，没有吗？”

“好吧，好吧。”

黑人领队站起来，怒气冲冲地走了，迪克的情绪更糟了。这时，他看到酒吧另一头的一个女孩朝他微笑，立刻，身边这些苍白的罗马人都消退为一片模糊的远景，显得体面、谦逊。这是个年轻的英国女孩，头发金黄，一张英国脸庞健康美丽。她又冲他嫣然一笑，他知道，这是在邀请他，却没有任何色情的挑逗。

“这里打牌有鬼，要么就是我不懂桥牌。”科利斯说。

迪克起身向那女子走去。

“您愿意跳舞吗？”

坐在那女孩旁边的是个中年英国男子，他几乎是抱歉地说：“我马上就要出去。”

迪克跳着舞，因为兴奋反而清醒了。在这女孩身上他似乎看到了英国人所有美好的东西；那清脆的嗓音让人联想起四面环海的静谧花园中的故事。迪克身子微微后仰，仔细观察着她，向她诉说着真心话，声音都颤抖了。女孩说，等现在的同伴走了，她就过来和他们坐在一起。一曲终了，女孩回到原来的座位，英国人迎她落座，面含微笑、连连道歉。

迪克回到自己的桌子边，又要了一瓶意大利苏打白葡萄酒。

“她看起来像哪个电影明星，”迪克说。“想不起来是谁了。”他不耐烦地朝身后张望。“真不知道她怎么还不过来？”

“我想拍电影，”科利斯若有所思地说，“家里人要我继承父业，可我不感兴趣。坐在伯明翰[①]的办公室里，一坐就是二十年——”

科利斯的话似乎是在反抗物质文明的压力。

① 在英国和美国有多座城市取此名，根据小说中对科利斯的介绍，应为美国亚拉巴马州中北部的伯明翰城。

“觉得不值？”迪克问。

“不，我不是这个意思。”

“不，你是这个意思。”

“你怎么知道我是什么意思？你要是这么热爱工作，为什么不去开业行医？”

迪克这时已经把两人的情绪都搞得很恶劣，不过因为喝了酒，他们都神志不清，一会儿就都忘了。科利斯离开时，两人热情地握手道别。

“好好考虑考虑。”迪克一本正经地说。

“考虑什么？”

“你知道。”大概指的是科利斯继承父业的事吧——是个切实的忠告。

克莱走了。迪克把瓶里的酒喝完，又和英国女孩跳起舞来。他拖动着僵直的身体，迈着生硬的步伐，在地板上大幅度地旋转着。突然，最为不可思议的事发生了。迪克正和女孩跳着舞，音乐停了——女孩早已不见了。

“您看见她了吗？”

“看见谁？”

“和我跳舞的女孩。突然就没了。肯定在这屋里”。

“别！别！那是女盥洗室。”

迪克站在吧台旁，旁边还有两个人，可迪克想不出办法去搭话。他想跟他们说说罗马，告诉他们科隆那家族和吉塔尼家族[①]的血腥发家史。可又想这样未免太唐突了。雪茄柜台上的一排玩偶突然洒落到地板上，引起一阵忙乱，迪克模模糊糊地意识到是自己闯的祸，就走回去，喝了一杯苦咖啡。科利斯走了，英国女孩也走了，看来只有回旅馆，带着那颗苦涩的心躺下了。迪克付了账单，拿上帽子和外衣。

排水沟里和粗糙的鹅卵石间积着脏水；罗马平原笼罩在一片湿

① 两个家族均为意大利史上贵族。

气中，仿佛这消亡的文明的汗水，蒙在凌晨的空气上。迪克身边围了四五个出租车司机，一个个鼓着小眼睛，下面垂着黑眼袋。其中一个固执地在迪克面前晃着，被他一把推开。

“到奎里那尔酒店多少钱？”

“一百里拉。”

要六美元。迪克摇摇头，说，三十里拉，这已经是白天的车费的两倍了，可这些人耸耸肩，像是商量好的，都走开了。

“最多三十五里拉，”迪克坚定地说。

“一百。”

迪克突然冒出一句英语。

“才半英里？四十里拉，送我吧。”

“哦，不。”

迪克很累了，就打开一辆车的车门，坐了进去。

“奎里那尔旅馆！”他对司机嚷嚷说。可司机却固执地站在窗外。“把你脸上那副冷笑收回去，送我去奎里那尔！”

“啊，不。”

迪克又钻了出来。于是，在彭彭尼瑞门口，只见有人在和一群司机争吵，有人当翻译，试图向迪克解释司机的话；又有一个人凑上前来，在迪克面前张牙舞爪，聒噪个不停。迪克又一把将他推开。

“我要去奎里那尔酒店。”

“他说一百里拉。”充当翻译的人说。

刚才那个家伙不肯善罢甘休，又挤了上来。“我知道。我给他五十里拉，走吧。”迪克对他说。那人看着迪克，鄙夷地啐了一口。

一个星期以来郁积在迪克心头的烦躁情绪突然爆发了，仿佛猛烈的闪电，它来自于故土尊贵的传统源泉。迪克上前一步，扇了那人一个耳光。

这群司机立刻把迪克团团围住，挥舞着手臂，威胁着试图逼近他，可是没能够——迪克靠着墙，笨拙地还击，一边嘿嘿地发笑。几分钟内，这场打斗并没有真动拳脚，双方的进攻都要么被挡开，要么落到半空中，要么斜擦过去，不过是虚张声势，一群人在大门口推来搡去。后来，迪克被绊倒了；伤到了身上不知哪个地方，可他仍挣扎着爬起来，双臂扭斗着。突然，两只胳膊像是断开了一样，他听到新的声音，新的争吵声，可还是靠墙站着，喘着粗气，为自己落到如此屈辱境地大为光火。迪克看到，没有人同情他，可是仍然无法相信是自己错了。

迪克和这群人被带到了警察局接受处理。有人找回了他的帽子，递给了他。迪克觉得有人抓着他的胳膊，随同这些司机拐了一个弯，进入一间空荡荡的警室，几个警察闲坐在昏暗的灯光下。

桌前坐着一名警官，终止了这场打斗的警察用意大利语向他汇报着，不时地指指迪克，那几个出租车司机也不时地插进来漫骂几声。警官开始不耐烦地点头。他举了举手，这场七嘴八舌的争辩渐渐停止，随着几声零落的叫喊，平息了下去。然后，那警官转向了迪克。

“会说意大利语吗？”他问。

“不会。”

“会说法语吗？”

“会。”迪克恼怒地瞪着他说。

“那好。听着，回奎里那尔旅馆去吧。别犯傻了。听着：‘你喝醉了。司机要多少钱就给多少。明白吗？’”

迪克摇了摇头。

“不，我不愿意。”

“为什么？”

“我只付四十里拉。这已经够多的了。”

警官站了起来。

“听着！”他威胁地喊道，“你喝醉了，动手打了司机。就这样算了吧。”他挥舞着双手。“我放过你，够便宜你的了。他要多少钱就给他吧——一百里拉。回奎里那尔旅馆去。”

迪克蒙受了羞辱，怒不可遏地瞪着他。

“好吧。”迪克盲目地转向门口——眼前是那个把他带到警察局的人，正奸笑着朝他点头。“我会回家的，”迪克咆哮道，“不过我得先收拾收拾这小子。”

他越过那几个目瞪口呆的警察，几步走到那张狞笑的脸跟前，一拳打向他的下巴。那人应声倒地。

迪克站在旁边，大获全胜——然而立刻袭来一阵剧痛，他还没弄清楚怎么回事，就趴了下去，只觉得天旋地转，警棍劈头盖脸而来，既而是雨点般的拳头和皮靴。他的鼻梁像一块薄木板一样咔嚓断了，眼睛一阵痉挛，好像被橡皮筋弹了回来，一根肋骨被人一脚踩断。迪克一时失去了知觉，醒来时发现自己给拉着坐了起来，两手扭在手铐上。他本能地挣扎着。那个被他打倒的警察，穿着便衣，正用手帕擦脸，看看有没有出血；他走到迪克跟前，让他坐正，然后抡起胳膊，把迪克打翻在地。

戴弗医生一动不动地躺在地上，接着一桶冷水浇了下来。他微微睁开一只眼睛，感到在一片模糊的红晕中，有人拽着自己的手腕，往前拖自己。他认出那是其中一个出租车司机，长着可恶的嘴脸。

“去埃克赛斯酒店，”他气息微弱地喊。“告诉沃伦小姐。两百里拉！沃伦小姐。两百里拉！哦，你们这些龌龊的——上帝——”

迪克眼前仍然是血红的一片，他透不过气，哽咽着，沿着高低不平的地面，被人拖到一个小房间，然后丢在石板上。只听门哐啷一声响，这些人都出去了，把迪克一人留在了里面。

第二十三章

深夜一点，芭比·沃伦躺在床上，在读马里恩·克劳福德[1]写的几篇罗马故事，觉得很是乏味无聊。她走到窗前，向街上望去。酒店对面有两个穿着古怪的警察，紧紧裹着披风，头戴滑稽的帽子。两人不时地来一个大转身，好像船上的主帆来回摆动。看着他们，芭比想起了那个卫队军官，午餐的时候死死地盯着她看。军官因为在一个矮小的种族里身材高大，很是倨傲，仿佛他唯一的职责就是长个高个儿。要是他走过来跟她说："一起逛逛，怎么样？"她就会回答："为什么不？"——至少她现在这么想，置身陌生的环境，芭比觉得很空虚。

她的思绪又渐渐从卫队军官回到了眼前的两个警察，又回到迪克身上——这样想着，她上了床，关灯睡下。

不到四点，芭比被一阵鲁莽的敲门声惊醒了。

"是谁？"

"我是门房，夫人。"

① 弗朗西斯·马里恩·克劳福德（1854—1909），美国作家，著有40多部浪漫主义小说。

芭比披上晨衣，睡眼惺忪地开了门。

“您的名叫戴弗的朋友有麻烦了。他和警察起了冲突，关进了监狱。他让一辆出租车来送信，司机说他答应付两百里拉。”说到这儿，他小心地停住了，希望芭比认账。“司机说戴弗先生现在的情况很糟。他和警察打架了，受了很严重的伤。”

“我这就下来。”

芭比急忙穿上衣服，心怦怦直跳。十分钟后，她出了电梯，走进黑洞洞的大厅。送信的司机已经走了；门房又叫了一辆，告诉了他关迪克的地方。车窗外，夜色渐渐稀薄，昼夜的较量处于暂时的平衡，芭比的神志蜷缩在这不稳定的时刻，尚未完全清醒。她开始和时间赛跑，想跑在白昼的前面，要是汽车奔驰在宽阔的马路上，她会赢；可是，一旦速度降下来，急风阵阵，天光就又蹑手蹑脚地蔓延开来。出租车驶过一座大喷泉，飞溅的水花投下巨大的阴影，发出阵阵响声；接着又拐入一条弯弯曲曲的小巷，两旁的楼房似乎都扭曲了；然后驶过一段凹凸不平的鹅卵石路面，嘎吱一声停在两座明晃晃的岗亭前，后面是一堵阴湿的墙壁。黑黢黢的走廊里突然传出迪克的喊叫声。

“有没有英国人？有没有美国人？有没有英国人？有没有——哦，上帝！肮脏的意大利佬！”

迪克的声音沉寂了下去，芭比听到了沉闷的砸门声，接着又是迪克的叫声。

“有美国人吗？有英国人吗？”

芭比循声穿过拱顶的走廊，跑到一个院子里，一时不知道迪克在哪里，站在原地打转。很快，从一间看守室里传来了迪克的叫声。两个警察跳了起来，可芭比根本不理会他们，直奔到牢房门口。

“迪克！”她叫道，“出什么事了？”

“他们把我的眼睛弄瞎了，”他喊到。“他们把我铐起来，打我，这帮该死的——”

芭比猛地转过身来，走到两个警察跟前。

“你们对他做了什么？”她厉声低问道，上升的怒火把两个警察吓坏了。

“我们不懂英语。”

芭比据理力争，用法语把两人痛骂一顿，狂暴的怒气充斥了整个房间。两个警察缩成一团，被芭比铺天盖地的斥责团团裹住，挣扎着想逃出来。“做点什么！做点什么！”

“除非有命令，我们什么也不能做。”

“好。好！好！”

芭比又燃起了新一轮怒气，直到两个警察为他们的爱莫能助连连道歉，相互大眼瞪小眼，好像犯了天大的错。芭比奔到牢房前，靠在门上，几乎是抚摩着它，仿佛这能让迪克感受到她的存在和力量，说：“我去趟大使馆就回来。”她威胁地狠狠扫了那两个警察一眼，然后跑了出去，

芭比又坐上出租车，来到美国大使馆。司机不依不饶，只好先结清车费。天还没亮，她跑上台阶，按了门铃，直到按了第三次，才有一个哈欠连连的英国门房开了门。

“我要见这里的人，”她说。“随便哪一位——但是立刻要见。”

“他们都在睡觉，夫人。我们九点开门。”

芭比不耐烦地挥挥手，根本不听。

“这很重要。一位男士——一个美国人遭到了殴打，现在关在意大利监狱里。”

“所有的人都在睡觉。九点——”

“我等不到那时候。他们打瞎了他的眼睛——我的妹夫，扣在了监狱里。我必须见这里的人——你难道不明白吗？你疯了？还是个傻瓜？傻站在这里？”

“我无能为力，夫人。”

“你必须叫醒一个人！”她抓住他的肩膀，用力摇晃着。“这是人命关天的事，如果你不去叫醒他们，你会大祸临头的——”

“请您不要碰我，夫人。”

这时，台阶上面，门房的身后，飘过来一句有气无力的格罗顿[①]口音。

“什么事？”

门房松了口气。

“是位女士，先生。她方才用力地晃我。”他转身走上台阶说。芭比也紧跟着进了大厅。被吵醒的是个年轻男子，站在楼梯拐弯处的平台上，裹着白色的波斯绣花睡袍。他面孔很古怪，一张脸粉红得吓人，虽然鲜明，却死气沉沉，嘴巴上似乎套着一个套子。看到芭比，他又把脸藏在阴暗里。

“什么事？”他又问道

芭比情绪很激动，一边说，一边一步步逼近楼梯。这期间，她发现那人嘴上的套子其实是一条蒙着胡须的布带，脸上涂的是一层粉红色的冷霜，结果就变得很恐怖。芭比激动地喊道，现在要做的事，就是立刻跟她去监狱，把迪克救出来。

“这真是很糟糕，”他说。

“是的，”芭比附和道，有些讨好他。“是吗？”

“居然冒犯警察。”他说，语气里透出一丝轻蔑，“恐怕在九点之前什么也做不了。”

“要到九点，”芭比惊叫道。“可是你能做点什么的，肯定能！你可以和我一起去监狱，让他们不要再伤害他。”

“我们不能这样做。这是领事馆的职权范围。领事馆会在九点开门。”

他绷着布条的脸一无表情，这激怒了芭比。

“我等不到九点。我的妹夫说他们打瞎了他的一只眼——他伤得很严重！我必须赶到他那里。我必须找一个医生。”她再也控制不住了，说着愤怒地大哭起来，心里知道，大哭大闹比申辩更管用。“你必须采取行动。保护遇到困难的美国公民是你的职责。”

可这是个铁石心肠的东部人，芭比打动不了他。看到芭比无法

① 美国康涅狄格州东南一城镇，临大西洋。

理解自己的处境，他耐心地摇摇头，裹紧了身上的睡袍，走下几个台阶。

“给这位女士写下领事馆的地址，”他对门房说，“找一下克拉左医生的地址和电话，也写下来。”他转向芭比，脸上的表情活像恼怒的基督。“我亲爱的女士，外交人员代表美国政府与意大利政府发生关系。与保护公民毫无干系，除非有国务院的特殊命令。您的妹夫因触犯这个国家的法律入狱，就像一个意大利人也会被送入纽约的监狱。唯一能使他获释的是意大利法庭，如果您的妹夫要打官司，您可以通过领事馆获得帮助和建议。领事馆保护美国公民的权利，要到九点才开门。即使是我的兄弟我也无能为力——”

“你可以打电话到领事馆吗？”芭比打断他，问道。

“我们无权干涉领事馆的事务。领事九点会到那里——”

“可以告诉我他的家庭住址吗？”

年轻人沉默了片刻，摇摇头，从门房手里拿过纸条，递给芭比。

“请您原谅。”

说着，他把芭比推到了门口。开门的一刻，粉红的面膜和绑胡须的尼龙袋被紫色的晨曦一照，显得耀眼刺目。芭比形单影只地站在大使馆的台阶上。她在里面总共待了十分钟。

使馆对面的广场空荡荡的，只有一个老头拿着一根头上带钉的棍子，捡地上的烟蒂。芭比立刻拦了一辆出租车，去了领事馆，可那里只有三个脏兮兮的擦楼梯的妇女。她问她们领事的住址，可说了半天，她们还是不明白——芭比突然又担心起迪克来，连忙跑了出去，吩咐司机去监狱。可司机不知道地方，她靠了“向前”、“向右”、“向左”这几个单词，总算把司机带到了临近的地方。芭比下了车，在迷宫般的小巷中摸索。所有的建筑和街道都相差无几，似曾相识。走出一条小径，她发现自己来到了西班牙广场上。突然，她看到了美国快运公司的牌子，一看到牌子上的“美国”两个字，她的心都要跳了出来。窗户里有灯光，她急忙穿过广场敲门，可门是锁着的，里面的钟指向七点。这时，她猛然想起了科利

斯·克莱。

芭比回忆起了科利斯住的旅馆的名字，就在埃克赛斯酒店对面，拉着严严实实的红绒窗帘，令人窒息。当班的女服务员并不愿帮助她——说自己无权打搅克莱先生，也不允许沃伦小姐上去找他。最后，芭比终于让她明白这不是什么一时冲动，这才陪她上去。

科利斯光着身子躺在床上。他回来的时候已经喝醉了，这时过了好一会儿才意识到自己赤身裸体。他连连道歉，弥补自己的过错。接着拿起衣服进了浴室，匆匆穿上，一边嘟囔着“天哪，她全看到了。”科利斯和芭比两人打了一通电话，找到了监狱的位置，赶了过去。

牢房的门开着，迪克倒在看守室的椅子上，警察已经洗掉了他脸上的一些血迹，擦掉了他身上的灰尘，又给他戴上了帽子，好掩盖脸上的伤痕。

芭比站在走廊里，浑身都在颤抖。

“科利斯先生会和你在一起，”她说。“我去找领事和医生。”

“好的。”

“好好待着。”

“好的。”

“我就回来。”

芭比乘车到了领事馆；这时已经八点了，她可以坐在前厅等待。快九点时，领事进来了，已经筋疲力尽却一无所获的芭比几乎是歇斯底里地重复了迪克的遭遇。领事被闹得很烦，警告芭比不要在陌生的城市卷入斗殴中，可最计较的却是她应该等在外面——从他上了年纪的眼睛里，芭比绝望地看出来，他不想插手这件事。等着领事采取行动的时间里，她去打了电话，叫一名医生到迪克那里。前厅里还有别的人在等待，有几个被允许进入了领事的办公室。半个小时后，芭比等一个人出来的当口，把秘书推开，闯了进去。

“这真是不可容忍！一个美国公民遭到了殴打，只剩下半条命，被投到了监狱，而你却无动于衷。”

“等一下，夫人——”

“我已经等得够长了。你现在立刻去监狱，把他放出来！”

“夫人——”

“我们在美国是相当有地位的人——”她咬牙切齿地说。“如果不是不愿意惹上丑闻我们可以——我会把你的不作为报告给有关部门。如果我的妹夫是英国公民，他几个小时之前就获得自由了，可是你更关心的是警察怎么想，而不想想你在这里是为了什么。”

“夫人——”

“戴上你的帽子，立刻跟我出去。”

提到帽子，领事惶恐了，慌忙地擦着眼镜，呼啦啦地翻着文件，可没有用：这位美国女子站在面前，她的愤怒超越了理智，横扫一切，仿佛折断了这个民族的道德脊梁，让一个泱泱大国显得像个幼稚的小孩。他支持不住了，按铃把副领事叫了过来——芭比赢了。

看守室内阳光充裕，迪克坐在那里，科利斯陪着他，还有两个警察，等待着事态的下一步进展。迪克用一只不大睁得开的眼睛看到，这两个警察都是托斯卡那[①]的农民，上唇很短，觉得很难把他们和昨夜的野蛮行径联系起来。他让其中的一个给他拿一杯啤酒。

喝了啤酒，迪克有些头晕，突然觉得整起事件带上了讽刺的幽默味道。科利斯猜迪克倒霉可能跟那个英国女孩有关，可迪克很确定，她早在出事之前就消失了。不过让科利斯心神不安的，还是芭比看到了他赤身裸体躺在床上的样子。

迪克的愤怒稍稍消退，代之而起的是一种可耻的不负责任的情绪，无边无际，将他淹没。发生在他身上的事情如此可怕，除非能将它遏制到死，后果不会有任何改变；然而这是不可能的，因此他没有希望了。从此以后，他将是另一个人了，在这个新的迪克尚未形成之前，他有种奇怪的感觉，似乎已经预见到了那个新的自我。

---

① 意大利西北部的一个地区，佛罗伦萨为其中心城市。

整个过程仿佛是上帝的安排，非人力所能为。没有哪个成熟的白种人会从羞辱中获益；当他原谅的时候，这份羞辱就转化为他的一部分。迪克已经把自己和那些羞辱他的东西等同起来——就这件事来说，这样的结果是无可救药的。

科利斯说要报仇，迪克摇了摇头，没吭声。这时进来一个中尉，衣冠楚楚，皮鞋锃亮，神气活现，看守们立刻跳起来行礼。他抓住空啤酒瓶，把他的下属们责骂了一番。这是个有新思想的人，第一件事就是看守室里不能出现啤酒瓶。迪克看着科利斯，大笑起来。

副领事是个叫斯万森的年轻人，看起来劳累过度，他陪同迪克他们一起去了法庭。科利斯和斯万森走在迪克的两边，后面紧跟着两名警察。这是一个雾蒙蒙的上午，天空昏黄，广场和街道上很拥挤，迪克压低帽子，走得很快，直到一个短腿警察跑到他身边抗议，让他慢点。还是斯万森把事情处理了。

“我让你难堪了，是吗？”迪克轻松地说。

“跟意大利人打架，你会送命的，”斯万森腼腆地回答。“这次也许会放过你，可是如果你是意大利人，准定会在监狱待上两个月！”

“你进过监狱吗？”

斯万森笑了。

“我喜欢他，”迪克对克莱说，“是个不错的年轻人，给人的建议很管用，不过我打赌，他进过监狱。可能一次待过几个星期。”

斯万森笑了。

“我是说你要小心。你不了解这里的人。”

“哦，我知道，”迪克愤愤地叫道。“都是些该死的混蛋。”他转身对那两个警察说：“听到了吗？”

“我就陪你到这里了，”斯万森很快地说。“我和你姨姐说了我会——我们的律师在楼上的审判室等你。你要小心。”

“再见。”迪克礼貌地和他握手。“非常感谢。我觉得你前途——”

斯万森笑了笑，匆匆走了，又回到了职业的态度，对迪克的行为不以为然。

迪克和科利斯走进一个院子，四面是露天的楼梯，通向二层的审判室。穿过石板路时，几个在院子里闲荡的人突然发出了嘘嘘声，充满了愤怒和鄙视。迪克瞪大了眼睛，四处张望。

“这是什么？”他惊骇地问。

一个警察走过去，对这群人说了几句，声音消失了。

他们进了审判室，领事馆派来的是个寒酸的意大利律师，向法官做了长时间的陈述，迪克和科利斯等在一旁。审判室的窗户通向院子，一个会说英语的人从那边转过来，向他们解释了过来时的怪声。一个弗拉斯卡蒂[①]当地人强奸并杀害了一个五岁的孩子，今天上午要被带到这里——他们以为迪克就是那人。

几分钟后，律师告诉迪克他获释了——法庭认为他已经获得了足够的惩罚。

“足够！”迪克叫道，“为什么惩罚我？”

“走吧，”科利斯说，“别计较太多了。”

“可是我做什么了，不过就是和几个司机打了一架。”

“他们指控你走到一个侦探前面，好像是要握手，却打了他——”

“事实不是这样！我告诉他说了，我要收拾他——我也不知道他是侦探。”

“你最好还是走吧，”律师催促说。

“走吧。”科利斯拉着他的胳膊下了楼。

“我想说几句，”迪克叫道，“我要告诉这些人我怎么强奸了一个五岁的小女孩。也许我真的——”

“走吧。”

芭比和一个医生等在出租车里。迪克不想看她，也不喜欢那个医生。他神色严厉，在迪克看来是那类最莫测的欧洲人，一个拉丁

① 意大利罗马省一城镇，罗马城东南约20公里处。

民族的道德家。迪克总结了自己这次遭殃的感觉，可没人说什么。回到奎里那尔旅馆的房间，医生给他洗去了血迹和油腻的汗水，接好鼻梁、断裂的肋骨和手指，给小伤口消了毒，又在眼睛上敷了药，说是很管用。迪克仍然毫无睡意，神经紧张，就要了一点吗啡，之后就睡着了。医生和科利斯离开了，芭比陪着他，直到英国疗养院护士的到来。这是一个艰难的夜晚，可芭比很满足，心里想，无论迪克过去的行为如何，现在她们在他面前获得了一种道德优越感，只要他还有用，这种优越感就会持续下去。

第三部

第一章

弗罗·凯思·格雷高罗弗斯在别墅的小路上追上丈夫。

“尼科尔怎么样？”她温和地问道，可说话时气喘吁吁，说明跑过来时一直在想这个问题。

弗朗茨惊讶地看着她。

“尼科尔没有生病。你怎么会这么问，亲爱的？”

“你看了她好几次——我以为她病了。”

“我们进房间里再说。”

凯思顺从地答应了。他在行政大楼的研究工作已经结束，孩子们在起居室和家庭教师待在一起。于是，两人上楼到卧室去。

“对不起，弗朗茨，”凯思抢先说道，“对不起，亲爱的，我没有权利这样说。我知道我的责任是什么，而且为此自豪。可我和尼科尔之间总是感觉不对劲。”

“一个巢里的鸟儿们要和睦相处，”弗朗茨咆哮着说，同时意识到自己的声调与这句话的内涵不协调，于是又放慢了节奏，一字一句地重复道：“一巢——之鸟——要——和睦相处！”他是在模仿自己过去的导师多姆勒医生，他总是能让最陈腐的话具有特殊的意义。

“这我明白。你没见过我对尼科尔失礼吧。”

“我看你是不通常理。尼科尔是半个病人——也许这一辈子都会是个病人。迪克不在时我应当对她负责。”他犹豫了一下；有时他会和凯思寻开心，瞒着她一些消息。“今天早上罗马来了一封电报。迪克感冒了，明天就会起程回家。”

听了这话，凯思放了心，若无其事地说道：

“我觉得尼科尔的病不像大家想的那么严重——她只是把她的病当作武器。她真应该去拍电影，就像你们的诺玛·塔尔玛吉——那是所有的美国女人都会高兴的地方。”

“你嫉妒诺玛·塔尔玛吉？在电影里？”

“我不喜欢美国人。他们都很自私，自——私！”

“可你喜欢迪克？”

“我喜欢他。”她承认说，“他不一样，总是为别人考虑。”

——诺玛·塔尔玛吉也一样，弗朗茨心里说。诺玛·塔尔玛吉不只是漂亮，还一定是个善良、高贵的女子。肯定是那些人强迫她演那些愚蠢的角色。能够与之相识一定是莫大的荣幸。

凯思这时已经忘掉了诺玛·塔尔玛吉，可那天晚上在苏黎世看完电影开车回家时，这个银幕上的动人女子让她很气恼。

“——迪克和尼科尔结婚是为了她的钱，”她说，“这是他的弱点——那天晚上你也是这个意思。”

“你这样说可是很恶毒。”

“我是不应该这样说，”她改口道，“像你说的，我们得像鸟一样和睦相处。可这真的很难——尼科尔见到我就往后退，好像是在屏住呼吸——好像我身上有味儿！”

凯思的话触及一个有关物质的事实。她操持大部分家务，生活节俭，很少买衣服。可是一个每天晚上换洗两套内衣的美国售货小姐，就会嗅到留在她身上隔夜的汗味儿。其实，与其说是有味儿，不如说意味着长年的操劳和消损。这对弗朗茨来说，就像凯思头发上浓重的味道一样自然，他可以皆不在意；可对自打出生以来连护士手指上的味道都讨厌的尼科尔来说，这实在让她厌恶，可又不得不忍受。

“还有孩子们，”凯思继续说。“她不愿意让她的孩子和我们的孩子一起玩——”可是弗朗茨已经听够了：

“住嘴——你这些话会毁了我的事业，我们这家门诊部靠的是尼科尔的钱。吃饭吧。”

凯思意识到自己这样抱怨一通是不明智的，可弗朗茨的最后一句话提醒她，其他的美国人也有钱。一个星期后，她对尼科尔的不满又换了一种说法。

那是在他们为迪克举办的接风晚宴上。戴弗夫妇的脚步声还没有完全消失，凯思就关上了门，对弗朗茨说：

“你注意他的眼睛了吗？这段日子他一定很放荡！”

“别说得这么难听，”弗朗茨说，“迪克一到家就和我说了。他在船上玩了玩拳击。美国人在横渡大西洋的船上经常玩拳击。”

“你以为我相信？”她冷笑道。“他的一只胳膊几乎不能动，太阳穴上的伤口还没好——还看得见那儿的头发被剪掉了。”

弗朗茨并没有注意到这些细节。

“可是，”凯思诘问道，“你觉得这种事情会对诊所有好处吗？今天晚上我闻到他身上有酒味，自从他回来后已经好几次了。”

她放慢语速，觉得自己要说的话很重要：“迪克已经不再是个严肃的人了。”

弗朗茨站在楼上，晃晃肩膀，想摆脱掉凯思的喋喋不休。在卧室里，他对她说。

“他当然是最严肃的人，也是最优秀的。在所有近些年来在苏黎世拿到神经病理学学位的人当中，他都被认为是最优秀的——比我要优秀得多。”

“真不知羞耻！”

“这是事实——不敢承认才羞耻。遇到最复杂的病例我总是去找迪克。他发表的文章仍然是这个领域最权威的——你去任何一家医学图书馆问问。大多数学生都以为他是英国人——他们不相信这样全面透彻的研究会出自一个美国人。”弗朗茨从枕头下面拿出睡衣，咕哝着说："我不明白你为什么这样说，凯思——我以为你喜欢他。"

"真是羞耻！"凯思说，"你的研究才是脚踏实地的，是你在工作。这是一场龟兔赛跑——而且在我看来，兔子的比赛已经结束了。"

"去！去！"

"很好。可这是事实。"

弗朗茨张开手，猛地往下一按。

"到此为止！"

事情的结果是，他们就像辩论的双方，交换了观点。凯思心里承认她对迪克过于苛刻了。她其实很钦佩迪克，甚罕有些敬畏，迪克一直都很欣赏她，理解她。而弗朗茨，一旦把凯思的话听到心里，之后就再也不相信迪克是个严肃的人了。随着时间的推移，他逐渐相信，自己从来就不认为迪克是个严肃的人。

第二章

迪克把自己在罗马的遭遇删节窜改了一番告诉了尼科尔——照他的说法是出于仁义之心，营救一个醉酒的朋友。他相信芭比·沃伦会闭上嘴巴，因为他告诉过她，一旦尼科尔得知真相，会有什么灾难性的后果。然而，这些都还容易对付，关键是罗马的经历对他产生了持久的影响，挥之不去。

迪克的反应是拼命地工作，结果弗朗茨想和他分道扬镳，也找不到借口。所有真正的友谊都不可能没有肉体撕裂的痛楚就在一小时内破裂——于是，弗朗茨日渐相信，迪克在才智和情感上的发展过于快速、激烈，使他难以承受——这一差异过去一直被认为是两人关系中的优点。现在，两人的关系就像是用陈年的皮子做的鞋，徒有其表，以次充好。

五月前，弗朗茨找到了机会，在两人的关系中插入了第一根楔子。一天中午，迪克来到办公室，脸色苍白，神色疲惫。他坐下来说道：

“她走了。”

“她死了？”

“心脏已经不跳了。”

迪克坐在靠门的椅子上，筋疲力尽。他连续三个夜晚都守在那个女艺术家的身边。她没有透露姓名，长了一身疥癣。迪克渐渐爱上了她，表面上是去按时注射肾上腺素，其实是希望在她即将沉入的黑暗中尽力抛洒些暗淡的光线。

弗朗茨并不怎么在意迪克的感受，很快说出了自己的意见："那是神经性梅毒。所有的瓦塞尔曼氏检查[①]结果都一样。她的脊髓——"

"没关系，"迪克说。"哦，上帝，没关系！如果她要保守自己的秘密，带着它离开人世，那就如她所愿吧。"

"你最好休息一天。"

"别担心，我会的。"

弗朗茨找到了机会。他正在拟电报，发给那女人的兄弟，这时便抬起头，对迪克说："或者，你想去旅行吗？"

"现在不想。"

"我不是说休假。洛桑那里有个病人。我今天一个上午都在和一个智利人通话——"

"她真是太勇敢了，"迪克说，"拖了这么长时间。"弗朗茨同情地摇摇头。迪克镇定了一下，说："请原谅，我打断你了。"

"这只是调节一下——是一个父亲，儿子出了问题——他没法让他儿子到这里来，想让我们去个人。"

"是什么问题？酗酒？同性恋？你刚在说是在洛桑——"

"都有一点。"

"我去。能赚到钱吗？"

"我敢说，一大笔。你在那边待上两三天，如果需要观察治疗，就把那孩子带过来。不管怎样，慢慢来，把工作和娱乐结合起来。"

在火车上休息了两个小时，迪克有了精神，见到里尔先生时兴致很高。

---

① 瓦塞尔曼（1866—1925）德国细菌学家，于1906年发明了梅毒检测法。

这样的会面总是一样，家庭成员代表往往歇斯底里，这在心理医生看来和病人的状况一样有意义。这一次也不例外。帕尔多·伊·库伊达德·雷亚尔先生，这位皮肤浅黑的西班牙人，相貌堂堂、举止不凡，身上的一切都昭示着财富和权利。然而在他下榻的三世界酒店，诉说起儿子的不幸，他简直是歇斯底里，比一个喝醉酒的妇女好不到哪里。

“我实在是无计可施了。我的儿子毁了。是哈罗公学[1]毁了他，是剑桥的国王学院[2]毁了他。他毁了，不可救药了。现在又加上酗酒，越来越明显了，丑闻不断。我什么办法都试过了——我甚至和一个当医生的朋友制定了一个计划，让他们一起去西班牙旅行。每天晚上给弗朗西斯科注射一针干斑蝥粉[3]，然后带他去著名的妓院——一个星期下来，好像有点效果，可最终还是白费。最后，上个星期，就在这个房间，准确的是说是在浴室——”他指着那里，“——我让弗朗西斯科脱光上衣，用鞭子抽了他。”

等这位激动的父亲发泄完情绪，筋疲力尽地坐了下来，迪克开口了：

“您这样做很不聪明——去西班牙也一样——”他忍不住一阵好笑——居然会有哪个讲原则的医生，投入到这样荒唐的实验中！“——先生，我必须告诉您在这样的情况下我们不能做任何承诺。就酗酒来说，通过恰当的合作，我们经常会有一些成就。首先是要见到他，获得他的信任，了解他的意见。”

——那男孩子大约二十岁，容貌秀美，心性敏感。两人坐在露台上。

“我想知道你的态度，”迪克说，“你有没有觉得情况正在变糟？想不想做点什么？”

“我想是的，”弗朗西斯科说，“我很不快乐。”

“你觉得原因是酗酒还是性反常？”

---

① 哈罗公学，英国培养上层阶级子弟的一所中学。在伦敦东北部。

② 英国剑桥大学一学院名，1441年设立。

③ 一种春药。

“我想酗酒是因为后者引起的。”这一刻他很严肃——可突然间他又遏止不住地玩世不恭起来，笑道，“没有希望了。在国王学院时他们叫我智利女王。至于那次去西班牙——最后只是让我见到女人就恶心。”

迪克厉声打断他：

“如果你觉得这样乱七八糟的生活很舒服，那我无能为力，我是在浪费时间。”

“不，我们来谈谈——这样的人我大多数也看不起。”这孩子性格中有勇敢刚毅的一面，却只用来反抗他的父亲。可是，和通常同性恋者讨论这个问题时一样，他的眼睛里流露出了无赖的神情。

“这至多也是偷偷摸摸的勾当，”迪克说，“你可以一生都这样下去，那就要承担它的后果，你将没有时间和精力去从事任何体面的社会活动。如果你想面对世界就必须开始控制你的性倾向——首先是刺激它的酗酒——”

迪克机械地说着，其实十分钟前就放弃了这个病例。他们愉快地谈了一个小时，讲起男孩在智利的家乡，以及他的抱负。迪克还是第一次从病理学之外的角度如此近距离地了解一个人。他想，也许正是这种魔力让那孩子做出那样违背常情的事情。而对迪克来说，魔力总是独立存在的，无论是像今天早上在诊所死去的那个可怜的女人，表现为疯狂的勇敢，还是像眼前这个迷失的年轻人的乏味老套故事，表现为勇气利风度。迪克试图把它分割成小块，好把它们都贮存起来——他意识到，生活的总体同它的各个部分会有不同的性质，而四十岁的人生只能通过一个个片段来观察。例如他对尼科尔和罗斯玛丽的爱恋，战争结束时在这破碎的世界中和亚伯·诺斯、汤米·巴尔邦的友谊——他们的每个人的性格都这样迫近他，几乎成了他自己——他必须要么全部接受，要么全部放弃；好像他今后的人生必须带着这些早年所碰到的、爱上的人的自我上路，而且只有他们的人生完满，自己才能获得完满的人生。这里面有一种孤独感——很容易被爱上——很难爱上一个人。

就在迪克和年轻的弗朗西斯科坐在露台上时，一个似曾相识的人进入他的视线那是一个高个男子，古怪地摇晃着从灌木丛中游离出来，犹疑不定地朝迪克和弗朗西斯科走来。一时间，他似乎融入了这颤动的风景，成为它谦卑的一部分，迪克几乎没有注意到他——然而，接着他就站了起来，茫然地伸出手，心里想，“上帝，我捅了马蜂窝！”一边努力回忆这人的名字。

“是戴弗医生，是吗？”

“哦，哦——达姆夫瑞先生，是您吗？”

“罗伊·达姆夫瑞，我有幸在您美丽的花园里和您共进晚餐，度过一个美好的夜晚。”

“当然。”迪克想给达姆夫瑞的热情降降温，就干巴巴地回忆起当时的时间。“那是19——24——或者是25年——”

迪克还站着，罗伊·达姆夫瑞虽然起初有些腼腆，却很快精神起来。他用轻佻、亲密地口吻和弗朗西斯科说起话来，弗朗西斯科却为他感到难为情，就和迪克一气，态度冷淡，想把他甩掉。

“戴弗医生——在您离开之前我想说，我从没忘记过在您花园里度过的那个夜晚——您和您的妻子是那么迷人。这是我一生中最美好的记忆，最快乐的时光。我一直认为那是我见过的最有修养的人的一次聚会。”

迪克继续像螃蟹一样，斜着身子朝酒店最近的门口退过去。

“很高兴给您留下这样美好的记忆。不过现在我不得不去见——”

“我明白，”罗伊·达姆夫瑞用同情的口吻说，“我知道他快不行了。”

“谁快不行了？”

“也许我不该说——不过我和他请的是同一个医生。”

迪克顿住了，吃惊地看着他，“您这是在说谁？”

“噢，您妻子的父亲——也许我——”

“我的什么？”

“我以为——您是说我是第一个——”

“您是说我妻子的父亲在这里，在洛桑？”

“哎，我以为您知道——我以为您是因为这个到这儿的。”

“照顾他的是哪位医生？”

迪克在笔记本上草草记下了名字，说了声“请原谅”，就急忙向电话亭走去。

丹格医生恰好在家，立刻接待了戴弗医生。

丹格医生是个年轻的日内瓦人，起先他有些担心会失去一个可以赚大钱的病人，不过迪克让他放心，于是他向迪克吐露，沃伦先生确实不久于人世了。

“他只有五十岁，可肝脏已经没有恢复功能了，直接的原因是酒精中毒。”

“完全没有反应？”

“他现在只能进流食——我想他只有三天时间，最多一个星期。”

“他的大女儿，沃伦小姐，知道吗？”

“除了他的男仆，没有人知道，这是他希望的。直到今天早上，我认为必须告诉他——他很激动，尽管自从病倒之后他一直很虔诚，听天由命。”

迪克考虑了片刻；“嗯——”最后说，“无论怎样，我会处理亲属方面的事。不过我想他们会要求会诊。”

“悉听尊便。”

“我请求您把湖区最好的大夫请来——日内瓦的赫布拉格。我知道，我这样说是代表了亲属的意见。”

“我也在考虑他。”

“我在这里至少会再待上一天，会随时和您联系的。”

当晚迪克去见了帕尔多·伊·库伊达德·雷亚尔先生。

“我们在智利有庞大的地产——”老人说，“我儿子可以去打理这些地产。或者我会让他照管巴黎的任何一份产业，有十几处——”他摇摇头，在两扇窗户之间来回踱步。窗外是宜人的绵绵春雨，天鹅仍在雨中嬉戏。“我唯一的儿子！您能带他一起走吗？”

突然，这位西班牙人跪在了迪克脚下。

“您能治愈我唯一的儿子吗？我相信您——您可以把他带走治疗。”

“您这样做我无法做出任何许诺。即使我可以也不能。”

西班牙人站了起来。

“我太着急了——我已经被逼无奈了——”

迪克下楼到大厅里去，在电梯里遇见了丹格医生。

“我正要给你的房间打电话，”丹格说，“我们可以去露台说话吗？”

“沃伦先生死了吗？”迪克问。

“他还是那样——会诊安排在明天上午。他想见他的女儿——您的妻子——很热切。好像他们之间有些分歧——他和——”

“我知道。”

两位医生对视着，各自思忖着。

“您在做决定之前，为什么不去和他谈谈？”丹格提议说。“他的死亡将会很平静——会是逐渐的衰竭和消亡。”

迪克最后同意了。

“好吧。”

德弗罗·沃伦正在安静地衰竭和消亡。他弥留的这间套房同帕尔多·伊·库伊达德·雷亚尔先生的一样大小——在这家酒店里的很多房间里，堕落的富豪们、亡命天涯的罪犯、附属公国自封的王位继承人，靠着鸦片或巴比妥催眠剂活着，耳边永远是过去的罪恶的粗糙音调，仿佛是躲不掉的广播。与其说这欧洲一角吸引着他们，不如说是它不加询问地容纳了他们。条条大路在这里交叉——有前往山间隐秘的疗养院或肺结核康复中心的人们，有在法国或意大利已经不再受欢迎的角色。

房间里很暗。照看病人的是一名修女，面容圣洁。沃伦先生躺在床上，瘦弱的手指拨弄着白色床单上的一串念珠。丹格退了出去，把迪克和沃伦留在一起。沃伦先生仍然很英俊，说话时带着他特有的浓重的喉音。

“临近生命的尽头，我们会懂得很多。直到现在，戴弗医生，我才明白这到底是什么。”

迪克等待着他说下去。

“我是个坏人。你一定知道我没有权利再见尼科尔，可是，一个比我们都要高大的人说，要原谅，要同情。”念珠顺着光滑的被褥，从他无力的手指间滑落。迪克捡了起来。“如果我能见到尼科尔，哪怕只有十分钟，也会幸福地离开人世。”

“这不是我自己就能决定的，”迪克说，“尼科尔现在很脆弱。”迪克已经做了决定，可装着还在犹豫。“我会把这件事告诉我的合伙人。”

“无论你的合伙人说什么，我都听从——很好，医生。让我告诉你，我欠你的太多太多——”

迪克很快地站了起来。

“我会让丹格大夫告诉您结果。”

回到房间，迪克打通了祖格湖区诊所的电话。过了很长时间，凯思才接了电话，而且是在家里。

“我想和弗朗茨说话。”

“弗朗茨现在山上。我自己也要上去——有什么事要我告诉他吗，迪克？”

“是尼科尔——她的父亲在洛桑，快要死了。告诉弗朗茨，让他明白这很重要；请他从那里给我打电话。”

“我会的。”

“告诉他三点到五点之间我会在酒店的房间里，然后是七点到八点，过了八点我会在餐厅，可以让侍者转告。”

迪克一直在考虑着时间，忘了叮嘱一句，不能让尼科尔知道；等他想起来，那边电话已经挂了。当然，凯思会明白这一点的。

……凯思上山时并没想告诉尼科尔迪克的电话。山间人迹罕至，开满野花，微风幽幽吹拂。这里，病人们冬季来滑雪，春天来登山。下了缆车，凯思看见尼科尔带着孩子们玩耍，就走过去，轻轻张开胳膊，伸向尼科尔的肩膀，说：“你很会照管孩子们，夏天一定要多教教他们游泳。”

尼科尔他们已经玩得很热了，见凯思伸过胳膊，就不自觉地往后退了退。这一反应几近无礼，凯思的手尴尬地落在半空。随即，她也做出了反应，说出了让她后悔的话：

“你以为我要拥抱你吗？”她尖刻地质问到。“这只是因为迪克，我接到了他的电话，我很难过——”

“迪克出什么事了吗？”

凯思突然间意识到了自己的错误，可事已至此，她也别无选择，只好应付尼科尔再三的追问：“你为什么难过？”

“迪克没什么事，我必须和弗朗茨说。”

“迪克出事了。”

尼科尔的脸上出现惊恐的表情，孩子们也慌作一片，凯思招架不住，终于说道：“你父亲病了，在洛桑——迪克想和弗朗茨说这件事。”

“病得很重吗？”尼科尔问——这时恰好弗朗茨走了过来，带着医生亲切热情的态度。凯思松了一口气，把下剩的问题甩给了他——可伤害已经造成了。

“我要去洛桑。”尼科尔宣布说。

“等一下，”弗朗茨说，“我不能确定这是否明智。我必须先和迪克通电话。”

“那我会误了下山的缆车的，”尼科尔不同意，“然后就会误了三点钟从苏黎世开来的火车！如果我父亲快要死了我必须——”她顿住了，不敢说出来。“我必须去。我必须跑着去赶火车。”尼科尔望着那列缆车，一边说，一边跑起来。缆车正蜿蜒在光秃秃的山顶，喷着蒸汽、鸣叫着。她回头喊道：“弗朗茨，如果你给迪克打电话，告诉他我去了……”

迪克正在自己的房间里读《纽约先驱报》，那个燕子般轻盈的修女突然闯了进来——同时电话铃响了。

“他死了吗？迪克问道，还抱着希望。

“先生，他走了——他已经离开了。”

“什么？”

“他走了——他的仆人和行李也没有了！”

这简直是不可思议。一个处于如此状况的人会从床上起来，然后离开。

迪克接了电话，是弗朗茨。“你不应该告诉尼科尔。”迪克有些不高兴。

“是凯思说的，她真是太傻了。”

“我想这是我的错。事情没做好之前，永远都不能告诉女人。不过，我会去接尼科尔的…喂，弗朗茨，刚刚这里发生了奇怪透顶的事情——老先生从床上爬起来，走了……”

“什么？你说什么？”

“我说他走了，老沃伦先生——他走了！”

“可他为什么不能走呢？”

“他正因为全身衰竭慢慢死去……可他起来了，走掉了，我猜是回了芝加哥……我不知道，护士在这儿……我不明白，弗朗茨——我刚刚知道……再给我打电话。”

之后的两个小时内，迪克一直在追寻沃伦的行踪。病人趁早晚班护士交接的当口儿，溜到了酒吧，在那儿灌下了四杯威士忌；然后用一张一千美元的钞票付了房费，吩咐总台以后把找头给他送去，然后就离开了，也许是回了美国。迪克和丹格冲到火车站，想在最后一刻追上他，结果只是错过了尼科尔。等到迪克和尼科尔终于在酒店的大厅里见了面，尼科尔看起来很累，双唇紧闭，让迪克焦虑不安。

“父亲怎么样？”她问。

“他好多了。至少，他体内似乎还贮存着很多能量。”迪克犹豫了一下，语气轻松地告诉了尼科尔实情。“事实上他起来走了。”

尼科尔大惑不解。迪克因为追沃伦先生误了晚餐，想喝点什么，就把尼科尔带到餐厅。两人坐在皮制的安乐椅上，要了一份高杯酒，一杯啤酒。迪克接着说：“照顾他的医生也许判断错了——等等，我自己几乎还没把事情想清楚。”

“他走了？”

“他坐晚上的火车去了巴黎。”

两人默默对坐。尼科尔笼罩在一片悲怆的漠然中。

“这是本能，”最后，迪克开口说，“他真的是要死了，可又试图重新获得生命的节奏——他并不是第一个从将死的病榻上走掉的人——就像一只老钟表——你知道，晃晃它，它还会走起来，完全是习惯性的。现在你的父亲——”

“噢，别跟我说这些。”她说。

“他最大的敌人是恐惧，”迪克继续说，“他害怕了，于是就走了。也许他会活到九十岁——”

“请你别再说了，”她说，“请别说了——我再也受不了了。”

“好吧。我过来看的那个小魔鬼已经没有希望了。我们明天就可以回去。”

“我不明白你为什么要——跟这些事搅在一起，”她突然说。

“哦？你不明白？有时我也不明白。”

她把手放在他的手上。

“哦，对不起，我不该这样说，迪克。”

有人把搬进来一台留声机，他们坐在那里，听着《彩色洋娃娃的婚礼》。

第三章

一周后，一天早上，迪克正在办公桌前看自己的邮件，忽然听到外面一阵异常的吵闹声：澳大利亚来的患者范·柯恩·莫里斯要离开诊所，他的父母正怒气冲冲地往豪华轿车上搬行李。莱第斯洛大夫站在旁边争辩着什么，可面对老莫里斯愤怒地挥舞着的双手，也无能为力。那年轻人在一旁冷眼看着，一副玩世不恭的样子。戴弗医生走了过去。

“这是否过于匆忙了呢，莫里斯先生？”

看到迪克，莫里斯先生惊跳起来——红润的脸庞和外套上的大格子像灯光一样一闪一闪。他走近迪克，好像要揍他。

“我们早该走了，还有那些和我们一起来的人，”他说，然后停下来，喘了口气，“该走了，戴弗医生。我们早该走了。”

“您愿意到我办公室谈谈吗？”迪克说。

“不！我会和您谈的。不过我和您，还有您的诊所都没有关系了。”

他向迪克晃着手指。“我刚刚告诉这位医生，我们在这里是浪费时间，浪费金钱。”

莱第斯洛大夫消极地反驳着，来回走着，一副斯拉夫人逃避推脱的样子。迪克从来不喜欢莱第斯洛。他想把激动的澳大利亚人带到去办公室的路上，想说服他进去，可那人摇摇头。

“是你，戴弗医生，你，问题就在你。我去找莱第斯洛医生，因为找不到你，戴弗医生，而格雷高罗弗斯医生到晚上才能到。可我不能再等了。不，先生！我儿子告诉我实情后我一分钟也不能再等了。”

他威胁地逼近迪克，迪克双手放松，做好准备，一旦需要就予以回击。“我儿子来这里是因为酗酒，可他告诉我他闻到你身上有酒味儿。是的，先生！”他很快地用鼻子闻了一下，可显然什么也没闻到。“范·柯恩说他闻到你嘴里有酒味，不是一次，是两次。我和我太太一辈子都没有沾过一滴酒。我们把范·柯恩交给你治疗，可他一个月内在你身上闻到两次酒味！还谈得上什么治疗？”

迪克有些迟疑，莫里斯先生很可能在诊所的车道上大闹一场。

“无论如何，莫里斯先生，不能因为您的儿子，就要人放弃他们认为是基本食粮的东西——”

“可你是医生，先生！”莫里斯怒吼道，“那些工人们喝啤酒，那是因为生活不如意——可你在这里是治病的——”

“您扯得太远了。您的儿子是因为盗窃癖来我们这里的。”

“可那是什么引起的？”老莫里斯几乎在尖叫。“喝酒——酗酒。你知道酗酒是什么颜色吗？黑色！我的亲叔叔就是因为喝酒被绞死的，你听见了吗？我把儿子送到疗养院来，可一个医生却满口酒气！“

“我只能请您离开了。”

“你请我？是我们要走！”

“如果您能稍微克制一点，我们就会告诉您目前治疗的结果。当然，既然您这么认为，我们也不愿意收治您的儿子了——”

“你还敢对我用‘克制’这个词？”

迪克把莱第斯洛叫过来，说：“请你代表诊所向患者和家属道别。”

迪克向莫里斯微微鞠了一躬，走进办公室，关上门，愣愣地站在那里。他看着这家人开车离去，粗俗的父母，堕落的、无动于衷的孩子。不难想象，这家人会在欧洲转来转去，用无知和金钱来报复那些优于他们的人。等他们的车驶出视线，迪克陷入了思考，这在多大程度是因他而起的？他每餐都喝一点红葡萄酒，睡前喝一杯，通常是热朗姆酒，有时候下午会接连来几杯杜松子酒——杜松子酒是最不易被察觉的。他一天的酒精摄入量平均是半品脱，是多了点，身体已经发散不了了。

他打消了为自己辩护的念头，坐下来，像开处方一样列了份食谱，把酒量减去一半。医生、司机、牧师都不能带酒味，如同画家、经纪人、军官身上一定会有酒味。迪克责备自己不够谨慎。半个小时后，迪克还没有把事情搞明白，弗朗茨上山来了。他去了阿尔卑斯山度假，在那儿待了两周。现在精神焕发，急切地想重新工作，甚至没到办公室，就投入进去了。迪克在办公室和他见了面。

"埃佛勒斯峰[①]怎么样？"

"照我们现在的工作的效率，就是埃佛勒斯峰也能征服。我们早就想到了。一切都好吧？我的凯思怎么样，你的尼科尔呢？"

"家里一切都好。可是我的上帝，弗朗茨，今天上午这里发生了件很糟糕的事。"

"怎么了？什么事？"

弗朗茨和别墅挂了个电话。迪克在房间里踱来踱去，等他和家人问候完毕，说道："那个叫莫里斯的孩子走了——发生了点争吵。"

弗朗茨轻松愉快的脸沉了下来。

"我知道他离开了。我在走廊里碰见了莱第斯洛。"

"他说什么？"

"就是说莫里斯走了——说你会告诉我的。怎么了？"

"和通常一样，说不清的理由。"

"那孩子是个魔鬼。"

① 埃佛勒斯峰（Mount Everest）即珠穆朗玛峰，此处指有欧洲珠峰之称的阿尔卑斯山。

“典型的麻木不仁，”迪克同意到。“不管怎样吧，那天我到的时候，莱第斯洛已经对那孩子的父亲俯首称臣了。你觉得莱第斯洛怎么样？想留下他吗？我说不要了——他不像个男人，什么事情也处理不了。”迪克犹豫着，欲要讲出实情，又走了回来，给自己空间理理思路。弗朗茨靠在桌子边上，还穿着尼龙防尘衣，戴着旅行手套。迪克说：

“那孩子和他父亲说了不少，其中有一点是，你卓越的合伙人是个酒鬼。那人就全信了，他的孩子好像在我身上闻到了酒味。”

弗朗茨坐了下来，抿着下唇，沉思了片刻。“你可以以后再告诉我。”他最后说。

“为什么现在不能？”迪克说，“你应该知道我是最不可能酗酒的人。”两人四目相对，目光闪烁。“莱第斯洛让他很恼火，我不得不为自己辩护。而且，也许会让其他病人看见，你可以想象，在这样的情况下要维护自己有多难！”

弗朗茨脱下手套和外衣，走到门口对秘书说，“不要打搅我们。”回到房里，他一屁股坐在长桌边，摆弄着手中的信件。正如做出这样举动的人们，他其实没有在考虑什么，只是想戴上合适的面具，把想说的话说出来。

“迪克，我知道你是个节制、理智的人，尽管我们对饮酒的意见并不完全一致。可是时候了——迪克，我必须坦率地说，好几次我都发现你在不该喝酒的时候喝了。当然你有原因。为什么不离开一段时间戒酒？”

“是休假，[①]”迪克机械地纠正说。“离开对我没有用。”

两人都有些恼火，弗朗茨觉得回家的好心情被破坏了。

“有时候你很不近常情，迪克。”

“我从来不明白把常情用于复杂的问题意味着什么——除非意味着一个普通医生要比一个专家手术做得更好。”

他不禁对目前的状况极度厌恶。不断地解释、妥协、平息矛

① 这里弗朗茨又把休假（absence）说成了戒酒（abstinence）。

盾，最好是将就下去，任耳边萦绕着古老的真理破碎的回声——这在他们的年龄已经不那么容易了。

“这办不到。”他突然说。

“是的，我想到了，”弗朗茨承认，“你的心已经不在我们的事业上了，迪克。”

“我知道，我想离开——我们可以安排一下，分批把尼科尔的钱拿出来。”

“这我也想到了，迪克——我知道这一天迟早会到来的。我可以寻找其他的资助，到年底你就可以把钱全部拿走了。”

迪克没想到这么快事情就有了结果，也没料到弗朗茨这么快就接受了分手的决定，可还是感到如释重负。很久以来，他已经不无绝望地感到，自己的职业道德感已经烟消云散了。

第四章

戴弗一家准备回里维埃拉，那是他们的家。戴安娜别墅整个夏季都租了出去，他们就来往于德国的温泉区和法国那些有大教堂的城镇，每到一处地方总是能高兴几天。迪克写了点东西，也没有什么特殊的方法。这是他一生中有所等待的时期，并不是期待尼科尔的健康，因为旅行使她的健康状况稳定、精力旺盛，也不是期待着工作，就只是等待。使这段时期有意义的是孩子们。

迪克对孩子们的关注随着他们的年龄与日俱增，现在一个十一岁，一个九岁。他经常越过佣人，直接照看孩子们。迪克的原则是，无论是强迫孩子们，还是害怕强迫他们，都代替不了持久、细心的观察和照料，就像需要经常查看、结算账目，保持收支平衡，这样才不至于疏忽应尽的职责。他比尼科尔更了解孩子们。通常，品尝过几杯各国的葡萄酒后，他兴致高昂，长时间地和孩子们聊天、游戏。他们与身具有一种忧郁、哀伤的魅力，是那些很早就知道不能随意哭闹大笑的孩子们特有的。他们不会流露出任何极端的情绪，而是满足于严格管制的生活，满足于能够得到的简单的快乐。他们的生活平稳有序，是西方的老式家庭生活中明智可取的部分。父母悉心抚育，而不是着力培养发挥他们某种最佳的品质。例如，迪克认为，没有什么比强制的沉默更有助于观察力的培养。

拉尼尔是个难以捉摸的孩子，异乎寻常地好奇。“父亲，要多少只波美拉尼亚小狗才能打败一头狮子？”他总是用这样古怪的问题为难迪克。托普茜要容易对付得多。她九岁了，很漂亮，和尼科尔一样纤弱。过去迪克总是担心。可最近她长得像任何一个美国孩子一样健壮。迪克对两个孩子都很满意，不过只是默默地向他们传达这样的感情。如果他们有什么不良的行为，就一定会受到惩罚——“或者在家里学会礼貌，”迪克说，“或者社会用鞭子教会你，那时你就得吃苦了。我不关心托普茜是不是‘爱戴’我，我把她养育大，又不是为了让她做我的妻子。”

对戴弗夫妇来说，今年夏秋还有一点不同寻常，那就是他们的钱很充裕。卖掉了诊所的股份，还得益于美国的发展，戴弗家现在很是富有，仅仅是花钱，照看东西，就足够他们费神的了。一家人旅行时豪奢气派，不可置信。

例如，火车缓缓驶入博延车站，他们要在这里游览两周。刚过意大利边界，包厢里就开始忙乱了。家庭教师的女仆和戴弗夫人的女仆从二等车厢过来，帮助照看行李和小狗。贝鲁瓦小姐照看手提包袋，一个女仆照管那只英国威尔士锡利哈姆犬，另一个女仆牵着两只小狮子狗。一个女人并不是因为精神空虚，才会让这么多生命环绕在身边——这毋宁是因为兴趣太广泛。除了病情发作的时候，尼科尔能够照管所有一切，例如那些数目庞大、沉重的行李箱。从运货车上马上要卸下来四只衣箱，一只鞋箱，三只帽箱，还有两个帽盒，一只大箱里是仆人的行李，还有一只轻便文件柜，一只医药箱，一只酒精灯箱，一套野餐用具，一只叠放着四副网球拍小箱子，外加一台留声机和一台打字机。在戴弗家及随从的座位间，还散放着另外二三十只小手提箱、小背包和小包裹，每一只都编了号，柳条箱上也挂了标签。这样，到任何一个车站，所有行李都会在两分钟内清点完毕，分别根据“轻装旅行清单”和“重装旅行清单”，决定哪些寄存，哪些随身携带。当然，这两张单子会经常修改，它们贴在金属边的薄板上，就放在尼科尔的小包里。还是孩子时，尼科尔和体弱的母亲一起旅行，就发明了这套管理系统，其功能完全不亚于一名军需官为三千士兵提供伙食和装备的管理程序。

戴弗一家浩浩荡荡地下了火车。山谷中暮色四合，村民们用敬畏的目光看着他们的驾临。这样的阵势，在这里只有一百年前拜伦爵士意大利之行时才出现过。接待他们的女主人是明盖提伯爵夫人，也就是过去的玛丽·诺斯。从纽华克[①]一家装裱店楼上的房间里开始的一次旅行，成就了一桩不同寻常的婚姻。

“明盖提伯爵”只是一个天主教会的头衔——玛丽的丈夫在亚洲西南部开采锰矿，为他带来滚滚财源。他肤色较黑，在梅森一迪克森线[②]以南不能乘坐卧铺车厢。他有从北非到亚洲的广袤地带的基伯尔人[③]、柏柏尔人[④]、赛伯伊人[⑤]和印度人血统，比起那些港口的混血儿他更亲近欧洲人。

两个王侯般的家庭在车站月台见面了，一个来自东方，一个来自西方。相形之下，戴弗家的气派反而简朴得像拓荒者了。主人家由一位意大利管家率领着大队仆役，四名戴头巾的男仆骑着摩托车，两名蒙着面纱的侍女恭敬地站在玛丽身后。侍女们向尼科尔行穆斯林额首礼，几乎把她吓了一跳。

对玛丽和戴弗夫妇女来说这样的迎接有些滑稽；玛丽有些不好意思的咯咯笑了一声；可介绍丈夫的亚洲头衔时，她的声音陡然提高，充满骄傲。

迪克和尼科尔到房间里换衣服，准备用晚餐，两人互相做了个鬼脸，都有些惊叹：有钱人想显得平民化一些，私下里就装作迷上了这样的炫耀摆阔。

“小玛丽·诺斯知道自己想要什么，”迪克脸上涂着剃须膏，

---

① 美国城市，在纽约西面。

② 美国宾夕法尼亚州和马里兰州的州界线，内战期间被认为是自由州与蓄奴州的界线。

③ 尼日利亚居民。

④ 居住在北非的柏柏尔人。

⑤ 赛伯伊王国，经营黄金、香料和宝石的古代王国。

咕哝着说。“是亚伯教育了她，现在嫁给了一个菩萨。要是欧洲布尔什维克化了，她还会成为斯大林的新娘呢。”

尼科尔从化装盒上抬起眼睛四下看了看说：“别乱讲话，迪克，好吗？”可接着也笑了。“他们很是得意。所有的战舰都向要他们鸣礼炮，向他们致敬。玛丽在伦敦乘坐的是皇室用的大轿车。”

“是的。”迪克附和说。听到尼科尔在门口要别针，他大声说，“不知道能不能喝点威士忌，山里的空气有些不舒服！”

“她会给你的。”尼科尔在浴室里回答。“就是车站上的女仆中的一个。她把面纱去了。”

“玛丽都和你聊了什么有关人生的话？”迪克问。

“没说很多——她对上流社会的生活很感兴趣——问了很多有关我的家世宗谱的问题，好像这些事我都知道。好像新郎的前一次婚姻有两个肤色很黑的孩子——一个患有一种亚洲地方病，还无法确诊。听起来很奇怪。我得警告孩子们一声。玛丽会看出我们的想法的。”她站起来，有些担心。

“她会理解的，”迪克让尼科尔放心，“也许那孩子已经睡了。”

晚餐时迪克和侯赛因聊了起来，他在英国读过寄宿学校，想知道股票和好莱坞的情况。香槟酒激发了迪克的想象力，他告诉侯赛因很多荒唐可笑的故事。

“几十亿？”侯赛因问道。

“几万亿。”迪克向他保证。

“我真的不能想象——”

“当然，也许是数百万，”迪克退了一步，“酒店的每个客人都会分到一群妻妾——或者数量差不多的妻妾。”

“不仅是演员和导演？”

“每个客人——甚至是旅行推销员。他们给了十几个让我挑，可尼科尔受不了。”

回到房间，尼科尔责备迪克道：“为什么喝那么多酒？为什么在他面前用‘西班牙佬’这个词？”

“对不起，我当时的意思是说想抽烟①。说漏了。”

“迪克，这一点都不像你。”

“再次请原谅。我已经不再像我自己了。”

夜里，迪克打开浴室的一扇窗户，正对着别墅狭长的庭院，灰蒙蒙的像只老鼠。此时，庭院里回荡着奇特的乐声，像长笛一样哀伤。两个男子用某种东方语言或方言唱和着，带着很多“k”音和“l”音——迪克探出身去，可看不到他们。乐声传达着明显的宗教意味，迪克有些疲倦，情感麻木，心里想，让他们也为自己祈祷祈祷吧，可是除了希望自己不要迷失在愈来愈浓重的忧伤中，到底要祈祷什么，迪克也不知道。

第二天，他们在山坡上一片稀疏的树林中，打了几只骨瘦如柴的鸟，是鹌鹑的远方穷亲戚。这有点是模仿英国人，几名仆人帮助把猎物从隐蔽处赶出来，可他们没有经验，迪克只好向空中射击，免得伤了他们。

回到别墅，拉尼尔正在房间里等着。

“爸爸，你说过如果我们靠近了那个生病的男孩，就要立刻告诉你。”

尼科尔转过身来，顿时警惕起来。

“——是的，妈妈，”拉尼尔转向尼科尔，继续说，“他每天晚上洗澡，今天晚上他在我前面洗，我不得不用他的水，是脏的。”

“什么？你说什么？”

“我看见她们给托尼洗好，然后叫我进去，水是脏的。”

“可是——你洗了？”

“是的，母亲。”

“天啊！”尼科尔向迪克惊叫道。

迪克问：“鲁西尼为什么不给你洗澡？”

“鲁西尼不能。是那个可笑的热水器——昨天晚上喷了出来，

① 英语中西班牙佬（spic）一词同抽烟（smoke）一词读音相近。

烫了她的胳膊，她害怕，所以那两个女人中的一个——”

“现在你到这间浴室洗个澡。”

“别说是我说的，”拉尼尔站在门口说。

迪克进去往浴盆里撒了硫磺，然后关上门出来，对尼科尔说：

“或者我们告诉玛丽，或者我们最好离开。”

尼科尔同意了，迪克接着说：“人们都觉得自己的孩子天生比别人的孩子干净，再说他们的疾病是不传染的。”

迪克走进房间，给自己倒了杯酒，跟着浴室里放水的节奏，狠命地嚼着一块饼干。

“告诉鲁西尼她必须学会用热水器——”他说。这时，那个亚洲女人出现在门口。

“伯爵夫人——”

迪克招手让她进来，关上了门。

“那个生病的孩子好点了吗？”他和颜悦色地问道。

“是的，好点了，可还会经常出疹子。”

“真是太糟了——我很难过。不过，你看，我们的孩子不能在他用过的水里洗澡。这是绝对不行的——我肯定，要是你的女主人知道你做了这样的事，一定会很生气的。”

“我？”她显得很震惊。“喂，我只是看见你的女仆不会用热水器——就告诉她怎么做，开了热水。”

“可是一个生病的人，你必须先把水全部放完，然后清洗浴盆。”

“我？”

那女人哽住了，长长吸了口气，猛地抽泣了一声，冲出了房间。

“她要学习西方文明，可不能以我们为代价。”迪克冷冷地说。

晚餐时，迪克决定，这次来访必须缩短：对自己的国家，侯赛因似乎只看到了山，山羊和牧羊人。他是个沉默的年轻人——要想使他活跃起来需要真诚的沟通，可现在迪克只对自己的家人才会付出这样的努力。晚餐一结束侯赛因就离开了，留下玛丽和戴弗一家，可是过去的友谊已经有了裂痕——玛丽跃跃欲试，要征服那动荡的社会领域，这成了横亘在他们之间的壁垒。九点半，玛丽接到一个字条，站起身来。迪克终于解脱了。

“请原谅。我丈夫要出门做一次短途旅行——我得和他一起去。”

第二天一早，送咖啡的仆人刚到，玛丽紧跟着就进了房间。戴弗夫妇还没起床；玛丽已经穿戴整齐，而且好像已经起来有一段时间了。她面色僵硬，一脸盛怒。

“拉尼尔在脏水里洗澡是怎么回事？”

迪克想解释一下，可她不容开口，继续质问道：

“你让我丈夫的妹妹洗拉尼尔的浴盆又是怎么回事？”

她站在那里，瞪着他们，而戴弗两个面前放着早餐托盘，像木偶一样坐在床上。两人齐声叫道：“他的妹妹！”

“你吩咐他的一个妹妹洗浴盆！”

“我们没有——”两人异口同声道，“——我只是告诉那个当地女仆——”

“你告诉的是侯赛因的妹妹。”

迪克此时只能说：“我以为那是两个侍女。”

“我告诉过你她们是喜马督[①]。”

“什么？”迪克从床上起来，穿上一件晨衣。

“前天晚上我在钢琴旁边和你解释过了，别告诉我你当时太高兴了没听到。”

“你说的就是这个吗？我没有从头听。前后没联系起来——玛丽，我们前后没有联系起来。那么，我们现在能做的只能是当面向她道歉了。”

“向她当面道歉！我和你说过，如果家里年龄最长的——最大的一个结婚了，两个大女儿把自己奉献出来做喜马督，他妻子的侍女。”

① 南亚宗教礼仪中对圣者的称呼。

“所以侯赛因昨天晚上才离开了这里？”

玛丽犹豫了片刻，点了点头。

“他只能这样——他们都走了。自尊要求他必须这样做。”

此时，戴弗两个都起了床，穿上衣服；玛丽继续说：

“还有洗澡水的事。好像这样的事情会发生在这座房子里！我们要问问拉尼尔。”

迪克坐在床边，向尼科尔做了个手势，尼科尔明白这是让她做决定。玛丽走到门口，用意大利语吩咐一个仆人。

“等等，”尼科尔说，“我不同意。”

“是你们指责我们，”玛丽回答说，她以前从来没有用这样的声调和尼科尔说过话。“现在我有权弄明白。”

“我不会同意把孩子带过来的。”尼科尔把衣服套在身上，好像它们是用相连的金属片做成的盔甲。

“好吧，”迪克说，“把拉尼尔叫过来。我们要解决这个浴盆事件——事实也好，谎言也好。”

拉尼尔衣服还没穿好，脑袋也晕乎乎的，茫然地望着一脸怒容的大人们。

“听着，拉尼尔，”玛丽问，“你为什么会认为你的洗澡水是用过的？”

“说话。”迪克说。

“水是脏的，就是这样。”

“你难道没有听见重新蓄水的声音吗？你的房间就在隔壁。”

拉尼尔承认这也有可能，可仍然坚持说水是脏的。他有些害怕，想知道接下来会发生什么事：

“水不可能是新的，因为——”

“为什么？”大人们都逼问道。

他站在那里，身上穿着和服式的小睡袍，让父母很是心疼，也让玛丽更不耐烦。

“水是脏的，因为里面都是肥皂沫。”拉尼尔回答道。

“在还不能确定你在说什么时——”玛丽开口了，可尼科尔打断了她。

“别说了，玛丽。如果水里有脏肥皂沫他当然会认为水是脏的。他的父亲告诉他——”

“水里不可能有脏沫。”

拉尼尔埋怨地看着父亲，觉得是父亲出卖了他。尼科尔把手放在他肩膀上，让他回去；迪克大笑起来，打破了紧张的空气。

迪克的笑声似乎唤回了过去的时光，往日的友谊。玛丽开始意识到自己离他们已经有多远。她缓和了一下口吻说：“孩子们总是这样。”

因为记起了过去，玛丽不安起来。“你们要离开真是太傻了——侯赛因本来就想旅行一次。无论如何，你们是我的客人，只不过是不当心犯了错。”可玛丽这样支支吾吾，还用了“犯错”这个词，这让迪克更加恼火，他转身开始收拾行李，说：

“对那两个年轻女子来说，这确实很糟糕。我想向她道歉，就是到这里来的那个。”

“如果你在琴凳上能听我讲就好了！”

“可你的话也太无聊了，玛丽。我已经尽可能地听了。”

“别说了！”尼科尔警告迪克。

“感谢他的赞美，”玛丽恨恨地说，“再见，尼科尔。”然后就走了出去。

经过这一切，玛丽不可能送他们了。意大利管家安排他们离开。迪克给侯赛因和他的妹妹留了正式道歉信。现在，他们只能走了，可所有的人，特别是拉尼尔，都觉得很不好受。

“我还是认定，”拉尼尔坚持说，“洗澡水是脏的。”

“没什么，”父亲说，“最好忘掉这一切——除非你想让我和你分手。你知道吗，法国有了新法律，大人可以和孩子分手的。”

拉尼尔大笑了起来，一家人又融为一体了——迪克想，这样还会有几次呢？

第五章

尼科尔走到窗前，探出身去，想看看露台上越来越激烈的争吵是怎么回事。厨娘奥古斯丁醉醺醺地挥舞着一把屠刀，在四月的阳光照耀下，她圣徒般的脸呈现出粉红色，手里的刀则反着蓝光。自从戴弗夫妇二月份回到戴安娜别墅，她就一直在这里。

因为遮雨篷挡着，尼科尔只看见迪克的头和他的一只手，手里握着一根沉重的手杖，上面有青铜把手。屠刀和手杖相互威胁恐吓，好像角斗比赛中的三刀戟和短剑。迪克的声音首先传了过来：

“——我不在乎你偷喝了多少厨房的酒，可是你居然让我发现正在打一瓶夏布利白葡萄酒——”

“你还好意思说喝酒！”奥古斯丁叫道，挥舞着她的马刀。“你才从早到晚地灌！”

尼科尔从遮雨篷上问：“怎么了，迪克？”

迪克用英语说：“这娘儿们要把葡萄酒全偷喝光了。我正在撵她走——至少打算撵走她。”

“天哪！别让她的刀伤着你。”

奥古斯丁朝上看着尼科尔，一边晃着手里的刀，嘴唇像是两颗樱桃。

“我要说，夫人，如果你知道你的丈夫在他的小屋里喝起酒来像个做粗活的工人——”

“住嘴！出去！”尼科尔截断她。“我们要叫警察了。”

“你们要叫警察！我兄弟就在军队里！就你——可恶的美国佬？”

迪克用英语对尼科尔说：

“把孩子们从房子里带出去，等我把这件事处理掉。”

“——你们这些可恶的美国佬，跑到我们这里，喝光我们最好的葡萄酒，”奥古斯丁用当地的方言尖叫着。

迪克的语气强硬了起来。

“你必须马上离开。我会付你工资的。”

“你当然要付给我！我告诉你——”她狂怒地挥着手中的刀，向迪克逼过来。看到迪克举起手杖，她冲进厨房，出来时一手操着一把菜刀，一手握着一柄短斧。

情况很不妙——奥古斯丁身强力壮，要解除她的武装，很可能会对她造成严重的伤害，而骚扰法国公民，就会招致严重的法律纠纷。迪克不想冒这个险，就想吓唬吓唬她，朝尼科尔喊道：

“给警察局打电话。”他又转向奥古斯丁，指着她的武器，说：“这意味着你将被逮捕。”

“哈——哈！”她魔鬼般地笑着，可也没再靠近。尼科尔给警察局打了电话，听到的却几乎是奥古斯丁的狂笑的回音，只听见一串嘟嘟囔囔，语焉不详的话，接着就断线了。

回到窗前，尼科尔朝下对迪克说：“多给她点钱！”

“要是我能打个电话！”迪克说。可这不大可能，他只好投降了，答应给她五十法郎，后来又加到了一百法郎，一心只想赶快打发她走。奥古斯丁也交出了阵地，在一阵“畜生，畜生”的叫骂掩护中撤退。她要等侄子来搬运行李才能走。迪克小心地在厨房隔壁等着，又听到“啪”的一声开瓶声，可又忍住了。之后没再出什么乱子——奥古斯丁的侄子到了，很是抱歉，奥古斯丁则兴高采烈向迪克道别，又向尼科尔的窗户叫道“再见，夫人！祝您好运！”

戴弗夫妇去尼斯用晚餐，主菜是浓味炖鱼，炖的是岩鱼和小龙虾，用藏红花做作料，还喝了一瓶冰镇夏布利酒。迪克提起奥古斯丁，说很为她的离去难过。

“我一点也不难过。”尼科尔说。

“我有些难过——尽管真想把她从悬崖上推下去。”

这些天来，两人都不敢说什么，很少能在合适的时间找到合适的词，往往是之后才会想起来，可已经晚了，失去了沟通的时机。今晚因为奥古斯丁大闹一场，把两人从各自的梦境中惊醒。就着味道鲜美的热鱼汤利冰凉的葡萄酒，两人开始了谈话。

“我们不能这样下去，”尼科尔试探着说，“或者，也可以吗——你怎么想？”迪克没有否认，这让尼科尔很吃惊，她继续说，“有时我觉得这是我的错——我毁了你。”

“是的——我毁了，是吗？”他轻松地问道。

“我不是这个意思。可过去你总想创造些什么——现在却总想把一切都毁掉。”

这样直言不讳地批评迪克，尼科尔的声音有些颤抖——可迪克持续的沉默更让她惊恐。她感到在迪克的沉默后面，在他冷静的蓝眼睛后面，在他对孩子们异乎寻常的关注后面，正酝酿着什么。迪克经常会大发一通脾气，会突然对某个人、某个民族、某个阶级、某种生活方式或思维方式大加贬斥。对这尼科尔很是吃惊，因为他一向并不这样。他的内心仿佛正在讲述一个无法理解的故事，只有当它偶然露出表面，尼科尔才能隐约察觉到。

“你这样究竟能得到什么呢？”她问。

“只要我知道你一天天强壮起来，知道你的病在遵循着递减规律。”

他的声音仿佛是从很远的地方飘过来，好像在讲述什么遥远的学术问题。尼科尔警觉起来，叫道，“迪克！”手从桌子上向迪克伸过去。迪克却把手缩了回来说：“我们要整体考虑，不是吗？不单单是你。”他把手放在尼科尔的手上，又成了那个一心策划着寻欢作乐、顽皮胡闹、投机取巧的迪克。他操起惯有的轻快的声调，说：

“看见那艘船了吗？”

那是T·F·戈丁的游艇，此刻正安然地停泊在尼斯海湾的微波细浪中。它不需要任何切实的理由，随时都会拔锚起航，开始浪漫的航程。“我们现在过去，问问船上的人怎么了，是不是不高兴。”

“我们几乎不认识他。”尼科尔不同意。

“他在让我们去呢。再说，芭比认识他——几乎跟他结婚了，不是吗——不是有这回事吗？”

两人在码头雇了一艘汽艇，向游艇驶去。夏日的暮色已经降临，天涯号灯火辉煌，透过船上的缆索闪烁着一束束光影。靠近游艇时，尼科尔的疑虑得到了证实：

“他在开晚会——”

“只不过是收音机吧。”迪克猜测道。

这时，船上的人向他们大声欢呼致意——一个满头白发的大块头，穿一身白色衣服，朝下看着他们，叫道：

“这不是戴弗夫妇吗？”

“啊嗬！天涯号！”

汽艇在甲板的扶梯口停下，迪克他们上了船，戈丁俯下他庞大的身躯，拉尼科尔上来。

“刚好赶上晚饭。”

船尾部一支小型乐队正在演奏着。

我是你的，只要你要我——

不过在这之前，你不能要求我——

戈丁张开双臂，气旋一样，碰都没碰就把戴弗两个吹到了船尾。尼科尔更后悔来这里了，也对迪克更不耐烦。过去，迪克的工作和尼科尔的健康不允许他们经常外出，两人总是远离这里喧嚣的人群，就有了不合群的名声。之后好多年，到里维埃拉的人换了一批又一批，就认为他们不大受欢迎。尽管如此，既然已经采取了这样的立场，尼科尔觉得不能因为一时放纵，就轻易地放弃。

两人穿过大厅，看见圆形的船尾部人影憧憧，好像在半明半暗的灯光下翩翩起舞。其实，这只是迷人的音乐、新奇的灯光、和荡漾的海水造成的幻觉。除了几个忙碌的侍者，客人们都闲散地坐在一张沿甲板的圆弧大沙发椅上。几位女士一个穿着白色礼服，一个穿红色衣服，还有一个看不出什么颜色，又有几位男士，洗烫过的衬衫笔挺。其中一个走了出来，迎向迪克两个，同时尼科尔发出一声少有的欢呼。

“汤米！”

汤米低头去吻尼科尔的手，可尼科尔却把汤米法国式的礼仪一把拨到一边，把自己的脸贴在他的脸上。两人坐下来，或者说几乎是倒在安东尼式的沙发上。他英俊的脸晒得很黑，不再是以往迷人的深褐色，也没有变成黑人漂亮的深蓝色——而是好像一块磨损的旧皮革。异国的阳光造就了他褪色的皮肤，陌生的土壤滋养了他的异国情渊；他口齿笨拙，夹杂着多种方言的卷舌音，反应奇特，似乎习惯于随时降临的恐慌——所有这一切都让让尼科尔着迷、安心——见面的那一刹那，尼科尔就靠在汤米的胸膛上，连同自己的灵魂，依偎着他飞向远方……后来，尼科尔渐渐把持住了自己，回到了自己的世界。她轻轻地说：

“你看起来就像所有电影里的冒险家——可你为什么要离开这么长时间呢？”

汤米·巴尔邦注视着她，好似不大理解，可已经敏锐地感觉到了什么，双眼的瞳孔闪闪发亮。

“五年了，”尼科尔低低地说，仿佛不知在模仿什么声音。“太长了。难道你就不能屠杀几个生灵，然后就回来，呼吸一下我们的空气？”

面对自己如此珍爱的尼科尔，汤米很快摆出一派欧洲风范。

“可是对我们英雄来说，”他说，“这需要时间，尼科尔。我们不是在玩英雄主义的游戏。而是真正惊天动地的大事业。”①

① 原文为法语。

“跟我说英语，汤米。”

“跟我说法语，尼科尔。”[①]

“可含义是不一样的——说法语时你显得英勇、潇洒、高贵，这你知道。可是说起英语来，要想英勇潇洒，总不免会有些可笑，这你也知道。那就让我占上风了。”

“可是无论如何——”汤米突然笑了，“即使讲英语我也是豪侠伟岸。”

她装出一副惊叹不已的样子，可汤米一点都不窘迫。

“我只知道电影里看到的东西。”他说。

“就和电影里一样吗？”

“那些电影不坏——比如那个罗纳德·科尔曼[②]——你看过他的《非洲军团》的片子吗？真是不坏。”

“好的，每当我看电影时，我就会知道，在那一刻你也在做同样的事情。”

说话间，尼科尔注意到一个娇小苍白的漂亮女人，头发光亮，在甲板的灯光下几乎成了绿色。她坐在汤米的另一边，可以看作是在和他们在一起谈话，也可以看作是在和旁边的客人交谈。很明显她一直独占着汤米，见汤米转移了注意力，就失了风度，放弃了赢回汤米的念头，气咻咻地走到新月形甲板的对面。

“毕竟，我是个英雄，”汤米平静地说，半带开玩笑，“我具有可怕的勇气，经常既是一头狮子，又像一个醉鬼。”

尼科尔等待着汤米从自我吹嘘的陶醉中清醒过来——她知道，汤米也许从未说过这样的话。尼科尔环视着周围陌生的人，和往常一样，看到一个个可怕的神经质的人，强装镇定，他们喜欢乡村，因为恐惧城市，恐惧自己的声音汇合成的城市的喧嚣……尼科尔问：

“那个穿白衣服的女人是谁？”

---

① 原文为法语。

② 罗纳德·科尔曼（1891—1958），美国电影演员。

“我旁边的那个？卡罗琳·希伯利—比尔斯夫人。”——两人听见她在对面说话的声音：

“那个家伙是个无赖，不过他是只带条纹的猫。我们玩了一夜双人九点，他输给我一千瑞士法郎。”

汤米笑着说：“她现在是伦敦最邪恶的女人——每次回到欧洲，伦敦都会出产一批新的至恶女人。她是最新的——不过我相信还有一个，和她不相上下。”

尼科尔又向甲板那面的那个女人扫了一眼——她看起来娇小、羸弱——很难想象这样纤弱的肩膀，这样细嫩的胳膊，能高举堕落的旗帜，那没落帝国最后的标志。她的形象更像是约翰·赫尔德[①]的卡通画中胸脯扁平的轻佻女郎，而不是战前的画家和小说家笔下高挑慵懒的金发贵妇。

戈丁走了过来，庞大的身躯就像一个巨型扬声器，说起话来回声阵阵。他努力控制着自己的回声和尼科尔说，晚餐结束后天涯号就要驶向戛纳；即便他们已经用了晚饭，也可以再来一点鱼子酱和香槟；迪克正在打电话，告诉他们在尼斯的司机把车开回戛纳，停在阿莱咖啡馆门口，他们会去那里开车回家。尼科尔虽然不大情愿，可经不住戈丁反复劝说，也只好同意，和汤米一起进入餐厅。

迪克坐在希伯利—比尔斯夫人旁边。尼科尔看到，迪克通常红润的脸庞现在血色全无，说话的语气专横武断。零星有几句传到尼科尔耳朵里：

“……对你们英国人这是不错，你们是在跳死亡之舞…废弃的要塞里的印度兵，我是说，守门的印度兵，要塞里面寻欢作乐，所有那些。绿色的帽子，踩扁的帽子，没有未来。”

卡罗琳夫人短短地应付着他，要么最后来一句“什么？”要么半含讥讽地说一声“的确！”或闷闷地说一声“好呀！”所有这些都预示着危险将临，可迪克好像根本没有注意到这些警示的信号，又突然发表了一通激烈的论断。尼科尔没有听到迪克说的是什么，可看见那

---

① 约翰·赫尔德（1889—1958），美国卡通画家，作品生动表现了美国爵士时代的社会生活。

个年轻女子脸沉了下来，面色僵硬，听见她冷冷地回敬道：

“总之，伙伴是伙伴，朋友是朋友。”

迪克又得罪人了——他就不能管住自己的舌头吗？能管多久？最好是到死。

乐队中走出一个苏格兰金发年轻男子（乐队的鼓上写着“爱丁堡拉格泰姆爵士乐队”），坐在钢琴边，在低低的钢琴和弦伴奏下，用丹尼·迪弗式的单调乐声唱起来。他每一个词都唱得清清楚楚，好像这些词句让他感动不已。

“有位女士来自地狱，
听到钟声跳来跳去，
因为她可恶——可恶——可恶，
听到钟声她跳来跳去，
来自地狱（嘣姆嘣姆）
来自地狱（突突突突）
有位女士来自地狱—”

“这都是些什么东西？”汤米小声对尼科尔说。

旁边一个女孩答道：

“卡罗琳·希伯利—比尔斯作的词，他谱的曲。”

“这是什么创作！”汤米低声说。第二段开始了，继续述说这位跳来跳去的女士的癖好。“像是在背诵拉辛[①]的台词！”

至少表面看来，卡罗琳夫人并不关心演唱她的作品。尼科尔又瞟了她一眼，发现让人难忘的并不是她的性格或个性，而是一种坚毅的态度；尼科尔觉得这是个让人敬畏的女人，大家起身离开餐厅时尼科尔的感觉得到了证实。迪克仍然坐在椅子上，表情古怪。突然，他极不得体地尖声冒出一句：

“我不喜欢这些英国式的含沙射影，震耳欲聋的悄悄话。”

① 让·巴蒂斯特·拉辛（1639—1699），法国古典主义时期最伟大的悲剧作家。

卡罗琳夫人已经快要走出餐厅了，这时她转身走到迪克面前，一字一句地低声说，却故意让所有的人都听见。

“是你自找的——你侮辱我的同胞，侮辱我的朋友玛丽·明盖提。我只是说，有人看见你在洛桑和一群可疑的人混在一起。这是震耳欲聋的悄悄话吗？或者只有你觉得震耳欲聋？”

“还不够，”迪克说，不过回答得已经有些晚了。“这么说，我实际上是一个臭名昭著的——”

戈丁截断了迪克的话，一边叫着：

“什么呀！什么呀！”一边用庞大的身躯把客人们赶了出去。走到门口，尼科尔看到迪克仍然坐在桌子旁边，不禁很是恼火。一是为那女人出言荒唐，一是为迪克，把两人带到这里，酩酊大醉，语带讥讽，却毫不掩饰，结果遭人羞辱——更让她恼火的是，她知道，最初是因为自己一来就独占了汤米·巴尔邦，才惹怒了那个英国女人。

过了一会儿，尼科尔看见迪克站在过道上，已经恢复了自制，正和戈丁谈话；接下来的半个小时，迪克再也没有在甲板上露面。大家正在做一种复杂的马来人游戏，用细线串咖啡豆，尼科尔退了出来，对汤米说：

“我要去找迪克。”

晚饭后，游艇一直向西行驶。迷人的夜色向两旁掠去，柴油机引擎发出柔和的隆隆声。尼科尔走上船头，突然袭来的春风吹动了头发。这时，她看见迪克站在旗杆旁边的角落里，不禁一阵担忧袭上心头。看见尼科尔，迪克平静地说。

“夜色很美。”

“我很担心。”

“哦？你很担心？”

“哦，别这样说。如果我能为你做点什么，只要能想出来，我会很幸福，迪克。”

迪克转过身去，凝望着笼罩着非洲大陆的星光。

“我相信，尼科尔。有时我甚至相信，事情越小，带给你的快乐就越多。”

“别这样说——别说这些。”

飞溅的白色浪花将灯光击碎，抛洒上星光熠熠的夜空。光影下迪克的脸苍白黯淡，却全无烦恼的痕迹，甚至超然平静。他的眼睛渐渐落在尼科尔身上，仿佛她是一颗待动的棋子，然后，也是同样缓慢地，迪克握住了她的手腕，将她揽了过来。

“你毁了我，是吗？”他淡淡地问道。“那么我们两个都毁了。所以——”

尼科尔不寒而栗，把另一只手腕也放在迪克手中。好吧，她会和他在一起——此刻，因为心心相印，因为已经完全放弃了希望，她又一次亲切地感受到了这夜晚的美丽——好吧，既然这样，那就——

——然而，出人意料地，迪克松开了她的手，转过身去，叹声道：“咳！咳！”

泪水滑过尼科尔的脸庞——过了片刻，她听到有人走了过来，是汤米。

“你找到他了！尼科尔还以为你跳海了呢，迪克，”汤米说，“因为那个英国妞儿骂了你。”

“要从船上跳下去，这儿倒是个好位置。”迪克温和地说。

“是吗！”尼科尔急忙附和。“我们租两只救生圈，就从这儿跳下去。我想我们应该做些惊心动魄的事，我们的生活太拘谨了。”

汤米轮番打量着两人，想弄明白这个夜晚他们发生了什么情况。“我们去问问啤酒夫人[①]该怎么办——她知道最时髦的事情。我们应该记住她的歌‘有位女士来自地狱’。我会翻译成法语的，要是能在娱乐圈走红，就能赚大钱了。”

“你是不是很有钱，汤米？”迪克问，说着，三人一起折回船尾。

① 指卡罗琳·希伯利—比尔斯夫人，因为英文中比尔斯（Biers）和啤酒（Beer）发音相似，所以汤米这里把她戏称为啤酒夫人。

“现在还没有。我厌倦了经纪人的业务，就跑掉了。不过有很多股票放在朋友手上，他们替我做。一切都还不错。”

“迪克现在发财了。”尼科尔说，声音也随之颤抖了起来。

后甲板上，戈丁扬着巨大的手掌，鼓动三对男女跳起了舞。尼科尔和汤米也加入了，汤米说：“迪克好像在喝酒。”

“只是稍微喝一点。”尼科尔说，对迪克忠心耿耿。

“有些人能喝酒，有些人不能。迪克当然属于不能喝的那种。你应该告诉他不要喝。”

“我！”尼科尔惊愕地说，“我告诉迪克他应该做什么不应该做什么！”

抵达戛纳码头时，迪克仍然沉默寡言，昏昏欲睡。戈丁扶着迪克坐上天涯号的小艇，卡罗琳夫人见状，连忙装模作样地换了个位置。码头上，迪克夸张地向她鞠躬道别，好像要讽刺挖苦几句，祝她一路平安，可汤米挽住了迪克的腋下，拥着他走向等在一边的汽车。

“我开车送你们回家。”汤米自告奋勇地说。

“不用麻烦——我们可以叫出租车。”

“我很乐意，如果你们愿意留我过夜的话。”

坐在后排座上，迪克一直很安静，直到汽车越过胡安高尔夫球场的黄色巨石和胡安勒斯宾斯。这里永远是彻夜狂欢，笙歌燕舞，各国语言汇成一片嘈杂的喧闹。汽车驶上通往塔姆斯的小山，突然的颠簸让迪克一下坐了起来。他高声宣布道：

“一个迷人的代表——”迪克结结巴巴地说，“——代表一家公司——带给我这些英国人，一帮糊涂的生瓜蛋。”之后，他就安静地睡着了，在温暖柔和的夜色中满足地打着呼噜。

第六章

第二天一早，迪克就来到尼科尔的房间。“我一直等着，听到你已经起来了。不用说，对昨晚的事我很抱歉——可是，不做事后检讨行不行？”

“我同意。”尼科尔对着镜子，冷冷地说。

“是汤米把我们送回来的？要不然我是在做梦？”

“你知道，是他开的车。”

“好像是，”他承认，“我刚才听到他咳嗽。我想应该去看看他。”

尼科尔很高兴迪克走开，这也许是她一生中第一次——迪克永远保持正确的可怕本领似乎最终已经抛弃了他。

汤米已经醒了，还躺在床上，等他的牛奶咖啡。

“感觉好吗？”迪克问。

汤米说喉咙疼，迪克立刻摆出一副专业架势说：

“最好来点漱口药什么的。”

“你有吗？”

“真是奇怪，我这儿居然没有——也许尼科尔有。”

“别打搅她。”

“她已经起来了。”

“她怎么样？”

迪克慢慢转过身。“你以为，因为我喝醉了她就会死掉吗？”他语气轻松地说。“现在的尼科尔就像一棵——乔治亚松树，目前知道的最坚硬的树木，除了新西兰的愈疮木。”

尼科尔正要下楼，听到了谈话的最后几句。她知道，一直都知道，汤米爱她。她知道汤米甚至因此不喜欢迪克，知道迪克在汤米开始恨他之前就已经意识到了，而且镇定地应对汤米的单相思。想到这些，一种纯粹女性的满足感油然而生。尼科尔靠在孩子们的早餐桌上，吩咐着家庭教师，而楼上的两个男人心里都装着她。

后来在花园里，尼科尔仍然很快活。她不希望事情有任何发展，只想保持这样悬而未决的状态，让两个男人在心里把她争来夺去；很长时间以来她几乎是不存在的，即使是像一个球那样被抛来抛去。

“这样真是很好，兔子们，不是吗？——或者，是这样吗？嘿，兔子——嘿，就是你！这样好吗？——呃？或者对你来说太奇怪了？”

可兔子是除了卷心菜叶之外什么也不知道的，这时试探地晃了晃鼻子，好像同意了。

尼科尔继续她在花园里的日常活计，把剪下的花放在选好的花盆里，一会儿园丁会搬到房间里。走到眺望大海的围墙边，她很想说说话，可身边没有其他人。她停了下来，陷入沉思。想到自己居然会对另一个男人感兴趣，她有些吃惊——可其他女人也有情人——为什么我不能？在春光明媚的清晨，男性世界的禁忌消失了，她为自己辩护着，像一株快乐的鲜花，春风吹拂她的头发，她的头也随之摆动起来。其他女人也有情人——昨晚的她鼓起勇气，甘心把自己完全交给迪克，几乎愿意和他一起死去，现在，这力量却使她随风摇摆，心地坦然，快乐地想着，我为什么不可以？

尼科尔坐在矮墙上，俯瞰着大海，心中却是另一片波涛汹涌的汪洋，从中她捕获了某种切切实实的东西，放在她的战利品旁边。

如果她在精神上没有必要永远和迪克在一起，就像昨夜那样，她就可以成为另外的什么，不只是迪克心里的一个影子，注定一生以他为中心，就像绕着一枚奖章的边缘，无休止地转圈。

尼科尔坐在这段矮墙上，因为这里的山崖渐渐延伸为一片倾斜的草坡，上面还开垦出一个菜园。透过交叉的枝丫，尼科尔看到两个扛着耙子和铁锹的男子，一个操着尼科西亚[①]方言，一个用的却是普罗旺斯方言。尼科尔被他们的谈话和手势吸引住了，也听明白点意思：

“我就是在这儿把她放倒的。”

“我是在那边的葡萄藤后面。”

“她不在乎——他也不。可恶的是那条一本正经的狗。我把她放倒在这儿了——”

“你带耙子了吗？”

“不是在你手上吗，笨蛋。”

“我不在乎你是在哪里把她放倒的。自打结婚后，我还从来没尝过一个女人的胸脯压在我胸上的滋味，直到那个晚上，十二年了。现在你告诉我——”

“可是，你还是听我说说那条狗吧——”

尼科尔隔着树枝看着这两个人；他们说的好像在理——这件事对这个有好处，那件事对那个有好处。然而，她偷听到的是一个男人的世界。回到房子那边，尼科尔又开始疑虑不决了。

迪克和汤米坐在露台上，她从两人中间穿过去，到房间里拿了画板出来，开始为汤米画头像。

“两只手从来闲不住——飞梭一样转不停。”迪克轻松地说。他双颊惨白，衬得红褐色的胡须上的肥皂沫和眼睛一样通红。这副样子，怎么还能如此若无其事地话家常？尼科尔对汤米说：

“我一直很能干。过去我有一只小玻利尼西亚[②]猿，很机灵，

① 地中海岛国塞浦路斯的首都。

② 中太平洋岛群，意为“多岛群岛”，包括夏威夷群岛、萨摩亚群岛、汤加群岛和社会群岛等。

我们成几个小时地玩抛接游戏，直到人们开始开那些无聊粗俗的玩笑——”

尼科尔仍然坚决地不看迪克。不一会儿，迪克就借故回房间了——尼科尔看见他给自己倒了两杯水，心里又坚定起来了。

“尼科尔——”汤米开口了，可不得不先清清喉咙。

“我给你拿些特殊的樟脑液，”她说，“是美国的——迪克很相信这种药。马上。”

“我确实该走了。”

迪克从屋里出来，坐了下来。“相信什么？”等尼科尔拿着一只小罐从屋里出来，两个男人都没动，可她看得出来，他们兴致勃勃地谈论了什么，尽管没什么意思。

司机等在门口，拿着一只包，装着汤米昨晚换下的衣服。看到汤米穿着迪克的衣服，尼科尔很难过，好像汤米买不起这样的衣服，当然事实并非如此。

“到酒店后把它抹在喉咙和胸脯上，然后呼吸它的香味。”她说。

“我说，这，”迪克看着汤米走下台阶，小声说，“别把整罐都给汤米——这药得从巴黎订购——这里没有了。”

听到迪克在说话，汤米回身走到听得见的地方，三个人站在阳光下，汤米背对着汽车，好像一弯腰就能把车背起来。

尼科尔走下台阶。

“拿着吧，”她劝汤米说，“这很珍贵。”

迪克站在旁边，沉默了；尼科尔又往前走了一步，挥手目送着汽车带着汤米和那罐珍稀的樟脑液离开。之后，她转身回来，自己去吃药。

“你没必要那样，”迪克说，“我们这里有四个人——这几年来无论谁有咳嗽都——”两人互相看着对方。

“我们总能再弄到一罐的——”突然间，她的勇气消失了，跟着迪克上了楼。迪克躺在自己的床上，一言不发。

“要把午饭送上来吗？”她问。

迪克点点头，仍然静静地躺着，眼睛望着天花板。尼科尔下楼去吩咐仆人，心中七上八下。上楼后她又看了看迪克的房间——那双蓝蓝的眼睛仿佛是探照灯一样，游弋在漆黑的夜空。她在门口停留了片刻，明白自己伤害了迪克，有些害怕进去……她伸出手，似乎要抚摩迪克的头，可他像一头多疑的野兽一样转过身去。尼科尔受不了了，像个惊惶的厨房女仆一样冲下楼去。她害怕楼上那个受伤的男人将赖以生存的东西，而她还要在他那嶙瘦的胸膛上继续吸吮已经干瘪的养料。

一个星期后，尼科尔对汤米的热情也一闪而过——她对人没多少记忆，很容易忘掉他们。可六月的第一阵热浪袭来时，她听说他在尼斯。汤米给他们两个都写了信——尼科尔坐在遮阳伞下，把信拆开，旁边还有一些信件，是他们从房间里拿到户外来阅读的。看完后她把汤米的信扔给迪克，迪克也扔过来一封电报，落在她穿着沙滩浴衣的膝盖上：

亲爱的二位，明日到高斯酒店，遗憾母亲未来，盼见。

我很高兴见她。”尼科尔冷冷地说。

第七章

不过第二天上午，尼科尔还是和迪克一起去了海滩。她又一次恐惧地预感到，迪克似乎正在绝望地酝酿着什么终结。自从戈丁游艇上的那个夜晚，她就察觉到了正在发生的变化——既有的人生位置保证着她的安全，而一个必须完成的跳跃正在逼近，改变着她的血肉肌质；这静止与变化之间的平衡是如此微妙，她甚至不敢正视。她和迪克仿佛是两个幽灵，跳着怪诞的舞蹈，变幻无常，捉摸不定。数月来，两人说的每一句话似乎都蕴涵着另外的含义；如果迪克能够掌控，就会旋即消解。多年来尼科尔只是仅仅维持生存，这激活了她性格中某些因早年的疾病而消失的部分，甚至迪克也无从探明——这不是他的错，只是因为没有一个人的性格能够完全展现给另外一个人——这样的精神状态也许更有希望，却令人不安。两人关系中最不幸的是，迪克正在放弃生活，现如今的症状是酗酒；尼科尔不知道，自己将会被毁灭，还是获得拯救，她无法确定，因为从迪克的口中听不到任何严肃认真的话。两人关系的结局如同渐渐展开的地毯，她猜不出迪克下一步将如何表现；也不知道，在最后一跳的那个刹那，将会发生什么。

对于将要发生的一切她并不担忧——冥冥中觉得那将如同卸下

重负，睁开双眼。尼科尔注定要变化，要飞翔，金钱则是她的翅膀。这一全新的状态就好似一个赛车底盘，多年来埋没在家用轿车的车身下，终有一天要脱颖而出，现出本来面目。尼科尔已经嗅到了那股清新的微风——她所恐惧的只是突变的痛楚，是一切终将来临时的阴霾。

戴弗夫妇向海滩走去，白色的泳衣泳裤映衬着褐色的皮肤，分外闪亮。沙滩上，一顶顶遮阳伞形状各异，投下斑驳的阴影，尼科尔看见迪克的目光在其中搜寻着孩子们。此刻，他的思想暂时离开了她，放开了她，使她能够对他冷眼旁观。她知道，他寻找孩子们，并不是为了保护他们，而是要从孩子们那里寻求一种保护。也许他害怕的是这片沙滩，好像一个已被罢黜的国王，偷偷回到自己原来的宫廷。她已经开始恨他那由精妙的幽默和优雅组成的世界，却忘了许多年来，这是唯一向她开放的世界。让他看吧——他的海滩，如今已格调堕落，毫无品位；他就是看上一整天，也找不到当年他筑起的犹如长城样的围墙的一块石头，看不到一个老朋友的脚印。

尼科尔有些为迪克难过；想起是他把这片荒凉的海滩变成了胜地，想起他们在尼斯的一条背街买的水手裤和T恤衫引领了巴黎时装店丝绸制品的时尚款式，想起那些天真的法国小姑娘，爬上防波堤，小鸟般叫着“迪特——咚克！迪特——咚克！”还想起每天上午两人不变的行程，在宁静和安适中走向大海和太阳，仿佛某种仪式——这一切都是迪克的发明，短短几年时光，就已经埋藏地比沙子还要深……

现在的浴场成了一个“夜总会”，就像这个词所代表的国际社会的含义，很难说有谁不能进入。

可是，看到迪克跪在草席上寻找罗斯玛丽，尼科尔的心又硬了起来。她的眼睛追随着他的，游移在沙滩上的那些新玩意中——水上吊秋千，吊环，便携式更衣室、漂浮的水上城堡，昨夜宴会上的探照灯、时髦的白色餐具柜，装着常见的环形把手。

最后，迪克把目光投向大海，因为没几个人仍然徜徉在那片蓝色的天堂，只有一些孩子和一个出风头的男仆，他不断地从一块五十英尺高的岩石上跳入海里，引人注目——大多数高斯酒店的客人们只在下午一点钟才脱下浴袍，露出松弛的肌肉，下去沾沾水。

“她在那儿。”尼科尔说。

尼科尔看着迪克的眼睛跟随着罗斯玛丽的身影，她正从一个浮排游到另一个浮排，可胸中发出的叹声却仿佛是五年前留下的。

“我们游过去和她说话。”迪克说。

“你去。”

“我们一起去。”尼科尔不愿依照迪克的话做，可最终两人还是一起游了出去，跟着一群尾随着罗斯玛丽的小鱼。水中的罗斯玛丽闪亮耀眼，像是一只鲑鱼钩。

尼科尔仍然留在水里，迪克跃起到浮排上，坐在罗斯玛丽身边，两人浑身滴着水，谈笑起来，好像从未相爱过，从未触摸过对方。罗斯玛丽很漂亮——青春洋溢，让尼科尔吃了一惊，不过看到这个年轻女孩一分一毫也不比自己苗条，又高兴起来。罗斯玛丽看起来快乐、充满希望，比起五年前自信得多。

“我很想妈妈，不过星期一会在巴黎见到她的。”

“五年前你刚来到这里，”迪克说，“那时候，你穿着酒店的浴衣，那么一个可爱的小东西！”

“你的记性真好！总能记住很多事情——而且都是那些美好的东西。”

听到这相互吹捧的老一套又开始了，尼科尔潜下水去，浮上来又听到：

“真希望还是五年前，我还是那个十八岁的女孩儿。你总能让我感到——你知道——某种——你知道——某种幸福——你和尼科尔。我总觉得你们仍然在那边沙滩上，在遮阳伞下——是我见过的最优秀的人，也许永远是。”

尼科尔游了出去，回头看到迪克和罗斯玛丽谈笑风生，压在他心头的阴云似乎也稍稍驱散。他开始使出了在待人接物方面练就的炉火纯青的老本领，可这本事也仿佛已是一件褪色的艺术品。尼科尔想，喝上一两口酒，他就会为她在吊环上玩自己的绝技了，这些把戏以前迪克是驾轻就熟，可现在做起来恐怕要力不从心了。尼科尔注意到，今年夏季，这是第一次，他避免从高处跳水。

尼科尔绕开一个个浮排，向前游去，不一会儿，迪克追上她说：

“罗斯玛丽的朋友有一艘快艇，就是那一艘。你想冲浪吗？肯定很好玩。”

尼科尔想起来，迪克过去可以倒立着双手撑在滑板尾端的椅子上，就纵容了他，就像纵容拉尼尔一样。去年夏天，他们在祖格湖上玩这种有趣的水上游戏，迪克站在滑板上，把一个两百磅的家伙举过肩，还能站起来。可是，女人们虽然因为男人的才能而结婚，之后就不以为然了，尽管装得仍然很在意。尼科尔甚至都不假装，不过还是对他说“好吧。”“是的，我想是。”

可是尼科尔知道，迪克已经厌倦了这些，只是罗斯玛丽的青春焕发了他的热情，让他跃跃欲试——她看到过迪克从孩子们清新的身体上汲取热情。尼科尔冷冷地想，也许迪克会出洋相。戴弗夫妇比船上的人都年长——年轻人们对他俩谦恭有礼，可尼科尔还是感觉到，他们暗地里在想，“这两位到底是什么人？”迪克也没有施展他轻松控制局面的才华，赢得这些人的爱慕——他的注意力完全集中在将要做的惊险运动上了。

快艇在离海岸两百多码的地方减慢了速度，一个年轻人从船舷边跃入海中，游到在水上飘忽不定的滑板旁边，将它稳住，然后慢慢用膝盖爬了上去——快艇开始加速时站了起来。他身体向后仰，踩在轻便的滑水板上，开始缓慢笨重地左右摇摆，在水上划出惊险的弧线，两边拖曳出层层浪花。他让滑板正对着船尾，双手松开绳子，保持平衡，然后一个背跃，好像一尊光荣的雕塑，消失在大海中。汽艇转过头去把他接上来，大海中只浮出一个小小的脑袋。

该尼科尔了，可她拒绝了；于是罗斯玛丽跳了下去，站在滑水板上，姿势保守却干净利落，她的追求者们大声叫好。三个人大献殷勤，争相拉她上船，结果把她的膝盖和臀部都擦伤了。

“现在轮到你了，医生。”站在驾驶盘旁边的墨西哥人说。

迪克和最后一个年轻人跳下海，游到滑板旁。迪克开始他水上举人的绝技了，尼科尔冷眼看着她，嘴边浮出轻蔑的微笑。最让她恼火的就是迪克这样大动干戈，在罗斯玛丽面前炫耀。

两人都爬上了滑板，稳住身体，迪克跪了下来，用肩背扛起那人的胯部，在两腿之间抓到了绳子，然后缓缓站起。

船上的人都定睛注视着他们，都看得出迪克很吃力。他一只膝盖跪在滑板上，然后要保持这个姿势，身体往上提，直到完全站起来。只见迪克喘了口气，憋足力气，咬紧牙关，把那人举了起来。

滑板很窄，那人尽管还不到一百五十磅，现在却为自己的体重尴尬，笨拙地抓着迪克的头。迪克使出最后的力气，腰背一挺，笔直站了起来，可滑板向一边倾斜过去，两人都摔在水里。

罗斯玛丽在船上叫道：“太精彩了！他们几乎要成功了。”

两人上来后，尼科尔看了一眼迪克，不出所料，迪克满脸沮丧，要知道，不过是两年前，他就能轻易地完成这些动作。

第二次迪克更加小心了。他稍稍起身，试试身上的负担的平衡，然后又跪了下来；接着，他咕哝了一声“啊嘞——呜噗！”开始站起来——可是未等到完全直起身来，他的腿突然弯了下去，赶忙用双脚蹬开滑板，才避免落下去时撞上去。

“巴比·加”号转了回去，这次，所有的人都看得出迪克很生气。

“让我再试一次好吗？”他踩着水叫道，“我们就差一点了。”

“当然，来吧。”

他望着尼科尔，双颊惨白，尼科尔警告他说：

“你不觉得已经够了吗？”

迪克没有回答。第一个合作者已经不愿再做了，被拉上了船，开汽艇的墨西哥人欣然接替了他。

墨西哥人比第一个要重。船开始动了，迪克趴在滑板上，休息了片刻。然后，他钻到那人身下，抓住绳子，绷紧身体，试图站

起来。

可他站不起来。尼科尔看着他换了换位置，又挣扎着站起来，可是一旦搭档的重量全部落到他肩膀上，就动不了了。他又试了一次——身体上提，一寸，两寸——尼科尔跟着迪克用力，感觉额头上都冒汗了——后来迪克只能勉强稳住，接着就扑通一下双膝倒下，两人翻了下去，迪克的头差点被滑板撞上。

“快回去！”尼科尔对驾驶员说；说话的时候，她看见迪克滑入水下，尖叫了一声；可迪克又浮了出来，翻身仰面躺在海面上，墨西哥人游过去帮忙。好似过了几个世纪，快艇才靠近他们，终于来到他们身边。尼科尔看到迪克筋疲力尽，面无表情，孤独地漂浮在天海之间。她的恐慌顿时变成了轻蔑。

“我们帮你，医生……抓住他的脚……好的……来，一起……”

迪克坐在那里，喘着气，目光呆滞。

“我就知道你不该这样。”尼科尔忍不住说。

“他前两次把体力耗尽了。”墨西哥人说。

“这太不明智了，”尼科尔又说，罗斯玛丽很聪明地保持了沉默。

过了片刻，迪克恢复了过来，喘着气说，“那会儿我就是一个纸娃娃也举不起来。”

船上爆出一阵笑声，缓和了因迪克的失败造成的紧张气氛。船到了码头，大家都殷勤地关照迪克下船。可尼科尔很生气——现在迪克无论做什么事都会让她生气。

尼科尔和罗斯玛丽坐在伞下，迪克去小卖部买饮料——不一会儿就回来了，给她们带了些雪利酒。

“我第一次喝酒就是和你们在一起。”罗斯玛丽说。突然，她激动起来，接着说，“哦，看见你们真是太高兴了，知道你们都很好。我很担心——”说到这里，她急忙咽住了，改口说，“你们也许不在这里。”

“你听说我堕落了吗？”

“哦，不。我只是——只是听说你变了。我很高兴亲眼看到这不是真的。”

“是真的，”迪克回答说，坐在她们身边。“变化很早就开始了——不过起初并没有表现出来。一段时间内，表面上一切照旧，可精神早已崩溃了。”

“你在里维埃拉行医吗？”罗斯玛丽急忙问。

“这里倒是个好地方，会找到合适的病例的。”他向周围金色沙滩上走动的人们点头致意。“有了不起的人选。看到我们的老朋友了吗，艾布拉姆斯夫人，在为玛丽·诺斯女王充当公爵夫人呢。没什么可嫉妒的——想想艾布拉姆斯夫人要手脚并用地爬上里兹饭店的后楼梯，不知要吸进多少地毯上的灰。”

“可是，那真的是玛丽·诺斯吗？”罗斯玛丽打断了他，盯着一个正朝他们这边闲步过来的女人，她的身后跟着一群人，好像已经习惯了被人注目。到离他们十英尺的地方时，玛丽的眼睛从戴弗夫妇身上一扫而过，意思是说她看到了他们，可不打算理他们。那是一种可悲的目光，戴弗夫妇和罗斯玛丽·霍伊特一生都会不允许自己以这样的方式对待任何人。看见罗斯玛丽，玛丽改了主意，走了过来，这不禁让迪克感到很好笑。玛丽热心地和尼科尔说话，又和罗斯玛丽打招呼，同时朝迪克冷冷地点点头，好像他有什么传染病一样——迪克则故作尊敬，嘲弄地鞠了一躬。

“我听说你在这里。会停留多久？”

“明天走。”罗斯玛丽说。

她也看到了玛丽撇开戴弗夫妇，径直过来和她说话，出于责任感，她对玛丽不冷不热：“不，今晚我不能和她共进晚餐。”

玛丽转向尼科尔，关心的同时又好像很怜悯她。

“孩子们怎么样？”她问。

这时戴弗家的孩子们跑了过来，请求尼科尔让家庭教师同意他们游泳。

“不，”迪克代她回答，“必须听老师的。”

尼科尔也同意必须支持代理人的权威，拒绝了孩子们的要求。

玛丽就像安尼塔·卢斯[1]笔下的女主角，只和既成事实打交道，其实连一只法国卷毛犬也驯养不了，她看了看迪克，好像他是个臭名昭注的恶棍。迪克对这种无聊的装腔作势也很恼火，半带嘲讽地关心似地问：

“你的孩子们好吗——还有他们的姑妈们？”

玛丽没有回答，走开了，临走时似乎很同情地摸了摸拉尼尔的头，拉尼尔却并不情愿。她走后迪克说：“又想起我为她做检查时的情景了。”

“我喜欢她。”尼科尔说。

迪克的怨恨让罗斯玛丽很吃惊，她一直以为迪克宽宏大量，善解人意。这让她突然想起了以前听说到的关于迪克的事。罗斯玛丽在船上和一些国务院的人聊过天，他们是些欧化的美国人，可以说，已经几乎不属于任何民族，至少是任何大的国家，对于由类似的公民组成巴尔干半岛这样的国家，也许会有归属感。这些人提起了大名鼎鼎的芭比·沃伦小姐，说她的妹妹把一生浪费在一个放荡的医生身上。“他到处都不受欢迎。”那女人说。

这句话让罗斯玛丽很不安，尽管她知道戴弗夫妇和社交界没有干系，如果这是事实的话，她也想象不出会有任何意义。然而，似乎公众社会采取了一致的敌视态度。她耳边回响起那句话，“他到处不受欢迎。”罗斯玛丽想象迪克走上一幢大厦的台阶，递上名片，管家则告诉他：“这里不接待您”；他沿着林荫道，挨家挨户地拜访，结果是从无数的大使、公使、参赞的管家那里，得到同样的回答……

尼科尔在想，怎样才能走掉。她猜想，玛丽的出现刺激了迪克，他很快就会变得优雅迷人，把罗斯玛丽迷住。果然不错，迪克立即缓和了语气，设法修正刚才让人不愉快的话：

“玛丽没什么错——她做得很好。可是人们很难继续喜欢一个

---

① 安尼塔·卢斯（1893？—1981），美国作家，以其小说《绅士爱金发女郎》（1925）最著名。

不喜欢你的人。”

罗斯玛丽立刻和迪克保持一致，靠近他，低低地说：

“哦，你是这么好的一个人。我不能想象有谁会无法原谅你，无论你做了什么。”这时，罗斯玛丽感到自己的热情有些过头，似乎侵犯了尼科尔的权利，于是，她盯着迪克和尼科尔两人之间的沙地说：“不知道你们觉得我最近拍的几部片子怎么样——要是你们看了的话。”

尼科尔没有回答，她看了其中的一部，觉得不怎么样。

“我会花几分钟告诉你的，”迪克说，“没想尼科尔对你说拉尼尔病了，生活中你会怎么做？换作任何一个人，他会如何反应？他会表演——通过表情、声音、和语言——脸上呈现出难过的表情，发出惊讶的声音，说一些同情的活。”

“是的——我明白。”

“可是在舞台上，情况就两样了。在剧院里，最好的喜剧女演员获得成功，是靠了夸张地模仿正常的反应——恐惧，爱，和同情。”

“我知道了。”其实她并不怎么理解。

尼科尔不明白迪克在说什么，愈加不耐烦了。迪克接着说：

“女演员的危险在于如何反应。我们再设想，有人告诉你，‘你的恋人死了。’如果是在生活中，你可能立刻就垮掉了。可在舞台上，你会去设法吸引观众的注意——观众自己会做出‘反应’的。首先，演员要跟着台词走，然后她必须把观众的注意力从那个被谋杀的中国人，或随便什么事——吸引到自己身上。这样，她就必须做出意想不到的反应。如果观众觉得某个角色很冷酷，她就要表现得柔和些——如果觉得很柔和，她就要表现得生硬些。你要走出角色——明白吗？”

“我不怎么懂，”罗斯玛丽承认，“你说的走出角色是什么意思？”

“你的表演要出人意想，直到你把观众从客观的事实拉回到你身上。之后你再进入角色。”

尼科尔忍耐不下去了，突然站了起来，丝毫不掩饰自己的不耐烦。罗斯玛丽已经隐隐约约感到了尼科尔的厌烦，就想缓和一下气氛，转向托普茜说。

“你长大想当演员吗？我想你一定会是个好演员。”

尼科尔用力瞪着罗斯玛丽，用她祖父的语调，一字一句、清清楚楚地说：

“灌输这些东西给别人的孩子是完全不恰当的。记住，我们对他们也许有完全不同的计划。”接着她猛地转向迪克。“我要把车开回家。我会让米歇尔来接你和孩子们的。”

“你有几个月没开车了。”迪克反对说。

“我没忘记怎么开。”

罗斯玛丽此刻的“反应”可谓惊诧极了。尼科尔看也不看，离开了遮阳伞。

尼科尔在浴室换上了便服，脸仍然沉得像块铁板。然而，当她拐上了青松合拢的小路，气氛就变了——一只松鼠在树枝上跳跃，一阵清风在枝叶间缠绵，一声鸡鸣啼破了遥远的静寂，一缕阳光悄无声息地闪现，海滩的嘈杂渐渐远去——尼科尔放松下来，觉得清新快乐，神清气爽——她有一种感觉，自己已经痊愈了，正走向新的生活。她的自我意识仿佛一朵绽放的玫瑰，鲜艳美丽。回首过去的几年，她仿佛是在迷宫中踉跄徘徊。她恨那片海滩，恨那些她作为行星围绕着迪克这太阳旋转的地方。

“天啊，我几乎是个完整的人了，”她想，“我可以独立了，可以没有他。”她就像一个快乐的孩子，想尽快拥有独立的人生，同时模模糊糊地感觉到，迪克早就为她准备好了这一天的到来。一到家，尼科尔就躺在床上，给尼斯的汤米·巴尔邦写了一封简短却充满情感的信。

然而，这是在白天——随着夜晚的来临，精力的必然衰减，尼科尔的情绪也开始低落，如同划过苍茫夜空的流星。她感到害怕，不知道迪克在想什么；又一次感到他现在的举动背后隐藏着什么计划。她害怕他的计划——这些计划合乎逻辑，包含一切，正在顺利进行，而尼科尔却无从掌控。她已经不知怎的将思考的能力交给了迪克，即使他不在的时候，她的行为也自然而然地被他的喜好所控制，结果，现在她感到无法将自己的意图与他的目的相抗衡。但是，她必须学会思考；她终于知道了那扇可怕的幻想之门的门牌号码，那道通向绝路的逃离之门；她知道，对她来说，现在，将来，最大的罪过毋宁是欺骗自己。这是很久以来的教训，现在她已经明白了。要么自己学会思考——要么让别人为你思考，既而控制你，颠倒你的喜好，约束你的天性，培养你的性格，扼杀你的活力。

晚餐是在安详的气氛中度过的。昏暗的房间里，迪克喝了很多啤酒，和孩子们在一起很快活。之后他坐在钢琴边，弹起了几首舒伯特[①]的歌曲和美国最新的爵士乐，尼科尔则俯在他的肩膀上，用她略微沙哑却依然甜美的女低音哼唱着。

感谢你，父亲
感谢你，母亲，
感谢你们相遇——

“我不喜欢这一首。”迪克说，伸手要翻过这一页。

“哦，就弹这一首！”尼科尔叫道，“难道我一生都要害怕‘父亲’这个词吗？”

——感谢你啊，那晚拉车的马驹！
感谢你们二人，各有三分醉意——

① 弗朗兹·彼得·舒伯特（1797—1828），奥地利作曲家，做有600多部声乐及钢琴作品。

后来，他们和孩子们一起坐在摩尔式的房顶上，观看远处两个娱乐场燃放的烟花，在海滩那边，相距遥远。两人面对着对方，心中空荡荡的，感到孤独和悲哀。

第二天上午，尼科尔从戛纳购物回来，发现迪克留了一张条子，说他开走了小车，去了普罗旺斯，要去那里独自待两天。就在读字条的时候，电话响了——是汤米·巴尔邦从蒙特卡洛打来的，说已经收到了她的信，正开车过来。尼科尔很高兴他的到来，都感觉到了听筒上自己嘴唇的温热。

第八章

尼科尔洗了个澡，涂了乳液，全身又打了一层粉，脚趾踩在浴巾的绒面上。她细细地观察着自己侧身的线条，想着不知再过多久，这一优美、纤细的躯体就会开始松弛，像一座倾塌的大厦。也许再过六年，不过现在的我还很美——事实上，可以和我认识的任何一个女子媲美。

尼科尔并没有夸张现在的她和五年前相比，身体上的唯一差异只不过是她不再是个年轻的女孩子了。然而，时下盛行青春崇拜——电影画面中充斥着无数少女的脸庞，都仿佛是世界的工作和智慧的传承者，千篇一律——这让尼科尔备受折磨，又燃起了对青春的羡妒。

尼科尔穿上一件曳地长裙，这是她拥有的第一件白天穿的礼服，已经有了好久了。之后，她带着虔诚的心态，用夏奈尔十六[①]式饰件在胸前划了个十字。等汤米一点钟开车到来时，她已经把自己修饰得如同一座最美丽的花园。

这是多么美好啊，再一次有人崇拜，拥有秘密！在如花的少女

① 加布里埃勒·博纳尔·香奈尔（1883—1971），法国服装设计师，以其设计的紧身套服、紧身女装及她开办的香水厂而闻名。

时代，她已经丢失了最有资格傲慢的两年——现在觉得是在补回那失去的光阴。她去迎接汤米，好像他是拜倒在自己脚下的众多追求者中的一个。她走在他的前面，而不是他的旁边，带领他穿过花园，来到遮阳伞下。迷人的女子，无论是十九岁还是二十九岁，都是一样的朝气蓬勃，充满自信：不同的是，二十九岁的女人更多的是内心的渴望，不再要整个世界都以自己为中心。十九岁的年龄目空一切，像个年轻的军校学生，而二十九岁却是一个战士，战场归来，昂首阔步。

一个十九岁女孩子的信心来自于引人注目，并且不厌其多，一个二十九岁的女人则依靠更为柔和的滋养。充满欲望，她能明智地选择开胃酒；心满意足，她会品尝回味无穷的鱼子酱。无论处于哪种情况，她似乎都很愉快，不去展望将至的岁月，因为恐慌会模糊她的视线，无论是害怕这一切将停止，还是害怕它们会继续。然而，无论是在十九岁的门槛，还是二十九岁，她都充满信心。

现在，尼科尔需要的不是什么朦胧的精神之恋——而是一次“婚外情”；她的生活需要变化。借用迪克的思维，她意识到，表面来看，没有情感而放纵欲望，威胁两人的关系，是低级庸俗的。而另一方面，她责备迪克，认为是他造成了目前的状况。尼科尔真诚地相信，眼下只不过是个试验，会有助于两人关系的恢复。整个夏天，她都目睹别人做了诱惑中的事却没有受到任何惩罚——而且，尽管她试图不再欺骗自己，却仍然乐意相信，她不过是试试看，随时能够抽身而退……

在阴凉下，汤米穿着白色帆布衬衫，伸出胳膊拥尼科尔入怀，看着她的眼睛。

“别动，”他说，“从现在开始，我要好好看看你。”

尼科尔闻到他头发的味道，白衬衫上淡淡的肥皂香。她双唇紧闭，脸上没有笑容。两人就这么对视着。

“你喜欢你看到的吗？”她喃喃地说。

“说法语。”

“好的，”她用法语又说了一遍。“你喜欢你看到的吗？”

他抱紧了她。

“你的一切我都喜欢看。”他犹豫了一下，“我以为自己很熟悉你的脸，可是好像又不熟悉。从什么时候开始你长了一双白眼睛，像个骗子？”

尼科尔挣脱了汤米的怀抱，又是吃惊又是生气，用英语叫道：

“这就是你为什么要说法语吗？”这时，管家送来了雪利酒，尼科尔的声音缓和了下来，“这样你就能更准确地攻击我？”

她一屁股坐在银色的棉布椅垫上。

“这里没有镜子，”她决然地又用法语说，“可是，如果我的眼睛变了那是因为我好了。我好了，也许我就回到了真实的自我——我想我的祖父是骗子，因为遗传，我天生也是骗子，就是这样。你清楚了吧，满意了吧？”

汤米好像简直不明白她在说什么。

“迪克在哪里——他会和我们一起吃午饭吗？”

看到汤米说这些话其实并没有什么意思，尼科尔突然笑了起来，不再生气了。

“迪克去旅行了，”她说，“罗斯玛丽·霍伊特又露面了，要么两人现在一起，要么她让他心神不宁，他只好躲得远远的，宁愿心驰神往。”

“你看，你到底复杂起来了。”

“哦，不，”她急忙向他保证，“不，我不是真正的——我只是——我是很简单的人，不过是完全另外一种。”

马里斯送上瓜果和一小桶冰。尼科尔不由自主地又想起了她的骗子的眼睛，没有作声。这个人，给你整个一只坚果让你敲，而不是弄碎了，只需要拣里面的果仁。

“他们为什么不让你自自在在地活着？”汤米问，“你是我见到的最富戏剧性的一个人。”

尼科尔没有回答。

“这些驯服女人的男人！”他嘲笑道。

“任何社会都有一定的——”尼科尔觉得迪克的幽灵似乎萦绕

在她身边，鼓励她说下去，可听到汤米话中的含义，她却沉默了。汤米接着说：

“我曾经用残酷的手段制服了很多男人，可我不会对一半数目的女人这样。特别是这种所谓‘仁慈’的欺凌——这对任何人有什么好处？——对你，对他，还是对任何人？”

尼科尔的心跳了起来，接着又怯懦地沉了下去，记起了迪克为她付出的一切。

“我想我已经得到——”

“你有的是太多的钱，”他不耐烦地说。“这是问题的症结。迪克不可能不受影响。”

尼科尔思考着，西瓜被拿走了。

“你觉得我该怎么做？”

十年来，这是第一次，她把自己置身于丈夫之外的另一个人的影响之下。汤米说的每一句话都永远成了她的一部分。

两人喝了点葡萄酒。微风吹落了松针，午后的热浪熏人欲醉，在方格餐布上撒下斑驳的光点，让人眼花缭乱。汤米走到尼科尔身后，抱住她，抓住她的双手。两人的脸贴在了一起，然后是嘴唇，尼科尔低喘了一声，一半是出于对汤米的热情，一半是出于突然的惊诧，发现自己的热情居然有这么大的力量……

“你不能让家庭教师和孩子们走开一个下午吗？”

“他们有钢琴课。再说我也不想待在这里。”

“再吻我一下。”

之后，两人开车去了尼斯，尼科尔想：我有一双骗子眼，是吗？那么好吧，一个清醒的骗子总比一个疯癫的清教徒强。

汤米的话似乎把她从所有的过失和责任中解脱了出来，她从一个新的角度看待自己，感到一阵喜悦的震颤。展望未来的新图景，她的眼前浮现出一张张男人的面孔，而她却不需要服从任何人，甚至爱上任何人。她深吸了一口气，耸耸肩，转向汤米。

“我们必须一直开到你在蒙特卡洛的旅馆吗？”

汤米吱嘎一声把车停下。

“不用！”他回答道。“而且，我的上帝啊，我从来没像现在这样快乐过。”

他们沿着碧蓝的海岸，越过尼斯，开上半山腰的滨海盘山路。忽然，汤米一个急转弯，汽车向海滨驶去，直到一个圆形半岛的尽头，停在一幢海边小旅馆的后面。

一切都真实可触，让尼科尔感到一阵惊恐。服务台边，一个美国人和旅馆的服务员没完没了地争论着汇率。尼科尔在门口徘徊着，表面很平静，内心却有些悲哀。汤米填了登记表——他用的是真名，尼科尔的则是假名。他们的房间朝向地中海，简朴，清洁，在大海的凝视下光线暗淡。最简单的快乐——最简单的地方。汤米要了两杯柯纳克白兰地[①]。服务员离开了，关上了身后的门。汤米坐在屋里唯一的椅子上，皮肤黝黑，虽然脸带疤痕，却依然英俊，眉毛拱起，向上卷曲，仿佛一个斗志旺盛的精灵，一个急不可耐的撒旦。

杯中的白兰地尚未饮完，两人就突然寻找到对方，面对面站在一起。接着，他们坐到床上，汤米亲吻着尼科尔坚硬的膝盖。尼科尔稍稍挣扎了一下，就像没头的小动物一样，忘掉了迪克，忘掉了她刚刚长出的白眼睛，忘掉了汤米，深深地沉浸在此时此刻。

……汤米起身打开一扇百叶窗，看看窗下为什么吵闹。他的身体比迪克还要黝黑、健壮，肌肉和扭曲的筋络上亮光闪闪。片刻间他也忘掉了尼科尔——在他的身体和她的分开的一刹那，尼科尔预感到，事态的发展将脱离自己预想的轨道。她感到一种莫名的恐惧，它总是在所有的情感之前降临，无论是欢乐还是忧伤，就像暴风雨前的雷电。

汤米站在阳台上，小心翼翼地往下看了看，说：

“我能看到就只有两个女人，在下面的阳台上，坐在美国式摇椅上晃来晃去，正在聊天气。”

---

① 柯纳克，法国西部一城市，以酒厂著称，自18世纪以来一直制造和出口法国白兰地酒。

“会有那么大动静？”

“声音是从她们下面传上来的。听！”

“哦，南方深处，产棉之地，

旅馆破败，生意凋敝，

转过头去——”

“是美国人。”

尼科尔伸展胳膊躺在床上，眼睛盯着天花板，身上扑的粉像牛奶一样，潮湿地粘在身上。她喜欢这空荡荡的房间，喜欢头顶的苍蝇飞翔的嗡嗡声。汤米拿了一把椅子坐在床边，把上面的衣服拨到一边，坐了上去；她喜欢他轻便简洁的服装，地板上的帆布便鞋，和他的帆布衣服混在一起。

他审视着尼科尔，她长方形的雪白躯干与褐色的四肢和头部截然分开。汤米低低地笑道：

“你新鲜得像个婴儿。”

“还长着白眼睛。”

“我会治好的。”

“要治好白眼睛是很困难的——特别是在芝加哥形成的白眼睛。”

“我知道所有朗格多克①农民的秘方。”

“吻我的嘴唇，汤米。”

“真是美国人，”他说，不过还是吻了她。“我上次在美国时，那些女孩子几乎要用嘴唇把你撕裂，几乎把自己也撕裂了，脸上嘴唇周围都是斑斑血迹——可到此为止，之后什么也没有。”

尼科尔支起一只胳膊肘。

“我喜欢这个房间，”她说。

“我觉得很简陋。亲爱的。我很高兴你不想等到我们到蒙特卡洛。”

---

① 朗格多克，法国中南部一个地区，位于罗讷河西部地中海海湾处。

“为什么简陋？多美妙的房间，汤米——就像塞尚[①]和毕加索的画里光秃秃的桌子。”

“我不知道。”他并不试图去理解她。“又闹起来了。我的上帝，难道杀人了吗？”

他走到窗前，再次向尼科尔报告说：

“好像是两个美国水手在打架，旁边一群人在看热闹，是从停在海边的一艘战舰上下来，是你们国家的。”他裹上浴巾，来到阳台上。“他们带着妓女。我听说过——这些女人跟着他们，船到哪里，就到哪里。可都是些什么女人啊！他们的钱能找到更好的女人！嘿，那些跟随柯尼洛夫[②]的女人们，嘿，一点不比芭蕾舞演员差！”

尼科尔很高兴汤米知道这么多女人，这样的话，这个词对他也就无所谓；只要内在的她能够超越女性外部身体的共性，她就能够牢牢抓住他。

“照要害处打！”

“呀——！”

“嘿，我说得没错吧！”

“来呀，多西米特，小子！”

“呀——呀！”

“呀——耶——呀！”

汤米转身回来。

“这里似乎已经没有用处了，你说呢？”

尼科尔同意。穿衣服前两人又拥抱在一起，延续的片刻间，这里仿佛是宫殿……

最后，汤米终于穿上了衣服，一边叫道：

“我的上帝，下面阳台上那两个摇椅女人还是没有动，一直在聊天，好像这事根本不存在。她们到这里来度假，精打细算，全美

---

① 保罗·塞尚（1839—1906），法国画家，后期印象派代表。

② 乔治耶维奇·柯尼洛夫（1870—1918），俄罗斯将军，一战时被俘，后逃回俄罗斯。

国的海军、全欧洲的妓女都不能影响她们。”

汤米走了过来，温柔地抱住尼科尔，用牙齿把她连身内衣的肩带放好。这时，外面传来一声巨响，“啪——嘣！”是舰艇的归队信号。

窗下随之一片大乱——舰船就要起航，目的海岸尚未宣布。服务员们大声报着账单，急慌慌地要客人们结账，这边是发誓赌咒，那边是拒不接受；大额钞票、小额找零满天飞；烂醉如泥的被抬上船，海警的声音压过所有嘈杂声断然发令。开船了，哭声、喊声、誓言混作一片，女人们拥向码头，挥手尖叫。

汤米看见一个女孩子冲到下面的阳台，手中挥舞着一块餐巾，他还没弄清楚楼下的女人是否最终让步，默认了这个女孩子的出现，门外就响起了咚咚的敲门声。两人听到女孩子激动的声音，就同意开了门。门外是两个年轻女孩，纤弱、疯狂，站在大厅里，与其说迷茫无助，倒不如说遭到遗弃，其中一个呜呜咽咽地哭着。“能让我们在你们的阳台上挥手再见吗？”另一个操着蹩脚的美式英语，激动地请求道：“可以吗？给我们的男朋友挥挥手，求你们了。其他的房间都锁着。”

“很乐意。”汤米说。

两个女孩冲到阳台上，喊声立刻压倒了所有的声音。

“再见，查理！查理，抬头看啊！”

“拍电报到尼斯！”

“查理！他没看到我。”

其中一个女孩突然提起裙子，撕开衬裤，做了一面大旗，疯狂地摇晃着，口中叫着“本！本！”汤米和尼科尔离开房间时，这条衬裤做的旗帜还在蓝空中飞舞着。哦，你看得见那记忆中的肌肤柔和的颜色吗？——这时，战舰尾端挑战似地升起了星条旗[①]。

汤米和尼科尔在蒙特卡洛新建的海湾娱乐场吃了晚饭……很晚了，两人还在伯列游泳，皎洁的月光仿佛无顶的山洞，一圈巨石掬

① 美国国旗。

起一汪波光粼粼的海水，遥望着摩纳哥[1]和蒙通[2]模糊的影子。她喜欢汤米把自己带到这东望的一隅，喜欢这海风和海水的游戏；一切都那么新鲜，就像现在他俩彼此的感觉。她仿佛刚被他从大马士革[3]掠走，横卧在他的鞍前，踏上了蒙古平原。迪克教给她的东西在每时每刻地消逝，尼科尔几乎又回到了人生的伊始，回到原本的自我，面对她，周围世界的刀光剑影都不知不觉地平息。沐浴在月光中，徜徉在爱河里，尼科尔把自己献给了她不顾一切的爱人。

两人一起醒来，发现月亮已经落了，凉风习习。尼科尔挣扎着起来，问几点了，汤米回答说大概三点。

“我要回家了。”

“我以为我们会在蒙特卡洛过夜呢。”

“不行。还有家庭教师和孩子们。我要在天亮前到家。”

“随便你吧。”

两人稍稍冲洗了一下，尼科尔有些发抖，汤米拿起浴巾，轻快地擦干她的身体。坐进车里，他们的头发还是湿的，皮肤清新光洁，两人都不愿回去。四周一片光亮，他们拥吻在一起，尼科尔觉得汤米消失在自己白皙的面颊，雪白的牙齿，清爽的眉毛，还有托着他的脸的双手中。她等待着某些解释，某些说明，这仍然是和迪克在一起的习惯；可什么也没有发生。于是，尼科尔确信，什么也不会发生了；她心神愉悦，睡意蒙眬，窝在座位上睡着了，直到汽车的声音有些异样，发现已经爬上了去戴安娜别墅的山路。在大门口，尼科尔几乎是很自然地和汤米吻别，走在路上的脚步声似乎都不一样，夜晚花园的声音突然间成了过去。然而，回到家，尼科尔还是很高兴。这一天的经历仿佛断断续续的音符，尽管感觉很幸福，尼科尔还是不习惯这样紧张的节奏。

---

① 主要由法国东南方的一块土地组成的一个公国，位于地中海沿岸，在不同时期曾处于西班牙、法国的保护之下。

② 法国地中海沿岸一城市，在摩纳哥公国东北面。

③ 中东国家叙利亚的首都和最大城市。

第九章

第二天下午四点，一辆车站出租车停在门口，是迪克。尼科尔一下子惊慌失措，连忙从露台上跑下来迎接他。她尽量控制住自己，几乎喘不上气来。

“车呢？”她问。

“留在阿尔勒了，不想开车。”

“看了你留的条，还以为你要待几天再回来呢。”

“碰上了北风，还下了雨。”

“玩得高兴吗？”

“还好，跟任何试图逃避的人一样。我开车把罗斯玛丽送到了阿维依[1]，在那儿送她上了火车。”他们一起走到露台上，迪克放下他的包。“我没有和你说，怕你想得太多。”

“你考虑得很周到。”尼科尔此刻已经不怎么忐忑不安了。

“我想知道，她有没有什么想法——唯一的办法是单独见她。”

“她有什么——想法吗？”

“罗斯玛丽没有长大，”他回答，“也许这样更好。你都干什

① 阿维依，法国东南部城市，在隆河岸边。

么了？”

尼科尔觉得自己的脸在颤抖，像揣了只兔子。

“昨天晚上去跳舞了——和汤米·巴尔邦。我们去了——”

迪克的脸扭曲了一下，打断了尼科尔。

“不用告诉我。你做什么都无所谓，只是我不想知道得太清楚。”

“那就没什么可说的了。”

“好的，好的。”接着，就好像离开家了一个星期，迪克问道：“孩子们怎么样？”

这时，电话响了。

“要是找我说我不在，”迪克说着，很快走开了。“我有些事要在工作间做。”

尼科尔一直等着迪克在井那边消失，然后才进屋去接电话。

“尼科尔，你好吗？”

“迪克回家了。”

汤米抱怨了一声。

“到戛纳来见我，”他提议说，“我有话和你说。”

“我不能。”

“告诉我你爱我。”尼科尔没有说话，只是对着听筒点了点头；汤米又重复道，“告诉我你爱我。”

“哦，我爱你，”她向他保证。“可现在什么也不能做。”

“当然可以，”汤米急切地说，“迪克知道你们完了——他已经放弃了，这很明显。他希望你怎么做？”

“我不知道。我必须——”尼科尔停了下来，她原想说“等到能去问迪克再说，”可最后改口说：“我会写信的，明天和你打电话。”

尼科尔在房间里转里转去，为自己的成就欣喜。她很高兴，自己已经不再是个只能在畜栏里狩猎的猎人了，而是成了一个破坏者。昨天的点点滴滴历历在目——叠加在记忆中相似的时刻上，那时，她和迪克的爱情清新纯洁，完好无损。现在她开始轻视那段爱情，似乎从一开始那就是感伤的情感游戏。女人的记忆总是有选择的，她已经忘记了结婚前的几个月，她和迪克如何躲在天涯海角，完全拥有对方。所以，昨夜她向汤米撒了谎，发誓她从来没有这样完整、彻底地活过……

她背叛了和迪克的爱情，随意地否定了自己十年来的生活，这时她有些懊悔，转身走向迪克的避难所。

尼科尔悄无声息地靠近迪克，看见他坐在屋后的帆布躺椅上，靠着临悬崖的围墙。尼科尔默不作声地看着他。迪克在沉思，完全沉浸在自己的世界中，眉毛时抑时扬、眼睛一会儿眯起，一会儿睁大，嘴唇绷紧，接着又绷紧；脸上每一个细小的表情，双手的每一个动作，都述说着在他内心延续的故事，都告诉她这是他的故事，与她无关。他一时握紧拳头，身体前倾，一时脸上又浮现出痛苦和绝望的表情——下了眉梢却又爬上了眼睛。几乎是有生第一次，尼科尔对迪克产生了怜悯之心——精神受过创伤的人往往很难去怜悯心智健全者；尽管尼科尔经常嘴上说是迪克为她找回了失去的世界，却一直以为迪克永远不知疲倦，精力永不衰竭——她忘记了自己的问题，结果也忘了自己给迪克带来的麻烦。他控制不了她了——他知道吗？难道这完全是他的意图吗？——她同情迪克，就像有时同情亚伯·诺斯不光彩的人生，同情无助的婴儿和老人。

尼科尔走上前去，伸手揽住迪克的肩膀，头挨着迪克的头，说：

“别伤心。”

迪克冷冷地看着她。

“别碰我！”他说。

尼科尔退后几步，怔住了。

“对不起，”迪克说，仍然神情恍惚。“我刚刚在想我对你的看法——”

“为什么不把新的分类加到你的书里？”

“我已经想到了——就叫作‘精神变态和神经错乱’之外——”

“我到这里来不是想让你讨厌。”

“那你为什么来，尼科尔？我不能再为你做什么了，我在想办法拯救我自己。”

“从我的灾难中？”

“职业有时会让我碰到靠不住的伴侣。”

迪克的刻薄让尼科尔愤怒地哭了。

“胆小鬼！你毁了你的人生，却把失败归在我头上。”

迪克没有回答，尼科尔又感受到了他催眠般的智慧。有时它不需要任何力量就能产生作用，伴随着一层又一层的真理，埋藏在深处；她无法打碎它，甚至敲裂它。她又一次开始抗争，用她细长美丽的眼睛，用她胜利者的傲慢，用她刚刚萌生的移情别恋，用她多年的积怨。她想到了她的钱，想到了她的姐姐，知道她不喜欢他，会为她撑腰，想起因为迪克的乖戾制造的那些新敌人，这些都成了她的武器。她用自己的敏捷狡诈对抗迪克的宴饮迟钝，自己的健康美丽对抗迪克的年老体衰，自己的寡廉鲜耻对抗迪克的道德操守——在这场内心的战争中，她甚至用上了自己的弱点——那些旧瓶破罐，装载着她已经忏悔的罪孽、愤怒和错误。她战斗着，勇猛无畏。突然，在两分钟内，她获得了胜利。无需任何谎言和掩饰，她为自己找到了辩护的理由，永远地割断了两人之间的绳索。然后，她拖着无力的双腿，冷冷地抽噎着，走向那座最终属于她自己的房子。

迪克等待着，直到尼科尔的身影完全消失，然后把头靠在前面的栏杆上。这个病例了结了。戴弗医生没事干了。

第十章

当夜，深夜两点钟，电话铃吵醒了尼科尔。迪克接了电话，他睡在隔壁房间里，那张夫妻俩睡不着觉时躺的床上。

“是，是……可是，您是哪位？喂？”迪克的声音因为吃惊清醒了许多。“可是，能让我和其中的一位女士说话吗，长官先生？她们都是显赫的夫人，很有背景，也许会引起严重的政治麻烦……是事实，我向您发誓……好的，您会知道的。”

迪克起身盘算着这件事，知道自己能够对付——过去那要讨人喜欢的致命的渴望，要施展魅力的冲动，又席卷而来，叫喊着“让我来！”他原本对这种事情早已不感兴趣，现在又不得不沾上手，只是因为多年形成的习惯，渴望讨人喜欢。这一习惯，也许从他意识到自己是一个没落家族最后的希望的那一刻就开始了。在一个几乎同样的场景中，在苏黎世湖畔的多姆勒诊所，正是这一力量，促使他选择了奥菲丽亚[①]，喝下这杯甜蜜的毒酒。他希望自己勇敢、仁慈，可最渴望的还是被人爱慕。过去是这样，将来也永远会是这样。迪克看到了这一点，挂断了电话，电话机发出“咔嗒”一声，听起来缓慢古老。

① 莎士比亚悲剧《哈姆雷特》剧中的人物，哈姆雷特的女友，后发疯。

之后是一阵漫长的静默。尼科尔叫道，“怎么了？是谁？”

迪克挂电话时，就已经开始穿衣服了。

“是安提比斯[1]的警察局——她们拘留了玛丽·诺斯和那个希伯利—比尔斯。好像很严重——警察不肯告诉我，只是一直说‘没出人命’，‘没出车祸，’不过好像还有其他的事。”

“她们为什么给你打电话？真是太奇怪了。”

“她们必须找人保释出去，才能保住面子。只有在阿尔卑斯山沿海地区拥有产业的人才能取保。”

“她们真是厚颜无耻。”

“我不在乎。不过我要叫上高斯酒店的老板——”

迪克走后，尼科尔躺在床上想，她们会触犯什么法律；然后就睡了。三点多一点，迪克回来了，尼科尔已经全醒了，她坐起来问道，“是什么事？”好像是和梦中人说话。

“真是个难以置信的故事——”迪克说。他坐在尼科尔的床脚，告诉她自己如何把高斯先生从阿尔萨斯[2]人的酣睡中叫醒，让他拿上所有的钱，和自己一起开车去警察局。

“我可不想为那个英国佬卖力。”高斯抱怨着说。

玛丽·诺斯和卡罗琳夫人身着法国水手的装束，无精打采地靠在两间肮脏阴暗的牢房外的一张长椅上。卡罗琳夫人怒容满面，好像即刻就要英国的地中海舰队火速前来营救她。玛丽·明盖提则惊慌失措，身心崩溃——几乎是扑到迪克的身上，好像他是自己仰仗的最重要的关系，哀求他伸出援手。这边，警察局长向高斯说明情况。高斯先生勉强听着，一边欣赏警察的叙述才能，一边暗示，作为尽职的仆民，这故事一点都不让他吃惊。“只不过是玩玩，”卡罗琳夫人不屑一顾地说。“我们假扮成休假的水手，拉上了两个傻丫头。她们害怕了，在公寓里大闹起来。”

① 安提比斯，法国东南部一城市，位于尼斯和坎纳之间的里维埃拉，是海港和旅游胜地。

② 阿尔萨斯，法国东部的一个地区，介于莱茵河和孚日山脉中间。

迪克严肃地点点头，低头看着地上的石板，像个忏悔室的牧师——心里真想冷笑一声，给她们定上五十套囚衣，两个星期的面包和水。卡罗琳夫人的脸上没有丝毫负罪的神色，只有一脸恼怒，觉得胆小的普罗旺斯女孩和愚蠢的警察可恶，这更让迪克既吃惊又厌恶。不过他早就知道，某些阶层的英国人骨子里是反社会的精神，相比之下，纽约人的贪婪就像小孩子吃冰淇淋消化不良，微不足道。

“我必须在侯赛因知道之前从这里出去，”玛丽哀求说。“迪克，你能解决一切——你总有办法。告诉他们我们要立刻回家，告诉他们我们给钱。”

“我不给，”卡罗琳夫人轻蔑地说，“一毛钱也不给。不过，我很想知道戛纳的领事知道了会怎么说。”

“不，不！”玛丽坚持说。“今晚我们必须出去。”

“我去看看能做些什么，”迪克说，然后又加了一句，“不过钱总是要给的。”迪克看着她们，好像在说他知道她们并非无辜。他摇了摇头说：“疯狂的把戏！”

卡罗琳夫人得意地笑了。

“你是精神病医生，是吗？你应该能够帮助我们——至于高斯，他必须帮助我们！”

这时，高斯把迪克叫到一边，就他打听到的情况和迪克商量了一下。事情比看起来的要复杂——其中一个女孩出身体面家庭。这家人很愤怒，或者假装愤怒；必须和他们交涉达成妥协。另一个是码头上的女孩，比较容易对付。根据法国法律，一旦定罪，就可能被判坐牢，或至少公开驱逐出境。除此之外，当地人对外国游客的容忍度也日见分歧，一部分人从外国侨民中获益，一部分则因为外国人带动了物价上涨而恼火。高斯把这些情况都告诉了迪克，让他处理。迪克和警察局长进行了交涉。

“你知道，法国政府希望鼓励美国人赴法旅游——今年巴黎甚至有项法令，除非特别严重的情节，不能逮捕美国人。”

“这已经够严重的了，我的上帝。”

“不过——你有她们的身份证吗？”

“她们什么证件也没有。什么也没有——只有两百法郎，一些戒指。连上吊的鞋带都没有！”

知道警察没有她们的身份证，迪克放心了，继续说：更让迪克既吃惊又厌恶。不过他早就知道，某些阶层的英国人骨子里是反社会的精神，相比之下，纽约人的贪婪就像小孩子吃冰淇淋消化不良，微不足道。

“我必须在侯赛因知道之前从这里出去，”玛丽哀求说。“迪克，你能解决一切——你总有办法。告诉他们我们要立刻回家，告诉他们我们给钱。”

“我不给，”卡罗琳夫人轻蔑地说，“一毛钱也不给。不过，我很想知道戛纳的领事知道了会怎么说。”

“不，不！”玛丽坚持说。“今晚我们必须出去。”

“我去看看能做些什么，”迪克说，然后又加了一句，“不过钱总是要给的。”迪克看着她们，好像在说他知道她们并非无辜。他摇了摇头说：“疯狂的把戏！”

卡罗琳夫人得意地笑了。

“你是精神病医生，是吗？你应该能够帮助我们——至于高斯，他必须帮助我们！”

这时，高斯把迪克叫到一边，就他打听到的情况和迪克商量了一下。事情比看起来的要复杂——其中一个女孩出身体面家庭。这家人很愤怒，或者假装愤怒；必须和他们交涉达成妥协。另一个是码头上的女孩，比较容易对付。根据法国法律，一旦定罪，就可能被判坐牢，或至少公开驱逐出境。除此之外，当地人对外国游客的容忍度也日见分歧，一部分人从外国侨民中获益，一部分则因为外国人带动了物价上涨而恼火。高斯把这些情况都告诉了迪克，让他处理。迪克和警察局长进行了交涉。

“你知道，法国政府希望鼓励美国人赴法旅游——今年巴黎甚至有项法令，除非特别严重的情节，不能逮捕美国人。”

“这已经够严重的了，我的上帝。”

“不过——你有她们的身份证吗？”

“她们什么证件也没有。什么也没有——只有两百法郎，一些戒指。连上吊的鞋带都没有！”

知道警察没有她们的身份证，迪克放心了，继续说：

“意大利伯爵夫人仍然是美国公民。她是——”迪克编造出一串谎言，从容不迫、意味深长地说，“约翰·D·洛克菲勒·梅隆[①]的孙女。你听说过他吧？”

“天哪，当然。你以为我是傻瓜吗？”

“另外，她还是亨利·福特[②]爵士的侄女，也就是说和雷诺汽车和雪铁龙汽车公司[③]都有关系——”说到这里，迪克想最好就此打住。不过他说话的口吻真诚严肃，已经在警察身上起了作用，于是他又加了一句：“逮捕她就好像逮捕英国皇室成员。也许意味着——战争！”

“那个英国女人呢？”

“我就要说了。她已经和威尔士亲王[④]的兄弟订婚了——就是白金汉公爵。”

“她会是个精彩绝伦的新娘。”

“我们准备给——”迪克脑子里飞快地盘算着，“每个女孩一千法郎——再给那个‘受害严重’的女孩的父亲一千。外加两千给您，随您分配——”他耸耸肩，“给您那些执行逮捕的手下，还有公寓的老板，等等。我会给您五千法郎，希望您尽快解决。然后，以什么扰乱治安罪给她们取保释放，至于罚金什么的，明天都会交给治安法官——派人送去。”

没等警察局长开口，迪克从他的表情就知道，事情搞定了。那人迟疑地说，“我没有做记录，因为她们没有身份证。我得看

① 约翰·D·洛克菲勒·梅隆（1855—1937），美国金融家及政府官员，曾任美国财政部长。

② 亨利·福特（1863—1947），美国汽车制造厂商。

③ 法国两家著名的汽车制造公司。

④ 威尔士亲王，英国皇太子的封号，英国王室的男性继承人。

看——把钱给我。”

一个小时后，迪克和高斯先生把两个女人送到皇家酒店，卡罗琳夫人的司机睡在汽车里。

“记着，”迪克说，“你们每人欠高斯先生一百美元。”

‘好的，”玛丽同意，“明天我给他一张支票——会多给一点。”

“我不给！”三人都吓了一跳，转身看着卡罗琳夫人。她已经完全恢复了过来，此刻正义愤填膺，“整件事都让我愤怒。我根本没有授权你们给那些家伙一百美元。”

小个子高斯站在轿车旁，听到这话，顿时眼睛冒火。

“你不打算给钱？”

“她当然会的。”迪克说。

卡罗琳夫人的轻蔑突然勾起了高斯在伦敦做餐厅小伙计时受的气，他怒火中烧，借着月光走到卡罗琳夫人面前，破口大骂起来。

卡罗琳夫人冷笑了一声，转身走开；高斯紧跟一步，敏捷地把脚伸向它尊贵的目标。卡罗琳夫人吓了一跳，像中了弹一样双手举起，穿着水手服连人趴在了人行道上。

迪克截断了她的怒号：“玛丽，让她安静下来！不然十分钟后你们俩都会戴上脚镣！”

回酒店的路上，高斯一言不发，直到他们过了胡安勒斯宾斯的娱乐场，此时仍然沉浸在爵士乐的呜咽和狂咳中。这时，他才叹了口气，说：

“我还从来没见过像这样的女人。我见过很多著名的交际花，我很尊敬她们，可这样的女人以前从来没见过。”

第十一章

迪克和尼科尔总是一起去理发店，在相邻的房间里做头发。尼科尔能听到迪克那边嚓嚓的剪刀声，数零钱声，还有“是、是、是”、“对不起”的说话声。迪克回来的那天，两人又一起去做头发，在电风扇吹送的香风中剪发，洗发。

夏乐丹酒店的正面，窗户紧闭，就像一扇扇地窖门，抵挡着夏日的暑气。尼科尔瞥见一辆汽车从窗前驶过，里面是汤米·巴尔邦。汤米若有所思的脸在看到她的一刹那活跃起来，眼睛似乎一亮，这让尼科尔心慌意乱。此时，她真想跟他一起走。花在理发师身上的一个小时好像是在浪费时间，是她人生中虚度岁月的一个片段，她的又一个监牢。穿着白制服的女理发师，身上的汗味混合着口红和古龙香水的味道，让她想起了那些护士们。

隔壁房间里，迪克身上围着白布单，脸上涂着肥皂沫，打着瞌睡。尼科尔前面的镜子倒映出女宾室和男宾室之间的过道，突然，她惊跳起来，看见汤米进了理发店，转身进了男宾室。尼科尔一阵欣喜，知道要摊牌了。

接着，她断断续续地听到了谈话开头的几句。

“嗨，我想见你。”

“……很严肃的事。”

“……是很严肃。”

“……很高兴。”

不一会儿，迪克进了尼科尔的理发间，一边用毛巾擦着匆匆冲洗过的脸，毛巾后面神色气恼。

“你的朋友很激动。他想见我们两个，我同意把事情做个了结。来吧！”

“可我的头发——只剪了一半。”

“别在意——来吧！”

尼科尔很不高兴，让瞪大眼睛的理发师拿掉了毛巾。

她跟着迪克出了酒店，感觉自己衣着凌乱，形象邋遢。出来后，汤米躬身吻了吻她的手。

“我们去阿莱咖啡馆。”迪克说。

“不管什么地方，只要安静就行。”汤米同意了。

阿莱咖啡馆外，树木枝叶蔓天，仿佛夏日的中心，三人坐在树荫下，迪克问：“喝点什么，尼科尔？”

“一杯柠檬汁。”

“我来半份。”汤米说。

“我要带吸管的布莱肯威特。”迪克说。

“没有布莱肯威特了。只有乔尼沃凯。”

“也行。”

她拍了电报——不想声张。

一切行动，秘而不宣

你也应该，做个努力——

“你的妻子不爱你，”汤米突然说，“她爱的是我。”

两个男人凝视着对方，奇怪的是表情却无力传达任何信息。处于这种情况下的男人很难交流，冈为两人之间的关系不是直接的，取决于两人之间的那个女人，每人拥有多少，或将要拥有多少。他们通过她分裂的自我交流相互的情感，就像通过传输受阻的电话线。

“等等，”迪克说，“给我来点杜松子酒，外加吸管。”

“好的，先生。”

“好了，请继续，汤米。”

“对我而言，这很清楚，你和尼科尔的婚姻已经走到了尽头。她和你结束了。我等这一天已经等了五年。”

“尼科尔怎么说？”

两人都看着她。

“我很喜欢汤米，迪克。”

他点点头。

“你不再爱我了，”她继续说，“你对我只是习惯而已。自从罗斯玛丽出现后，一切就不同了。”

汤米并不认同这个观点，尖锐地打断说：

“你不理解尼科尔。你一直把她当病人，只因为她曾经有过病。”

这时，三人的谈话被打断了。一个面目阴险的美国人纠缠不休，向他们兜售纽约最新的《先驱报》和《时代》杂志。

“天下事应有尽有，兄弟，”他高声说道，“到这儿多久了？”

“别吵！出去！”汤米叫道，然后转向迪克说，“没有女人能够忍受这样的——”

“兄弟，”那个美国人又插了进来，“别以为我在浪费时间——很多人不这么想。”他从钱包里掏出一张灰色的剪报——迪克一眼就认了出来。上面是一张卡通画，成千上万的美国人正从装满黄金的轮船上水泻而出。“你以为我得不到这些？不，我得到了。我刚从尼斯来，来看环法自行车赛。”

汤米厉声喝道“走开！”把这人赶走。迪克认出来，他就是五年前在圣阿格尼斯街向他打招呼的那个人。

“环法自行车赛什么时候到这儿？”迪克朝着他的后背喊道。

“随时随刻，老兄。”

他高兴地挥挥手，终于离开了，汤米转向迪克。

“她跟我生活要比和你在一起更富有。”[①]

“说英语！‘富有’是什么意思？”

“‘富有’就是说，和我在一起会更快乐。”

“你们之间只是新鲜感。可尼科尔和我有很多快乐的时光，汤米。”

“老夫老妻的爱情。”汤米不屑地说。

“如果你和尼科尔结了婚就不会是‘老夫老妻的爱情’了吗？”这时，周围的喧闹声越来越大，打断了迪克的话。不一会儿，喧闹的地方露出一队人流，蜿蜒而来，很快，人们从午睡中惊醒，从各个角落冒出来，成群结队地站在人行道上。

男孩子们踏着自行车疾驰而过，运动员们服饰精美，身披流苏，挤在汽车上，在街道上缓慢滑行，汽车喇叭嘟嘟鸣叫，宣布比赛队伍的到来。厨师们穿着汗衫，跑到饭店门口东张西望，也无人在意。街角转弯处，车队出现了。第一名是一个身穿红色运动衫的车手，从西沉的夕阳中艰难驶来，穿过一阵阵喝彩欢呼，胜利在望，满怀信心。接着是并排三个车手，身着褪色的运动衫，双腿裹着汗水和泥污，表情木讷，眼神呆滞，疲惫不堪，像是什么滑稽表演。

汤米直视着迪克，说：“尼科尔想离婚——我想你不会阻拦吧？”

第一批运动员过后，一群车手蜂拥而至，大概有五十多人，结成两百多码长的队伍；一些车手面带微笑，知道自己正万众瞩目，有些则明显地筋疲力尽，大多数人劳乏疲惫，无暇他顾。接着是一群看热闹的孩子们，然后是几个掉队者，不以为然，满不在乎，最后是一辆轻便卡车，上面是不幸遭遇事故而失败的车手。三人回到桌旁。尼科尔希望迪克先开口，可他却坐在那里，似乎心满意足，刮了一半的胡子和尼科尔洗了一半的头发相得益彰。

“你和我在一起已经不幸福了，难道不是这样吗？”尼科尔接

① 原文为法语。

下去说，“没有我，你就可以回到你的工作中——不用操心我，你会做得更好。”

汤米不耐烦了，

“这都没用。我和尼科尔相爱，这就是一切。”

“那么，好吧。”医生说，“既然一切都已经决定了，我想我可以回理发店了。”

汤米却不依不饶：“有几个问题——”

“尼科尔和我会讨论的，”迪克的话公平合理。“别担心——我原则上同意，尼科尔和我相互理解。如果我们避免第三方在场，就不会引起太多的不愉快。”

汤米虽然不乐意，可也不得不承认迪克的话有道理，然而，他的民族意识无法遏制，促使他竭力去占迪克的上风。

“必须明白，从现在起，”他说，“我是尼科尔的保护者，直到就细节问题达成一致。在你和尼科尔继续居住在同一屋檐下期间，如果你滥用这一便利条件，我必须要你对此负责。”

“我从来不喜欢一厢情愿的亲热。”迪克说。

他点点头，出门向酒店走去，尼科尔瞪大眼睛，白惨惨地，目送着他。

“他够公平，”汤米承认。“亲爱的，今晚我们会在一起吗？”

“我想是的。”

一切都发生了——非常平静；尼科尔觉得迪克早就把自己看透了，意识到，自从发生了樟脑液的事情，迪克就预见了一切。不过，她还是感到快乐，兴奋，曾经想把一切经过告诉迪克的奇怪想法迅速消失了。可是，她的眼睛跟随着迪克的身影，直到它缩为一个小点，混没到夏日的人群中。

第十二章

戴弗医生在里维埃拉的最后一天几乎全部和孩子们在一起。他已经不年轻了，不再对自己有多少厚望和梦想，只想把孩子们牢牢记住。孩子们已经知道今年冬天他们会在伦敦和姨妈一起，很快就可以去美国看爸爸。没有迪克的同意。不能解雇弗罗琳。

迪克很高兴为小女儿付出了很多——对儿子却不大放心——他总是不知道应该怎么满足这个总是爬在膝头、纠缠不休、寻找妈妈的乳汁的小家伙。可是，当他和他们说再见的时候，真想把他们美丽的小脑袋从脖子上拧下来，永远放在怀里。

他拥抱了老园丁，是他六年前在戴安娜庄园开垦了第一片花园；又和照看孩子们的普罗旺斯姑娘吻别，她和他们在一起几乎十年了。普罗旺斯姑娘跪在地上，号啕大哭，直到迪克把她拉起来，又给了她三百法郎。尼科尔起得很晚，这是他们商定好的——迪克给她留了条子，也给芭比·沃伦留了条。她刚从撒丁岛[①]来，现在住在这里。迪克喝了一大口白兰地，这是一只三英尺高的瓶子，容量有十夸脱，是别人送的礼物。

然后，迪克把行李放在戛纳车站，决定最后再看一眼高斯酒店

① 指撒丁尼亚，意大利地中海中的一个岛屿，位于科西嘉岛南面。

的海滩。

上午，尼科尔和她的姐姐到海滩时，只有几个早来的孩子。白日几乎要融化在天空中，一丝风也没有。酒吧侍者们运进更多的冰块，一名美联社的摄影记者躲在摇摇晃晃的遮阳伞下，摆弄着摄影设备，一听到凉台上有脚步声，赶快抬起头看。然而，他镜头中的主角仍然在酒店阴暗的房间里沉睡，享用着凌晨的安眠。

尼科尔一踏上海滩，就看到了迪克。他没有穿泳衣，坐在一块高高的岩石上。她连忙退回到更衣棚的阴凉里。不一会儿，芭比过来了，说：

"迪克还在这儿。"

"我看见他了。"

"我以为他会很有风度地离开。"

"这是他的地方——是他发现了它，造就了它。老高斯经常说，他拥有的一切都归功于迪克。"

芭比平静地看着妹妹。

"我们应当让他待在自己的自行车旅行中，"她说，"人一旦超出了自己的能力范围，就会失去头脑，不管戴上如何迷人的假面具。"

"有六年迪克是个好丈夫，"尼科尔说，"很久以来，他没让我受过一点委屈，总是尽力不让我受到任何伤害。"

芭比微微扬了扬下巴，说：

"那是因为他所受的教育。"

姐妹俩默不作声地坐着；尼科尔思绪凌乱、心神疲惫；芭比则盘算着要不要嫁给那个最新的求婚者，一个货真价实的哈普斯堡皇族[①]后裔，爱上的是她的钱。其实她也没正儿八经地考虑。她的风流韵事老早就都一个样，随着她青春渐逝，谈论婚姻甚至比婚姻本身还重要。只有向别人讲述这些故事的时候，她才获得最真切的

---

① 哈普斯堡皇室，一个德意志皇室家族，其成员曾于中世纪后期到20世纪这一段时期内分别在欧洲各国任统治者，在西班牙国王查理五世统治期间达到鼎盛时期。

感情。

“他走了吗？”过了一会儿，尼科尔问。“我以为他是中午的火车。”

芭比看了看。

“没有。又坐高了点，在酒店的台阶上，和一个女人聊天。不管怎么说，现在有那么多人，他不一定会看到我们。”

可他已经看到她们了，眼睛跟随着她们走出遮阳篷，直到她们又一次消失。坐在他旁边的是玛丽·明盖提，两人喝着茴香酒。

“救我的那天夜里，你又成了过去的你了，”玛丽说，“除了最后，你对卡罗琳的样子真可怕。你为什么不能一直保持好形象呢？你可以的。”

迪克觉得很可笑，居然要玛丽·诺斯教导他。

“你的朋友仍然喜欢你，迪克。可你喝了酒，就会说出可怕的话。今年夏天我一直在为你辩护。”

“这可是爱略特博士[①]的经典名言。”

“是真的。没有人在意你是不是喝了酒——”她犹豫了一下，说，“即便亚伯喝得最厉害时，也没像你那样得罪人。”

“你们都很无聊。”他说。

“可我们都是最好的！”玛丽叫道，“如果你不喜欢优雅的人，去试试那些粗鲁的家伙，看看你喜欢不喜欢。所有的人都希望过得愉快，如果你让他们不高兴，就切断了你的营养。”

“我曾经得到过滋养吗？”

玛丽此时很愉快，尽管自己并不知道，她是因为害怕才和迪克坐在一起的。她又拒绝了一杯酒说：“这背后是自我放纵。经历了亚伯的事，你当然知道我的感受——我亲眼看着一个优秀的人一步步堕落成酒鬼——”

台阶上走下了卡罗琳·希伯利一比尔斯夫人，迈着轻松做作的步子。

---

① 此处可能指查尔斯·威廉·爱略特（1834—1926），美国教育家和编辑，曾任哈佛大学校长（1869—1909）。

迪克此时感觉良好——他跑在了时间的前面，好像刚刚享用过美妙的晚宴，到了该到的地方。可现在，他对玛丽只表现出友好的感情，谨慎、克制。迪克的眼睛如孩童一样清澈，激起了玛丽的柔情。过去的习惯又从心底悄悄弥漫开来，他要让她相信，他是世界上最后一个男人，而她是最后一个女人。

……这样，他就可以不去看那两个身影，一男一女，一白一黑，映衬在天空下，闪着光泽……

“你以前很喜欢我，是吗？”他问。

“喜欢你——我爱你。每个人都喜欢你。只要你愿意，你可以让所有人——”

“我们之间一直有很多东西。”

玛丽咬了咬嘴唇，热切地问：“是吗，迪克？”

“从来都是——我了解你的困难，知道你是怎样勇敢地面对它们。”可这时，迪克心底又发出了那声冷笑，他知道自己保持不了多久了。

“我一直认为你知道很多东西，”玛丽热烈地说，“比任何其他人都了解我。也许因为这个，我们相处不好的时候，我才那么怕你。”

他的眼睛温柔亲切地落在她的眼睛上，述说着内心的情感；他们的眼神突然间结合了，仿佛新婚的爱人，走入洞房，交胫叠股。可迪克内心的笑声越来越大，直到好像玛丽都听见了，他连忙转移目光，回到里维埃拉的阳光下。

“我得走了。”他说，起身时稍稍晃了晃。现在，他不再感觉良好了——血液在缓慢地流淌。他站在高高的台阶上，抬起右手，划了个天主教徒的十字，祝福这片海滩。下面，几张遮阳伞下，好几张脸同时朝他仰望。

“我要去找他。”尼科尔要站起来。

“不，你不能去，”汤米说，坚决把她拉了回来。“随他去吧。”

第十三章

尼科尔再婚后仍然和迪克保持着联系，两人还有信笺往来，关于一些具体事物，还有孩子们。尼科尔经常说："我爱迪克，永远也忘不了他。"这时，汤米就会回答："当然不会——为什么要忘记他？"

迪克在布法罗开了一家诊所，但显然没有成功。具体原因尼科尔不清楚。不过几个月后她听说迪克到了纽约州一个叫巴特维亚[①]的小城，在那儿挂牌做普通医生，后来又到了洛克普特[②]，还是一样。有一次，尼科尔偶尔听到迪克在那里生活的情况，比他在其他地方的都要多：他经常骑车，很受女士们的爱慕，书桌上总是堆着一大堆稿纸，据说是有关一个医学问题的重要论文，几乎要完成了。人们都认为他举止优雅，有一次，他还受邀在大众卫生会议上演讲，就毒品问题做了精彩的报告；可是后来他和一个杂货店的女孩子纠缠不清，又卷到一场医疗官司中，就离开了洛克普特。

这之后他不再要求送孩子们来美国了，尼科尔写信问他是否缺

① 巴特维亚，纽约西部的一城市。

② 即洛克港，纽约西部一城市，位于布法罗东北偏北部。

钱，他也没有回。她收到的最后一封信上说他在纽约州的日内瓦[①]。镇上行医，好像已经安顿了下来，有人为他料理家务。尼科尔在地图册上找到了日内瓦，发现它位于芬格湖区[②]的中心地带，好像是个不错的地方。尼科尔乐意这样想，也许他的事业在等待时机，就像格兰特在加利纳时一样；他最近一封短信上的邮戳是纽约州的霍奈尔[③]，一个离日内瓦不远的很小的镇；反正，几乎可以肯定，他就在这个国家的这个地区，不在这个小镇，就在那个小镇。

---

① 日内瓦，美国纽约州中西部一座城市。

② 位于纽约中西部的一组十一个延长的冰河湖群，有许多旅游胜地和娱乐设施。

③ 纽约州一小镇，在芬格湖区西南。